The Price of Pleasure
by Kresley Cole

# 約束の海に舞う天使と

クレスリー・コール
羽田詩津子［訳］

ライムブックス

THE PRICE OF PLEASURE
by Kresley Cole

パパとママへ
パパは作家になるように励ましてくれた。そしてママはお手本を示してくれた。

## 謝辞

すばらしい友人である三人の作家たちに、心からの感謝を捧げます。デビューしたばかりの新人作家ベス・ケンドリックに。出版までのでこぼこ道をわたしにつきあってくれ、途方に暮れているのがわたし一人ではないことを教えてくれてありがとう。キャロライン・カーソン、夜中のチャットでの手直し、本当にありがたかったです。この本が出る頃には、あなたは原稿を売りこもうとしているでしょうから、わたしも同じようにしてご恩返しができるでしょう。そして、サリー・フェアチャイルド、数々の助力に感謝します。あなたのおかげで、つまずきがぐんと減りました。

# 約束の海に舞う天使と

すべての人は、世間の知らないひそやかな悲しみを抱えている。冷たいといわれる人は、たいてい悲しいだけなのだ。

ヘンリー・ワーズワース・ロングフェロー

自然界ではほうびも罰もない。ただ結果があるのみだ。

ロバート・グリーン・インガーソル

## 主要登場人物

ヴィクトリア（トリ）・アン・ディアボーン……伯爵家の孫娘
グラント・サザーランド……〈ケヴラル〉号の船長
カメリア（カミー）・エレン・スコット……ディアボーン家の元家庭教師
イアン・トレイウィック……グラントのいとこ
エドワード・ディアボーン……ベルモント伯爵、ヴィクトリアの祖父
デレク・サザーランド……グラントの兄
ニコル・サザーランド……デレクの妻
ミスター・ハッカビー……ディアボーン家の執事
スティーヴン・ウィンフィールド……男爵

# プロローグ

## ヴィクトリア・アン・ディアボーンの日記、一八五〇年

一月十七日

あたしたちがここに来てから、今日で三日目。お母さま、ミス・スコット、あたしの三人は座礁した〈セレンディピティ〉号から脱出して、水漏れする救命ボートで南オセアニアのどこかの無人島に流れ着いた。何週間も風がなくて、近づいてきた台風シーズンを避けられなかったから。まるで船は嵐に捧げられたみたいだった、とお母さまは言ってた。

船体がばらばらになりかけると、水夫たちはネズミみたいに走り回り、船とあたしたちを見捨てようとした。一人はお母さまを突き飛ばし、高い甲板から救命ボートにころげ落ちても、知らん顔だった。お母さまは背骨が折れ、腕も砕けてしまった。でも、強い人だし、助けが来れば回復するわ。あたしはそう信じている。

まだお父さまは見つけられずにいる。雨と高波をついて船を見上げたとき、甲板で誰かの子どもを腕に抱いたお父さまの姿がちらっと見えた。次に稲光が閃いたとき、甲板はなくなっていた。泣き叫んでいる子どもたちは放っておいて、逃げてくれていたらいいのに。そう

願うあたしはまちがっているかしら？　薄情なクルーはそうしたのに。まあ、あたしが何を願っても無理だけど。お父さまは絶対に子どもたちを見捨てなかったにちがいないもの。

今朝、思いがけず海からの贈り物を手に入れた。運命の女神がもたらしてくれたのよ、とお母さまはかすれた声で言った。でもミス・スコットはただ海流が循環しているだけだと言っている。贈り物を運んできた海流も、あたしたちのボートをここに運んできた海流も同じだと（カメリア・スコットはまだ二十代だけど、とても賢いとお母さまは言っているので、どちらを信じたらいいのかわからない）。

あたしはミス・スコットといっしょに、いくつかのトランク、ほしくてたまらなかった水樽、櫂、そのほかいろいろなものを岸に引き揚げた。船長の小型トランクもあって、中に白紙の航海日誌とインク瓶が入っていた。するとミス・スコットは、ここでの暮らしを書くようにと勧めてくれた。

たぶん忙しくしていれば、自分たちに振りかかった災難を考えずにすむと信じているのね。でも災難は災難だし、お母さまの世話をしながら日記を書いているけど、贈り物といっしょに流れ着いたふたつの死体も目にした。海はとても、とても、むごい仕打ちをしていた。

ミス・スコットがそれをジャングルの端までひきずっていき、埋めたことはちゃんと知っている。砂に跡がついていたし、櫂の取っ手にこすれて手にまめができていたもの。ミス・スコットはうちに来てから間もないけれど、あたしたちにつらい思いをさせまいと気を遣っている。だけど亡くなったのがお父さまなら、どうか教えてほしい。

一月十八日

ゆうべ、お母さまが初めて泣いた。強くあろうと努力していたけれど、痛みに耐えられなかったから。雨がしとしと降りはじめ、突風が吹きつけた。ミス・スコットは救命ボートで火打ち石を見つけ、何度も火をつけようとした。とうてい望みはなかったけれど、そうしていれば、今の状況を考えずにすむからかしら。あきらめて、ひざまずいたまま眠りこんだときには、手が切り傷だらけになっていた。

お母さまはミス・スコットを手伝うようにと言った。「あの人はこんな大きな試練に耐えるには、まだとても若いのよ」と。

一月十九日

たくさん書いてしまったので、一冊では足りなくなるのではと心配。でも、ミス・スコットは書き終わる前に救出されるだろうと予想している。

午後遅く、ミス・スコットはトランクの中から地図を見つけ、居場所を知ろうとしていた。それから、火がないのに、浜辺で薪になりそうなものを見つけてくるようにと、言いつけられた。戻ってくると、ミス・スコットとお母さまは、ここに腰をすえるつもりになっていた。文明とはお別れしなくちゃならないわ、と言われた。ミス・スコットとあたしがいくら勧めても、お母さまは残っているわずかな水のうち、ご自分の分を口にしようとしなくなった。

一月二十日

ゆうべお父さまの夢を見た。お父さまはお母さまとあたしと笑っていて、あたしに釣りだか、ひもの結び方だかを辛抱強く教えている。お父さまの笑い方はすてきだ。胸板が厚いせいで低く響くし、しかもしょっちゅう笑う。お父さまはお母さまを心から愛していて、愛で胸がはちきれんばかりに見える。新しい土地を探検するたびに、二人は動物を探したっけ。これまで見たことのない動物を。お母さまが動物をとても正確にスケッチするので、いつもお父さまは感心していた。お父さまは手にとった絵を置いて、お母さまは数え切れないほどスケッチをしてきた。二人が出版した本のために、お母さまをくるくる回し、あたしを腕に抱きかかえ、三人は少なくとも北半球で最高のチームだって宣言した。それからミス・スコットが家にやって来て、お行儀や計算を教えてくれ、お母さまの親密なコンパニオンになった。何もかも完璧に思えたのに。

幸運にも、あたしはお母さまとミス・スコットよりも早く起きた。みじめに泣きながら目が覚めたの。目をふいたけど、その日じゅう、お父さまのことを考えるたびに、また涙があふれそうになった。唇が震え、顔がほてった。船で遊んであげた赤ちゃんたちみたいに。ミス・スコットとお母さまに毎日勇気を持つようにって励まされるけど、今日はさらに強く言われた。それでも午後、お母さまが目を覚ましたとき、あたしは頭を抱えて小さな子どもみたいにわんわん泣いちゃった。もう十三歳だっていうのに！

島でやらなくちゃならないことがいっぱいある。でも全部できるかどうかわからない。お母さまにそう訴えた。まず小屋を造らなくちゃならない。だから、今までの旅で学んだことを思い出そうとしてる。でも、お母さまとお父さまがいちばん大変な作業をしているあいだ、あたしはその土地で出会った子どもたちと遊んでいて、よく見ていなかったの。お母さまは、あなたは強いからここで生き抜けるわ、と言ってくれた。「覚えておいて、トリ。ダイヤモンドは高い圧力をかけられて生まれるのよ」

一月二十一日

ミス・スコットの手の深い切り傷は治らず、とても腫れてしまって、指を曲げることもできないほどになった。この天候だとそれはとても危険。心配で心配でならない。お父さまの姿はどこにもないけれど、生き延びて、大きな船の（いまいましい〈セレンディピティ〉号よりもずっと大きな船の）船首に立って、あたしたちを捜していると信じるしかない。

一月二十二日

食べ物も水もほとんどなくなってきたので、それを夢に見てばかり。手に入れる方法をなんとかして考えなくては。ミス・スコットはジャングルの奥に入っていって、泉とか果物を探したがっているけれど、あたしたちだけを浜辺に残していくことも、あたしを連れて暗いジャングルに入っていくことも不安みたい。夜の物音からして、ジャングルには出くわしたくないような動物がうようよしているにちがいないもの。

今日の午後、お母さまはあたしをかたわらに呼んだ。そして重々しく、お父さまはもう生きていないかもしれないと告げた。その言葉に胸を殴られたような気がした。お母さまが口にすると、それは現実になった。やっと涙が乾くと、お母さまはあたしの目を見つめて、何があってもおじいさまが見つけてくださるはずだと言った。おじいさまはあたしたちを家に連れ帰るまで、捜索をやめないはずだと。でも、おじいさまは年をとっているから、こんなところまで来るのは無理だと思う。お母さまはきっと代わりに誰かを寄越すにちがいない、と言っている。

一月二十二日午後

ミス・スコットといっしょにジャングルの中に行くことになった。空腹が募るにつれ、ジャングルも怖くなくなってきた。でも、予感がする——何かが起きるという重苦しい感じがする。ピンとくるの。うなじのあたりを蟻が這っているみたいだから。何か恐ろしいことが起きそう。

あたしは今書いた言葉に笑いだしそうになった。何か恐ろしいことが起きそうだなんて。今以上に恐ろしいことなんてあるかしら？

お母さまを振り返ると、せっぱつまった様子でミス・スコットになにやらささやいていた。いつも他人の気持ちに配慮するお母さまなのに、ぎゅっと握りしめているミス・スコットの手が傷だらけだということに気づかないのかしら。ミス・スコットは耳を傾けながら痛みに顔をゆがめていたけど、何も言わなかった。

あたしはお父さまばかりか、お母さまも失うことになるの？

ときどき、あたしの恐怖と悲しみは、レースみたいな薄物一枚でせき止められているような気がする。そして、ときどきそれを引き裂き、髪の毛をかきむしりながら、大声で思い切り叫んで、ぞっとするような生き物になりたくなる。あたしの怖がっているものが、逆にあたしに怯えるように。

夜明けに、あたしたちはジャングルに出発した。

# 1

## 一八五八年オセアニア

〈ケヴラル〉号から目の前の謎の島までの短い移動のあいだに、グラント・サザーランド船長は英国からのいまいましい船旅のことを思い返していた。一等航海士のドゥーリーは休みなく働きながら、この小さな手こぎボートの中ですら、危険がないかとあたりを絶えず見回している。グラントのクルーは船長を恐れていたので、命令にただちに従った。いとこのイアン・トレイウィックは元気いっぱいで、これまでいくつもの島をさんざん捜してきて成果がなかったにもかかわらず、のんきにも成功を信じきっていた。

「この島にはピンとくるものがあるんだ」イアンはグラントの肩をたたいた。航海のあいだじゅう、イアンは〝冷酷な野郎〟に命令されるクルーのために、いわゆる〝船の道化〟を演じてきたのだった。「ぼくの言葉をよく覚えておけ、この島にちがいないよ。きみがそうじゃないと信じているからこそ、絶対にまちがいないな」

グラントはイアンをにらみつけた。理性では、自分の失敗を受け入れかけていた。この島はソレイス群島の最後の島で、疲労困憊《こんぱい》する捜索はもうすぐ終わろうとしていた。太平洋にたどり着くだけで四カ月、さらに三カ月かけて、八年前に行方不明になったディアボーン一家を捜して群島のありとあらゆる島をむなしく巡ってきた。

「そして、もし今日彼らを見つけたら」とドゥーリーが日に焼けた両手を打ちあわせながら言った。「ようやく出航できるので、どうにか台風をかわせるでしょうな」誠実な老船乗りは有能であるばかりか思いやりがあったので、グラントを非難したりはしなかった。もっとも、この一帯に長くとどまりすぎたことはグラントにもわかっていた。すでに台風のシーズンに入ってしまったのだ。

ドゥーリーもイアンも、いまだにディアボーン一家を見つけられると期待している。グラントはここにいたっての期待は甘すぎると思っていた。

そして、グラント・サザーランドは決して自分を甘やかすことはなかった。

ボートが島に近づき、湿った土と海草の臭いがむっと漂ってくると、グラントは物思いに沈んだ。葉の茂る山々も、珊瑚礁のあるエメラルド色の湾も目に入らなかった。今日まで捜索のために数え切れないほど島に漕ぎだしたが、そのたびにさまざまな楽園が出迎えてくれたものだった。

「船長、あの北端の海岸がいいんじゃないですかね?」ドゥーリーが露出した岩のあいだの海岸を指さした。

グラントは真っ白な浜辺に目を向け、浜辺の前の珊瑚礁のあいだにうってつけの海路があるのを見つけた。

一漕ぎごとに止まり、少しずつ進みながら、グラントは透明な水をのぞきこんだ。大きなサメが泳いでいた。驚くにはあたらない。この海域にはサメがうようよしているのだ。一家がサメによって最期を迎えたのではないことを祈った。

たぶん、こうした島のひとつに流れ着いて、寒さのせいで命を落としたのだろう。あまりましとはいえない死に方だ。寒さは猫がひな鳥を殺すように命を奪う。いたぶって、最後の最後まで希望を捨てさせない。だが、どちらの筋書きも、子どものいる一家が浸水しつつある船から逃れられたという前提だった。実際には、おそらく船室に閉じこめられたまま、水が迫ってくるのを見ていたのだろう。

八度にわたる最後の捜索隊として、グラントの使命は一家を発見するか、その死を確認するかだった。悪い知らせを伝えねばならないときを思うと気が重かった。

「船長！」ドゥーリーがこわばった声で叫んだ。

グラントははっと顔を上げた。「どうした？」目の前のドゥーリーのごつい顔は、赤く染まっている。

「し――信じられない。あそこです！　南南西」

グラントは航海士の望遠鏡が指し示す方に目を凝らした。そして、いきなり立ちあがったので、揺れるボートの船縁にしがみつこうとして、いくつもの手がさっと伸びた。

しばらく言葉が出てこなかったが、ようやく、グラントは言った。「な、なんてことだ」

一人の女性が浜辺を走っている。砂の上を軽やかに。

「娘かな?」イアンはたずねると、立ちあがった。背後からグラントの肩をつかんだ。「彼女にまちがいないな!」

グラントはいとこの手を払いのけた。「はっきりはわからない」漕ぎ手に向かって怒鳴った。「全力で漕ぐんだ。さあ、がんばれ!」

右舷のオールから小柄な水夫を押しのけて自分で漕ごうとしたとき、確信を裏づけるものを目にした。縁の広い帽子の下から髪がこぼれだしたのだ。その髪は白く見えるほどのブロンドだった。まさに、ヴィクトリア・ディアボーンの祖父がくれた銀盤写真の中の少女のように。

浜辺に近づくにつれ、グラントはいっそう確信を強めた。もっとはっきりと娘の姿形を見分けることができた――すらりとした脚でさらにスピードを上げていく。ほっそりした片腕を上げて、頭の帽子を押さえる。あらわになっている細いウエスト。グラントは眉をひそめた。まちがいなくおなかがむきだしだ。

ヴィクトリア・ディアボーン。確実だった。グラントはついに娘を見つけたうれしさで頭がいっぱいになった。なんと、生きているばかりか、元気いっぱいの娘を英国に連れて帰れるのだ。

波がボートを岸辺に運んでいくと、娘はこちらに気づいた。ふいに立ち止まったので、足下で砂が蹴り上げられ、風に舞う。腕を両脇にだらりとおろしたので、押さえのなくなった帽子は風に運び去られた。

ボートはすぐそばまで近づいていたので、グラントは娘の顔に困惑が浮かぶのを見てとれた。グラントも同じように感じていた。風の中で、ヴィクトリアの乱れた髪が頬をたたき、耳にからみ、えりのように首に巻きついている。グラントの頭にいくつもの考えがどっと浮かんだ。ヴィクトリアはかわいい子どもだった。しかし今は……。息をのむばかりに美しい。みずみずしい乙女に成長した。

ヴィクトリアは引き返そうとした。

「おい、そこにいてくれ！」イアンが叫んだ。「動くんじゃない！」

しかし、娘はどんどん遠ざかっていく。逃げていく。グラントはかつてないほどの動揺を覚えた。「波音のせいで、きみの声が聞こえなかったんだ」いらだたしげにいとこを非難した。

そのとき永遠に頭に刻みつけられるだろう光景を目にした。足どりをゆるめるどころか、ヴィクトリアはボートに背中を向けると、驚くほど敏捷に走りだしたのだ。グラントはあんなふうに走る女性を見たことがなかった。

娘は駆けていった……猛烈な速さで。

そしてジャングルにのみこまれたかのように、姿が見えなくなった。

「なんてことだ」イアンが叫んだ。「まさか見まちがいじゃないよね」

グラントは答えたかったが、言葉が出なかった。押し殺した声で罵りの言葉をつぶやくと、びっくりしたクルーが見上げた。

「これからヴィクトリアを連れ戻しに行ってくる」娘が消えた場所に視線をすえたまま、グラントは告げた。ボートから降りると、波の間を歩きはじめた。そして岸辺に着くと、走りはじめた。ジャングルのそびえる木々や蔦にも足を止めようとしなかった。娘と同じ場所からジャングルに入り、踏み固められた道をたどっていく。ちらりと相手の姿が見えたが、追いつくことはできなかった。

すると、目の前にいきなりヴィクトリアが現れた。何かを手に持ち、目をぎらつかせている。驚きがおさまると、グラントは荒い呼吸をしながら言った。

「わたしは……船長で……グ……」

ヴィクトリアの腕のほっそりした筋肉がうねった。ヒュッ。小枝が胸に振り下ろされ、グラントは地面に倒れた。痛みに毒づき、怒りをたぎらせながら、どうにか立ちあがった。あたりを見回したが、ヴィクトリアの姿は消えていた。痛みをこらえながら小道を再びたどりはじめる。それから、走りはじめた。浅い自分の息づかいと、激しく打つ心臓の音しか聞こえない。

遮眼帯をつけているかのように、娘の姿以外は一切目に入らなかった。ぐんぐん進んでいき、もう少しで娘に追いつきそうになった。姿が見えて、飛びかかろうとしたとたん、ヴィクトリアは片手を幹について、木の裏側にさっと身を躍らせた。いまや二人は太い幹をはさんで立っていた。グラントが右に走ると、ヴィクトリアも右へ。グラントが逆方向に進むと、ヴィクトリアは負けじと、にらみつけてくる。そして右へ行くと見せかけて左に動き、グラントをかわす。とうとうグラントは手を伸ばして、ヴィクトリアをつかまえた。つかまえたぞ。グラントは勝利の雄叫びをあげたかった。

だが、そのとき、信じられないことに、グラントの手にスカートをつかまれたまま、ヴィクトリアが走りだした。布地が引き裂かれる音と、ヴィクトリアの罵る声が、グラントの荒い息づかいと混じりあう。布地が太ももからウエストまでまっすぐ裂けてから、ひきちぎられるのを、グラントは茫然と見つめた。そして、再び娘は姿を消した。なんてざまだ。まったくもって最悪だ！

怒りはいらだちと憤怒になった。猛然と走りだした。ヴィクトリアをつかまえる。わたしが何者なのかを説明する。船に乗せる。冗談じゃない、絶対にあの娘をつかまえるぞ！　さらに深くジャングルに分け入っていくと、あたりが曇り、霧が出てきた。胸に触れる木の葉も濡れている。

とてつもなく大きな滝が見えた。黒い岩に落ちる水音は耳をつんざかんばかりだ。緑のあいだにヴィクトリアの白い服がちらりと見えた。

水の奔流をはさみ、向こう岸の緑のあいだに。

「ヴィクトリア」グラントは叫んだ。意外にも娘は足どりをゆるめた。「わたしはきみを助けに来たんだ」

ヴィクトリアは回れ右をして、空き地に出てきた。両手で口を囲い、怒鳴り返してきた。

その言葉は水音にかき消されて聞きとれなかった。「くそ、こんちくしょう！」ヴィクトリアにも幸いその言葉は聞こえなかっただろう。

仕方なく、グラントは川岸まで走っていき水に飛びこむと、急な流れを必死に泳ぎ渡った。水にむせて息も絶え絶えになりながら、大きな体を対岸にひきずりあげ、よろよろと進んでいく。前方に娘の姿が見え、またつらい追跡にかかったとき、絶対に彼女をつかまえられないことを悟った。とうてい追いつけない。だがそのとき、チャンスを発見した。

二人を隔てているやぶを横切って、前方で待ちかまえよう。左に折れると、葉の垂れたヤシの木をかわし、ぐんぐん進んでいった。

そのとき、奇妙なことに自分の足が見えた――頭の上に。地面に何度もぶつかりながら、グラントは谷間に落ちていった。

なすすべもなく落下しながら、ヴィクトリアはわざとここに誘導したのだと思った。あの娘をつかまえたら……もう一度地面にぶつかってから、背中で勢いよく着地した。その衝撃で肺から空気が抜けた。

目の焦点があわないうちに、かがみこんだヴィクトリアに棒きれで腰をつつかれた。日の光が後光のように髪を縁どっている。ヴィクトリアは首を傾げた。「どうしてわたしをつかまえようとしているの？」

グラントは息を整え、しゃべろうとしたが、ぜいぜいという声しか出せなかった。ブロンドの眉がしかめられ、唇が「なぜ？」という質問を形作るのが見えたが、そのときクルーがやって来る足音が聞こえた。ヴィクトリアはグラントに視線を戻すと、頭のてっぺんから足の先までじっくりと時間をかけて観察し、顔を近づけて嘲るように言った。「今度わたしを追いかけてきたら、崖から突き落とすわよ」

ヴィクトリアは背中を向けた。グラントが前かがみになって大きく息をすると、周囲の植物の発散する湿気が胸に入ってきた。激しく咳き込みながら、手を伸ばして、ヴィクトリアを引き留めようとした。

しかし、ヴィクトリアは振り返らなかった。一匹のイグアナがヴィクトリアの前に現れ、ふうっとうなり、攻撃的な態度をとった。ヴィクトリアはふうっとうなり返すと、濃い緑の茂みの中に姿を消した。

絶対に気取られたくなかったが、トリ・ディアボーンの心は遭遇した恐怖のせいで傷ついていた。密生した木の葉を両腕でかき分けて進んでいくと、水の中を進んでいるかのような錯覚に陥る。水夫たちが野次を飛ばしたり笑ったりする声がして、背後の下生えを進んでくる足音が聞こえた。ヴィクトリアは身震いした。このあいだここに上陸した一団にそっくり。いいえ、少なくともあの連中は友人や救助者のふりをしたわ。卑劣にも襲いかかってくるまでは。でも猛々しい目つきをしたあの大きな男は、ボートが接岸しないうちにライオンのようにわたしを追ってきた。そして飛びかかってきて、服を引き裂いた。

恐怖は不安もかきたてた。怖がっている余裕はないはずだったし、今では恐怖に対して鈍感になっているはずなのに。あまりにも運命にもてあそばれたので、感覚の一部が麻痺してしまっていたのだ。

少なくとも、相手の前で怯えている様子は見せなかったはず。そうよ、これ以上追ってくるなら谷間に落ちると、滝のところではっきり伝えたわ。警告を発したのよ。あの男は自業自得だった。そう何度も自分に言い聞かせた。

今朝は、浅瀬の罠を調べる予定だった。簡単な日課だ。水際まで行ったら、雨が上がってぎらついている太陽を避けるために、急いで森に戻るつもりだった。こんなに何年もたってから、人がやって来るとは思ってもみなかった……。

跳ね返った枝に太ももをたたかれ、ぎくりとすると同時に、痛みに物思いを破られた。切り傷から血が流れだし、白いローンのスカートの残骸に染みをつけている。なんてこと！　つくろわなくてはならないけど、布地はもう洗濯に耐えられないかもしれない。

足どりをゆるめ、背後を振り返った。こんな痕跡を残すのはまずい。枝を折ってしまったし、大きな葉に血がついている。落ち着こうとして深呼吸すると、棘だらけのヤシの葉のあいだを進むことに精神を集中し、ようやくキャンプ地へ通じる小道に出た。さらに丘を十分ほど登ると、家の入り口になっているバナナの葉のアーチにたどり着いた。

「男たちよ！」トリは森から出ると叫んだ。「男たちと船！」かがみこんで息を吸うと、すわりこんだ。誰も答えなかった。「カミー？」と呼びかける。返事はなかった。古いベンガルボダイジュの上にある小屋はしんと静まり返っている。カミーったら、まさか、出かけているんじゃないわよね。何度、キャンプ地から出ないようにと言ったらわかるのかしら？　急激に記憶力が落ちているんじゃなければ、その指示を覚えているはずよ。

急いで梯子にとりつき、一度に二段ずつ竹の段を上っていき、古い帆で作った入り口までたどり着いた。布をめくって、中をのぞきこむ。空っぽだ。トリはあちこち見回した。カミーが浜辺まで行ったのならどうしよう？

丘のこのささやかな隠れ家に通じる道はふたつあった。片方は人目につかず、もう片方はさらに人目につかない。トリはすでに最初の道を走ってきたので、急いでもうひとつの道に向かった。半分まで来たとき、カミーが木に寄りかかってすわっているのを見つけた。呼吸は浅く、顔は青ざめ、唇はがさがさでひび割れている。

トリに肩を揺すぶられると、少しして目を開け、まぶしそうにまばたきした。「帽子はどうしたの、トリ？　太陽にあたっていたの？」

安堵がトリの全身をかけ抜けた。死んだように眠っているカミーよりも、しかりつけるカミーの方がずっとましだ。

「そんなに白い肌なのだから、帽子は常識だけど……」カミーはトリの血が出ている脚と濡れて引き裂かれたスカートを目にして、言葉を切った。「何があったの？」

「男たちと船よ。大男に追われて、服を破かれたの。帽子は落としちゃった」

カミーは笑みを浮かべたが、はしばみ色の目は笑っていなかった。「もう、お肌のことばかり考えている場合じゃないわね？」カミーはぼんやりと言った。

ぼんやり。今のカミーを表現するには控えめな言い方だった。これまでのカミーはずっと元気はつらつとしていた。火のような赤い髪の色と同じように活発できびきびしていて、知性を発揮してきた。いまや生気が吸いとられ、どういう理由からか、頭がときどき混乱するように見えた。

トリは頭の中で五つまで数えた。焦点の定まらない目で見られると、ときどきカミーを揺すぶってやりたくなる。「わたしの言ったことが聞こえた？　島にいるのは、わたしたちだけじゃないのよ」

何が起きているのかカミーには理解できないのだと思いかけたとき、質問された。「連中はどんなふうだった？」

「わたしを追いかけてきた男は、見たこともないほど冷酷で射貫くような目をしてたわ。その男を巻くために、谷に落としてやらなくちゃならなかった」

「谷？」カミーは言った。「まあ、その様子を見たかったわ」

トリはその記憶を思い返して、顔をしかめながらひとりごとのようにつぶやいた。「たしかに、体が大きいほど、落下の衝撃が大きくなるわね」首を振る。「残りの連中はジャングルに入ってこようとして、枝を払ってるわ」

「水夫たちがやぶをかき分けてやって来るのね」カミーは身震いした。「歴史は繰り返すんだわ……」

周囲の鳥が黙りこんだので、二人とも凍りついた。「キャンプ地に戻った方がいいわ」トリがささやいた。

「わたしがいっしょだと速く歩けないわ。あなたが先に行って。あとからついていくから」

「ええ、そうね、そうしましょ」そう言いながらもトリはカミーの腕を肩にかけると、体を引き起こしてやった。のろのろと二人は小道を戻りはじめた。家が見えてくると、トリは他人の目でそれを眺めようとした。キャンプ地に男たちが来て、小屋を眺め、石で囲った焚き火跡の周囲を歩いていたら、とても奇妙な感じがするだろう。よそ者はわたしの苦心の作に気づくかしら。というか、わたしたち二人が生き延びようと必死に努力した証に。誰かに二人の労作に驚嘆してもらいたかった。プライドは身を滅ぼすもとだと、カミーはいつも言っているけれど。

トリはそんなことを信じていなかった。それならとっくに破滅しているはずだ。自然と運命に次から次へと難問を突きつけられるたびに、トリとカミーは切り抜けてきた。これまで生き延びてきたのだから、これからもそうするつもりだ。いいえ、身を滅ぼすことなんてないわ。トリはそう考えながら顔をしかめた。カミーにあなたは誇り高いと言われたが、もしかしたら傲慢でもあるのかもしれない。

でも、これまでは傲慢さの方が恐れることよりも役に立ってきたのだ。

「連中はどっちに行ったのかしら？」カミーがたずねた。

「どっちでも問題ないわ」トリの笑みは冷たかった。「絶対にまちがった方向だから」

# 2

グラントは足をひきずりながら、浜辺近くのジャングルの入り口でクルーと落ちあった。痛みに歯を食いしばり、片腕を胸にあてがい、手で肩を押さえていた。髪から滴る水が額の汗と混じりあって、目に流れこんだ。

不意打ち。まさにそれを食らったのだ。頭の中でさまざまな考えが渦巻いている。どうしてヴィクトリアは逃げていったのか？　さらに、どうして自分は馬車を追いかける犬みたいに、考えもなく猛然とヴィクトリアを追っていったのか？　もう一度ああいう場面になったら、またヴィクトリアを追いかけるだろうか？

「グラント、野生的な悪女と取っ組みあったみたいに見えるぞ」イアンが評した。「ヴィクトリアとの第一ラウンド。そうだったんだろ？」イアンはグラントがまだ握りしめていたびしょ濡れの布の切れ端をじろっと見た。グラントは顔がほてるのを感じながら、ドゥーリーから荷物を受けとり、そこに布地を押しこんだ。

「おめでとう、船長。生存者を見つけましたね！」ドゥーリーは叫び、顔をくしゃくしゃにして笑った。「きっと見つけると思ってましたよ」

どうしてドゥーリーが自分にそれほどの信頼を抱いているのか、グラントにはさっぱりわからなかった。

イアンはグラントを横目遣いにうかがった。「ああ、だけど、あの娘を見つけるよりも、もっとむずかしい仕事がまだ残っているんだろうね？」

グラントは険しい目でいとこをにらむと、クルーに怒鳴った。「もっと備品を運んでこい。ひと晩泊まれるように。それから、帰路にとっておいた食糧をありったけ持ってこい」

ドゥーリーはやる仕事ができてうれしそうだったが、クルーたちはその命令に躊躇する様子を見せた。グラントを見上げるクルーの顔には相変わらず恐怖も見てとれたが、さらに困惑も浮かんでいた。論理を大切にする、感情をあらわにしない船長が、獣のように娘を追いかけていったのだ。

グラントは部下たちを安心させてやることにした。「さっさとしろ」いつもの感情も抑揚もこもっていない声で命じた。「かかれ」

クルーが回れ右をして、さまざまな方向に駆けだしていくのを見て、グラントはふきだしそうになった。大半のクルーは、兄のデレクの悪名高い激怒よりも、グラントの自制した行動の方を恐れていた。荒々しく壮健な連中には、グラントのようなふるまいをする人間が理解できなかったのだ。冷静な人間は遅かれ早かれプツンと切れると、クルーは思っていた。静かな流れは底が深い、とお互いに言いあっているのをグラントは耳にしたことがある。

イアンが鼻を鳴らした。「いつか連中にも、夜のあいだにきみに喉をかき切られないとわかるだろう。そのとき、きみはどこにいるかな？」

「引退してるよ」グラントは濡れたブーツと破れたシャツを脱ぐと、荷物から乾いた衣類をとりだした。着替えをすますと、イアンが積まれた備品から、なたと食器箱をとりだしていた。「わたしといっしょに行くつもりなのかな。ひとつ、はっきりさせておく。ここはジャングルなんだ。どんちゃん騒ぎはしないし、酒もなく、きみのとび抜けた……才能に見合う女性もいない」

「了解、船長」イアンは食器箱をかついだ。「でも、やっぱり行きたいんだ。もちろん、この陸用の服をきみが認めてくれるならだけど」以前シャツの裾をズボンから出していた水夫を、評判を傷つけるからと船に戻らせたときのことをからかっているにちがいなかった。

「きみの服装はすべて受け入れがたいね」

イアンはしたり顔になると、ジャングルの壁にできたいちばん近い入り口に向かった。

グラントは自分の食器箱となたをかつぐと、心の奥底から忍耐心をひっぱりだした。あとに続きながら、イアンは二十六歳だが、幼い二十六歳なのだと自分に言い聞かせる。それから、忍耐心が枯渇したら、どうなるだろうと思った。

「で、何を探すんだ？」イアンがたずねた。

「小道、足跡、キャンプ地。そういったものすべてだ」グラントはイアンとの会話を切り上げたいと思いながら、そっけなく答えた。しゃべりたい気分ではなかった。ついさっき起きたことをじっくり考え、人生におけるこの信じられない数時間を分析してみたかった。娘を見つけたことがいまだに理解できず、首を振った。娘があんなおてんばに成長していたことも。

不意打ちを食らわせられ、だまされ、惑わされ、事実上、攻撃されたのだ。ちっぽけな女の子に。

不意打ちは好きではなかった。というのも、うまく対処できなかったからだ。たまっていた息を吐きだした。目の前の任務に集中するんだ、グラント。しかも、その任務は突き詰めれば、きわめてシンプルだった。あの娘を船に乗せること。

「この島は無人だったと思うかい？」イアンは言った。

グラントはため息をついた。「まったくわからない。ここは他の島よりは大きい。もしかしたら、でかい都市があるかもしれないぞ」

イアンは足どりをゆるめて振り向き、考えこむような表情を浮かべた。「グラント。クルーの前ではきみを批判したくないと思っているのは知っているね――」

「だが、批判しているよ」

イアンは軽く片手を振った。「ともかく、あそこで何があったんだ？　きみがあんなふるまいをするのは見たことがなかったよ。何かにとり憑かれたかのようだった」

グラントは顔をしかめたが、イアンの言うとおりだった。グラントは慎重に考えずに何かすることはなかったし、じっくり調べずに行動を起こすことは決してなかった。「あの瞬間をあまりにも長く待っていたせいだよ」自分の耳にすら、その言い訳は嘘っぽく聞こえた。

たしかにとり憑かれているように感じた。本能に火をつけられ、記憶にある限り初めて、疑問も持たずにそれに従ったのだった。「相手が逃げなかったら追いかけたりしなかった」

イアンは値踏みするようにグラントを眺めた。「もしかしたら意外にきみは兄さんたちに似ているのかもしれないな」

グラントは全身をこわばらせた。「兄たちとはちがう。わたしはきちんとしているし――」

「わかった、わかった」イアンはさえぎった。「きみは感情をコントロールできる。限りない自制心を身につけ、自分を律している」イアンは首を傾げた。「あるいはクルーの言葉を借りると――きみは人生に対する欲望を削りとり、固い石になっている」

グラントは足を止めた。「わたしは石だと言われているのか?」

「もっとひどいことも言われているが、ぼくが口にできるのはそれぐらいだ」

「じゃあ、黙っていてくれ、イアン」グラントはぐんぐん歩きはじめた。

「だけど、今日は石じゃなかった。それはたしかだ」イアンは追いつくと打ち明けた。「あの娘を追いかけてくれてうれしかったよ」

グラントはいらだたしげにいとこを見つめた。「それはまたどうして?」

「まだ人間らしさがあることを見せてくれたからね。何より、冷静な論理に支配されなかった。あの女性がきみにそうさせたんだろうな」

「娘を見つけることに対する褒賞がそうさせたんだよ。相手が女性だったのは偶然だ」

「相手が美人だったのも?」イアンは眉をつりあげた。「ともあれ、相手をとことん怯えさせたにちがいないな。きみは小柄な男じゃない。うん、たぶん今頃、あの娘はどこかに隠れて泣いているよ」イアンはチッチッと舌を鳴らした。「そこがサザーランド一族から受け継いでいないところだ――女性に対する接し方をね」

グラントはいらだちを顔に出すまいとした。いつものように、いとこは挑発しているのだ。いつものように、グラントはそれに乗るまいとした。イアンの衝動的で気まぐれな性格は、グラントとは正反対で、グラントが自制しなかったら、七カ月の航海のあいだ互いにしじゅういがみあっていただろう。

招かれもしないのに、ロンドンを出航する数分前にイアンは船に乗りこんできた。航海の途中何百回となく、いい加減で自堕落ないとこを乗せたことをグラントは後悔したものだ。鳥を眺め、楽しげにくつろいでバナナを食べているイアンを、心の中で毒づきながらにらみつけた。さまざまな欠点、たとえば、相手をいらだたせるいまいましい才能、怠け癖――グラントは果てしない棚卸しを中断して認めた。さまざまな欠点にもかかわらず、イアンは兄弟のような存在だった。またこういう冒険をすることになったら、おそらくイアンを乗船させるという過ちを再び繰り返すだろう。

あのとき〈ケヴラル〉号の停泊地まで波止場を走りながら、イアンは怯えた様子で、何度も肩越しに振り返っていたのだった。

無料で、しかも働きもせずに乗船していることをイアンに思い出させてやりたいという誘惑をグラントが抑えつけたとき、イアンは指をパチンと鳴らした。「そうか、ようするに、ヴィクトリアの祖父は頭がおかしくなかったということだ」

「そう思っていた人間だっているよ」それはまちがいなく不正直な答えだった。グラント自身も、ヴィクトリアの祖父の正気を疑っていたのだから。ベルモント老伯爵、エドワード・ディアボーンは、礼儀正しい社交界とロンドンの海運業界の関係者全員に正気を失っているとみなされていた。行方不明になった家族がまだ生きていると信じて、何年も何年も熱心に捜し続け、いまだに発見できずにいる孤独な老人を、それ以外の言葉で形容できるだろうか？　しかも、南太平洋の捜索が次々に失敗に終わり、財産を使い果たしてしまったあとですら、老人はそう信じていたのだ。

グラントは老伯爵をどう評価するべきか悟った。彼は正しかったのだ。

少なくともヴィクトリアについては。グラントは最初に伯爵と会ったときのことを思い返した。行方不明の家族のいきさつについて説明しながら、ベルモント卿のかすんだ目からは涙があふれだした。感情をあらわにされたことに居心地が悪くなり、グラントは陳腐な励ましの言葉を口にした。三人はいなくなったんです。それを受け入れて前へ進んだ方がいいですよ。彼らは天国に召されたのです。

だが、どう説得しても、老人はかたくなに生存を信じ続けた。グラントは難色を示した。理性的に考えて、まず無理だ。

グラントはきっぱりと首を振った。家族が生きているという直感や第六感が、伯爵に期待を抱かせたのではない。老人は別の選択肢が耐えがたいので期待を持ち続けていたのだ。

「ヴィクトリアを連れ帰ったとき、彼がどんな顔をするか想像してごらんよ。いや、みんなの顔もだ」イアンのふだんは物憂げな目が、興奮に輝いている。「馬鹿者の使いを引き受けるなんて、ぼくたちも馬鹿だと思っていたけどね」

「ぼくたちだって？」

そう言い返すグラントに、イアンは侮辱されたような顔になった。「ここにはきみとぼくがいるだろ、だからぼくたちだ」

グラントはイアンをにらみつけると、前に出た。それから三時間、新しいまめが汗で濡れたなたの取っ手でつぶれるまで、脇目もふらずに前進した。グラントは食いしばった歯から息をもらした。イアンがかなり遅れていたので、グラントは足を止め、泥と血にまみれた手を木について体を支えた。全身が疲労しきっていた。

内陸はオーヴンの中のようだった。涼しい風もさらさらした砂もない。泥と枯れた植物が踏み固められてぬかるんだ地面は、のろのろと進んでいく足をとろうと、手ぐすね引いていた。グラントは少しだけ水を飲んだ。それから自分の状態を確認した。肌のいたるところにひっかき傷、両手には硬貨大のまめ。胸の上部を横切る赤い打ち身。

「グラント、これはレースじゃないんだぞ」イアンが前進しながら、息を切らして言った。

「午後だけで島じゅうを捜すつもりなのかい？」

グラントはいとこに同情を見せなかった。「警告しただろ」

「こんなだとは思わなかったんだ……」イアンは言葉を切り、目を見開いた。「足の感覚がないよ。大変だ！　足の感覚がない！」

歩き回りながら、まだ二本の足があることを確認しているイアンを置いて、グラントは酷使された体の痛みを無視し、進み続けた。

「もっとゆっくり歩いてくれよ、グラント」イアンが訴えた。

グラントはいとこに向き直った。「遅れたら、置いていく。今、自分がどこにいるか、わかっていることを願うよ」

イアンはうっそうたる木々と蔦をぞっとしたように見回した。「きみに任せてたから、ぼくは場所なんてわからない」

それが二人の関係なのだ。

「じゃあ、ついてきた方がいいぞ」グラントが情け容赦なく進んでいるのには、いくつかの理由があった。ヴィクトリアを見つけたので、たしかに、ゴールまで一歩近づいた。しかし、身柄を安全に確保したかった。いまやヴィクトリアは自分の保護下にあるとみなしていたが、この瞬間、彼女は一人きりなのだ。若くか弱い女性が――おてんばとはいえ――未開の島のどこかに一人きりでいるのは、強い男たちにとって不面目なことだった。

時間がたつにつれ、ヴィクトリアに出し抜かれた怒りは、彼女を追いかけたことに対する罪悪感に変わった。だが、この捜索を始めてから七カ月が経ってようやく――なんと七カ月だ――ヴィクトリアが手の触れそうなところにいたのだ。そう考えると、指をぎゅっと握りしめてしまう。あの顔が頭に浮かぶ。あの目の表情、困惑が。脅かすつもりはなかったが、そうしてしまったようだ。

ヴィクトリアは大変な経験をしてきたのだ――癒しとも文明とも無縁な歳月。しかも、両親はおそらく亡くなったのだろう。怖かったにちがいない。自分を谷に落とし、小枝で打ちかかってきた理由も、理解することができた。枝で突かれたことは許せないが、おそらく勇敢なふりをしているのだろう。

空に十三夜の月が昇るまで捜索を続け、しかし成果を上げることができずに足をひきずりながらキャンプ地に戻った。クルーの興味しんしんの視線に、グラントは告げた。「明日、娘を見つける」その口調は威厳たっぷりだったが、あまり自信はなかった。

ドゥーリーにコーヒーの入った錫のカップを渡されると、倒れたヤシの木にすわりこみ、何も考えずに飲んだ。しまいには、それすらもつらくなった。とうとう疲れすぎてコーヒーが喉を通らなくなり、残りを砂に捨てると、どうにか気力を奮い起こして寝床をひっぱりだした。

森の緑の天蓋が途切れている下に寝床を敷くと、他の連中が眠りこんだあとも、まばゆい星々を眺めながら、自分の人生の成り行きについて考えていた。たしかに、捜索のためにベルモント卿に支払いをしてもらった。ベルモント卿に差しだせる最後のものを。地所だ。伯爵が亡くなったら、グラントは広大だが没落しかけているベルモント・コートの所有者になる予定だった。ついに自分だけの家と、自分だけの使用人を手に入れられるのだ。

だが、この任務にはそれ以上の意味があった。悲しげな目をした孤独に耐えているヴィクトリアの祖父は、息子家族がまだ生きていると、グラントに信じさせたのだ。

グラントにはとりたてて英雄願望はなかったが、ここに来る以上、家族を救いたいと願っていた。これで少なくとも、ヴィクトリアは連れ帰ることができそうだった。ヴィクトリアはどうにかして生き延びたのだ。そして大人の女性に成長した。しかし、永遠にこのままではいられないだろう。本人はそれを理解していないかもしれないが、どうあってもヴィクトリアは救出されなくてはならないのだ。


「何かいい考えを思いついた？」

カミーがたずねた。カミーはバナナをふた口食べると、満腹だと言わんばかりにへこんだおなかをたたき、朝食をおしまいにした。どんどん体重が減っているのも不思議じゃないわ、とトリは思った。手首の骨と鎖骨が突きだしていて、頰骨が尖って見える。

カミーにもっと食べさせなくてはと思いながら、トリは小屋の中を行ったり来たりした。ひもで結びつけた床板が足下できしんだが、へこみはしなかった。

「アイディアならいろいろあるわ。ただ、どれも実行可能なものじゃないの。連中が上陸してわたしたちを捜し回っているあいだに、船に乗りこんで海に出ていくというのも無理だと思うし」

「なんて完璧な解決策かしら！」

トリはカミーをいぶかしむように見た。幸い、カミーは冗談を言ったようだった。

「連中について、もっと情報が必要よ」

「そうね。他の連中はいい人だったら？　あなたを追いかけた男は……酔っ払っていたとしたら？」

トリは首を振った。「いいえ、あの男は完全にしらふだったわ」

「じゃあ、頭がいかれてる？」

トリはいいえ、と言いかけたが、あの目を思い出した。焦点はあっていたし、淡いブルーの冷たい目だったが、ちょっと……獣じみていた。「じゃあ、どうして先発隊にあの男を入れたのかしら？」

「航海で彼にうんざりしたのかも？　さもなければ、置き去りにするつもりだったのかしら？」カミーは考えこんだ。「あなたは連中の手助けをしたのかもしれないわね！」

トリは足を組んで、わらを詰めたマットレスにすわりこんだ。「どんなことだって考えられるわ」

「じゃあ、もう一度やってみたらどう？　よこしまな理由でわたしたちを誘拐させないように、連中が島を去るようにどうにかして仕向けるのよ」

トリは首と肩がこわばるのを感じた。なんて危険な方法かしら。もし一歩まちがえたら……。「甲板に女性とか子どもがいたら、もっと安心できたんだけど」

「あるいは牧師とかね」

トリはうなずいた。「もっとよく観察してみなくちゃならないわ。こっそり浜辺に行った方がいいかもしれない」

「ここで、それを使ったら？」カミーは小屋の隅に立ててある望遠鏡を指さした。立ててあるのは、もうたたむことができないからだった。

トリはちらっとそちらを見た。「その骨董品を？　レンズの真ん中にひびが入ってるのよ」

カミーは唇を尖らせた。「でも、試してみても損はないでしょ。見えたらもうけものよ」

「今はここにいれば見つからないわ。でも、それを使ったら、レンズが反射するかもしれない」トリは反対した。「それに、こっちから相手が見えるなら、向こうからも見えるわ」

「曇るのを待って、やぶの下に隠れるのよ」カミーの頭の中では、その作戦は決定済みだった。「トリ、気をつけてね」

トリは嘆息した。「カミー、ここにいてよ」

そして数分後、トリは腹ばいで這っていた。肘を泥にめりこませ、錆びて壊れた望遠鏡をひきずりながら進んでいく。カミーったら、急に正気になるんだから。

望遠鏡をあちこち向けて方向を決めると、手のひらにあごをのせて、雲がかかるのを何時間にも思えるほど長く待った。ついに誰かが指を曲げて招き寄せたかのように、雲がためらいがちに現れた。太陽がようやく陰った。トリはさっと望遠鏡を向けて、目にするすべてのものがふたつに分割される心の準備をした。

雲に覆われた世界では、スカートをはためかせた女性も、そのあいだで遊んでいる子どもも、黒い衣の牧師も、一人として船の甲板には見えず、ただありふれた水夫がたむろしているだけだった。

心が沈んだ。水夫がどういうものかはよく知っていた。

トリは急いでキャンプ地に引き返したが、頭の中ではさまざまな物思いが渦巻いていた。

カミーは小屋の外のハンモックで、海風に揺すられてうつらうつらしかけていた。

「お帰りなさい、トリ」カミーはあくびをしながら言った。「魚は釣れた？」

カミーったら忘れちゃったの？「船を偵察に行ってきたのよ、覚えてる？」

カミーは目を丸くしたが、驚きを抑えこんだ。「もちろんよ！」慣れた動作で体を起こしてすわった。「冗談よ」

トリは怪しむように目をすがめた。「物忘れがひどくなっているの？」

カミーはため息をついた。「自分じゃわからないわ。判断を下しても、それを忘れちゃうんだもの」

カミーは以前、頭がぼんやりする自分の症状について説明したことがあった。ちょうど朝起きたばかりみたいに、頭が混乱しているけれど、すぐに治るのだと。汚染された食べ物のせいにすることもあったし、何かの病気にかかったせいにすることもあった。

「トリ、じらさないで」

「期待していたようなものは何も見えなかった。理解できないわ。船長や一等航海士はたいてい家族といっしょに航海するものでしょ」

「船室にいるのかもしれないわ」

トリはかぶりを振った。「こういう日には船室はかまどさながらよ。動ける人間なら、甲板の日よけの下に出てくるわ」

「旗はどこのものだった？」

「ユニオンジャック」

英国だからといって、安心できなかった。この前やって来たクルーも同じ旗を掲げていたのだ。それに英国は他の国に劣らず犯罪者のクルーを乗せている。トリは流木に腰をおろした。「〝残りの連中がいい人だ〟っていう推測はまちがっているかもしれない」

「だからといって、〝残りの連中が悪い人だ〟っていう推測を捨てるわけじゃないでしょ？」

トリはうなずいた。「救援隊をあまり強く願っているせいで、言い訳をこしらえているんじゃないかと心配なのよ。わたしは追いかけられ、つかみかかられた。それは事実よ。船には水夫しかいない。これも事実。わたしを追ってきた男が罰を与えられた様子もなかった。それどころか、みんな大喜びしていたみたいだったわ。それに、男は船に呼び戻されなかった」

カミーのこわばった表情は、男たちについてどう判断したかをはっきりと示していた。

「苦い経験をしたんじゃなかった？　もういやというほど学んだと思うわ」

「だけど、連中は薬を持っているかもしれない」

「で、それと交換に何を求めてくると思う？」カミーは汗の噴きだした額をこすった。「ごめんなさい、トリ。この病気は気分を不安定にするの。だけど、この連中が以前の水夫みたいだっていう可能性はおおいにあるわ」カミーは嫌悪を浮かべた。「あるいは、水漏れした〈セレンディピティ〉号の乗組員みたいな連中か。少なくとも、ここにいれば、安全で危害を加えられることはないわ」カミーの声はこう言ったとき、少し低くなった。「それに、わたしがどんな役に立てるかしら？　体力が残っているかもわからない……必要なことをするのに」カミーはやせた腕で自分の体を抱いた。

トリは目を伏せた。またもカミーに犠牲を払わせようとは思ってもみなかった。最初のときだって、そんなつもりはなかったのだ。トリは目を上げたとき、感情をあらわにしないようにした。だが、うまくいかなかった。

「まあ、トリ、目を見ればわかるわ。あなたの心が手にとるように読める。あなたが戦うという案に傾きかけているのはわかってるわ」

トリは体を乗りだした。「連中がどういう人間か見極める必要があるわ。もしいい人たちだったら！　もしかしたら英国紳士だと思いたがっている連中かもしれない。信義を重んじる男性なら、座礁した女性を放っておかないわ。たとえ自分自身がどんな状況になってもね」

カミーは好奇心をそそられて赤い眉をつりあげた。「だけど、殺し屋連中なら逃げだすだろうってことね。その案、気に入ったわ。連中を追い返すことができたら、そもそも、わたしたちが求めているような人間じゃないってことよ」トリがうなずくと、カミーはたずねた。

「あなた、絶対につかまらない自信があるの？」

「誰もわたしをつかまえられないわよ」トリはあざけるように言った。

「以前はその考えがまちがってたわ」

トリは肩をそびやかした。「わたしは大きくなったわ。もっと速く走れる」

「どういう計画なの？」

「食べたあと、何日も吐いた植物を覚えてる？　連中の食べ物に混ぜてやろうかと思ってるの」

カミーは思わず自分の胃のあたりをつかんだ。「ああ、あのできごとは忘れられないわ。ほぼ一週間、死にたいと思ってたもの」

トリはがばと体を起こし、息を荒くしながら目を覚ました。頭の中で〈セレンディピティ〉号がばらばらになる音が響いている。

両手を顔の方に持ち上げたが、かろうじて耳をふさぐのをこらえた。船の木材が引き裂かれていくきしみと振動は、一生忘れられそうになかった。厚い木材を割るほどのあの衝撃を思い返すことも、やめられそうにない。手で目をぬぐった。幸い、まだ夜明け前だったのでカミーは眠っている。

何年もこの夢を見ていなかったのに、二晩続けて悪夢で目覚めていた。船に対するみじめな恐怖をずっとカミーに隠そうとしてきたが、うまくいかなかった。もはや沈没が避けられないと悟ったとき、カミーはこう言ったものだ。「明るい面を見ましょう。少なくとも、二度と難破することはないわ」トリは冗談だと思ったが、カミーは真顔だった。

だが今、別の船が湾で波に揺られているので、トリは震えながら、パッチワークの掛け布団の奥にさらにもぐりこんだ。それから、無理やり目を開いた。やるべき仕事があった。服を着て浜辺に下りていったときも、まだ早朝の霧が濃かったので、眠りについているキャンプ地にやすやすと忍びこめた。音を立てずに次々に容器を調べていき、オート麦が入っている容器を開けた。瓶に入れた無色のどろどろしたものを中に注ぎこみ、両手を突っ込んで混ぜあわせる。蓋を元どおりに閉め、両手を払うと、瓶を捨て、こっそりとやぶの中に戻っていった。見張っていると、水夫たちが起きてきて燃えさしを突き、料理の支度を始めた。

あの大男も起きてきた。他の連中とは離れて眠っていたようだ。トリはにやりとした。仕込んだオート麦をボウルにすくって入れているのを見て、立っている姿を間近で見て、最初の印象が裏づけられた。これまでに会った男の中でいちばん長身だ。肩や胸もたくましいので、いちばん大柄な男でもあった。

これまで大男は酔っ払いか、頭がおかしいか、まさかとは思うが船長だろうかと思っていた。今、トリは知った。その男は指導者としての存在感を全身から放っていた。肩をそらし、四角いあごを他の連中よりも少し高く持ち上げている。全員が何か過ちをしでかしそうなので、怒りを爆発させかけているかのように見える。かたや水夫たちは男を恐れているらしく、今にも殴られるのではないかとびくついているようだった。

他の連中といっしょに飲んだり食べたりはせず、男はずんぐりした神経質そうな水夫に何か言うと、革製の入れ物となたを手に、小さな滝のある方角に歩きだした。そこの滝壺で水浴びするために、トリは毎日、その小道を使っていた。トリは楽にバナナの葉の下を歩けたが、長身の男は通り抜けるために、なたで葉をたたき切らなくてはならなかった。

どうして食事をしないの？　トリは眉をしかめ、そっと男のあとをつけて、島でお気に入りの場所のひとつに向かった、透明な滝壺は木陰になっていて、灰色の岩にとり囲まれたところはまるでエデンの園のようだった。ふたつの小さな滝がすがすがしい水を滝壺に注ぎこんでいる。

トリは目を丸くした。大男はシャツのボタンをはずしている。水浴び？　あら、そのつもりなのね。トリは唇を噛んだ。このままここにいたかった。かまわないでしょ？　ここはわたしの島よ。あの胸を見る権利があるわ！　向こうが侵入者なんだから。追い払うべき相手だわ。それに、わたしにはもっと刺激が必要よ。連中が来るまで、日々の生活は決まり切った仕事、仕事、死を避けること、また仕事になっていたんだもの。ふうん。大柄なくせに、ずいぶんほっそりしているのね。

自分には裸の男を見る権利があるという結論を下すと、トリは口元をゆるめた。しかし、ズボンだけになると、男はこちらに背を向けたので、背中だけしか見えなくなった。背中だけ？　それだけでも鼓動が速くなった。肩と背中の上部は広く、彫刻されたように輪郭がくっきりとしていて、たくましい腰の方へ行くにつれて細くなっている。水に飛びこむと体が見えなくなったので、つい唇を尖らせそうになった。

トリが見とれているあいだ、大男は緊張をほどこうとするかのように行ったり来たりして泳いでいた。とうとう浅瀬に立つと、髪の毛から水を払った。すぐに水から出てくるわ、裸の大男が。男が水から出ると、トリは急いで顔に視線をそらし、下半身を見るまいとした。男はとても大きかった。そして一糸まとわぬ裸だった。

目をそらすなんて馬鹿げている、すべて見てもかまわないのだと気づいたとたん、男は体をふく大きな布をとり、巧みに下半身を覆った。

トリが固唾をのんで見守っていると、胸をふくときは、トリにつけられた細長い目立つあざにそっと布をあてがっていた。布はさらに胴体の下へと移動していく。おなかは平らでひきしまっていた。身動きするたびに筋肉が盛り上がるのに気づき、トリは息を吸いこんだ。うっとりしちゃう。へその下から始まった黒い毛は下に伸びている——トリはその先まで見たかったが、いまいましいことに布に覆われていた。こんなに好奇心をかきたてられたことも、じれったく感じたこともなかった。周囲のアシをぎゅっとつかむ。布をどけて。さあ、布を落として。落とすのよ！

そのとき、布がはらりと落ちた。

トリは言葉を失い、口の中がからからになった。胸と首が熱くほてる。これまで裸の男性なら見たことがあった。一族の男性の多くはあまり慎み深くなかったのだ。でも、当時のトリは幼かったので、くすくす笑うだけだった。今、彼を、彼のすべてを目にして、口もきけないほど驚き、同時に胸がときめいた。

力、強さ、優雅さがひとつになっている。完璧だわ。あの人に〝大きい〟というレッテルを貼ったのは、まさに正しかったのよ。もはや目をそらせなくなった。そのときふと、息を止めていたことに気づいた。ふうっと大きく息を吐いたとき、自分が恥ずかしくなった。

突然男はトリの方に鋭い視線を向けた。物音を聞かれたり、姿を見られたりしたことはありえなかったが、心臓がバクバクしはじめた。トリはさっと立ちあがると、ほてった肌でジャングルの中を俊敏に走りだした。

# 3

グラントは水浴びを誰かに見られている気がした。

たしかに、動物が走り抜けたかのように、滝のそばのアシがふいに揺れた。しかし、確信はなかった。キャンプ地に戻って、部下たちが朝食をもどすためにやぶに駆けこんでいくのを目にして、グラントはしてやられたことを悟った。イアンはようやく目を覚まし、自分の布団からその光景を見て、あくび混じりに言った。「第二ラウンド、ヴィクトリアの勝ち」

グラントも同じ意見だった。あの娘がこんな真似をしたのだ。歯を食いしばる。意地比べをしたいのなら、こちらも望むところだ。

なんて腹立たしい一日の始まりだろう。若い女性に襲われた傷が痛かった。ただし、二度とこんな真似はさせない。屈辱のあまり顔が紅潮した。

イアンがのろのろと起き上がった。「体じゅうで痛くないところがどこかあるはずなんだけど」イアンはうめいた。「今はどこもかしこも痛いんだ。そのうち痛くないところがわかるかな」

グラントにも理解できた。泳いだあとでも、頭がずきずき疼《うず》いていた。それに背中は――

絶対に夜中に肩をつかまれ、背骨に膝蹴りをたたきこまれたにちがいない。

イアンは足をひきずりながらキャンプ地の周囲を歩いた。「ドゥーリー、信頼できる食べ物はあるかい？」

「いや、イアンさま、まだないです。わからないんですよ。水が悪かったにちがいないです。それとも樽が汚染されてたのかな」ドゥーリーがそう言ったとき、あまりにもつらそうだったので、グラントは自分の疑いを話しそうになった。だが、義理の姉から聞かされた、デレクの船で航海していたときの事件を思い出した。二ダースの水夫たちは義姉が毒を盛ったと誤解して、罰として綱でしばって船底をくぐらせようと騒いだという。ヴィクトリアのためには、ドゥーリーに耐えてもらうしかなさそうだった。

イアンが宣言した。「グラント、ぼくはきみといっしょに行くよ」

グラントは無言でいとこを見た。

「理由か？　腹が減っているけど、ここにあるものは口にできない。きみはクルーにキャンプ地に残れと命令した。となると、きみと行くしかないんだ」

グラントは荷物をかつぎ、しかめ面になった。朝になったら、やけに荷物が重くなったように感じる。「きのうみたいに文句を言ったら、わたしは何をするか責任を持てないぞ」

「わかった。きのうみたいに文句は言わない」イアンは約束した。「文句を少し減らすか、少し増やすかするよ」

正午が近づいてくると、頭上の緑から強烈な日差しが射しこんできた。前日同様、ヴィクトリアを見つける幸運には恵まれそうもない、とグラントは思った。それどころか、相手はグラントをからかっているようにすら思えた。すぐ近くだが、手の届かない場所にいて、沼地や、穴や、岩で行き止まりになった道を彼に歩かせて罰しているのだ。

イアンはハエが顔に止まると、手形が残るほど力いっぱい頬をたたいた。「こいつはでかい。探検家たちがジャングルを女性にたとえて、日記になんて書いているか知ってるよね。こっちの苦労に無関心な女性だってさ。そのとおりだ！　このジャングルは意地の悪い女だよ！」

グラントは同意しなかった。いや、無関心の方がましだ。このジャングルは自分たちをもてあそび、息苦しくさせ、天蓋で太陽から防いでくれると見せかけ、実は太陽の熱を集めて弱らせようとしている。グラントはもともと探検家ではなかった。ありったけのエネルギーは、二度と離れたくないほど居心地のいい家庭を作ることに注ぐべきだと考えていた。ちゃんとした陸地なら、喜んでひとつの陸地に生涯縛りつけられるだろう。この旅の目的はそれだったのではないか？　ベルモント・コートの所有権を手に入れること。

巨大なクモが目の前に現れ、グラントは小道で凍りついた。手よりも大きいクモが、巣の幾何学模様のあいだで不気味に手足を伸ばしている。グラントはかがんで通り抜け、イアンに警告の意味で片手を上げた。しかしその直後、イアンの叫ぶ声が聞こえた。

急いで見に行くと、イアンの頭は巣に突っ込んでいた。そこにくすんだ茶色のクモが張りついている。イアンがあせって後退すると、クモとクモの巣がそのままくっついてきた。わめきながら手を振り回すうちに、低木のあいだに足を踏み入れてしまい、さらにたくさんのクモの巣に突っ込むことになった。いくつものクモの巣が日差しの中できらめいている。かすれた悲鳴をあげ、風車のように両腕を振り回すたびに、クモがくっついてくる。しまいにはクモの巣だらけでひっくり返り、震えながら手で振り払おうとした。グラントはイアンのそばに行き、クモを払い落としてやった。

「ちくしょう、グラント」イアンはとり乱しながら言った。「どうしてクモがいるって教えてくれなかったんだ？」

「二十センチ近くあるんだぞ。まさか見落とすとは思わなかったんだ。それに、他のものはちゃんとよけていただろ」

「他のものだって？　他のものなんて何も見てないよ！」怒鳴ってから唇をぎゅっと結んだ。「この大昔の泥にはうんざりだ！　この際はっきり言っておく。ぼくはもう、うんざりだ。きみは一人で――」

グラントはなたを手にして、大きく振りかぶった。イアンの目が丸くなった。「取り消すよ！　文句は言ってない！」しかし、グラントはすでになたを振り下ろし、イアンの腰のそばの木の葉を断ち切った。

イアンが手をついている地面の、広げた指のすぐかたわらには、足跡があった。

「朝の様子はどうだった？」

トリが入っていくと、カミーがたずねた。尖ったヤシの葉が周囲の床に散らばっている。一本の緑の葉が髪に差しこまれ、まっすぐ立っていた。

「水夫たちは島の生活を味わったわ」トリはにやっと笑った。カミーが広い緑の帽子を編んでいるのを見ると、その笑いは消えた。おそらくトリの帽子だ。やがて帽子の飾りになるはずの床に散らばった鮮やかな羽根に、トリはひそかに眉をひそめた。カミーは楽しんでいたが、しょせん彼女は帽子職人ではなかった。

「で、例の大男は？　どうしていた？」

「残念ながらわからないの。食べなかったのよ」

「いかれた酔っ払いのくせに、食べなかったの？」

トリはくすくす笑った。「実は船長じゃないかと思うわ。水浴びに出かけてしまったの」

片方の赤い眉がつりあげられた。「水浴び？」

しまった！　羽根を色ごとに仕分けすることに熱中しているふりをする。「滝の方に歩いていったから」さりげなく言った。

「ふうん」

「ああもう、わかったわよ」トリは顔を上げた。「わたしは滝までつけていって、見てたのよ」

カミーの目がきらめいた。「彼、全部服を脱いだの？」

トリは顔を赤らめながら、唇をぎゅっと結んでうなずいた。

カミーはため息をついて、頬杖をついた。「ハンサムだった?」

トリは言葉に詰まり、大きなたくましい体に心臓が止まりそうだったことをどうやって伝えようかと考えこんだ。「何年ぶりかで見た、とてもハンサムな男性だったわ」

「何年ぶりかで? まあ、今日のあなたってユーモアたっぷりね」カミーはできあがった帽子に鮮やかな黄色の羽根を突き刺した。「裸の男をスパイする仕事は、あなたにあってるみたい」

トリは非難がましくカミーを見てから、火のところに行った。熾《おき》をかきたて、昼間のあいだに集めてきた乾いた枝を加える。ひざまずいて小枝に息を吹きかけ、さらに大きな枝を入れると、間もなく火がパチパチとはぜはじめた。「おなかは空いてる?」

カミーは帽子をわきに置くと、火のそばの流木にすわった。「ずっと空いてないわ」不安そうな表情でぬくもりの方に手を伸ばす。「ずっとそうなのかしら? 食欲っていう言葉をつづり以外は忘れちゃったみたい」カミーは眉をひそめた。「つづりまで忘れたかもしれないけど」唇を噛みながら、地面に文字を書こうとした。

トリは明るい笑みを浮かべた。「でも、今夜は食べたくなるわよ。タロイモをどっさり見つけたの」

カミーはしかめ顔を上げた。「タロイモ。うれしいわね」

トリはため息をつくと、半分に切ったタロイモとチョウチョウウオを手作りのグリルにのせ、タルトやミルクやシェパーズパイや、木からもぎとったばかりの雨に濡れたりんごの空想を頭から追い払った。

その足跡はさっきまでは隠れていた小道に導いてくれ、小道は急な崖を登っていた。小さな丘の空き地まで登ってきたときには、グラントはすっかり息が切れていた。ヴィクトリアのキャンプ地、隠れ家はここだったのだ。ぐるっと回って詳細を観察した。

ヤシの木のあいだに張られたふたつの手作りのハンモックが、そよ風に揺られている。空き地の中央に作られた炉は、岩や流木で囲われている。建物は巨大なベンガルボダイジュの地上の根のあいだに巧みにはめこまれ、帆でこしらえた壁は竹の枠で補強されている。傾斜した四角い屋根はヤシの葉でみっちり編まれており、ジャスミンの葉を巻いた手すりのついたポーチがあった。ここに定住しているのだ。家だ。

「あれを見ろよ」イアンがささやいた。「絶対、難破船からとってきたものだよ」

「今回はきみの意見に賛成だ」グラントは梯子に向かいながら荷物を地面におろした。「後方を固めてくれ」指を突きつけて命じた。「絶対に誰も通すなよ」

「正しいことのためなら」イアンは答えると、すぐさまハンモックのひとつに沈みこんだ。

グラントは用心しながら竹の踏み段に足をかけたが、それはちゃんと体重を支えてくれた。キャンヴァス地のドアをめくって、中に入っていった……。

「何か聞こえた？」トリはあたりを見回しながらたずねた。

「いいえ。でも、あなたの方が耳がいいから」カミーは帽子をかぶり、鏡のかけらをのぞきこんでいた。

「足音が聞こえた気がしたけど」

「そんなはずないでしょ。誰もここまで来られないわよ」

トリは肩の力を抜くと、曲げた腕を枕にして、また寝床に横になった。「そのとおりだわ。用心に用心を重ねているものね」

「だけど、ここまでする必要があったの？」カミーは文句を言った。

トリは羽根をとりあげて、ぼんやりと鼻をなでた。「キツネはしじゅう巣穴を替えているわ」

カミーは周囲の湿っぽい洞窟の壁に向かって唇を尖らせた。「あの男を出し抜いたら、もっと満足感を覚えるかと思ってたのに」


空っぽだった。

またもやヴィクトリアはいなくなってしまった。まったく逃げ足が速い。グラントはしばらく目をつぶり、いらだちをおさめようとした。それから目を開けると、部屋に本が散らばり、部屋の四隅にも積まれていることに気づいた。どれもよく読みこまれている。他のものほど傷んでいない一冊を手にとり、ぱらぱらとめくった。多くのページに印がつけられ、余白にはおびただしいメモが書きこまれている。

丸太を切りだしたテーブルの上に置かれた真珠光沢のクシに目が留まった。そこまで歩いていったが、グラントの体重にも床は沈まなかった。彫刻したクシを手にとり、なめらかな表面を指でなでたとき、髪の毛が一本だけからまっていることに気づいた。ゆらめく日の光に、髪は白と金色に輝いていた。

たたんだリネンのかごが隅に置かれ、もう片隅にはありふれたトランク。トランクの蓋をつかんで開けると、錆びついた蝶番がぎしぎし鳴った。中にはさらに本、そのあいだにリネンのひもで束ねた重い航海日誌があった。

〈ヴィクトリア・アン・ディアボーンの日記、一八五〇年〉

プライバシーを暴くようで気がとがめたが、グラントはそっとページを開き、誰がどのように生き延びたかについて、手がかりを得ようとした。最初の数ページを読んで、日記を置こうとした。やるべき仕事だってあった。しかし、生まれて初めて仕事以外のことを優先した。この家族に起きたことを知ってひるみ、顔をこすった。想像以上に壮絶だった。グラントはこれまで本物の悲劇は一度しか経験していなかったが、この若い娘は次から次へと悲劇に見舞われたのだ。両親とも失うのだろうかとヴィクトリアが自問しているページでは、胸が詰まった。

日記を読んで、父親は船から逃げなかったのではないかというグラントの予想が裏づけられた。ディアボーンはすぐれた船乗りとしてだけではなく、名誉を重んじる人間としても有名だった。彼が船に残ったのは驚くにあたらない。では、他に誰もここまでたどり着かなかったのか？　ページを繰って、ヴィクトリアが隠れ家を計画している部分を読んだ。彼女がこれを作ったのか？

少し初めの方に戻った。

水と果物を持って、すてきな発見に意気揚々として笑いながら森から戻ってくると、お母さまは眠っているように見えた。でも、ここに来てから初めて、お母さまの美しい顔は痛みでゆがんでいなかった。

「ヴィクトリア、お母さまは亡くなったわ」ミス・スコットが言った。お母さまはもう恐怖も痛みもない場所で眠っているのね。その日、ミス・スコットには言わなかったけれど、あたしもお母さまといっしょにその場所に行きたかった。

グラントはのぞき見しているような気がして恥ずかしくなり、そっとページを閉じた。だが、それでも、日記をズボンの腰と背中のあいだにはさむと、梯子を下りていった。

ヴィクトリアはここで一人きりではなかったのだ。ミス・スコットがまだ死んでいなければ、この島には二人の女性がいる。

イアンは戻ってきたグラントを見るとたずねた。「中はどんなふうだった？」

グラントは実に感心したとは認めたくなかった。隠れ家を改めて眺め、ヴィクトリアがそれを設計したことに驚嘆させられた。ベンガルボダイジュの根は建物を包みこみ、土台になると同時に、さらに頑丈に補強している。梁の周囲の木に、ナイフの古い傷跡があるのに気づき、土台にぴったりはめこむためにくさび形に切りとったのだとわかった。

驚くべきことだ。根を枯らさずに、どれだけ切ったらいいのか、あの娘は正確に心得ている。自然を利用するとは天才的なアイディアだった。細かい部分まで目配りがきいているのがすばらしい。

「耐久性があるね」グラントは答えたが、ほめちぎることはしなかった。袋をとり、ぼろぼろの日記をしまった。

「これからここに泊まるのかい？」ハンモックで揺られながらイアンがたずねた。

「浜辺に戻ろう」

「もうじき雨になるよ。その小屋なら雨宿りできそうだ」

グラントは首を振った。「いや、戻ろう」

イアンはいらだたしげな視線をグラントに投げつけると、反抗的な顔つきになって、ジャンプしてハンモックを木からほどくと自分の荷物にしまった。グラントは好きにさせることにして、イアンのあとから歩きはじめたが、一度だけ立ち止まって振り返った。ヴィクトリアはあそこにある本にたくさんのメモをしていた。まだ読み書きができるのか怪しいものだと思っていたが、ああした本で勉強していたのだ。その知性にも感嘆させられた。ただし、それが自分に対する策略のために使われなければの話だが。

キャンプ地に帰り着くと、ドゥーリーがコーヒーとシチューで出迎えてくれた。食べ物が安全かどうか確認すると、グラントは味わわずにがつがつ食べた。筋肉痛がさらにひどくなっていたので、もはや昼間のように動けなかった。寝床を広げて横になったものの、全身が悲鳴をあげた。ほとんど目を開けていられなかったにもかかわらず、ランタンをつけ日記をとりだした。

十三歳のヴィクトリアは幼さを感じさせない明晰な文章をつづっていた。母親の葬儀を描写する言葉は感傷的ではなかった。逆に、母の死を書きながらも、それを受け入れていないのではないかとグラントは感じた。前夜に見た恐ろしい夢を記録しているような書き方だったのだ。

細かい雨が降りはじめ、シュッシュッと音を立てて焚き火を消していき、日記のもろいページにも雨粒が落ちてきた。陸地でのキャンプの備えは充分にしていなかった。防水布を岸に運んでくるように命じることはできるが、それはここにひと晩以上滞在すると認めることになる。

とんでもない。上着を頭からかぶって、日記が濡れないようにした。

……船が見えると、あたしたちはいちばんいい服を着て、岸辺に走っていった。水夫たちはあたしたちを見つけてびっくりしていたけれど、礼儀正しく、船長は紳士のようにふるまった。その晩、クルーは海辺の焚き火を囲んで強いお酒を飲むと、大騒ぎを始めた。

グラントはページをめくったが、自分の船がここに最初に上陸した船ではないことにとまどっていた。

一等航海士はカミーの隣にすわった。ぴったりくっついて。そしてカミーに腕を回した。カミーは体をこわばらせたけど、どうしたらいいかわからないみたいだった。胸を触られて、カミーはその男をひっぱたいた。全員がしんと静かになった。

男がカミーを殴り返したとき、あたしは二人の中間あたりにいた。あまり強く殴られたので、歯が当たって唇が切れていた。あたしはカミーを助け起こして落ち着こうとした。疲れたので、また朝に会いましょう、おやすみなさいと言って、背中を向け、ゆっくりとその場を離れた。やぶに入ったとたん、大きな雄叫びがあがった。連中はわめき、げらげら笑っていた。そして追いかけてくる足音が聞こえ、カミーと「ガキ」を自分のものにしてやると叫ぶ声が聞こえた。

近くでその言葉を強調するかのように稲妻が光ったので、グラントはぎくりとした。雨はしとしと降っていて、ランタンの光がゆらめいている。ガラスにさらに虫が集まってきたのかと思ったが、光はふっつり消えてしまった。グラントは眉をひそめながら、ランタンを持ち上げた。なんてことだ。

オイル切れだ。

焚き火の明かりでも読めるだろう。そちらに目をやると、燠は雨で湿っていた。いらだたしさを噛みしめながら、日記をオイルスキンの袋に入れた。ジャケットを着てえりを立て、眠ろうとした。むだな努力だった。思考がめぐる。ヴィクトリアは生き延びた。しかし、どうやって大変な困難をくぐり抜けてきたのだろう。

追いかけたとき、あんなに怯えたのも無理はない。片手で顔をこすりながら、とんでもないことをしてしまったと思った。ヴィクトリアを見つけたら、助けるために来たのだと安心させたかった。精いっぱい、慰めてあげたかった。

さらに先を読みたくてたまらなかった。袋から煙が上がっているように感じられた。


「で、どういう作戦なの？」カミーははぜている火のかたわらでたずねた。外は雨が降って風が強かったが、この隠れ家の中はかなり快適だった。

トリは壁に寄りかかり、両手を頭の後ろにあてがった。「今日、あの男は島の西側で水のたまったふたつの穴を見つけるでしょうね。そして明日のために、雨で流されないように、マングローブのあいだに偽の小道をつけておくわ」ヴィクトリアは自信たっぷりに聞こえることを祈ったが、実を言うと、正しい方法なのかこころもとなかった。連中は出発する様子も、とどまる様子も見せなかった。

「他には何を仕掛けたの？」

「ねえ、ちゃんとわたしの話を聞くまで黙っていてちょうだい」トリはかがみこむと、声をひそめた。まるでこれから不穏なことを口にするかのように。「考えていたのよ、できたら――」トリは言葉を切った。「どうしてそんなふうに見るの？　まだ何も言っていないのに」カミーが浮かべている恐怖の表情に、トリは凍りついた。「後ろに何かいるの？」カミーは息を止め、のろのろとうなずいた。トリはさっと振り向き、カミーを背中でかばった。

そこには、太くて黒いまだら模様の蛇がいた。本当にすぐ鼻先にいたので、トリの息がかかった蛇にまぶたがあったらまばたきしていただろう。

蛇が頬に触れるぐらいに舌を伸ばしてくると、トリは目にかかる巻き毛を息で吹き払った。「これっきりにしてね、蛇さん。洞窟はわたしたち用の乾いた場所で、あなた用じゃないの」トリは重いニシキヘビをつかんで、雨の中に押しだしはじめた。

「トリ？」カミーは甲高い声で言った。トリは蛇をまだ肩に巻きつかせたまま振り向いた。

「その蛇、もっと遠くに連れていってくれない？　もう戻ってこないように」

「わかったわ。でも、どこに置いてきたらいいかしら……」言いさしたとき、いいアイディアが閃いた。ぼんやりと蛇の太い胴体を軽くたたきながら、トリは言った。「あなたとお友だちになれて喜んでくれそうな人を思いついたわ」

翌日、夜明けの一時間後、グラントはまだ捜索に出発せずに、夢中になって日記に読みふけっていた。

「そのいまいましい本を置け」イアンがハンモックから怒鳴った。これまでに二度怒鳴られたが、グラントは無視した。


あたしはこんなに怖い思いをしたことがなかった。難破した夜ですら。でも、あたしたちの方が島をよく知っていた。だから必死で逃げた。秘密の小道伝いに行ける丘を見つけておいた。むきだしの岩壁に突きでた細長い台地だ。カミーをそこに連れていった。やわらかい砂地のキャンプ地を離れて、ベンガルボダイジュの根のあいだに移った。そこにはコウモリや小動物がうようよしていた。大きな古い木の中にいると、安全に感じられた。でもやがて、食べ物がなくなりかけてきた。あたしたちはふうっとうなってい る猫みたいに戦って、お互いを守ろうとした。とうとう、あたしはカミーが眠るのを待って、夜明け前にこっそり出かける計画を立てた。でも目覚めると、カミーはいなくなっていた……。


「ずっと読書をしているつもりなのか、それとも捜索にとりかかるのか？」

グラントがしぶしぶ顔を上げると、出発の支度をしたイアンがのぞきこんでいた。「きみは捜索にうんざりしたのかと思ってたよ」

「足が棒になるまで歩く方が、ここにいるよりましだよ」

「つまり、酒がなくなったんだな？」

イアンは恥ずかしそうな顔すらしなかった。「そのとおり。それに、酒がないと、いまいましいほど退屈なんだ。おまけに、あの隠れ家を発見したせいで、捜索意欲を刺激された」

「きみがあの隠れ家を見つけたと言うのか？」

「ぼくなしで、きみに見つけられたとでも？」

グラントは顔をしかめ、名残惜しそうに日記の文字をじっと見つめた。

「ヴィクトリアの日記を読んで良心がとがめないのか？」

たしかに、一ページごとに良心と闘っていた。「別の隠れ家の手がかりを見つけられるかもしれないんだ」

「日記を置いて出かけたら、小屋にすわっている彼女を見つけられるかもしれないぞ」

「そんなことをするほど馬鹿じゃないよ」

「ほう、あの娘の性格がもうわかったのかい？」

ヴィクトリアは勇気があり機略に富み、忠実だということはわかった。日記を持ち上げた。

「ヴィクトリアのことはわかってる」

# 4

真夜中過ぎに、トリは彼らのキャンプ地に入っていった。砂で足音は消された。編んだ袋を苦労しながらひきずっていき、船長の黒っぽい姿にこっそり忍び寄る。眠っていてすら、その姿は威圧的だった。

船長を見下ろした。急いで去らなくてはならないとわかっているのに、消えかけた焚き火と満ちていく月の光で彼を眺めていると、奇妙な満足感を覚えた。眠りながら眉をしかめていて、ひと房の毛が目にかぶさっている。客観的に見るならこの男は、力強いあごと彫りの深い目鼻立ちをした、非常にハンサムな男性だろう。

見つめているうちに、満足感は薄れ、この人に触れたいというおかしな衝動がこみあげてきた。肌はどんな手触りかしら？ 滝壺で見たときから、ずっと気になっていた。それに、かすかに伸びてきた髭は？ わたしの顔ではなめらかなところが、ざらざらに感じられるのかしら？ 魅入られたように、さらに近づいた。

そのとたん、ランタンに足が当たってしまった。

逃げだそうと身構えた。船長は眠りながら低く太い声でなにやらつぶやき、寝返りを打ったが、目は覚まさなかった。ほっと肩の力を抜いたとき、トリは船長がわきにはさんでいる本に気づいた。暴れている袋を下ろしながら、前かがみになって、こういう男は何を読んでいるのだろうとのぞきこんだ。

わたしの日記だ。このろくでなしの読んでいるのは、わたしの日記ではないか。それを引き抜くと、男がまたぶつぶつ言ったので、心臓が早鐘を打ちはじめた。男がしおりをはさんだところでページが開いたので、震える両手で日記を持って読んだ。まるできのうの朝のことのように、別の船の船長がカミーを襲っているのを発見したことが思い出された。船長が自分まで傷つけようとしたことへの怒りも甦ってきた。あのとき、わたしははらわたが煮えくり返りそうだった。

だが、あのつらい試練の末に、トリとカミーは生き延びるためならどんなことでもできることを知ったのだった。その認識はトリを強くした。同じ認識がカミーを怯えさせ、弱らせたようだったが……。

トリは首をきっぱりと振った。ここに来た理由を思い出し、獲物をもう一度持ち上げると袋から外に出した。それが船長の毛布の下でとぐろを巻いたのを確認し、一目散に逃げだした。遠くで船長のわめく声が聞こえた。さらに五分ほど夢中で走ってから、少し足どりをゆるめてもよさそうだと判断した。

だが、背後で枝を踏みしだく大きな足音が聞こえた。またもや両腕を振って、全速力で走りだす。あ顔から血の気が引き、体が冷たくなった。

の男につかまえられるはずがない。低木の森の縁までたどり着ければ大丈夫だ。男は背が高すぎ、体が大きすぎるので、木の下を走れないだろう。地平線に見える幹は高すぎて登れない。森まで行こう。あと数秒。森が見えてきた。

その瞬間、目の前が真っ暗になった。

体が押しつぶされそうなほど重いものにのしかかられ、息ができなくなった。細く目を開けると、大男にまたがられていた。

「じっとしてろ」男は言ってから眉をひそめた。「ああ、すぐに息ができるようになる」

たしかにそのとおりだった。トリは悲鳴をあげた。

その悲鳴に男はひどく面食らっているようだったので、殴りつけてからころがれば逃げられるかもしれない、と思った。

だがその胸板は、岩を殴りつけたのも同然だった。

男はトリの拳をつかみ、両手を頭の上に上げさせ、腕を押さえつけた。トリは必死に身をよじった。

「おいおい！　きみを助けようとしているんだぞ」男はトリを押さえつけようとして、彼女に劣らず息を切らしながら言った。「わたしはきみを助けに来たんだ」

トリは大男をにらみつけた。「助けてもらう必要なんてないわ。あなたみたいな悪漢からなら話は別だけど」

悪漢呼ばわりされて、男は愕然としたようだった。そのときようやく、トリの顔から視線をはずし、二人の格好に気づいた。男はトリの腰にまたがり、両手を押さえつけようとして体にのしかかっていた。それからトリの両方の手首を片方の手でまとめてつかむと、体を少し起こし、トリの荒い息をしている胸を見下ろした。その瞬間、トリは男を蹴った。うっと息がもれる。罵りながらトリを立ちあがらせ、大きな手で腕をつかむと、一歩も引かない構えで見下ろした。

トリはぴたっと黙りこんだ。こんな大きな人を見上げたことはない。もっと速く走ればよかった。なんてドジだったの。

怒りをこらえようとしているかのように、男の顔はひきつっていた。

「服を直せ」

トリはブラウスのえりをひっぱり、シュミーズをたくしこもうとした。だが、それはよけいに男を怒らせたようだった。

「もういい」男は命令した。「船に戻ればちゃんとした服を積んである」

ちゃんとした服？「あなたの船に行くつもりはないわ。あなたが何者かも知らないもの」

「わたしはグラント・サザーランド船長だ。きみを英国へ連れ帰るように、きみのおじいさまに差し向けられたんだ」娘の反応を見ようと言葉を切ると、トリは眉をつりあげていた。

「わたしを信じないのか？　きみの名前がヴィクトリア・ディアボーンだというのも知っている。両親の名前も知っている」

「そんなこと、何の証明にもならないわ」トリは険のある声でつけ加えた。「字が読めるってこと以外には」

「ああ、きみの日記は読ませてもらった」男は怒って言った。「だからといって、わたしがきみを助けに来たという事実は変わらない」

「どうしてわたしを追いかけたの？」

「わたしの寝床に蛇を入れたからだ」ぴしゃりと言い返す。

「いいえ、最初のときよ」

男は口を開きかけて、また閉じた。心からとまどっている様子だった。「理由はわからない。十年近く行方不明になっていたきみが、すぐ手の届くところにいた。きみを見失いたくなかったんだ」

「わたしの日記を読んだのなら、あなたを信じるのがむずかしい理由はわかるでしょ」

男は眉根を寄せた。「ああ、わかるとも。ただ、説明するだけの時間があればいいんだが、そんな余裕はないんだ。船で話しあおう」

無理やりそういう言葉を口にしたように聞こえた。この男はふだん、自分自身についてや自分の行動をめったに説明する必要がないのだ、とトリは感じた。「わたしには時間がいくらでもあるわ」

「嵐が来る前に船を出航させないと、全員に救助が必要な羽目になる」男はトリの目を見つめた。「ミス・スコットはどこなんだ？」

「まさか、あなたにそれを教えるだなんて期待していないでしょうね」

「避けがたいことは、さっさと片付けよう。ミス・スコットがこの島にいるなら、わたしは彼女を見つけて、二人とも英国に連れて帰ることになる」男はトリをキャンプ地の方にひっぱっていった。トリは相手に警戒をゆるめさせるために、おとなしく従った。何かが道を横切り、男が注意を向けたすきに、トリは握られている腕を持ち上げ、相手の手に嚙みつこうとした。

グラントはさっと手をおろした。「やめろ」威嚇的な声で命じた。「考えることもするな。これ以上、わたしを怒らせない方が身のためだぞ」

怒らせるですって？　こっちこそ追いかけられ、押さえつけられ、困惑しているのよ。「怒らせたとしたら？」

「思い切りお仕置きする」まったく感情のこもらない声で答えると、ぐんぐん歩き続けた。

この男、本気だわ。この人には絶対つかまらないとたかをくくっていたのに、こうしてひきずられている。策略が必要だった。考えるのよ。やがて滝壺の前を通りかかった。

「船長？　すみません。わたし、けがをしているの」トリは立ち止まって、太ももを指さした。「足の切り傷をきれいに洗いたいわ」

船長は目を大きく見開いた。トリは膝の裏側をつかまれ、脚を高く持ち上げさせられたので、もう片方の足でけんけんしなくてはならなかった。船長はひっかき傷がやっと見えるぐらいにスカートをめくり、さらにもう少しだけたくしあげた。トリは寒さを感じているかのようにかすかに震えはじめたが、実はその逆だった。肌が熱くほてっている。男の指のたこがはっきりと感じとれた。

船長はいきなりスカートを下ろした。「切ったようだ」さっきまでとはちがう声だった。体の奥から言葉を押しだしているかのように感じられた。

たしかに傷を負っていた。何日も前に。ただし、月の光だけでは見分けがつかなかったのだ。船長は罪悪感を覚えているにちがいないと、トリは思った。まばたきしながら船長を見上げ、そっと訴えた。「とても痛いの。水で洗う必要があるわ」相手がためらうと、こう続けた。「本当にわたしの救出者なら、それを示すいいチャンスでしょ」

「そうだな」男は咳払いをして、厳しい声で言った。「どっちに行くのか教えてくれ」

「大きなパンノキを過ぎて、左の小道を行って」

間もなく、「道はないぞ」

「それはパンノキじゃないわ」

「なるほど、きみが案内してくれ」船長はトリを前に押しだした。「だが、何か企むんじゃないぞ」

トリは左の小道を進んでいき、以前、船長が水浴びをしていた滝壺に案内した。

船長はとまどっているようだったが、とうとうトリの手首を片手でつかんだ。「切り傷を洗う布は持ってないんだが」

この大男はまちがいなくうしろめたく感じていた。もしかすると、それほど怖い人間ではないのかもしれない。「全身が汚れているの。あなたに押し倒されたせいで」トリは思い出させた。「水に入ってくるわ」

「それはだめだ」すぐに却下した。「さあ、その脚を洗え」

トリが自分の手を見下ろすと、いきなり船長は手を放した。

ヴィクトリアは水辺にすわり、スカートをまくりあげると、水をすくって傷にかけた。グラントは息を大きく吸いこんだ。自分も知っていたが、水が冷たいので、娘はため息をつき震えている。その吐息に体の奥深くに眠るものが目覚めさせられ、彼のものは鉄のように硬くなった。

グラントは紳士だ。しかし、その前に一人の男だった。そして今、人気《ひとけ》のないジャングルの中で、ガーゼのように薄く透けた服しか身につけていない、ほっそりした若く美しい女性と二人きりでいる。「もう充分だろう」

ヴィクトリアは振り返ってグラントをにらみつけた。スカートをさらにめくりあげ、わずかに両脚を開く。長くてきれいな脚をしていた。男なら妄想に駆られるだろう。グラントが女性の太もものなめらかな肌を見たのはひさしぶりだった……。

意志の力をふりしぼって、グラントは顔をそむけた。自分の両手を見ると震えていた。

ヴィクトリアが水に滑りこむ音が聞こえ、あわてて体をひねった。「水から出るんだ。今すぐ」

生まれたときから泳いでいるかのようにすいすい泳いで、ヴィクトリアはぐんぐん遠ざかっていった。

「水から出ろと言っただろ！」グラントはこれほど腹が立ったことはなかった。それなのにどうして自分のものは、まだ硬くなったままなのだろう？

「わたしをつかまえに来なくちゃだめみたいね」ヴィクトリアはからかった。

小悪魔め。すぐにブーツとシャツを脱ぎ捨てた。「こっちに来い」水に入ると、その冷たさにぎくりとした。またヴィクトリアを乱暴に押さえつけないようにと、自分に言い聞かせる。「言っただろ、こっちに来い」しゃがれ声で命じた。

ヴィクトリアはにやっとすると、手を振った。それから、子どもがバイバイするみたいに指を曲げた。あいつを押さえつけてやる。ゆっくりと。そのとき、ヴィクトリアが水中に沈んだ。どうしたんだ？

ヴィクトリアがいた場所まで泳いでいった。月が出て、水は澄んでいるにもかかわらず、娘は見つからなかった。一分が過ぎ、グラントは水中に潜ると、やみくもに手を伸ばした。さらに一分が過ぎた。ドクドクいう心臓にあわせて、頭が疼きはじめた。何度も何度も息を吸っては、グラントは水中に潜った。

もう一度水面に出て、大きく空気を吸ったとき、声が聞こえた。「もしあなたが自分の言葉どおりの人なら、それを証明してみせて。救出に来たのでなければ、早めにこのゲームから手を引いた方がいいわよ、サザーランド船長」

グラントははっとして岸辺を見た。「おい、わたしの服に何をしている？」あえて冷静さをつくろってたずねた。

「拾っているのよ」からかうような口調で答えた。

「わたしの服から手を放せ」

「喜んで！」

グラントにその言葉の意味を考える隙を与えず、ヴィクトリアは走り去っていった。

「なんてことだ！」グラントは目にかかった髪の毛をかきあげた。「ああ、こんちくしょう！」

どこか高いところから、ヴィクトリアが言った。「ああ、それから船長、あなたのシャツをもらっておくわ。それに片方のブーツも」

声がした方を向くと、トリは滝壺に突きだした崖の上にいた。背筋を恐怖が這い上がる。水中にいるにもかかわらず、汗をかきだした。あそこはとても高い。もし足を踏みはずしたら……。

その瞬間、ヴィクトリアが手を放した。片方のブーツが頭のすぐそばに落ちてきて、水をバシャンと跳ね返した。

# 5

「ブーツが片方だけか」

グラントは膝の周囲の草をこぶのある棒でなぎ払った。「いったい片方だけのブーツをどうするつもりなんだ？」また自分に問いかけながら、周囲の不運なやぶをひっぱたいた。たぶん通り道を残していけば、さっきから何度もやっているように、同じところをぐるぐる歩くことにはならないだろう。滝壺から娘を追うというゆうべのすばらしい思いつきは、迷子になるという結果に終わっていた。

ヴィクトリアは再び自分の手から逃げてしまった。まんまと、あの娘に上手をとられた。しかし、それはこれから変わるはずだ。あの娘を船に乗せれば、あと少しで自分の人生から追いだせるだろう。困ったことに、ヴィクトリアは魅惑的だった。自制心の強い自分のような男にとってすら。娘の喉を絞めあげてやりたいと思っている今このときですら。

これまで触れたことがないほどやわらかな肌をしていた。そして、隣に立ったとき、髪の毛の清潔な香りが嗅ぎとれた。そもそも、すてきなにおいがするとか、触れてみたいような肌をしているとかいうことで頭がいっぱいでなければ、ゆうべあの娘をとり逃がすことはなかったかもしれない。

夜が明けてからグラントはキャンプ地に戻った。シャツもなく、片足は切り傷だらけで、湿ったズボンは脚に張りついていた。部下たちは同じ反応を見せた——衝撃だ。

イアンがまず立ち直り、げらげら笑った。「娘をつかまえたんだな！」それからグラントの声音を真似て、イアンは言った。「おい、おまえのシャツはたくしこまれてないぞ」そして今気づいたというふりをした。「あれ。きみはシャツを着てないじゃないか！」笑い。「ブーツは片方だけ。ズボンも濡れているようだね！　おまけ《ブーツ》に！」イアンは自分のだじゃれにけたたましい笑い声をあげた。

目に涙をにじませて、ドゥーリーはどうにか大笑いをおさめた。「船長、あの蛇は毒蛇じゃありませんでした」

「わかっている。さて」グラントは冷静さをとり戻そうとした。「ドゥーリー、船まで行き、服とブーツをとってきてくれ」ため息をつき、うんざりしたように言った。「それから、ここにあと数日滞在する準備をしてくれ」

グラントがドゥーリーを待っているあいだに、イアンは笑いやんでは、またしばらくして笑いがこみあげてくる、ということを何度か繰り返していた。やがて、ついに最近のお気に入りの場所であるくすねてきたハンモックに横になり、アシの葉を口にくわえた。

ドゥーリーが戻ってくると、グラントは服を着替えた。一刻も早く濡れたズボンを脱ぎたかった。

「で、ヴィクトリアと話をしたのか？」ドゥーリーやクルーが聞こえないところで作業を始めると、イアンはさっそくたずねた。

グラントは船から持ってきた古いブーツをとりあげ、靴磨きセットを手にすると、いとこを無視することにした。

「ははん！　話したんだな」イアンは体を起こすと、ハンモックにまたがった。「どう言ってた？　どんな様子だった？」

「きみには関係ないだろ」グラントはぴしゃりと言った。「向こうに行ってくれ、イアン。船に戻っていてくれ」

「いや、まさか。ようやくおもしろくなってきたところじゃないか」イアンはアシを口の端にはさみ、グラントにやけになれなれしい笑みを向けた。「あの娘がほしかったんだろ？」

「もういい加減にしろ」グラントはたたきつけるようにブーツをブラシでこすったが、ブラシがすべって手を黒くしてしまった。

イアンは膝をたたいて爆笑した。「たずねるまでもないな。もちろん、あの娘はきみを興奮させたんだろ」

「その話はしたくない。わたしを放っておいてくれ」

「で、きみはあの娘をつかまえたが、逃げられた。ずいぶんおてんばな娘だな、ブーツとシャツを奪うなんて！　だが頭が切れるみたいだね」

頭が切れる、たしかに。二人のあいだの最近の戦いでは、ヴィクトリアがすべて勝ちをおさめていた。イアンが小声でつぶやいたように「第三ラウンド、ヴィクトリアの勝ち」だった。

「ねえ、この経験はきみのためになってるよ。少しリラックスした方がいい」

グラントはいとこをにらみつけた。「リラックスなんてしたくないんだ」

「手を抜くってことをしない。そこがきみの欠点だよ」

グラントは年下のいとこの方を向いた。「きみはお互いの欠点について本気で話しあいたいのか？　わたしについてあれこれ言う前に、数え切れない自分の欠点を解決したまえ」

「帰るまで何もできないよ」イアンは両手を宙に持ち上げてみせた。「それに帰れないのは、きみが地球の裏側まで航海してきたからだ」

グラントは挑発されなかった。「自分からこの船に駆けこんできたんだろ」

「ごろつきに追いかけられるより、船の方がましだからだ」イアンは怒鳴った。「というか、そう信じたからだ。ヨーロッパに行くのかと思ったんだよ。あるいはアメリカとか。まさかオセアニアくんだりまで来るとはな」

「そこがごろつきの困ったところなんだよ」グラントは秘密を打ち明けるかのような調子で言った。「一般的に、金を貸していなければ、追いかけてきたりしないものだ」

イアンは暗い顔になった。「もう支払ったと思ってたんだ。本当だよ」

「思ってた？」

「誰もが経理に強いってわけじゃないんだ」イアンは不機嫌そうにいとこをにらんだ。しかし、グラントは自分がとびきり経理に強いからといって謝るつもりはなかった。

「本当に支払いを済ませているなら、女性問題にちがいないな」グラントは推測した。イアンほど女性にちやほやされる男は英国にいなかったし、彼はその境遇を思う存分堪能していたのだ。

「どこかの寝取られ亭主が、女房をぼくと共有するのにうんざりしたんだよ」ギャンブル、酒、借金の他に、イアンは既婚婦人の家の窓から真夜中に逃げだすことで有名だった。

「ぼくは差しだされたものは受けとる主義なんだ」イアンはむっつりと言った。

グラントはブーツをはきながら思った。いや、どうぞと言われても、わたしは社交界の女性のスカートを片っ端からめくったりはしない。その理由ならいくつもあった。そのどれも、いとこに説明するつもりはなかったが。

グラントが荷物をかつぐと、イアンは言った。「待ってくれ」

グラントは振り返り、指を一本立てた。その表情に、イアンは足を止めた。

「今日はきみ一人で行ってくれ」怖じ気づいたように言うと、イアンはハンモックにまた寝ころんだ。

しばらくのち、グラントは木の根だらけの小道を苦労して進んでいた。一人で来たことにほっとしながら、ヴィクトリアと過ごした短い時間と、自分の異常な反応について思い返した。もしもヴィクトリアが尻軽な社交界の女性だったら、自分は欲望に抵抗できただろうか？　おそらく無理だっただろう。

たちまち、グラントは追跡にのめりこみ、怒りをかきたてられ、興奮してしまったのだった。冷たい水も興奮を静めてくれなかった——おそらく娘が水に潜ってしまうまで、何をしてもむだだっただろう。思い出すと今もまた憤怒に我を忘れそうになったが、自分をいましめた。

日が沈んでいき一日が終わりを告げると、失望がこみあげた。夜になったらヴィクトリアは戻ってくるかもしれない。また寝床に何か入れようと忍んできたら、つかまえてやる。

その晩、ヴィクトリアは戻ってこなかった。

つかまえたいと思っているくせに、どうして今すぐにでも会いたいと思うのだろう。冷静なことで有名な弟の今の姿を目にしたら、兄はおもしろがると同時に大喜びするだろうな、とグラントは思った。

グラントは星を見上げた。ヴィクトリア・ディアボーンが無力で愛らしい女性だという期待は、まちがいなく木っ端みじんになった。あんなにおてんばだとは。しかし、それでも小柄だった。せいぜい百六十五センチぐらいだろうか？　少なくとも自分と比べたらとても小さいし、やせている。ヴィクトリアの潜在能力は認めていたが、それでも夜に戸外にいると思うと、不安になった。それも一人きりで。グラントはどうにかしてヴィクトリアを守りたかった。

日記の正確できちんとした文章が、船長の暴力を描写するにつれ乱れ、常軌を逸していったことが一日じゅう頭を離れなかった。その事件を記したページには血が飛び散っていた。

船長はミス・スコットを発見して襲いかかったが、危害を与えないうちに、ヴィクトリアが男の背後から飛びかかり、思い切り首を絞めようとしたのだ。文章を読みながら、グラントはヴィクトリアに喝采を送った。

ならず者はヴィクトリアを払い落とすと、またもやミス・スコットに向き直ったが、ヴィクトリアがまた男に駆け寄り、ひっかいたり蹴ったりした。そいつが手の甲でヴィクトリアをひっぱたいたところを読んだときには、思わずぎゅっと日記を握りしめて、湿った表紙にくっきりと指の跡をつけてしまった。

報復を恐れながらも、ヴィクトリアが男のブーツに口の中の血を吐きだしたときには、グラントは誇らしく感じた。しかし、ミス・スコットがヴィクトリアに暴力をふるう男の背後に回り、石を振り下ろして……。

グラントは感情的な人間ではなかったので、その卑劣漢に対して感じた自分の煮えたぎるような怒りに動揺させられた。

と同時に恐怖も覚えた。

ヴィクトリアに対して欲望を感じたせいで、自分自身をその船長と比べないわけにはいかなかった。

冗談じゃない、その男とはまったくちがう。男が女性を傷つけたり、少女に手を出したりすることは、自分にはまったく理解できない。

いや、ヴィクトリアはもうすぐ二十二歳なのだから、少女なんかではない。それに強かった——一人で生きていけるほどに。しかし、ヴィクトリアは成長しても、まだ痛ましいほど傷つきやすいのだと、グラントは心のどこかで感じた。たしかに強いが、それでもきわめて無力な立場にあるのだ。

グラントが眠りに落ちたのは月がすっかり沈んでからだった。

ようやく、眠ったわ。

トリはキャンプ地のはずれから、船長が星を眺めながら、顔をゆがめたり、力をゆるめたり、またゆがめたりするのを観察していた。自分の上に落ちてくるもの、特に生き物が落ちてくるのをあんなにいやがるくせに、どうしてわざわざ森の緑の天蓋が途切れているところに寝床を広げているのだろうと、このあいだの朝、不思議に思った。今、その理由を知った。船長は星空を眺めるためにそうしているのだ。

それは近寄りがたい冷酷な船長というトリの評価と相容れなかったが、どっちみち、船長のことは考え直しかけていた。トリは男性の誠実さを判定する経験も基準も指針も持ちあわせていなかったが、船長が本当のことを言っていると信じるようになった。あの人は、わたしたちを救うためにやって来たのだ。

あとはカミーに信じてもらう必要があった。今朝、トリがサザーランド船長とのやりとりを報告すると、カミーは日記で情報を入手したのではないかと疑った。たしかに、その可能性はあるとトリは認めたが、カミーは洞窟について日記で言及してあるかどうかの方を懸念しているようだった。

　サザーランドがとうとう目をつぶり、大きく上下していた胸がやがて平らになると、トリの不安な気持ちに呼応するように、風が強まりヤシの木をざわざわ揺らし、うねる波を岸辺に打ち寄せた。トリは両腕を体に巻きつけた。どうして星を見上げているサザーランドの姿に、心がやわらいだのかしら？

　物思いにふけりながら洞窟に戻ると、驚いたことにカミーが起きていた。

「心を決めたのね」カミーは伸びをしながら言った。「あなたの顔を見ればわかるわ。じゃあ、おじいさまが彼を派遣したのだと思ってるのね？」

　トリは耳をかいた。「ええ」

「遭難してから八年も後に？」カミーはすわりこみ、膝を胸に引き寄せた。

　トリは自分の寝床にすわると、すでに五十回は検討したにもかかわらず、またその質問をじっくり考えた。「信じるべきではないかもしれないけど、あの人はわたしたちを救いに来たんだと思う」

「ハンサムだから、あの船長を信じているの？」

　トリは顔を赤らめ、じっとつま先を見つめた。筋骨隆々とした長身の体格も、熱意あふれる決然とした表情も、救出に来た騎士というイメージにぴったりだったが、そればかりか、サザーランドはトリがこれまで接したことのない強烈な意志を示していた。トリを是が非でも船に乗せたがっていたのだ。「いいえ、あの人の意志が強いからよ。かなり前からわたしたちを見つけようとしていた気がするの」

「わたし、サザーランドのことは信じないかもしれないけど、あなたの言うことは信じるわ。あの人が英国に連れて帰ってくれるとあなたが思っているなら、わたしはかまわないわよ」

カミーは毛布をぎゅっと引き寄せた。「こんなに何年もたってから帰れるなんてねえ。わたしはもう家族がいない――それもあって、あなたのご両親と契約したの。だけど、いろいろなことが懐かしいわ！　お茶、やわらかな日差し、お茶、雨や乾期以外の季節、お茶」カミーはにっこりしたが、それから真剣な顔つきになった。「ときどき、緑の平原を馬で走りたくてたまらなくなったわ。ずっとそれが恋しくて。でも、あのできごとのあと……考えることをやめたの」

トリはカミーの気持ちがわかった。この島で二年過ごしたあと、救出されるという考えは、空を飛ぶことに劣らず荒唐無稽に感じられるようになったのだ。

「もしサザーランドの言うことが本当なら、これから長い航海が待っていることになるわね」

カミーは三つ編みを肩におろして、なでつけた。「でも、あなたはおじいさまに会えるし、本当の家もある。探検を終えたら、ご両親はそこに住む予定だったのよ。あなたにもルーツのある場所に戻ってほしいんじゃないかしら」

トリにとって祖父の記憶はいくつかの場面でしかなかった。笑いながら、トリを肩車してくれたことは覚えている。料理人からマフィンをくすね、祖父がトリのために建ててくれたツリーハウスでいっしょに食べた記憶もおぼろにあった。

「カミー、あなたが賛成してくれるなら、明日、サザーランドに接近してみるわ。だけど、こう伝えるつもりよ。ここを出航するときは、わたしたちの条件に従ってもらうって。航海の途中で、あなたをお医者さんに診てもらうように要求す……」トリの力のこもった言葉は、こらえきれなかったあくびでさえぎられた。この救出という新しい可能性に比べたら、睡眠なんてどうってことないと思っていたが、まぶたが重くなってきた。

「少し眠りなさい」カミーが勧めた。「あとで相談しましょう」

トリは喜んで上掛けの下にもぐりこみ、すぐに寝入ってしまった。夜明けまで二時間しか眠らなかったのに、またも難破の夢にうなされた。目を覚ますと、頬が涙で濡れている。カミーが中にいなかったことにはほっとしたが、それでもおののきが全身を走った。いつかあの夜のことを忘れる日が来るのだろうか？

外に出ていき、洞窟の入り口に寄りかかった。カミーは空き地で朝食のマンゴーを切りとっている。トリは昇ってくる赤い太陽に目を向けた。太陽の強烈な色が雲を追い散らしていく。深呼吸した。空気は重たく、息が詰まりそうで、水は魚が死にそうなほど温かかった。オセアニアの嵐のシーズンがすでに始まっていることが感じとれた。あの船は、この海域の珊瑚礁にとって格好の餌食になりそうだ。連中は、これから自分たちの身に降りかかることを知っているのだろうか。

トリははっとした。もしサザーランドの言葉が本当なら、自分を含めて全員にその運命が降りかかるのだ。

その日、またもや土砂降りの雨が降り、湾では高波が砕けた。木々のあいだを熱い風が吹き抜けていく。時間切れになりかけていた。空気も水も重苦しくなっている。この地域は台風シーズンに入りかけていた。

早く出航しなければ、大嵐のど真ん中をさまようことになるだろう。

グラントは島をざっとスケッチした地図に目を向けた。それを木箱に広げ、情報をつけ加えようとしたが、風が強くて地図がめくれてしまう。

いらだたしげに目を上げた。イアンはハンモックに寝そべり、猛烈に揺られている。「イアン」グラントは叫んだ。「こっちに来て押さえてくれ」

イアンは起き上がり、オイルスキンの上着の前をしっかりかきあわせると、駆け寄ってきた。

「隅を押さえていてほしいんだ」

イアンは地図のふたつの隅に手のひらを置いた。「これは何だ？」

「ヴィクトリアをどうやって見つけるか、これでわかる」

イアンがこめかみをかいたので、地図が風でめくれ、あわててまた押さえた。グラントはしぶしぶ説明した。「ヴィクトリアは自分が行かせたい場所にわたしたちを導いた。つまり、どこかから遠ざけたってことだ。島の地図を描いて、わたしたちが見つけたヴィクトリアの痕跡に印をつけていった。網、もり、はっきりした足跡──それから、それぞれの品物を考慮して、ヴィクトリアがいる場所を数学的に計算してみた」

外国語を聞いているかのように、イアンはいとこを見た。「きみが得意なのは、ポンドの表示がついているものの計算だけかと思っていたよ。で、あの娘はどこにいるんだ？」

グラントは羊皮紙に描かれた丘を指さした。「山の高い場所に隠れているんだ」雲に覆われた山頂を見上げる。「まさか、あそこまで登れるとは思っていなかったよ」

「それで筋が通る。あの山だけは捜索しなかったからね」イアンはグラントの視線を追った。

「今日、あそこまで行けるかな？」

グラントは船を振り返り、錨がひっぱられている様子を観察すると、岸辺に視線を戻した。

「そうするしかない。手こぎ船は見えるかい？」

イアンは雨の中でまばたきした。「海は今朝から三メートルぐらい水位が下がってるよ」

グラントは驚きの表情を隠せなかった。

「ああ、グラント、ぼくだっていろいろなことに気づくんだ」

「じゃあ、今はちょうど満潮だと気づいていたかな？」

イアンの得意げな笑いが消えた。「嵐が来るのか？」

「大きいやつがね」

イアンは地図を拳で軽くたたいた。「出発しよう」

一時間後、二人は砂と土の混じりあった地面の足跡を追って、空き地に出た。山頂の下に、小さなひび割れのような洞窟が見えてきた。

中に入ると、グラントはランタンをつけ、暗闇に楯のように掲げた。濡れたかび臭いにおいがすると思っていたのに、火のにおいがした。薪のはぜる音がした。勝利感がこみあげてくる。期待が背中をなで上げる女の爪のように、背筋を這い上がっていく。片隅には……。

死んだように誰かが横たわっていた。

# 6

「生きているのか？」イアンがささやいた。

グラントはうなずき、近づいていった。「息はしていると思う」その女性の顔はぞっとするほど青ざめていた。ひび割れた唇で浅い呼吸をしている。やせた体にぶかぶかの服がまとわりついていた。だが、髪は火のように赤く、他の部分と不釣りあいだった。

「ミス・スコットですか？」グラントは声をかけ、イアンはかがみこんで肩をそっとたたいた。

女性は痛みをこらえているかのようにゆっくりと起き上がり、目をこすってから、すがめた。二人の見知らぬ男性が目の前にいるのに、驚いていないようだった。それどころか、くしゃくしゃの赤い髪に触れて、色っぽく整えようとした。

「ミス・スコット、わたしはディアボーン一家を見つけるために、ベルモント卿に派遣されて来たんです」

「一家の人間はもう一人しか残ってませんよ。あなたはどなた？」

「英国に住むグラント・サザーランド船長です」

ミス・スコットは小首を傾げた。「わたしはカメリア・スコットです。最近はオセアニアのどこかに住んでいるわ」

イアンはくすくす笑った。グラントがじろりとにらむと、イアンは口に拳をあてがい、咳払いした。「こちらはいとこのイアン・トレイウィックです」

ミス・スコットはイアンを見て頰を赤らめると、彼のふざけた態度をたしなめるように、かわいらしく指を振った。

女性の目に、イアンはどう映るのだろう？　「ヴィクトリアがどこにいるか教えてもらえませんか？」

「全然わからないわ」ミス・スコットは片手をさっと振った。サザーランドはその手を見て、指や手のひらが醜い傷だらけだということに気づいた。

「救出されて、さほどうれしそうではないようですが」

ミス・スコットは肩をすくめた。「女王ご本人がこの島にいらしたら、喜びを抑えきれなかったでしょうね」地面に視線を落とし、思い出に浸った。「行列で一度お姿を見たことがあります。羽根つきの帽子をかぶって、とてもすてきな緑色の乗馬服を着ていらして――」

「ミス・スコット」グラントはさえぎった。

ミス・スコットははっと顔を上げた。「まだ女王さまが王位についているのかしら？」

空に稲光が走るたびに、グラントのいらだちは募った。野生の娘のせいで部下たちを安全な場所に移動させられなくなったうえ、今度は家庭教師《ナニー》までが救出の妨害をしている。「ミス・スコット――」

イアンが身を乗りだしてささやいた。「グラント、この女性は十年近く、世間と交わらずに過ごしてきたんだ。やさしく接した方がいいよ」

グラントは片手を振っていいとこをしりぞけると、口を開いた。「女王はご存命ですし、お元気ですよ」女性はグラントの言っていることが理解できないのか、ぽかんとした視線を返してきた。「さて、ヴィクトリアのことです。ヴィクトリアを見つけて、わたしたちがあなた方二人を救出に来たことを納得してもらわねばならないんですよ」

「救出されるとはまったく考えていませんでした。海賊とか、軍事作戦ならありうるでしょうけど」ミス・スコットはグラントに厳しい視線を向けると、きびきびと言った。「それに、救いがたいほど遅かったわ」

グラントは自分のせいで遅れたかのように、申し訳なく感じた。「わたしはベルモント伯爵であるヴィクトリアの祖父が派遣した、八度目の航海の船長なんです。どうやら、他の船はこんな遠くまで来なかったようだ」

「じゃあ、まだ世間には死んだと思われていなかったのね。意外だわ」ミス・スコットは少しも意外そうではない声で言った。それから怪しむように目をすがめた。「ベルモント伯爵に派遣されたのなら、その家を描写してみて」

グラントは首を振ってから、しぶしぶ口を開いた。「領地の邸宅は古い灰色の石造りで、ふたつの中庭があって数字の八のような形をしている。土地は広大で、なだらかな草地、ところどころが羊のいる丘になっている」グラントは息を吐いた。「さて、申し上げた事実が符合するなら――」

「あら、符合するかどうかなんて知らないわ。行ったことがないから」ミス・スコットは陽気に言った。「ただ、どういう場所に旅をしていくことになるのか知りたかっただけ」

グラントはいらだたしげに歯を食いしばった。イアンはふきだした。外の風が強くなった。

「今日出発します」グラントはきっぱりと言った。「どこでヴィクトリアを見つけられるか教えてください」

「教えたくてもできないの。あの子は一日で島じゅうを移動できるのよ。わたしの知っているのは、ハンサムな船長を探しに行ったたってことだけ」

畜生、この女性はまるで役に立たない。待てよ……ハンサム？　ヴィクトリアがそう言ったのか？　グラントはありがたくない喜びがわきあがるのを抑えこんだ。「イアン、ミス・スコットを船に連れていってほしい。ドゥーリーに嵐が来たら最善の決断を下すように伝えてくれ」

ミス・スコットはひるんだ。「ようやく船に乗れると思ったら、また嵐の最中になるのね」その顔は表情を失っていた。「待ちきれないわ」

「そんなにひどいことにはならないよ」イアンは言うと、やさしく手をとった。

ミス・スコットはグラントに視線を戻した。「わたしにはこの件について選択肢はないのね？」

「船に乗った方が安全なのはまちがいない」

「トリが戻ってきてわたしがいないのを見つけたら、あなた、大変な目にあわされるわよ」

グラントは背筋を伸ばした。「ありがとう。でも、小娘一人ぐらいどうにかできると思う」

ミス・スコットは哀れむようにグラントを見た。

「それがまちがいだって、すぐにわかるでしょうね」

「カミー、信じられないくらい雨が――」火のそばにすわっているグラントを見たとたん、ヴィクトリアは棒立ちになった。みるみる全身に緊張がみなぎる。「カミーはどこなの？」

「いとことクルーといっしょに〈ケヴラル〉号に乗船した」グラントはゆっくりと言った。

しゃがみこむと、ヴィクトリアは竹の杖を手にした。その声は怒りに震えていた。

「どうして連れていったの？」

グラントはゆっくりと体を起こし、威嚇的に見えないように頭を低くして立った。「以前言ったことは本気なんだ。わたしはきみたちを救うためにここに派遣された。二人とも船に乗せて、この海域から脱出しなくてはならないんだ」

ヴィクトリアは頭を振り、グラントの答えを無視して、もう一度たずねた。

「どうして連れていったの？」

「そうすればきみも来ると思ったからだ」

ヴィクトリアは顔をこわばらせた。この男を殴りつけたかった。グラントはヴィクトリアが発散している荒々しい怒りを感じとった。指が白くなるほど杖を握りしめている。殴られる、とグラントがそう覚悟したとき、ヴィクトリアは洞窟から飛びだしていった。

グラントはあわてて荷物をつかむと、ヴィクトリアのあとを追って外に飛びだした。土砂降りの雨だった。雲間から降ってくる雨は地面を激しくたたき、バナナの木々の広い葉に落ちる雨粒が、耳を聾《ろう》せんばかりの音を立てている。グラントはこの猛烈な豪雨を目にして、英国の静かな雨が恋しくなった。

稲光が空を情け容赦なく切り裂き、次々に雷が落ちてくる。目の前を走っていくヴィクトリアの姿が閃光に浮かび上がった。頭上の蔦や、かたわらの木々をつかんで勢いをつけ、体全体を使って進んでいく。岩をひらりと飛び越え、木を滑り下りる身軽さと大胆さは、修練のたまものだろう。グラントはわき道を走ってヴィクトリアを追っていった。二人は丘の斜面をぐんぐん下ってヴィクトリアの家に向かった。

ヴィクトリアは小屋を通り過ぎると、崖の端まで行き、額に手をかざして雨のカーテン越しに目を凝らして船を探した。グラントはヴィクトリアがよろめくのを見た。そして、彼女の息を吐く音が聞こえた。

海面には闇がべったりと広がっている。

船は消えていた。

# 7

「ちょっと、船はどこなの？　船はどこなのよ？」

「船はどこなの？」ヴィクトリアはグラントに駆け寄ると、手のひらで胸を突いた。「ちょっと、船はどこなのよ？」

グラントはその両手をつかんだ。「一等航海士には〈ケヴラル〉号を守るための基準があるんだ。外洋に出たんだろう。嵐に備えて珊瑚礁から離れたんだ。わたしは残ってきみを待っていたんだよ」

ヴィクトリアはグラントの手から手首をもぎ離した。「ミス・スコットは病気なのよ。座礁して以来、初めて船に乗るのに、嵐の中に連れていったの？」稲光がヴィクトリアの不安そうな表情を照らしだした。

「船は嵐を避けられるだろう」グラントは風に負けじと叫んだ。「いとこがミス・スコットの面倒を見てくれるはずだ」グラントは片手をヴィクトリアの肩に置いた。

ヴィクトリアはショックのあまり正気を失ったかのようにあとじさった。目がぎらついている。「わたしに触らないで」声をひそめて言った。「絶対に」グラントは手のひらを外側にして両手を持ち上げた。

「ヴィクトリア、どうかわたしを信頼してほしい――」すぐそばに雷が落ちたので、耳がじんじんして、光に目がくらんだ。その瞬間、篠突く雨の音を切り裂くように悲鳴が響いた。グラントはその声の方に走っていき、袖で目をこすりながら必死にまばたきした。ヴィクトリアは崖の下に消えていた。


「あなた、他の人たちよりもずっと親切なのね」

カミーは青年にあごまで掛け布団を引き上げてもらいながら言った。

「よく言われるよ」イアンは気さくで魅力的な笑みを浮かべた。「さあ、安心して、少し眠るといいよ」

風が船の上で咆哮をあげたので、カミーはイアンに不安そうな視線を向けた。

「とうてい眠れないわ」

「ドゥーリーは有能だから、無事に嵐を抜けだせるさ」イアンはあわてて安心させた。「怖がる必要はないよ」

「怖くはないわ。ただ酔いやすいだけ。トリは船を怖がっているけど。でも、こんなふうに揺られていたら眠れそうもないわ」

「おしゃべりしていればいいよ」イアンは意気込んで言ったが、もう少し控えめにつけ加えた。「きみがそれでよければ」

カミーはさっと体を起こした。「うれしいわ」

「すぐに戻ってくるよ」戸口でイアンはたずねた。「何か持ってこようか？　お茶とか食べるものでも？」

「お、お茶って言ったの？」それは火のそばで毎晩話していたもの、昼間はうっとりと夢見ていたものだった。

イアンは微笑んだ。ひとことひとこと、はっきりと口にした。「きみが飲めるだけたくさんのお茶をね」

「嵐の中で淹れられるの？」カミーは不安に胸をしめつけられながらたずねた。

イアンは舷側の窓をのぞいた。「こんなのへっちゃらさ。海が本当に荒れたら、これどころじゃないよ」イアンはウィンクして出ていくと、数分後、湯気を立てているポット、山盛りにした小さなクッキー、強い酒のボトル、ふたつのティーカップをのせたトレイを手に戻ってきた。

イアンはカミーにお茶のカップとクッキーの皿を渡し、自分のカップに酒を注いだ。カミーは少しお茶をすすって、声をあげそうになった。熱々で、お砂糖がたっぷり入っている――まさに好みの味だ。目をぐるっと回した。

イアンは声をあげて笑った。「それが恋しかったんだね？」

「何よりも。それとたぶん馬かしら。それで、何を話しましょうか？」

「お好きなことを。きみがお客さまなんだから」

「船長について話しましょうよ。あの人が何者で、どうしてディアボーン家の人たちを捜しているのか教えて」

イアンは向かいのベッドに移動すると、どっかりとすわりこんだ。

「きみの質問の何者かについては、グラント・サザーランドだ。裕福なサリー州のサザーランド家の息子で、このきれいな船の船長だよ。もっとも注目するべきなのは、ぼくのいとこってことだ」イアンはカップを持ち上げ、縁越しにカミーに図々しく笑いかけると中身を飲んだ。「なぜ捜しているのか？　ヴィクトリアの祖父に、この仕事のために雇われたんだ」

「サザーランドはいい人なの？」カミーはクッキーにかぶりついた。少しかび臭くなっているかもしれない。でも、気にしなかった。神々の食べ物のように感じられた。

「ああ。無条件でイエスだ。あいつは命がけでヴィクトリアを守るだろう」その声は確信に満ちていた。

カミーは少しほっとした。気分が楽になったので、クッキーをぼんやりかじりながら、お茶を持ってきてくれた新しい友人を観察した。この人はハンサムな色男ね。男らしい彫りの深い顔立ちをしていて、黒髪にはコーヒー色の筋が入り、見たこともないほど生き生きした琥珀色の目をしている。彼に失恋した女性を英国に山のように残してきたにちがいないわ。

船長はとてもハンサムだったが、一徹で荒削りな感じがした。しかし、このイアン・トレイウィックは完璧だった。さらに、カミーといっしょにいてくつろいでいる様子からして、女性がイアンを好きなように、イアンもまた女性が好きなことは明らかだった。傷ひとつないイアンの手を眺めた。この人は絶対に船乗りじゃないわ。「あなたはこの船に乗って何を

している の？」

イアンはまた酒をあおった。「おかしな話なんだけど、急いで町を離れなくてはならない事情があってね。グラントはてっきり短い航海に出るんだと思って、船に飛び乗った。それっきりこの船に閉じこめられているんだ」

「お気の毒に」イアンはおもしろおかしく話をしたが、カミーはその目が陰るのを見てとった。「誰かを残してきたの？」

イアンはぎくりとして顔を上げた。ひと呼吸置いてから、答えた。

「実はそうなんだ」

「その女性のことがさぞ恋しいんでしょうね」

イアンは恥じ入るようにカップの中をのぞきこんでいたが、低い声で答えた。「これほど人を恋しいと思えるなんて、思ってもみなかったよ」

そのことは氷山の一角でしかないのだ、という気がした。この青年はカミーの想像を絶するほど傷ついているのだ。

「とても特別な人なんでしょう」

「ああ」イアンはカップにお代わりを注ぐと、話題を変えた。「ヴィクトリアはまた海に出ることに難色を示しそうなんだね？」

カミーはお茶をひと口飲んでから答えた。「そのとおりよ」

「難破したとき、ヴィクトリアはまだ小さかったんだろ？」

「十三歳。甲板に父親を乗せたまま〈セレンディピティ〉号がばらばらになるのを目の当たりにしたのよ。お母さんは手すり越しにボートに突き落とされて、背骨が折れてしまった。トリは数日のあいだに両親とも失ったの」

「なんてことだ、それはつらかっただろうな」イアンは前かがみになって、膝に肘を突いた。

「きみたち二人とも」

イアンはとても真剣で、心から同情してくれているようだったので、カミーはついこうたずねた。「わたしたちの友だちになってくれる？」

船が揺れたので、イアンは手を伸ばしてカミーのベッドの手すりにつかまった。「うん、喜んで」

「よかった。いずれ味方が必要になる気がするの」カミーはお茶を飲み終えると、カップをベッドサイドの台に置いた。「トリは美しい娘だわ。サザーランドはあの子と二人だけになっても信用できるかしら？」

イアンはためらった。「ああ、これまでなら、疑問の余地なく信用できるだろうね。サザーランドはヴィクトリアに対して責任を感じている。彼女を守りたがっているんだ。それに、サザーランドは信義を重んじる男として、英国じゅうに知れ渡っている」

「これまでなら？」カミーの心は沈んだ。

「あいつがああいう態度をとったのは見たことがなかった。初めて見たよ――」イアンはふさわしい言葉を探すように言葉を切った。「誰かに思い焦がれているサザーランドを」

「まあ」

イアンはまたぐいと酒をあおると、言うべきかどうか迷っているように天井を見上げた。

「言ってちょうだい、さあ」カミーがうながした。

「あまりいいことじゃないんだが。サザーランド兄弟は——つまり船長の二人の兄たちは、運命の女性を見つけたとき少し頭がおかしくなったんだよ」

「それで、何が起きたの？」

「一人は幸せに結婚した。もう一人は死んだ」


グラントは崖まで走っていった。ヴィクトリアの姿が見えないと息ができなくなった。しかし、小さな手が地面をひっかき、細い根に必死でしがみつこうとしているのが見えた。グラントがヴィクトリアに駆け寄ったとたん、彼女の下で地面がくずれた。すばやく腕を伸ばして、細い手首をつかむ。手から肌が少しずつ滑っていく。

「つかまれ、ヴィクトリア！　わたしの腕をつかむんだ！」グラントはヴィクトリアの肘に手を伸ばしながら、自分の下の地面がくずれませんようにと祈り続けた。

「無理よ……つかめない」ヴィクトリアは目を大きく見開いて、訴えた。「放さないで。お願い」

その瞬間、二人の目があった。放すぐらいなら、自分もヴィクトリアといっしょに落ちていくだろう、とグラントは思った。

「放すものか」グラントはいっそう力をふりしぼって、ヴィクトリアのわきの下に手を入れようとした。近づけば近づくほど、足の下の地面がくずれていく。稲光で、大きな土くれが何十メートルも下の岩にぶつかるのが見えた。もう少しで彼女をつかめる……その二秒後、ヴィクトリアが落ちた……。

「つかんだ！」

グラントは叫び、両手で肘をしっかりとつかんだ。片脚を上げて、ブーツを崖っぷちから遠い位置にずらすと、もっとしっかりした地面に足場をとった。さらに、もう片方のブーツも後退させる。ヴィクトリアをひっぱり、とうとう安全な場所までひきずりあげると、いっしょに後方に倒れこんだ。

しばらくのあいだヴィクトリアはグラントのシャツをわしづかみにして、しがみついていた。ヴィクトリアの顔から雨を払ってやると、流れ落ちる温かい涙が感じられた。

ヴィクトリアはもう少しで死ぬところだったのだ。ヴィクトリアが身を引くと、とっさに片手を差しのべて、その髪の中にもぐりこませた。この女性はもう少しで死ぬところだった……雨を透かして、記憶に焼きつけようとするかのように顔をまじまじと見つめた。蒼白で、目はショックのあまり表情を失っている。グラントはその顔を両手ではさみこみ、唇を自分の方に引き寄せた。

その唇はとてもやわらかく、震えていた。そして……甘く、官能的で……。

唇を味わいながら、さらにヴィクトリアの体を引き寄せると、きつく胸に抱きしめた。するとヴィクトリアの手のひらが胸にあてがわれた。それが上に滑っていき肩をつかまれると、グラントはうめき、キスを深めた。舌と舌をからめ、唇を何度も何度も荒々しくむさぼる。ぼんやりと、ヴィクトリアが身を引くのを感じた。だが、あえて、そうさせた。ヴィクトリアを怯えさせてしまった自分を罵りたかった。こんなにきつく抱きしめ、性急に口づけしてしまった。自分の顔を眺めているヴィクトリアは、困惑に眉をひそめている。見つめていると、困惑が怒りに変わるのがわかった。ヴィクトリアはさっと立ちあがると、あとじさった。

だが、遅すぎた。このキスは――グラントはこんなキスをしたことがなかった。衝撃のあまり横たわったままだった。ヴィクトリアはふっくらした下唇に舌を這わせている。こんなに激しく唇を奪われたことが信じられないと言わんばかりに。グラントは悔やみながら、片手で自分の顔をなで、理性をとり戻そうとした。しかし、もはやどうでもよくなった。封印が解かれたのだ。グラントの自制心に穴が開けられたのだ。たとえそれが、ほんのつかのまだとしても。

そして、グラントはそれが気に入った。

神よ、どうか二人を救いたまえ。

# 8

トリは歯をカタカタ鳴らして震えていた。驚きだわ。親友がさらわれ、たった今、崖から落ちて死にそうだったところを間一髪のところで救われ、生まれて初めてキスをされ、そのすべての原因になった人に服を脱がされている。

落ちかけたあと、急いで梯子のところに行き、小屋で温まろうとした。滑りやすい横木で足を滑らせると、サザーランドがすぐ後ろにいて、押し上げてくれた。疲れきっていて体に力が入らなかったので、サザーランドが小屋の中に入ると、サザーランドは背中を向けてくれたので、そのあいだに体をふき着替えようとしたが、腕の付け根がこわばっていてうまくできない。寝床はあまりにも魅惑的で、トリはどさりとくずおれた。

たちまちサザーランドが振り向き、かたわらにしゃがみこんだ。「ああ、だめだよ、ヴィクトリア、まず体を乾かさなくちゃ。こっちにおいで」やさしくうながすと、トリの肩をつかんで体を起こさせた。自分のシャツの裾でトリの顔の汚れをふきとる。

トリの肩を支えたまま、サザーランドは部屋の隅のリネンの山を探して、いちばん吸収性のよさそうな布地を見つけた。布を手にとると、髪の毛をそっとくるみこみ、水気をふきとった。こんなに大きな男性が、こんな風にやさしくしてくれるなんて。

「着替えなくちゃだめだ。見ないようにするから、手伝わせて」その声は低く、耳に心地よく響いた。安らぎを感じながら、トリはブラウスを脱がしてもらった。頭の隅では、まちがいなく胸に視線が注がれていることに気づいていた。しかし、スカートをはずされると、ぎくりとした。

「自分でできるかい？」

両腕は力なく体の両脇に垂れたままだった。いまいましいが、この天候で濡れた衣服を身につけていることの危険は承知していたので、かぶりを振った。サザーランドはトリの目から視線をそらさずに、びしょ濡れのスカートを引き下ろし、手早く脚と腕とおなかをふいた。布で体を隠したまま、大きなシャツをトリに着せた。これが自分のものだったことに気づいているかしら、とトリは思った。

サザーランドはトリをじろじろ見ることなく、今は紳士のようにふるまった。さっきはあんなキスをしたけれど……。

トリはその記憶をさらに強く振り払った。すると、あごをつかまれ、サザーランドの方に顔を向けさせられた。だが、まともに見られなかった。サザーランドの目にも不安がにじんでいるのかしら？　顔は疲労でやつれているのかしら？

寝床に横たえられ、シーツをかけてもらった。ちょうどまぶたが閉じかけたとき、突風が小屋をガタガタ揺すった。カミーが船に閉じこめられていることを考えると、泣きたくなった――さもなければ、この人をぶちたくなった。「わたしたちを引き離すべきじゃなかったわ」かすれた声で言った。「カミーはとても具合が悪いのよ」

「ひと眠りしたあとで、それについて話しあおう」

自分がこう答えるのが聞こえた。「カミーが無事じゃなかったら、覚悟した方が……」

何時間もたった気がしたあと、トリは目を覚ました。ぱっと目を開けると、明かりが見えたので驚いた。サザーランドが火のついたランタンを運びこんでいたのだ。顔にかぶさった髪の毛越しに、サザーランドを観察する。片方の長い脚を投げだし、もう片方は曲げて、そこに太い腕を突いてすわっている。じっとこちらを見つめていた。

居心地が悪くなって、あわてて体を起こし髪の毛を耳の後ろにかきあげた。トリの一挙一動に視線が注がれていた。

「気分はどう？」

「上々よ」そっけなく答え、かすれた自分の声に顔をしかめた。

「いろいろとわたしに聞きたいことがあるんじゃないかな」

トリは膝を折ってすわると、サザーランドの方を向いた。二人のあいだでランタンの光が揺れている。

「おじいさまに派遣されたのかどうか、はっきり確認したいの」

「どうやって？」

「ベルモント・コートを描写してみて」

サザーランドは疑わしげな目つきになると、いらだった声でたずねた。「きみはそこに行ったことがあるの?」

「ええ、もちろんよ」

息を吸いこむと、しゃべりはじめた。「地所の管理人の名前はハッカビーだ。敷地の真ん中に小川が流れていて、マスがいっぱい泳いでいる。屋敷の南側に、塀に囲まれた薔薇庭園がある」

「たしかに、おじいさまに派遣されたようね」あきらめたようにトリは言った。「どうしてこんなに長くかかったの?」

「わたしは八度目の捜索を任されたんだ。他の連中はここまでたどり着けなかったにちがいない」

「どうしてあなたたなの?」

そんな質問をされて驚いたようだった。「ベルモント卿に信頼されているから選ばれたんだ。わたしは約束を守る人間だからね」

自分自身について語ることを恥ずかしく思っているみたいに、最後の言葉はいやいや口にした。しかし、トリがなによりも関心を抱いていることについては言おうとしなかった。

「約束を守る人間? それはすてきね」トリは相手を値踏みした。「だけど、わたしが知りたいのは、航海の腕前よ」

背筋を伸ばし、サザーランドはきっぱりと言った。「非難されたことはない」それから、いらだちをなだめるように続けた。「きみを家に連れ帰る腕は充分にある。兄も船長だし、わたしは兄から学んだんだ。この航海の前は四年間、兄の地所を管理していたが、それまでは定期的に航海をしてきた」

トリは下唇を噛み、さらに情報が口にされるのを待ったが、サザーランドはそれ以上語ろうとしなかった。サザーランドの心を読むのは、岩の心を読むようなものだ。

サザーランドはトリの沈黙を誤解したようで、厳粛な声で言った。

「命にかえてもきみを守るつもりだ」

トリは相手の目を見つめたまま、体を乗りだした。

「まさに〈セレンディピティ〉号の船長はそう言っていた……そしてどうなったかしら！」

サザーランドは黙っていた。

「わたしを何から守るつもりなの？」

「たぶん崖から落ちることかな」トリが顔を赤らめると、サザーランドはつけ加えた。「たとえ、ご両親が亡くなっていても、わたしにきみの後見人になってほしいと、ベルモント卿に頼まれたんだ」

「わたしを命令に従わせられると思ったの？」

「ああ、そういう任務を与えられたからね。きみは今、わたしの監督下にあるんだ」

「わたしを連れ帰ったときのご褒美は何なの？」

「ベルモント卿は……遺言で褒賞を与えるつもりでいる」

サザーランドはためらっていた。遺言のことで嘘をついているの？　遺言ですって？

「おじいさまは病気なの？」

「いや、ちがうよ。わたしの知る限りでは」

トリは安堵の吐息をついた。たとえ最後の血縁者だとしても、十年近く会っていない人間に胸が痛むような懸念を覚えるのは不思議だ。自分の反応がじっと観察されているのに気づき、あわてて言葉を継いだ。「英国までの旅はどのぐらいかかるの？」

「貿易風によるな。わたしたちはオセアニアまで四カ月で来たが、帰りはもっとかかるだろう」

「四カ月……カミーは四週間でも耐えられないわ」

「わたしが何者かを説明したら、ミス・スコットはきみがついに救出されたことにほっとして、喜んで旅路につくと思うよ」

状況の重大さに気づき、トリはめまいがしそうになった。「嵐のときにカミーを船に乗せるなんて」とまどいながら、サザーランドを見つめた。「どうしてそんなことをしたの？」

「ミス・スコットの身の安全を確保したかったんだ」体を近づける。「船が戻ってきたらすぐに、きみも乗船させるつもりだ」

トリは反抗的に目をすがめた。「意見が食い違っているようね、船長。カミーがもっとよくなるまで、ニュージーランドより先には行かないつもりよ」

明らかに怒りを抑えようとしながら、サザーランドは語気を強めた。

「わたしはきみの望みどおりの場所に連れていく雇われ水夫じゃないんだ」

すぐそばで枝が折れ、屋根に落ちてきたので、トリはぎくりとした。カミーはどんな目にあっているのかしら。正直に言うと、カミーは船についての恐怖を口にしたことはなかった。それでも……。「カミーにこんな真似をするなんて、冷酷なろくでなしよ」

サザーランドの目は暗く険悪になった。応じた声は荒々しかった。

「わたしをそう呼んだのは、きみが初めてじゃないし、最後でもないだろう。言うまでもなく、それが論理的な行動だったから、そうしたまでだ。彼女を船に乗せたら、きみがついてくるとわかっていた。それに、わたしにはクルーをここから避難させる責任がある」

「冷酷だわ」

「抜け目がない、と言ってほしいね」

「地獄に落ちるがいいわ、サザーランド船長」トリは横になると、ふんと言って、顔をそむけた。

「命を救ってもらった相手に、ずいぶんなご挨拶だな」

肩越しに振り返って、トリは言った。「救ってくれなかったら、何を言われていたかわからないわね」

ひと晩じゅう、嵐は隠れ家に襲いかかったが、小屋は無傷で自然の脅威に耐え抜いた。グラントはどうにか目を覚ましていた。監督下にある女性と二人きりでいる部屋で眠ってしまうわけにいかないと思ったのだ。任務として、その女性を守っているのだから。

夜明けに雨が止んだので、グラントは眠たい目で梯子を下りて船がいないか調べに行った。湾が空っぽなのを発見すると、小屋の反対側の天水桶まで行き、髭剃りの支度をした。剃り終えたとき、滝壺で盗んだシャツから着替えたヴィクトリアがやって来た。眠ったせいで顔がピンク色で、朝の風に髪先と服のほつれた裾がなぶられている。

「船はまだ戻っていなかったのね」その声はつらそうだった。

「ああ、まだだ」

「どうして？　お天気なのに」

「嵐でかなり遠くに吹き流されたのかもしれない。心配はいらないよ。ときどきあることだから」崖から落下しかけたあと、ヴィクトリアが胸にしがみついてきたときのことをまざまざと思い出し、グラントは目をそらさずにはいられなかった。たとえ、相手にうんざりした視線を投げつけられても。

「心配いらない？　ふざけてるの？　あなたのことはもちろん、わたしは船やクルーのことをよく知らないのよ。いい人たちかどうかもわからない。こうして話しているあいだに、船は沈みかけているかもしれないわ。船が行方不明になっている時間が長引けば長引くほど」ヴィクトリアは唇をぎゅっと結んだ。「あなたを嫌いになるわ」台からぶらさげられた蓋つきのかごと広いつばのついた帽子をとると、グラントのわきを通り過ぎた。

「どこに行くんだ？」

「そんなこと、あなたに関係ないでしょ」

「教えてくれないなら、ついていくまでだ」

ヴィクトリアは足どりをゆるめて振り返った。「わたしをつかまえる二度のチャンスで、あなたは一度勝ったわけでしょ」グラントが近づいていくと、ヴィクトリアはじろじろと見た。まるで品定めをして、欠点を見つけようとするかのように。「それを三度のチャンスにしてあげてもいいわよ、ただし勝利は一度だけでしょうけど」

いきなり、グラントは手編みのかごをひったくった。かごに使われている革は自分のブーツのものだと気づいて、眉をひそめた。

しかもそれは、とても見事な取っ手になっていた。

「返して！」

ヴィクトリアの手が届かないようにかごを抱えて蓋を開けると、ナイフ、骨製の釣り針、細い繊維でできた釣り糸が入っていた。「釣りか？　目の届かないところにきみを行かせるつもりはないが、もしそうするとしても、わたしが釣りに行き、きみにはここで女らしいことをしてもらいたいな」

ヴィクトリアは飛びかかってかごをとり返した。「どんな？」

「不運にもきみの服に開いた穴をつくろうとか」グラントはじろっとブラウスを見た。肩から胸にかけて、大きなかぎ裂きができていた。

「わたしの目の届かないところにあなたを行かせるなら、あなたをここに残して、わたしが釣りに行くわ。だって、わたしの方がずっと上手だからよ」

グラントは首を振った。「どうしてわかるんだ？　わたしは釣りの名人かもしれない」

ヴィクトリアはぐいっとあごをそらした。「わたしは最高の腕前だからよ。わたし以上の人はいないわ」

「ヴィクトリア、英国に戻ったら、若い淑女はあまり傲慢になるべきではないと学ぶことになるだろう」グラントは顔をしかめてから、つけ加えた。「まあ、実は傲慢かもしれないが、それをもっと上手に隠しているんだ」

「傲慢さを隠す」ヴィクトリアは頭のわきをたたいた。「ここにね。覚えておくわ。じゃ、さよなら」

「待てよ」グラントはヴィクトリアの腕をつかんだ。「わたしを目の届く場所に置いておきたいんじゃないのか？」

ヴィクトリアはその手を怖い目でにらみつけた。「どうして？　あなたが自慢しているように本物の紳士なら、わたしを残して出発したりしないでしょ」

ちくしょう、自慢なんてしてない。どうにかこの女性を従わせる方法がないだろうか。

「聞いてくれ、わたしにいろいろなものを求めているなら――」

ヴィクトリアは目を丸くした。「わたしは何ひとつ求めてないわ」

「そうなのか？　航海を中断して、きみの友人のためにケープタウンに寄港して、医者を探すようにわたしを説得できるかもしれないんだよ」

「わたしが何をしたら？　またキスを許したら？」

グラントは顔が赤らむのを感じた。「あれは……まちがいだったんだ。もう二度とあんなことは起こらないよ」

「ええ、まったくまちがいもいいところよね」ヴィクトリアは激しい口調で言い返した。キスされたのが、そんなに恐ろしかったのだろうか？

「もう少し協力して、そばにいてくれたら、って考えていたんだ」

ヴィクトリアの気持ちはすぐ読みとれた。顔に警戒心があらわになっている。しかしグラントの言うとおりにしようと決心したことはわかった。表情が暗くなったからだ。

「ケープタウンで停泊するって約束してくれなくちゃだめよ」

「誓うよ」

「それならいいわ。ただし」ヴィクトリアは片脚に体重を移して、色っぽくヒップを突きだした。「釣りの邪魔をしたら、逃げだすわよ。そのことでは有無を言わせないわ」

グラントはにやっとした。「その点はご心配なく、ヴィクトリア」

「どうかしらね」鼻先で笑うと、急な小道をぐんぐん下りはじめた。グラントはそのすぐあとに続いた。やがて日陰になった入江に出た。グラントは以前、島のこのあたりを通り抜けたことがあり、水辺のマングローブの木に見覚えがあった。マングローブの根のあいだでは太った魚がすいすい泳ぎ、木立の上で腹を空かせたアジサシが騒々しく鳴いている。

グラントがいることを忘れたかのように、ヴィクトリアはかごを地面に落とすと、腐った木の幹からやすをとりだした。土手に歩きながら、スカートの裾をめくって、ウエストにはさみこむ。

グラントはあたりを見回して、誰にも見られていないことを確認したくなった。太ももまで、脚の大部分がむきだしになっている。「きみのことがさっぱりわからないよ。礼儀作法を無視しているくせに、帽子は必ずかぶるんだね」

そのとおりだと言わんばかりに、ヴィクトリアは肩をすくめた。

「そんなところを見られたり、透けるブラウスを着たりして、恥ずかしくないのかい?」

ヴィクトリアは眉をつりあげた。「それに気づいていたの?」

グラントは顔を赤らめ、むっつりと言った。「質問に答えてくれ」

「あら、でも、それがいちばん肝心なことなのよ。わたしの服はすべて、こんなふうか、もっとすりきれているわ。だから、どうしようもできないのに、あなたに服をじろじろ観察されたり、わたしが赤面したり口ごもったりするのを見られる方が、ずっと恥ずかしいの」

「どうしてミス・スコットの服を借りないんだ?」当然のようにたずねた。

「借りた服で仕事をして、カミーの服までだいなしにしてしまうの?」

ヴィクトリアの言うことには一理あったので、グラントは顔をしかめた。

すでにヴィクトリアは水面を眺めていて、たちまち、やすを高く掲げると、目にも止まらぬ速さで突き刺した。やすを持ち上げると、先端に太った魚がとらえられていた。「あなたを養うつもりはないわよ、船長」言いながら魚をやすからはずした。釣り糸を近くの根に結ぶと、それを魚のえらに通して輪にした。「食べたいなら、働くことね」

グラントがもう一本やすを幹からとりだすと、ヴィクトリアはあごを突きだして、挑戦的にグラントを見た。

グラントは夜明けに顔をあわせた二人の決闘者を思い浮かべた。しかし、すりきれた服が体に張りつき、輝く髪が顔の周囲でなびいているヴィクトリアを目にすると、グラントの完全に負けのような気がするのだった。

「用意はいい、漁師さん?」ヴィクトリアがからかった。

ほう、わたしに挑戦するつもりなのか。「いいとも」

トリは船長を観察していて、たしかに勇敢だが、堅苦しい態度と、信じられないぐらい糊のきいたシャツとピカピカのブーツという格好では、島ではさぞ居心地が悪いにちがいないと結論づけた。トリは気ままだったが、船長は傲慢だった。まったく、船長は扱いづらい人間だ。御しがたい。負けたら我慢できないタイプだろう。勝たせてやった方がいいかもしれない。

腕が板のようにだるく重くなってきたが、トリは休憩しようとしなかった。サザーランドは一匹、さらに一匹魚をつかまえた。トリはさらに二匹やすで突いた。

サザーランドはいらだたしげな様子で、ぎゅっと顔をしかめた。腹を立てれば立てるほど、服を脱ぎ捨てていくようだった。まず、つばの大きな帽子。おかげで、額の汗をふくためにいちいち帽子を脱がずにすむようになった。それからシャツ。さらにもっと深みに行けるようにブーツ。わたしの気を散らそうとするつもりかしら——たしかに効果的だけど——とトリは一瞬思ったが、魚とりにすっかり夢中になっている様子を目にして、その考えを捨てた。

トリは手の甲で目にかかった髪をかきあげると、サザーランドを盗み見た。ほっそりした体が大きくしなり、やすを繰り出す直前にぴたりと静止する。長い腕が持ち上げられ、そのあとぐいと前方に突きだされる。背をそらしてから水中に顔を沈めると、ブロンズ色の胴体の筋肉が盛り上がる。思わず、トリの唇が開いた。

トリは顔をしかめた。自分が社会に適応できるかどうかは、考えたことすらなかった。ただ、必要とされることは何でもできると思っていた。しかし今、自信がぐらついてきた。自分の知識には大きな穴があり、答えが予測すらできない疑問がいくつもあった。たとえば、一人の男性を嫌悪していながら、ただ眺めているだけで喜びを感じられるのはどうしてなのか？　その男性を見ているときに感じるものは魅力なのか？　その人に触れたいと感じるときは欲望なのか？　憎んでいるのに、どうしてつかのま、彼とのキスを楽しんだのか？　すべて謎だわ。トリはため息をついた。

サザーランドがもう一匹魚をとると、トリはいらだたしい物思いを中断して勝つことにした。トリの腕がとうとう持ち上がらなくなったとき、二人は同点だった。しかし、サザーランドはまだ続ける気で、やすをかざしてじっと待っている。それほど時間をかけているとは、狙っている魚は大きいにちがいない。トリは肩をすくめた。一匹少なかったが、トリの魚の方がずっと大きかった。数ではなく、合計重量で勝っていることで満足だった。サザーランドはその事実に気づいていないかもしれないが。

トリは入江のさらに先まで水の中を歩いていき、日陰の水がもっときれいな場所まで行くと、服を脱いだ。体を洗い、服を洗濯して、水をしぼる。それからまた服を着て、ほとんど乾くまで指で髪をすいた。

戻ってみると、サザーランドはまだ魚を狙っていて、非常にゆっくりと、やすで魚の動きを追っていた。トリはヤシの木にすわり、きれいになった爪で幹をたたいていたが、とうとう顔にかかる髪の毛をふうっと吹いた。

もうたくさん。途中で石を拾うと、水辺に近づいていき、サザーランドの真ん前にそれを投げこんだ。

# 9

意志力。それでこの怪物のような魚を負かしてやる。だがグラントがやすを振り下ろそうと力をこめるたびに、魚はなぜか動くのだった。しかし、グラントは辛抱強い人間だったので、必要なら、何時間でも獲物を待つことができた。ずっとやすを振りかざしているせいで、腕がだるくなってきたが、グラントは根性があった。それに、この魚にはそれだけの価値がある――。

水が顔に跳ねかかり、魚はあっという間に逃げ去った。グラントの足下に落ちてきた大きな石に驚いたのだ。歯を食いしばりながら、グラントが森の縁を見ると、ヴィクトリアが勝ち誇った顔で悦に入っていた。うなり声をあげて、やすを槍のように水辺に投げつけると、やすは地面にまっすぐ刺さった。それから大股でヴィクトリアの方に歩きだした。一歩ごとにあごが上向きになっていく。正面に立ったときの顔つきは、失敗をしでかした水夫だったらすくみあがっただろうが、ヴィクトリアは眉ひとつ動かさなかった。グラントを怖がっていないし、威圧されることもなかった。そうするべきだったのだが。

何も言わずに、グラントはヴィクトリアをつかむと、水辺にひきずっていった。

「やめて！　サザーランド」ヴィクトリアは叫んだ。「服も髪も乾かしたばかりなのよ！　やめて！」

グラントは何が何でもヴィクトリアを水に放りこんでやるつもりだった。だが最後の最後に、ヴィクトリアはグラントの胸をたたくのをやめ、後ろから首を絞めた。そしてグラントが放り投げようとした瞬間、彼も道連れにして水に倒れこんだ。

咳き込みながらグラントは水面に出てきたが、なぜか笑いたくなった。

ヴィクトリアも水を吐きだし、顔に張りついた髪をかきあげている。「ろくでなし！　こんな真似をして後悔するわよ……」言葉を切り、あわてて胸元を見た。どうやらグラントの視線に気づいたようだった。シャツはよじれ、肩からまっぷたつに裂け、片方の胸の頂をあらわにしていた。もう片方の胸には砂色の生地がぺったり張りついている。胸からシャツをひっぱったが、たちまち元に戻り、硬くなった乳首がくっきりと浮きでた。それを目にすると、ヴィクトリアに触れ、唇をふさぎたいという思いが突きあげてきた……激しい欲望が燃えあがる。

自分を翻弄するその考えと衝動を鎮めようとして、グラントは両手を握りしめた。朝じゅう、ヴィクトリアをずっと見ていた。長い脚やほとんどあらわになった胸から目が離せなかった。ひきしまったお尻のふくらみを目の当たりにすると、膝に力が入らなくなりそうだった。そこにいるヴィクトリアを抱きしめ、胸の丸みを手で包みこみ、肌に指を這わせるためなら、命も惜しくなかった。ずっと硬くなっている自分自身を鎮めようとする努力のせいで、頭がどうかしてしまったにちがいない。

今、ヴィクトリアは裸のような格好で目の前に立っている。自分を興奮させたように、ヴィクトリアも自分に興奮しているのだろうか。息づかいは浅く、目は大きく見開かれ、グラントの胸や、さらにその下を大胆に値踏みするように観察している。

その瞬間、ヴィクトリアはキスを歓迎してくれるにちがいないと確信した。シャツを肩からはぎとり、胸に手を這わせることも許してくれるかもしれない。水中で戯れる一糸まとわぬヴィクトリア。

グラントは喉の奥で苦しげな声をもらすと、土手に上がった。それからブーツとシャツを拾い上げると、足早に歩き去った。まばゆい白い岸辺を怒りに任せて行ったり来たりした。貝殻を放り投げるときか、船が錨を下ろしたのではと思ったときだけ立ち止まった。ヴィクトリアを見つけるまでは、急いで英国に戻りたいと思っていなかった。いまや、それしか自分が救われる道はなかった。グラントの世界に戻れば、ヴィクトリアは魅力を失うだろう。あまりにも率直にものを言うし、大胆すぎる。

沈んでいく太陽を眺め、空に広がる荒々しい色に驚かされた。ここでしか、こんな風景は見られないだろう。血のような赤がオレンジ、赤紫、近づく夜のブルーとしのぎを削りあっている。強烈な色彩はグラントの乱れた気持ちを反映していた。自制しようとした。あの娘に自制心をつぶされたら、自分をつぶされるということだ。あの娘に驚くほど感情をかき乱されてしまった。危険なほどに。

これほどほしいと思った女性はこれまでいなかった。制御できないほど欲望を募らせたこともない。

入江に戻ると、ヴィクトリアはいなくなっていたので、キャンプ地に引き返した。小道を半分まで登ったとき、料理のにおいがしてきた。信じられないほどおいしそうなにおいだった。近づくにつれにおいは強くなり、唾がわいてきた。

ヴィクトリアは獲物を外の炉で調理していた。グラントはこれほど強烈な空腹を感じたことがない気がした。空き地を見回して、グラントはたずねた。「何で食べるんだい？」

ヴィクトリアは冷たい笑い声をあげた。「自分も食べ物にありつけると思ってるの？」

ヴィクトリアはやれやれというようにため息をついた。「探してもむだよ。お皿があるだけ感謝して」

「ナイフとフォークは？」

ヴィクトリアが皿と呼ぶ木製の円板を見下ろした。そこには薄切りにした白い魚が山盛りになっていた。手で魚を食べるのか？

ヴィクトリアはすでに食べはじめていて、おいしそうに食べる音に、グラントの抵抗も弱まった。とうとう行儀作法を忘れて、手づかみで魚を口に入れた。思わず目をつぶりそうになった。魚は口の中でとろけるようだった。味、舌触り、においは、これまで食べたどんなものともちがっていた。グラントはヴィクトリアの視線を感じて、顔を赤らめた。

二人はすべてを食べ尽くした。グラントは文明人のように食べようと努力したが、結局、あまり成功しなかった。獣のように小さなかけらまでひとつ残らず口に入れ、さらにもっとないかと探した。洗うために、ヴィクトリアは皿を二度もひったくらなくてはならなかった。島の暮らしになじみかけていた。だが、グラントはそうするわけにはいかなかったし、そうしたくもなかった。ここの魅力に抗わねばならない。

「何をしているんだい？」グラントはフルーツのようなものの果汁を指に搾り出しているのを見てたずねた。ヴィクトリアは答えずに、ただ残り半分を彼に放った。その香りは酸っぱく、手の魚の臭いを消してくれた。

「ナイフとフォークがなくても、とても上手に食べたわね」ヴィクトリアは残っているハンモックに横たわりながら言った。

「どうして作らないんだい？　骨を削って釣り針にしただろ。きみなら作れるはずだ」

「指でつまめるのに、どうしてフォークを作るためにナイフを、ひとつしかないナイフをむだに使わなくちゃならないの？」

グラントは火の前の丸太に腰をおろした。「多少は文明の名残を感じられるからかな？帰ったら、いろいろ学ぶことがあるだろうね」

「わたしが忘れていなかったら？　わたしはあえて特定のものを無視しているのかもしれないわ」

「たとえば？」

ヴィクトリアはハンモックの外に脚を下ろすと、つま先を使ってハンモックを揺らした。

「ここにふさわしくないもの。たとえば、貴婦人みたいに装うこととか。一・五キロもあるペチコートを着けることは自殺行為よ。適応しなくてはならないわ。さもないと死ぬのよ」

「それは文明化された考え方じゃない」グラントは薪の山から小枝をとり、熾火を突いた。炎が立ちのぼると、はっきりとヴィクトリアの顔が見えた。「自分がいる場所とは関係ないんだ。どこにいても行儀作法、ドレスを失うわけにはいかない。さもないと、アイデンティティを失ってしまうよ」

「なぜアイデンティティを守らなくちゃならないの？」ヴィクトリアは肩を怒らせ、グラントをにらんだ。「いい、船長。八年間、わたしたちは世間に死んだと思われていると考えていたの。すると、自由になれた」ヴィクトリアはまた肩の力を抜いた。「それから、気づいているかどうか知らないけど、あなたもわたしとまったく同じように適応しつつあるわ」

「どういう意味だ？」

「脱いだでしょ、シャツもブーツも――」

「気づいていたんだね？」眉をつりあげてたずねた。すると、ヴィクトリアは腕組みをした。

「きみの服がそんなふうな理由はわかってるよ」グラントはヴィクトリアが胸に巻いた鮮やかな色のスカーフを手で示した。「やっぱり恥ずかしいからだろう？　ここに着いたとき、きみは礼儀作法がわかるぐらいの年だったんだよね」

「礼儀作法ですって？」吐き捨てるように言った。「あなたを聖人船長と呼んでもいいかしら？」

グラントはいらだちを隠そうとした。

「ええ、わたしはそれを学べるぐらいの年だった。礼儀作法が何かを教えられていたらね。もっと小さいとき、母は礼儀作法ほど人間の精神を制限するものはないと、よく言っていたわ。あなたのことは、聖人ぶった退屈なやつって呼んだでしょうね」

「わたしは退屈なやつじゃない」グラントはつい、こらえきれずに反論した。「礼儀作法にこだわるのは、それが英国を支えているものだからだ。それは、われわれの社会と地球上の他の社会を隔てるものだ」髪をかきあげ、理性的になろうとした。よりによって礼儀作法をヴィクトリアが誤解したり、知らなかったりするのは我慢できなかった。「礼儀作法のルールはいきなり生まれたものじゃないんだ。長い時間をかけて形成され、理由があって存続しているんだ」

ヴィクトリアはグラントをじっと見つめた。「そうね、わたしはあなたをこう呼ぶわ。退屈船長」

グラントはヴィクトリアをにらみつけた。自分の話をひとことも聞いていないようだった。

「もしアイデンティティと礼儀作法がきみにとって意味がないなら、ここを離れたいかどうかも疑問だな」

「あなたを出迎えに海辺に走っていかなかったからといって、ここを離れたくないわけじゃないわよ。あなた、難破の小説を読みすぎたんじゃないかしら。それに、はっきり言って、まちがって書かれているわ。死んだと思われている女性たちが、何カ月も海に出ていた水夫を出迎えに、海辺に走り出ていくわけないでしょ」

「実を言うと、きみが用心深くなるのは当然だと思ってるよ」火を見つめながら日記のことを考え、あの船長はどうなったのだろうと思った。「ミス・スコットに殴られたあと、船長のことをまったく書いてないね」

ヴィクトリアはつま先をついてハンモックを止めた。体をこわばらせて起き上がる。

「船長の話はおしまいだからよ。彼は死んで、わたしたちはその場に置き去りにした。翌日、クルーは船長を見つけられなかったので、怯えて出航したわ」批判するならしてみろ、と言わんばかりの態度だった。

「そのことで後悔している？」後悔してほしくなかったが、女性が悪夢のような記憶と疑念に苛まれないことがありうるのだろうか？　〝あいつはカミーを我がものにしようとしていた、痛めつけていた〟とヴィクトリアは書いていた。〝わたしはカミーを守りたかった。あいつを痛めつけてやりたかった。正気を失ったみたいだった〟

「後悔？　もちろん、最初からああいう状況を避けられたらよかったのにと思うわ。じゃなければ、カミーではなく、わたしが石で殴りつけてやればよかったと思う。カミーにあんなことをさせたくなかったわ」

グラントはその言葉が信じられなくて、目を大きく見開かずにはいられなかった。これまで知りあった女性たちは、同じ状況になったら、手をもみしぼりながら助けを待っただろう。一人として、悪漢の背中に飛びつき、必死に首を絞めようとはしないだろう。

今、何年もたち、ヴィクトリアはとどめの一撃を自分がすればよかったと言った。グラントはヴィクトリアを、その揺るぎない澄んだまなざしを見つめ、一瞬、畏怖を覚えた。ヴィクトリアの行動を理解していたし、ちがう行動をとってほしかったとは思わないが、自分の知っている女性たちとあまりにもかけ離れていることは居心地が悪かった。咳払いして言った。「きみの警戒心は賞賛するよ。用心するのは正しいことだ。だけど、悪ふざけはしないでほしかったな」

ヴィクトリアは肩をすくめると、また寝ころんだ。「あのときは正しいことに感じられたのよ」

グラントは話題が変わったのでほっとした。「感じた？　きみは論理よりも本能を優先するらしいね」

「どっちでも同じ結果になるわ。ただし、本能の方が早いけど」ヴィクトリアはまたハンモックを揺らしはじめた。

ふん、ありがたいことだ。グラントはヴィクトリアを揺すぶってやりたくなった。

「きみが人生設計をしたり、最低限の必需品以上のものをほしいときには、本能がどう役に立つんだ？」

グラントが月に向かって吠えたかのように、冷たい視線を浴びせられた。「わたしの計画は生き延びることだけよ。それに、それは崇高な計画だと思うわ」

グラントにはこの女性が理解できなかった。グラントはこれまで計画を立てて生きてきた。

詳細に。ヴィクトリアを連れ帰る。ベルモント・コートを手に入れる。老伯爵が亡くなったら、地所の所有者となり、改修してかつての栄光をとり戻す。それが達成できたら、妻を探しはじめる。ただし、あらゆることをするときと同じように、徹底的に、感情を交えずに。そういう地所を所有していれば、求めているような女性の心をとらえられると考えていた。つまり、非の打ち所のない作法と血統を身につけた落ち着いた英国人の花嫁……。

「あなたの目的は何なの、退屈船長？」

グラントは不機嫌そうにヴィクトリアを見た。「きみを連れ戻し、自分自身の家庭を作ることだ」

「わたしが人生の計画を立てていないことで、批判しているでしょ」ため息をつく。「だけど、できるわけないでしょ？　戻ったら、どういう生活になるのか、見当もつかないんだもの。たとえば、英国のどこに住むことになるのかとか」

「結婚するまでは、ベルモント卿が面倒を見てくれるだろう」

「カミーはどうなるの？　家族が一人もいないのよ」

「ベルモント卿はきみが結婚するまで、カミーもいっしょに暮らせるようにしてくれるよ」

「それからどうなるの？」

「いろいろ質問するんだね、ヴィクトリア」

「計画しているのよ。それに、新しい生活が待っているんだから、わけもわからずに始めたくないわ」

グラントは反論できなかった。「いいとも。たぶん、きみの夫はミス・スコットをコンパニオンか、きみの子どもたちの家庭教師として雇ってくれるよ」

「たぶん？」

「もしだめでも、ミス・スコットは結婚するかもしれない」

「それがすべての解決策なの？　結婚が？　それでも、あえて未婚の人たちがいるのは不思議ね」

グラントがむっとした顔を向けると、ヴィクトリアはうんざりしたようにため息をついた。これからヴィクトリアにはいろいろ考えなくてはならないことが出てくるだろう。グラントは同情を覚えた。

「こう想像したらいいよ、ヴィクトリア。きみはいい結婚をする。子どもを持つ」グラントは確信を持って言った。「友人がいて、家族もいる」

ヴィクトリアは茫然としているようだった。それから表情をやわらげた。かつては子どもが好きだったのだろう。物思いに沈みながら、ヴィクトリアはつぶやいた。「そういうこともありうるわね」

グラントはヴィクトリアから視線をそらせなかった。風が火をあおり、巻き毛をそよがせると、ヴィクトリアは立ちあがり、心ここにあらずの様子で言った。「おやすみなさい」初めて、グラントに恐怖や嫌悪のまなざしを向けなかった。ヴィクトリアは考えにふけりながら、ハンモックから小屋に歩いていった。

その謎めいた表情に、グラントは考えこんだ。ヴィクトリアは内心がすぐに顔に出る女性だと思っていたが、わからなくなった。寝床を広げると、森の切れ目を探して横たわった。世間に死んだと思われている、と言ったのは、本気だったのだろうか？　本当に家に帰る望みをすっかり捨てていたのだろうか？　もしそうなら、二度と手に入れられないもののことを考えて、どういう気持ちで生きてきたのだろう？

そう思うと、グラントは心がかき乱された。しかし、もうそんな心配はいらない。ヴィクトリアは家に帰るのだ。子ども、家族、友人を持つだろう。すでに小屋に入ってしまったが、グラントは呼びかけた。「ヴィクトリア、わたしはきみを無事に連れ帰るから、すべてを手に入れられるよ」

しばらくして、いらだたしげな声が返ってきた。

「星を見たいなら、もっと右に移動した方がいいわよ」

# 10

最初の雨粒が額を濡らしたので、グラントは目を覚ました。それから次から次へと雨が落ちてきたので、舌打ちした。とうとう熱帯の台風につかまってしまったのだ。ここに来てから、小雨の中で寝たこともある。状況を受け入れるしかない。だが、あの晩はこれほどひどい雨じゃなかった、と心の中で反論した。小屋を見上げる。あの中はからっと乾いているはずだ。

ヴィクトリアといっしょに小屋に入るか、外にいるか。立ちあがったが小屋には近づかず、離れていることにした。木陰に移動すると、えりを立てた。そんなにつらくはない……。雨が顔をたたきはじめると、乱暴に罵り、荷物をつかむと梯子を上っていった。豪雨から逃げだして、居心地のいい室内に入るとほっとした。グラントが入ってきたことに気づかないらしく、ヴィクトリアは体を起こさなかった。

荷物をおろし、ひざまずいて中をひっかき回した。服がぐっしょり濡れてしまった。やれやれとしゃがみこんだ。

「あなたの愛する礼儀作法は無視して、あなたの裸を眺めて楽しむことにするわ」

その声にグラントは腕をかく手を止め、暗がりでヴィクトリアをうかがった。「明かりはないわ」その口調は聞き分けの悪い子どもに言い聞かせているかのように、いらついていた。「慎み深さは守られるわよ」

「わたしの慎み深さは問題じゃないんだ」ヴィクトリアの部屋でいっしょに寝ることが問題だった。しかも、服を着ずに。いまいましいが、すてきだ。

「じゃあ、何が問題なの？」

「きみの慎み深さだ。この服を脱げるように、あっちを向いてくれないかな」

面倒くさそうにため息をつくと、ヴィクトリアは背中を向けた。「カミーのベッドを使って」

服を脱ぐあいだ天井を見上げていたが、手探りで手作りの干し草のマットレスに近づいていった。

腕に頭をのせたとたん、昼間の疲れにどっと襲われた。まぶたが重くて開けていられなくなる。最後にぼんやりと思った。ヴィクトリアとここで眠るのはそんなに悪いことじゃない……こういう状況では、ときにはルールを曲げなくてはならないこともある……。

グラントはこれまで経験したことのないほどすばらしい夢を見た。ヴィクトリアが掛け布団の下で隣に丸くなっていて、自分の片手はその乳房を包みこんでいる。もう片方の乳房に手を伸ばすと、意外にも、ヴィクトリアの指がこちらの体をなではじめ、下へ下へと移動していった。

息が荒くなった。胸をもみしだく。その肌のぬくもり、信じられないほどのやわらかさ。これほど完璧な夢が見られるものなのだろうか？　目を開けると、ヴィクトリアのまつげが震えた。眠っているヴィクトリアは無垢でやわらかく、抵抗しがたい魅力を放っていた。まだ夢の中なのだ……体を近づけ、唇を重ねる。親指でそっと乳首をなでる。ヴィクトリアはあえぎ、腰を突きだした。

グラントがキスを続け、唇の輪郭を舌でなぞっていると、ヴィクトリアの手が伸びてきて、彼の興奮のしるしをまさぐった。指の腹で敏感な先端に触れられると全身がわななき、根元まで指先を滑らされるとうめき声がもれた。こんなふうにずっと触れられていたら、果ててしまいそうだ。そうしたかった。ずいぶんひさしぶりなのだ……。

いきなり光が部屋にあふれた。グラントは凍りついた。ヴィクトリアは全身をこわばらせた。

「きみをまっとうな英国紳士の手本にするという考えを馬鹿にしていた」イアンが戸口から叫んだ。「いまや、喜んでその考えを支持するよ！」

イアンは小屋をのぞきこみ、グラントに向かって得意そうににやりとした。

「いったいどういうことなんだ？」掛け布団の下で、グラントの片手はまだヴィクトリアの乳房を包みこんでいて、ヴィクトリアの手は彼のものをつかんでいた。夢ではなかったのだ。

ヴィクトリアはぎゅっと唇をひきしめ、グラントは歯を食いしばった。二人はさっと離れた。彼女の方がすばやかったが、動いたとたん、ブラウスの半分がグラントの手首にひっかかっった。あわててひっぱってボタンを留めようとしたが、平らなおなかまで大きく開いたままだった。

「おやおや、この恋人たちを見るがいい」

なんてことだ、こんな屈辱を味わうとは。「地獄に落ちろ、イアン」グラントは入り口めがけてブーツを投げつけ、さんざんイアンにした説教を思い出して顔を赤らめた。イアンに言ったことはひとこと残らず信じていたが、この島での一週間は、これまでの用心を忘れさせた。本当に自分は片手を被後見人の胸に置いていたのだろうか？

「地獄？　すでにそこに行ってきたよ」イアンは報告した。「嵐がすさまじくて――」

「カミーはどこなの？」ヴィクトリアがさえぎった。「具合が悪くならなかった？」

「少し船酔いになったけど、無事に切り抜けたよ。ぼくが出てくるとき、カミーは船室にいて、注文したお茶を飲んだりクッキーを食べたりしながら、本を読んでいた」

「カミーだって？」グラントはいとこが女性のニックネームを使ったことをからかった。

「そう呼んでほしいと言われたんだ」ヴィクトリアに向き直って、イアンは言った。「レディ・ヴィクトリア、ぼくはイアン・トレイウィックです。そこにいる野蛮人のいとこです」

ヴィクトリアは感心したようにイアンを観察した。「カミーのお世話をしてくれてありがとう。言葉では言えないほど心配していたんです」ヴィクトリアはグラントをじろっとにらんだ。

「どういたしまして。カミーはすばらしい女性ですよ」

「本当に」ヴィクトリアは微笑み、それからイアンが古代の英雄でもあるかのようにまばゆい笑顔を向けた。

グラントは嘆息した。ヴィクトリアの作り笑いや冷笑は見たことがあったが、その微笑ときたら……歯は完璧にそろっていて真っ白で、目がきらめき、なんと頰には魅惑的なえくぼができた。イアンですら唖然として、指示を仰ぐようにグラントの方を見た。起き立てで頰が薔薇色に染まり、白に近い金色のたっぷりした巻き毛が肩先までこぼれていて、胸の谷間があらわになっていると——グラントは必死に誘惑に抵抗しなくてはならなかった。

イアンもそうだろうか？

ヴィクトリアのシャツははだけていた。グラントは手のひらでその胸を隠そうとした。

ヴィクトリアは腹立たしげにグラントをにらむと、その手をひっぱたき、さっと背中を向けた。

イアンは笑いをこらえている。

グラントはぴしゃりと言った。「すぐにキャンプ地に戻る。ミス・スコットが乗船しているなら、持ってきたトランクから、ヴィクトリアのための服を選んでもらってくれ」

「仰せのとおりに」イアンは最後ににやっと笑ってから、帰りかけた。

「イアン！」グラントは呼びかけた。「この件については何も言わずにいてくれるだろうね？」

イアンは振り向き、片手を胸にあてがった。「傷ついたよ。ぼくが信頼を裏切ると思うかい？」イアンはにやにや笑いながら、小屋を出ていった。

二人は破滅だった。

片手で顔をこすり、言葉を見つけようとした。「夜のあいだにわたしのベッドに移動してきたんだね」

ヴィクトリアは棘のある目つきで見た。「いいえ、あなたがわたしのベッドに入ってきたのよ！」

たしかにそうだった。ああ、なんてまずい展開になったのだろう。

ヴィクトリアは膝を胸につけて、掛け布団にくるまり、目をあわすまいとしている。グラントは頭を抱えた。「このことでは謝るよ。こんなことは起きるべきじゃなかった。二度と起こらないようにする」

ヴィクトリアはその言葉に手を振った。「何度もそう言ってるけど、相変わらずわたしに触ったり、キスしたりしているわ」

恥辱が怒りに変わった。「きみもわたしにとても情熱的に触っていたと思うけどね」

「半分眠ってたのよ！」

グラントは嘘をつかせておくことにした。「わたしは服を着なくちゃならない」

今回は礼儀作法について軽蔑的な意見を口にせず、ヴィクトリアは服をつかむと、急いで部屋から出ていった。

梯子を下りていくと、ヴィクトリアはすでに服を着て、〈ケヴラル〉号を眺めていた。

「今日、出航するの？」信じられないかのように、低い声でたずねた。

「次の満潮で」

「それで、ケープタウンに寄ってくれるのよね？」

グラントはためらい、要求を突きつけられる立場ではないことをヴィクトリアに思い出させようかと思ったが、結局、こう答えた。「ミス・スコットが医者に診てもらうあいだだけだが」

「今日、出航」ヴィクトリアはまたつぶやいたが、顔は青ざめていた。船に視線を向けたまま、ヴィクトリアは言った。「行く前にとってきたいものがあるの」

「じゃあ、午前中いっぱいは時間がある。いっしょに行くよ」

「だめよ」ヴィクトリアは首を振った。「一人になりたいの」

残念ながら、ヴィクトリアの求めは当然だと感じたが、目の届かないところには行かせたくなかった。「いいとも」一人だと思わせておけばいい。

ヴィクトリアが出発すると、グラントはついていった。つけられていることを察知したのだ、だから、わざとぶらぶらして何もせずに、花に話しかけたりしているにちがいないと、グラントが思いかけたとき、ヴィクトリアは空き地に出た。

急ごしらえの十字架のかたわらにひざまずいている。母親の墓にちがいなかった。涙ながらにささやきかけているのを隠れたまま観察し、小さな肩が震えているのを見て、胸を突かれた。

ヴィクトリアを連れていくことの現実を、はっきりと理解した。ヴィクトリアは島だけではなく、生活様式を捨てるのだ。

グラントはヴィクトリアを褒賞、目標、目的のための手段として考えかけていた。いまや、彼女は傷ついている一人の若い女性として目に映った。グラントの保護下にあるが、怖がっている生身の女性。

墓のかたわらに置かれた木箱を開き、先端に何かお守りのようなものがついている長いひもをとりだした。それをヴィクトリアが首にかけたとき、本気で自分といっしょに島を去るつもりだということを悟り、そっとあとじさると、一人きりにしてあげることにした。

二時間後、ヴィクトリアは記念品の小箱と、さまざまな貝殻を手に戻ってきた。海岸のはずれで、グラントとキャンプ地をたたんでいる男たちを不安そうに眺めている。グラントは船から持ってきた服を抱えると、そこに歩いていった。

ヴィクトリアはグラントが差しだした包みをわけがわからないと言わんばかりに見つめた。

「着方を覚えてるかな？」

「覚えてるわ」ヴィクトリアは小声で言った。

「手助けが必要かもしれないから、ここにいるよ」

正面を見すえたまま、機械的にヴィクトリアは服を脱ぎはじめた。

グラントは背を向けた。「それに、きみにプライバシーをあげよう」

「すんだわ」数分後、感情のこもらない声で告げた。

グラントは振り返り、目にしたものに気持ちをかき乱された。

今朝、初めてヴィクトリアのほほえみを見た。あとになって、救出されることについてヴィクトリア本人はどう感じているのか、自分がまったく考えていなかったことに気づいて打ちのめされた。今度は別の動揺を感じた。淡いブルーの昼間用のドレスを着たヴィクトリアは、あまりにもレディらしかった。自分の中に恥ずかしさがこみあげてきた。今朝、あんなふうに触れてしまったが、そのドレスを着たヴィクトリアを見たら、ありえないことに思えた。

グラントは顔をしかめた。まっすぐな細い袖がつき、きつくウエストを絞ったデザインは、ほっそりしたスタイルによくあっているのに、ヴィクトリアは布地をあちこちひっぱっている。襟元に大きな凝ったリボン飾りがついているのが、どうやらいらだたしいらしい。それをむしりとると、飾りがなくすっきりした身頃になった。何か文句でもある？　と言わんばかりに視線を向けられたが、グラントは黙っていた。ヴィクトリアには過剰な装飾は必要なかった。

ヴィクトリアは船を見て、緊張した面持ちになった。その態度が、激しい感情を殺しプライドを抑えたことが、グラントには痛々しく感じられた。ようやく、自分がヴィクトリアの力強さに惹かれていることがわかった。そして今や、その弱さにも？　そもそも魅力を感じなかったときがあったのだろうか？

震えながらも、ヴィクトリアはあごをすっと上げた。そして、グラントは心からヴィクトリアを誇りに感じたのだった。

トリは自分の家となった島を見つめた。二度とこの場所を見ることはないと思うと、万感の思いが胸に迫る。引っ越しの荷造りなどしなかったのに、それに、島は何も変わっていないはずなのに、がらんとして感じられた。幽霊が出そうな気がするほどだ。

「ヴィクトリア、時間だ」サザーランドが淡々と言った。

動けずにいると抱き上げられたので、ぎくりとした。しかし、女性は常に水の上を抱きかかえられて運ばれていくことを思い出した。サザーランドは相変わらず紳士なので、つい数時間前の情熱を押し隠し、礼儀正しくトリを運んでいった。

ボートに運びこまれると、ドゥーリーという小柄な男は壊れやすい陶器のようにトリを扱った。トリは緊張しながら、座席についた。水夫たちは好奇の目で見つめている者もいれば、笑いかけてくる者もいた。サザーランドはわたしに視線を向ける人間をにらみつけているみたい、と思った。ただの気のせいかもしれないけど。

クルーに囲まれていると居心地が悪かったが、島を去る衝撃のせいで、何も感じられなくなっていた。ボートが押しだされ、オールが水をかいたとき、八年間で初めてジャスミンの濃厚な香りにも気づかなかった。トリの島はどんどん小さくなっていった。木に止まっている鳥の群れが点のように見える。そして、銀の糸のように流れ落ちる滝。そこで経験したさまざまな危険や苦難にもかかわらず、トリの島は楽園のように見えた。

あっという間に、ボートは船に到着した。サザーランドはトリの手をとり、波に揺られている梯子の下に立つのを手伝った。足が最初の横木にかかると、トリはサザーランドを振り向いた。サザーランドもすでに登ってきていて、すぐ隣に立ち、支えてくれた。

「怖がることはないいんだよ」耳元でささやく。

「怖がってなんかない」トリはささやき返した。だが、動こうとしなかった。首を伸ばして、上へ上へと船縁まで続いている梯子を見上げた。あの高さから人が落ちたら……。

遠慮がちにサザーランドはトリの肩をたたいた。「行くんだ、さあ、ヴィクトリア。出航しなくちゃならない」

最悪の恐怖は怒りにのみこまれた。クルーに対する超然とした礼儀正しい態度にも腹が立った。まさか、この男がひと晩じゅうわたしを愛撫していたとは誰も思うまい。

いまいましいドレスを着ていても、すぐ下にサザーランドを従えて、やすやすと上まで登っていった。下は見ないことにした。とうとう甲板まで着くと、手すりに命綱のようにしがみついた。クルーたちが乗船してボートをたぐり上げ格納しているあいだ、サザーランドは次々に命令を下した。

トリは船が動きはじめると、スカートを広げたままみじめにすわりこんだ。湿った帆と麻のロープの臭いに、記憶がどっと甦ってくる。〈セレンディピティ〉号の老船長がかつて言ったことを思い出した。船が水に浮かんだ瞬間から、それは朽ちはじめ、死に向かっていくのだと。

「錨を上げろ」サザーランドの声には感情がこもっていなかった。死んでいた。

いえ、まだよ。まだよ！　帆を上げて、船が進みはじめると、トリは走っていって、島を眺めた。とても穏やかに海に浮かぶ、たのもしい島を。

足の下で滑る土手のように感じられる船の動きに、胃がむかついてきた。吐いたが、恥ずかしくはなかった。涙で目が曇った。気持ちが抑えきれない。パニックになりながらも、笑いたくなった。わたしは海で翻弄される船みたいだわ……。

怒りと恐怖がこみあげてきて、息ができなくなりそうだった。あの最初の夜、島でカミーとあたりを見回したときの恐怖を思い出す。

飲み水をどこで探したらいいのかも、わからなかった。食べ物をどこで手に入れたらいいのかも。お母さまがついに痛みに屈したとき――低いくぐもった悲鳴をあげたそのとき――ようやくまがまがしい運命を理解したのだ。お母さまのために火をおこそうとして、カミーがいまいましい火打ち石で血だらけになっているのを見たときに。あの雨もよいの風の強い晩、火をおこせず、真っ暗になり、カミーの中で何かが消えるのを見たときに。そして、ほぼ一年後、血まみれの石をぐったりした船長の体のわきに落としたのを見たときに。

トリは首にかけたひもをたぐり、ドレスの中から母親の結婚指輪をひっぱりだした。お母さまに言われて、カミーはこれを息絶えた指からはずしたのだ。

長く蓋をされていた泉さながら、すべての記憶が噴出しかけていた。

これまでトリは死ぬか生きるかの状況を突きつけられ、適応してきた。サザーランドを批判がましい目で眺めた。この男は自分が前へ進むために、わたしを利用している。そして、そのために、わたしをひとつの人生から、別の人生へ無理やり押しこもうとしているのだ。いつになったら自分の運命を自分の手で支配できるのかしら？　恐怖と怒りが熾烈な闘いを繰り広げ、体の中が燃えるようだ。早鐘を打つ心臓の鼓動があまりにも大きくて、それ以外に何も聞こえない。

風で帆がピシッと鳴ると、船体がぐらりと揺れ、胃がよじれる気がした。島は遠ざかりぼやけていった。トリは立ちあがると、よろよろと進んでいき、操舵室に向かった。

「ヴィクトリア、ミス・スコットが船室に案内してくれる」背後でサザーランドが言った。振り向くと、眉をしかめてこちらを見ていた。「カメリアがここに来てるよ」

ほとんどその言葉が耳に入らなかった。サザーランドの口がゆっくりと動いているのはわかったが、言葉はまったく聞こえなかった。まぶたがとても重くなり、頭がくらくらしてきた。太陽が真上に見える。どこかでどさっという音が聞こえた。カミーが悲鳴をあげている。頭の横が猛烈に痛い。泣きたかった。船長がまた何か言ったが、今度はすぐわきで聞こえた。命令ではなく、頼んでいた。「ヴィクトリア、お願いだから目を開けてくれ」

どうにか目を開けると、ひきつった船長の顔が見えた。

「ずっと目を開けていてくれ、頼む」

船がまた揺れて、トリはうめいた。まばたきしていると、船長に抱き上げられた。ぼんやりと、カミーが船長につかみかかって自分を引き離そうとしているのが感じられた。サザーランドにさらにきつく抱きしめられた。「じゃあ、船室に連れていってちょうだい」カミーが命じた。「その子を離すつもりがないなら」

# 11

荒々しい悪夢が襲ってきた。船の立てるぎしぎしいう音が耳の中で大きく反響した。船体が上下に揺れるたびに、胃がひっくり返った。トリは目を開けたが、目覚めても待っているのは悪夢で、そこから逃げだせなかった。

カミーは真っ青な顔に無理に笑いを貼りつけて、トリをのぞきこんだ。トリはあわててベッドに起き直った。カミーの顔に警戒心をかきたてられたのだ。顔が緑色に見える。

その動作は急すぎたようだ。一瞬、めまいがしたが、たちまち側頭部がずきずき疼きはじめた。「カミー？　何があったの？」

「気絶して、頭を打ったのよ」

気絶？「いえ、わたしじゃなくて、あなたがどうかしたのかってこと」

「船酔いよ」かすれた笑い声をあげた。「三日、島にいると、船では酔うわ」

「そんなこと言わないで。じきに治るわよ」楽観的な言葉とは裏腹に、考えていることはちがった。カミーは明らかに気持ちが悪そうで、ベッドに入っていた方がよさそうだ。船は波にもまれていたが、トリは立ちあがると洗面台に近づいた。

「何をしているの？」

「目を覚まそうとしているのよ」桶に手を入れると、水が跳ねた。雷のような音は無視するのよ。船がギーギーきしんでいることも無視するのよ。トリは自分に言い聞かせた。

「休んでいなくちゃだめよ！」カミーが厳しく言った。

「同じことをあなたに言おうとしていたわ」

「だけど、あなたはけがをしているし……」最後の言葉は唇をぎゅっと結んだのでのみこまれた。カミーは必死に我慢していたが、ついにバケツに飛んでいって吐いた。トリは髪をなでてやり、カミーの仲間入りをしたいという猛烈な欲求をどうにかこらえた。吐き気をこらえるのは、つらい試練だった。汗だくで呼吸は浅くなり、あごをぎゅっと閉じていなくてはならなかった。いったん吐き気に敗北を喫すると、動く気力がなくなるまで吐くのをこらえられなくなる。水夫が〝特別な地獄〟と呼ぶ状態になるのだ。

グラントはできるだけ我慢していた。船室に足を運ぶたびに、ミス・スコットが向ける視線の意味はわかった。だが、乗客の様子をチェックするのは船長としての務めでは？　その口実はミス・スコットに一蹴された。

戸口から二人の声が聞こえてきた。とうとうヴィクトリアは目を覚ましたようだ。ノックすると、ミス・スコットが不機嫌そうにつぶやくのが聞こえた。「あの男がもう一度来たんなら……」グラントに向かって叫んだ。「行ってちょうだい！　トリは大丈夫よ。目が覚めたわ」

女ってやつは。頻繁に訪ねて来たことをヴィクトリアに知られたくなかった。引き返しかけたとき、ミス・スコットは気を変えたらしく彼を部屋に呼び入れた。

グラントは二人にそっけなくうなずきかけた。

「話があるの、船長」ミス・スコットが切りだした。

ヴィクトリアは顔をしかめて彼女を見た。

「トリをこの船室から連れだしてほしいの。わたしと一緒にいたら気持ち悪くなるわ」

トリは目を丸くした。「わたしは行かないわ……」

「行くのよ」ミス・スコットは力をこめて言った。

「これは貨物船なんだ。空いている船室はない」

「じゃあ、わたしをどこかに移動させて。倉庫でいいわ——気にしない」

「ヴィクトリア、わたしと来てくれ」

「行かないって言ったでしょ」

ミス・スコットは立ちあがり、顔をしかめて何か言おうとした。

グラントはヴィクトリアの腕をつかんだ。「ミス・スコットを動揺させるだけだよ。そんなことを彼女は望んでいない」

「そうね」それだけ言うと、ミス・スコットはすわりこんだ。

そのときイアンが通りかかった。「何があったんだ?」

「カミーから離れろと言うの」ヴィクトリアは非難がましく言った。

「ヴィクトリアまで気持ちが悪くならないようにね」グラントはつけ加えた。

イアンはひと目で状況を見てとった。「今日はカミーの相手をするつもりだったんだ。ぼくのうっとりするような逸話を披露して楽しませようと思ってね」

ヴィクトリアは数秒ほど鋭い目つきでイアンを観察していた。

「イアンの言うとおりにして、トリ」ミス・スコットが言った。「イアンは強靭な胃袋の持ち主なの。気分がよくなったら戻ってきて」

「ヴィクトリア、大丈夫だよ」イアンが安心させた。「きみが乗船するまで、ぼくはカミーの世話をしていたんだ。それに、きみの具合がよくならなければ、二人とも世話を引き受けよう」

イアンに任せることを決心したらしく、ヴィクトリアがうなずくと、イアンは部屋に入っていった。「カミー、どこまで話したっけ？」

ミス・スコットはつぶやいた。「お得意のほら話をしていたから、わたし、朝食を食べ損ねそうになったのよ」

「ああ、そうだった」

グラントはヴィクトリアを船室から連れだすと、急いでドアを閉めた。ヴィクトリアはよろめいた。船がぐっと沈みこむと、ヴィクトリアは目を大きく見開いた。グラントは罵りながら、ヴィクトリアを守るように手すり側に立ち、彼女を自分の船室に連れていった。

室内に入ると、ヴィクトリアは少し落ち着いたようで、部屋を遠慮なく見回した。グラントはどう思ったのだろうと気になった。簡素な室内には、余分なものが一切なかった。趣味はいいが色彩に乏しく、すべてのものには目的があった。

「ミス・スコットはひどい船酔いみたいだね。ちゃんと快適に過ごせるように、イアンが気を遣ってくれるよ」グラントは言った。

「そうでしょうね」ヴィクトリアはぽつんとつけ加えた。「さもなければ、カミーを置いてこなかったわ」書棚に視線が向くと息をのみ、足早に近づいていった。

「美しいわ」ため息をついた。「それに、きちんと整頓されている」ヴィクトリアは最初の本『ロビンソン・クルーソー』を抜きだし、眉をつりあげた。「調査のため？」

グラントは背筋を伸ばした。「わたしは仕事に戻らなくてはならない。気分がよくなったら、食べ物を運ばせるよ」

ヴィクトリアは本を置いてうなずいたが、グラントはまだ立ち去ろうとしなかった。「本当にびっくりしたよ」思わず口にしていた。幸い、さりげない口調で言えた。実際に感じていたような心労があらわになっていなければいいのだが、と思った。

ヴィクトリアはベッドの端にすわった。この船室に入った女性はヴィクトリアが初めてだった。「わたしのことを心配してたの？」

眠れないほどね。「思い切り頭をぶつけたから」

ベッドリネンに指を這わせているヴィクトリアを見ていると、愛撫に頬を染め、快楽に身もだえしている彼女の姿が頭をよぎった。できたらヴィクトリアといっしょにベッドにもぐりこみたかったが、グラントは部屋をあとにして船を走らせる仕事に戻った。

たそがれが近づき、海は波が荒くなった。グラントが防水コートをとりに戻ると、ヴィクトリアは背筋をピンと伸ばし、手を拳にして、見開いた目を前方にじっとすえていた。

「ヴィクトリア、いちおう進路にスコールが来ていることを知らせておくよ」

ヴィクトリアは振り向いてグラントを見た。「自分じゃわからなかったでしょうね」ため息をつくと、立ちあがって歩き回りはじめた。

「怖がることはないんだ。きみの安全は守るよ」ヴィクトリアは足を止めず、グラントの言うことも耳に入らないようだった。わたしの言うことを信じていないのか？　守れないと思っているのか？　そう思うと腹立たしかった。「元気を出してほしいな。これは最初のスコールで、最後ではないが、最大のものでもない。強くなってもらわないと困るんだ」

「強くですって？　じゃあ、強くなれと自分に言えば、強くなれるの？　計算どおりにいくわけないわ」ヴィクトリアは両手を宙に持ち上げた。グラントが顔をしかめると、こう続けた。「本当はね、わたし、強くなんてなりたくないの」

部屋が右側に傾いたので、ヴィクトリアはベッドに倒れこみ、それから歯がガチガチいうほどの勢いで床にころげ落ちると、嘔吐し、うめいた。グラントは涙が彼女の頬を流れていることに気づいて、ぎくりとした。「もう強いことにはうんざり！　今、わたしは死ぬほど怯えているのよ！」

これまでは不機嫌になった女性が泣くと、必ずこう言ったものだった。「きみが気を静められるように、一人にしてあげよう」しかし、今、ヴィクトリアを傷つけることには耐えられなかった。

グラントは人にどう言われようと、それほど非情な人間ではなかった。ついきのう、甲板でヴィクトリアを抱きしめたいという衝動と闘ったのではなかったか？　そして負けたのでは？　ブリッジに行かねばならなかったが、グラントはこう言った。「少しいっしょにすわっていよう、もし一人になりたくなければ」

ヴィクトリアはためらったが、弱々しく片手を差しのべた。隣にすわってほしいという意思表示だった。グラントがそれに従うと、ヴィクトリアは体を少し近づけ、グラントを見上げた。その目には感謝の念があふれていた。

低い心安らぐ声で、グラントは聞こえてくる歌や叫び、胃がしめつけられる振動についてひとつひとつ説明した。「あのパシンという音は突風を受けた帆だ……すぐそこから聞こえたノックは誰かが固定するのを忘れた滑車だ……木材がうめくときは、大丈夫だ。予想どおりたわんでいるってことだからね」

とびきり大きな縦揺れで、ヴィクトリアはグラントの手をぎゅっと握り、それを自分の胸に押しつけた。少しして、ヴィクトリアの頭がグラントの肩に預けられ、動かなくなった。どのぐらいそうしていただろうか。とうとう、眠りこんだヴィクトリアの息づかいが静かになり安定すると、ベッドに寝かせて掛け布団をかけ、嵐と戦うために船室を出ていった。守らなくてはならないと、約束をひとりごちながら。

トリは生まれ変わったような気分で目を覚ました。もう、どんな嵐にも心を乱されなかった。それにゆうべ、実は悪い人ではないということを船長は示してくれた。本当にひさしぶりの嵐のさなかに、トリは安全だと感じることができた。船長はとても大きくて強く、自分を守ることに絶対の自信を持っていたので、トリまでがそれを信じるようになった。

数々の攻撃、落下、嵐――そうした災難がひっきりなしに降りかかり、トリは命からがら逃げだしては、自分が無敵である証拠を集めてきた。今回は、新たな決意で逃げてきた。新しい船室用トランクの前にしゃがみ、首からひもをはずす。指輪にキスをして、さよならともう一度つぶやくと、リネンの布に包んで宝物のようにトランクの隅にしまいこんだ。母はトリに指輪を持っていてほしかっただろうが、トリがはめるべきものではなかった。

立ちあがろうとしたとき、サザーランドが船に持ちこんできて、トリの所持品といっしょにしておいた航海日誌に、ふと涙で曇った目が留まった。それは重たそうだった――思い出がぎっしり詰まっている。

何かに押しつぶされそうなときは、それを横にどけるのがいちばんいい。

トリはトランクからもっときれいなドレスを出し、顔を洗って手早く服を着ると、船長を探しに日誌をこわきにはさんで外に出ていった。船に乗っていると落ち着かなくなったが、もう怖がるまいと決心していた。ブリッジに登っていくと、サザーランドがトレイウィックとしゃべっていた。

「船長」トリは背中に向かって呼びかけた。

サザーランドは振り向き、トリを見てびっくりしたようだった。「起き上がれるとは思わなかった、それも甲板まで」

「ゆうべのことでお礼を言いたかったの」

サザーランドは口を開いたが、また閉じた。「きみは……わたしは……」

「言いたかったのはそれだけ」トリはさえぎった。「ありがとうって」

トリが立ち去ると、サザーランドはトレイウィックに肘で突かれ、うるさい、と怒鳴った。

トリが次に寄ったのは舷側の手すりだった。船のわきで渦巻く白い泡を眺めながら、自分の人生が信じられないほど変化したことを考えた。何でも自由に書ける、まっさらな黒板を与えられたようなものだ。英国に戻ったら、どんな人間にでもなれるのだ。過去の悲劇に萎縮した怯えた娘になるかもしれない。あるいは、与えられたものをすべて受け止め、運命と闘っていく不屈の女性になれるかもしれない。唇の両端がつりあがった。心が決まった。

あごを上げて、さらに遠くまで見渡した。ゆうべ、海は怒り狂っていた。今日はなめらかな水面がどこまでも続いている。そして、わたしは無事にこうして立っている。穏やかな海をにらみつけた。「あの程度の力しかないの?」そして、ひと思いに、日誌を海に投げ捨てた。

カミーの船室は隣だった。さっきまでのおぼつかない足どりはいまや意気揚々となり、トリは甲板を歩いていった。手すりをいとおしげに指でなぞっていく。船室に行きノックをすると、ドアを勢いよく開き、足をしめつける新しい靴でドアを押さえた。

「おはよう」

カミーは疲れた目を開いた。眉をしかめ、トリの背後をのぞきこんだ。

「一人で来たの？」トリがうなずくと、たずねた。トリの背後をのぞきこんだ。「一人でここまで歩いて来られたの？」

トリは向かいのベッドに上ると、天井の通気口を開けた。「そうよ」

カミーはびっくりしているようだった。「じゃあ、もう船を歩き回ってるの？　すっかり気分がよくなったのね？」

トリは肩をすくめて、腰をおろした。「サザーランドが連れ帰ってくれるって信じているの。それに、もし難破して死ぬ運命だったら、最初のときに死んでいたはずだもの」トリはカミーを眺めて、顔色が少しましになっているのを見てとった。「今朝はどんな気分？」

「お茶を飲んで、クラッカーを食べたわ。だいぶよくなったわよ」無理やり、ベッドに起き上がった。「じゃあ、わたしを乗せたことで、もう船長に腹を立ててないのね？　かなり、つんけんしていたみたいだけど」

トリは顔を赤らめながら、ゆうべサザーランドが手を握ってくれたことを思い出した。たこだらけで荒れた手をしていたが、とてもやさしく触れてくれた。「あのときは思いやりがない人だと思ったけど、それなりの理由があったのよ」あのとき、トリは自分に都合のいいことにしか、目を向けようとしなかったのだ。「今はもう少し彼のことを理解するようになったわ」

「わたしにもとても礼儀正しかったのよ」カミーは額にしわを寄せた。「ただし、きのう、しょっちゅう、ここに来たときは別だけど。あんなに心配している人は見たことがなかったわ」

「もちろん、心配したでしょうね。わたしに何かあったら報酬をもらえないもの」

「そうじゃないわよ。トレイウィックから聞いたけど、船長はとてもきちんとした人なんですって」カミーは声をひそめた。「サザーランドはあなたに気があるのよ」

「わたしに？」トリは用心深く問い返した。「どういう意味？」

カミーはにっこりした。「甲板であなたが失神したとき、サザーランドの様子を目の当たりにしたもの。恐怖に打ちのめされていたわ」トリの抗議に耳を貸さず、カミーはたずねた。「あなた、気づいていないの？」

サザーランドは島でわたしにキスした。想像したことがないほどの情熱をこめてキスをした。そして、触れた……とろけそうになるほどに。トリはおののきをこらえた。「ほとんどずっと、冷たくて、無関心だったわ」

「トレイウィックはあなたたち二人がお似合いだと思っているみたいよ」

話題を変えようとして、トリは言った。「あなたとトレイウィックはずいぶん親しくなったみたいね」からかうように眉をつりあげた。「とっても仲がいいみたい」

「お友だち同士よ。ええ、あの人は見栄えがいいし、とても魅力的だけど、若すぎるわ」内緒話をするように、カミーはつけ加えた。「わたしはいつも年上の人に惹かれるの、実を言うと」カミーは膝にかけた上掛けをなでつけた。「それに、トレイウィックは他の人に心を奪われているのよ。完全に」

トリは羽目板張りの壁に寄りかかった。「じゃあ、わたしはいつここに戻れるの？」

カミーはつらい真実を明かそうとするかのようにトリを見た。「そうね、この船室はとても狭いわ。二人には狭すぎる。二人の女性にはさらに狭いわね」急いでつけ加えた。「それに、トレイウィックは本を読んでくれるときに、そのベッドにすわるの」

信じられない。「わたし、お茶を運んでくる男に追いだされるの？」

まるで二人が招き寄せたかのように、トレイウィックが戸口に現れた。トリに微笑みかけ、親切にも今の意見を聞き流した。「きのうに比べてぐんと元気になったみたいだね」

「トリは適応するのよ」カミーは誇らしげに言った。「才能なの」トレイウィックの手にしている本を見た。「読んでくださるの？」

トレイウィックがうなずくと、トリは立ちあがって出ていこうとしたが、引き留められた。

「そんなのだめだよ、ヴィクトリア。いてほしいな」

トリはもじもじしていたが、ベッドの隅に腰をおろした。トリが警戒することを察してか、トレイウィックは足下にすわった。「ところで、二人は何を話していたの？」

「あなたのことを話題にするまでは、サザーランド船長がトリにのぼせあがっているってことについてよ」

トリは息をのんだ。カミーは肩をすくめている。

トレイウィックはベッドに寄りかかり、カミーのベッドに足をのせた。「そいつはぼくも大好きな話題だ」トリに笑いかける。「きみはあいつに正気を失わせてしまったみたいだね」

「どうしてそんなふうにあの人の陰口をたたくの？　親戚なんでしょ？」トリはとがめるように言ってから、つけ加えた。「もっと忠誠心を持つべきだわ」

「これはたんなるくだらない噂話じゃないかもしれないよ。何か目的があるとしたら？」

「どんな目的なの？」

トレイウィックは口ごもってから答えた。「グラントがきみを追いかけただろ。あんな衝動的なことをしたのは、子どものときから初めて見たんだ。あの追跡は無意味だったし、論理的でもなかった。だが、どんなことをしてもグラントを止めることはできなかったと思うんだ」トレイウィックはまっすぐトリを見つめた。「きみはあいつにとってふさわしい相手なんだよ」

恥ずかしくなって、あわててトリは質問した。「どうしてそんなに関心があるの？」

軽薄でいい加減な表情が消えた。「グラントは心が死にかけているんだ。いまや冷たい人間になっていて、何かが変わらなければ、自分の中に残っているわずかな炎を消してしまうか、ポキンと折れてしまうだろう」トレイウィックは食い入るようにトリの目を見つめた。

「グラントと二人で船に閉じこめられるのは遠慮したいね」

トレイウィックは本を広げると、咳払いして朗読を始めた。まるでトリをおののかせるようなことなどまったく口にしなかったかのように。二人に引き留められたが、トリは茫然としながら席を立った。今はサザーランドのことしか考えられなかった。トレイウィックの言うとおりだとわかっていた。見かけは冷たいが、火山のように心の奥が煮えたぎっている――それがサザーランドだった。

サザーランドにキスされた夜のことを思った。どんなふうに唇を奪われたか、肩をどんなふうに抱かれたか。自分が体を離したとき、サザーランドの目に宿っていた熱を帯びた期待。どんなことを期待したのだろう？

身を引かなかったら、あるいはあの朝、小屋でトレイウィックに邪魔されなかったら、何が起きていただろう。あのとき、サザーランドに触れたときは半分寝ていた、と嘘をついた。本当は完全に目覚めていて、新たな場所に触れるたびに心臓をどきどきさせ、新しい感触にそっと息をのんでいた。そして、キスをされて体が疼き……。

船室に戻ると、トリはサザーランドの所持品をひっかき回し、もっと彼について知ろうとした。詮索するのは、あの人のせいよ、とトリは思った。進んで自分のことを詳しく話してくれれば、こんな行動はとらなかったのに。それに、向こうはわたしの日記を読んだ。目には目をだわ。

何時間もサザーランドのデスクを気の向くままひっかき回し、船荷の退屈な書類をぱらぱらめくったり、ひとつの引き出しにでたらめに詰めこまれた束ねた古い手紙を読んだりしていた。今回の航海でグラントの成功を信じている、という母親からの手紙があった。「ご家族が生きていれば、あなたならきっと見つけて、無事に連れ帰ることができるでしょう」兄デレクからの手紙には〈ケヴラル〉号について、船のあらゆる癖や、はっきりした特徴まで詳細につづられており、やはり弟の成功を確信しているという言葉でしめくくられていた。

あの人はまちがいをしたことがないのかしら？　家族はそう思っているようだった。

判読できない計算をしたメモを見つけ、それをためつすがめつしながら解読しようとした。どの計算にもポンドの記号がつけられている。お金だ。お金についてあれこれ考えなくてはならないほど、経済的に困窮した状態にあるのかもしれない。サザーランドの母親はそれについて知っているのかしら？

トリはサザーランドの参考書である『ロビンソン・クルーソー』をとりあげ、最初の数日の描写を読んだ。ロビンソン・クルーソーは何日もかけて難破船からさまざまなものをとってきた。工具、品物、種子。うらやましい。

本を棚に戻したとき、隣にある本に目が留まった。『海洋の自然地理学と気象学』マシュー・フォンテーン・モーリー。内側には献辞があった。「道中の安全を祈って、グラントに。愛をこめて、ニコル」

愛？　この女性は何者かしら？

どうしてわたしはいらいらしているの？　なぜってそれは、英国に恋人がいるのに、わたしにキスして……触れたから。それが理由よ！　胃がぎゅっとひきつった。もしサザーランドが婚約していたら？

トレイウィックなら知っているだろう。甲板で水夫と笑いあっている声が聞こえた。甲板で水夫たちに囲まれているのね。不安をのみこんで、トリは海水に洗われた甲板をトレイウィックがすわっているところまでつかつかと歩いていった。本を固定されたテーブルに放りだす。「この人は誰？」トリは指先で名前を指した。

「指をどけてくれないと見えないよ。ああ、それはただの……」トレイウィックは口ごもり、代わりにたずねた。「どうして知りたいんだい？」

「誰か英国で待っている人がいるならびっくりだわ、そう思っただけ」

トレイウィックは琥珀色の目でトリをじっと見つめた。「少しはがっかりしない？」

「冗談でしょ。腹が立ってるのよ、あの人が……。あなた、あそこにいたでしょ。他の人と恋に落ちているのに、わたしに勝手な真似をしたからよ」

「それはニコル・サザーランドだ」

トリは息をのんだ。「結婚しているのね！」

「兄さんのデレクの奥さんだよ。ニコルとデレクが和解するのに手を貸したから、二人は仲がいいんだ」

トリはトレイウィックのかたわらの椅子にへたりこんだ。もうひとつの謎——どうしてわたしは嫉妬したの？　サザーランドに対する怒りよりも、惹かれる気持ちの方が大きいから？

ふと顔を上げると、サザーランドがトリとトレイウィックを鋭いまなざしで見つめていた。

さっと顔をそむけ、顔を赤らめたとき、ドゥーリーが足早に近づいてきた。「レディ・ヴィクトリア、甲板までいらしていただき光栄です。何かお持ちしましょうか？」

トリはぎくりとしてから、そっけなく言った。「けっこう、その必要はないわ」

「大丈夫だよ、ドゥーリー」トレイウィックはつけ足した。「ありがとう」

ドゥーリーは逃げるように去っていった。

トレイウィックは厳しい顔つきになった。「グラントの水夫たちにチャンスをあげてほしいな。何をそんなに警戒しているのか知らないけど、グラントの部下たちはまともだよ」

「どうして？」トリは疑うようにたずねた。

「グラントが船長をしているペレグリン海運の仕事は、誰もが切望している。最高の人間しか雇ってもらえないからだ。刑務所から買われたり、売春婦に誘惑されて誘拐斡旋されたりした水夫は一人もいないんだ」

「誘拐斡旋って？」

「ごろつきどもが、どこかの哀れな男をだましたり、脅しつけたりして船に乗せ、海で強制的に働かせることだよ。グラントはわざわざ家庭持ちの男だけを雇っているんだ」

「全員に家族がいるの？」

「ドゥーリーは別だが。奥さんに死なれたやもめなんだ。まあ、もしかしたらあと一人、二人いるかもしれないけど、グラントにとってかけがえのない存在であり、誰かの命を救ってくれそうな人間だから選んだんだよ」

その情報を噛みしめていると、トレイウィックが言った。「誤解してほしくないけど――連中はやっぱり乱暴だし、ラム酒が好きだが、船員部屋を見てほしいな。奥さんからの古い手紙や子どもたちの似顔絵が壁にびっしり貼ってある」

トリはドゥーリトーが甲板を歩き回ってみんなの手伝いをしているのを見て、罪悪感がわきあがった。やもめ。極悪人を相手にするみたいな態度をとってしまった。ため息をつき、これからはもっとやさしくしようと決心した。そして、周囲の水夫たちをまるきりちがった目で見回した。これまでも彼らがいつも意外なほどきちんとしていることに気づいていた、言葉も服も。さらに今、知っている他の水夫たちのように不機嫌ではなく、みんな満足そうなことにも気づいた。

「驚いたわ」トリはサザーランドのことも新たな目で眺めながら言った。風でサザーランドの額に髪がはらりとこぼれた。どうしてそれを見て微笑みたくなるのかしら？　サザーランドはいらだたしげに髪をかきあげた。

「せっかくここに来たんだから、カードでもしよう」トレイウィックがトリの背後で言った。

トリは振り返らなかった。「ええ、そうね」

トリは船長を観察するので忙しかったので、トレイウィックがこう言ったのが耳に入らなかった。「第四ラウンド、グラントの勝ち」

# 12

ヴィクトリアが警戒して居丈高で怒っているときには、この女性に惹かれてなどいないとグラントは言えたかもしれないが、その自信にあふれた魅力にはとうてい抵抗できなかった。海に出てから日ごとにヴィクトリアは船に慣れていき、信じられないほど自信をとり戻した。昔の生活と恐怖を捨て、閉じこもっていた殻から出てきたようだった。どうやら、グラントに対する腹立ちも克服したらしく、嵐を経験するたびに感謝や賞賛の言葉を口にした。

二週目には、ヴィクトリアはまるで船で生まれたかのようにふるまっていた。ミス・スコットは一日の大半を眠っていたが、その間ヴィクトリアは船頭歌をドゥーリーから教わり、傷んだ帆をつくろう作業を手伝った。釣りをすると、ヴィクトリアは見たこともない魚に夢中になった。

「何を釣り上げるか、見当がつかないわね」ヴィクトリアは興奮のあまり息を荒くしながら、ドゥーリーに言った。

新しい服にも慣れ、必要なときには着替え、ミス・スコットの具合がよくなるにつれ、しじゅう笑い声をあげ、水夫たちが競いあうように滑稽なことをすると、惜しみなく笑顔を振りまいた。クルーはヴィクトリアを崇拝した。

しかし、ヴィクトリアが元気はつらつとしている一方で、グラントは睡眠不足に悩んでいた。イアンはどっちみち甲板で酔いつぶれていたので、グラントはいとこの狭い船室で寝ることにしたのだが、睡眠不足以上に、ヴィクトリアがそばにいないことに苦しんでいた。

ヴィクトリアにもう一度触れるためなら、右腕すら差しだしただろう。

それに、ヴィクトリアは一日の大半をイアンと過ごしていた。

今朝、二人は甲板でカードをしていたので、グラントは嫉妬に苦しんだ。これまでほとんど信じていなかった感情だった。いまや年下のいとこがヴィクトリアと過ごしていることがうらやましく、彼女の聞いたことのない古い冗談を披露していることを妬んだ。

嫉妬は寝取られ男の感情だ。超然とした男の心に棲み着くはずがない。

グラントは何かを見つけようとするかのように、二人をじっくり観察した。二人は年も近かったし、ほとんどの女性はイアンを魅力的だと感じたが、お互いに惹かれあっていることをほのめかすものはまったく発見できなかった。それどころか、しばしばブリッジにいる自分をヴィクトリアが見つめていることに気づいた。

それでも、イアンが何か言ったことでヴィクトリアが笑うのを聞くと、頭がおかしくなりそうだった。

「ヴィクトリアと、もういっしょに過ごしてほしくないんだ」グラントはヴィクトリアがぶらぶらと船首の方に行ってしまうと、イアンに伝えた。

「ぼくじゃなきゃ、クルーがいっしょに過ごすことになるよ。それに、打ち明けると、あの子の会話は生き生きしていておもしろいんだ……」グラントがしかめ面になると、イアンはつけ加えた。「きみが考えているようなことじゃないんだ。ぼくは別の女性に心を奪われているし、トリは妹を思い出させるからね」

「どの？」グラントは疑わしげにたずねた。イアンには三人の妹がいて、どの娘からもグラントはヴィクトリアを連想できなかった。

「エマだ」

「エマだって？」グラントは小馬鹿にして言った。「学校を出たばかりじゃないか――」

「十八歳だよ」

「ヴィクトリアには近づかないでくれ」グラントは低い声で命じた。イアンがいたずらっぽくにやりとすると、グラントはすっくと立ちあがり、イアンの椅子の前で威嚇する姿勢をとった。「ヴィクトリアは伯爵の孫娘なんだ。もちろん、さすがのおまえでも、貴族の孫娘は手玉にとらない方が賢明だということはわかってるだろ」

自嘲的な笑みを浮かべてイアンは言った。「実は貴族の娘を手玉にとるべきじゃない、ってことは知らなかったんだ」イアンは前かがみになると、声をひそめた。「それに、こういう国外の情事ではそこがいいところだからね。誰にも知られないってところが」

グラントはイアンを片手で椅子からひっぱり上げ、もう片方の拳をいとこの顔にたたきつけたい、という衝動をこらえた。

「そんな目で見るなよ、グラント。ヴィクトリアには手を出さないって」イアンは舌打ちした。「きみたちの成り行きを見守るだけにするよ」

グラントはいとこを放すと、大きく息を吸いこんだ。「それでヴィクトリアを放っておけと言ったと思ってるのか？　わたしが彼女をほしいと思っているから？」

「ともかく、トリはきみだけのものだよ。ぼくはあの子を守りたいだけだ。兄のように。そういうふうには求めていない」

グラントは顔をなでた。「そういうふうにだって？」その口調は自分の耳にもとまどっているように聞こえた。

「まいったね。現実に目を向けろよ。こんなきみは見たことがないよ」イアンはグラントの背中をたたくと、立ち去ろうとした。そこでもう一度振り返った。「どうして自分の気持ちと闘ってるんだ？」

「どうして？」グラントの短い笑い声はまったく楽しそうではなかった。「こういうざまになりたくないからだよ」

そのときドゥーリーがやって来て、グラントがじっとヴィクトリアを見つめているのに気づいた。

「あの娘は、自分の魅力で水夫どもを好きなようにできるってことを知ってるようですな」ドゥーリーは言った。「微笑ひとつで、クルーを自由自在に操れる」

グラントはつぶやいた。「神よ、英国の男たちを助けたまえ」

イアンは哀れむような微笑をグラントに向けた。「まず最初に自分のために祈った方がいいよ」

グラントはゆうべひと晩中、勢力はないがしつこいスコール相手に奮闘していた。ようやく嵐がおさまったとき、毎朝やっている手順をこなした――進路を調整し、船を点検し、命令を下し、ヴィクトリアを眺める――必ずしもその順番ではなかったが。ヴィクトリアは自分を楽しませようともせずに読書をしているイアンを不機嫌そうに見ながら、歩き回っていた。いかにも退屈でたまらないという様子だった。

その日は晴れていたが冷えこんでいたので、グラントは船室に行き、濡れた服を着替えた。中に入り、外套をかけ、ぐっしょり濡れたシャツを脱ぎながら、振り向いてドアを閉めようとした。すると、ヴィクトリアがすっと入ってきて、目の前に立ったのだった。

「何をしているんだ?」グラントはしかりつけた。「ゆうべの嵐の件でお礼を言いたいなら、けっこうだ。あれはわたしの仕事だからな」ヴィクトリアは何も言わず、ただグラントの胸を見つめている。グラントは落ち着かなくなってきた。その目に浮かぶ表情は、それに触れてみたいと言っていた。「ここから出ていってくれ」グラントは命令した。その声はなぜか荒々しかった。

「とっても退屈しているの。わたしを守ってくれると言ったでしょ。退屈すぎて、頭がおかしくなっちゃいそうなのよ」

グラントは笑いをこらえた。「着替えなくちゃならないんだ」

「すでに何もかも見てるわよ」

なんて生意気な――待てよ――「滝のところで、わたしをこっそりのぞき見したんだな?」

質問に答えたくないときはいつもそうだが、ヴィクトリアはその問いを無視した。そしてベッドにどさりと体を投げだすと、顔を壁に向けた。「わかったわよ。見ないから」

ためらったが、急いで体を洗い服を着た。ブーツをはいていると、ヴィクトリアが立ちあがり、船長の航海日誌をつかむと、またベッドにすわりこんだ。

「それを読んでいいという許可は与えてないぞ」

知らん顔でページを繰り続けている。「最初の方の文章はとても正確で、とても几帳面ね。だけど、島に着いてからは」――ヴィクトリアは天井を見上げて、ふさわしい言葉を探そうとしているようだった――「適当になっているわ! 不正確で、いい加減になっている」眉をひそめると、逆にページを繰った。「それどころか、意味不明の記録もあるわね」

グラントはヴィクトリアの手から日誌をひったくると、彼女の手が届かない高い棚の上にのせた。

振り返ると、ヴィクトリアはトランクの前にすわりこみ、きちんと整理して重ねた服のあいだを手で探っている。調べているのだ。この娘は自分についてしじゅう調べているようだ。

「集中するのがむずかしかったのかしら?」ヴィクトリアは顔を向けずにたずねた。「それ、わたしのせい?」

傲慢な娘だ。「いまだに疲労困憊しているせいだよ」

ようやくヴィクトリアはグラントの方を見た。「疲れていたかもしれないわね。それはありえるわ。だけど、他のことが手につかなくなるほど、あなたはわたしのことで頭がいっぱいだったと思いたいの」

思うのは勝手だ。ヴィクトリアはたたんだシャツをとりだして、肩にひっかけた。いまやグラントには話の展開が読めた。

「いいから出ていってくれ、ヴィクトリア。ただし、そのシャツは置いていけ」

不満そうに目をすがめると、ヴィクトリアは立ちあがった。「あなたにわたしを好きになってもらいたいの。そのために努力しているのよ。心底から好きになってほしいの」そう言うなり、さっとドアから出ていった。シャツは肩にかけたまま――揺るぎない確信を漂わせ、すでに勝利した戦いへ赴くかのようだった。

わたしったら、どうしちゃったのかしら？　トリは自分の気持ちにいらだちながら首を傾げた。ついさっきも、サザーランドの濡れた胸に頬を押しつけ、唇を差しだしたいという欲望が耐えがたいほど突きあげてきた。どうしてあの人はますますわたしを惹きつけるの？　こんなに気持ちが高まるとは思ってもみなかった。いばっていて頭にくることもあるけれど、あの人に触れてみたくてたまらない。どうしてあんなに不機嫌で、堅苦しいのか理由を知りたかった。額に刻まれたしわを伸ばしてあげたかった。

きっぱりと首を振ると、甲板のいつもの席を見つけ、しばらくのあいだぼんやりとすわっていた。今朝、サザーランドに見つめられ、目と目があったとき、あの人の心が読みとれた。絶対にあれは欲望だった。わたしでもそれに気づいた。でも、あの人は途方に暮れているようにも見える……。

額のすぐそばで、パチンと指が鳴らされ、はっと物思いからさめた。どうやらイアンは、ようやくトリにつきあう気になったようだ。

イアンはカードを広げ、ホイストの二人ゲームに誘った。「いとこときみは、かなりなかよくやっているみたいだね」イアンは率直な意見を口にした。

トリは頬がほてるのを感じた。いやだ、どうしたのかしら？

イアンにカードを配ってもらっているあいだに、トリは話題を変えた。「二、三日前に、カミーからあなたは気もそぞろだと聞いたけど？」

イアンは手札を広げて整理しながら、大きくため息をついた。「ぼくは急いで町を出なくちゃならなかった。で、グラントはせいぜいアメリカあたりに行くんだと思ったんだよ。まさか南太平洋とは思っていなかった」

「まあ、冗談でしょ！　この船に閉じこめられてしまったと言いたいの？」

イアンはうなずいた。「だけど、それがいちばんよかったんだよ」自分に言い聞かせるかのようだった。「ぼくはまだ二十六歳だ。そんなにすぐ身を落ち着ける必要はないからね」

トリは札を置くと、うれしそうに手を打ちあわせた。「結婚を考えていたの？」

「うん、ある人と出会って——」

「グラントはそれについてどう言うかしら？」

「グラントは知らないんだ。ほとんどの人が知らないよ。夫となり、家族の責任を負うには不適格だと、グラントに説教されるだろうな」

「名前は何というの？」

「エリカだ」イアンはもの悲しげな微笑を浮かべてつぶやいた。

イアンがのぼせあがっている様子に、トリはくすくす笑った。「エリカは手紙を送ってくれたかしら？　港に着いたときに受けとれるかもしれないわよ。そんなに急に出発したのなら、さぞ悲しがっているでしょうね」

イアンは肩をすくめた。

「その女性はロンドンで待っているの？」

イアンはカードを一枚引くと、感情を押し殺した口調で言った。「こんなに長く待っていないんじゃないかな」

「まあ、イアン、自分をみくびっているわ——」

「エリカはぼくの身に何があったのか、よく知らないんじゃないかと思うんだ」深刻な顔つきで言った。「ぼくの手紙を受けとっていなければ、たぶん行方不明になったと思っているよ。あるいはもっとひどいことを考えているかもしれない」

「もっとひどいこと？」

生々しい痛みがイアンの目に浮かんだ。「ぼくに捨てられたと」

トリは息を吸いこんだ。「事情を知らないかもしれないの？　それなら彼女はきっととても不安になっているでしょうね」

「不安？　ぼくの評判を知っている女性なら、たんにぼくが逃げたと思っているよ」

たしかにそうかもしれないが、イアンがあまりつらそうだったので、トリはこう言って励ました。「帰ったら、彼女に埋めあわせをしなくてはならないわね」

イアンはぼんやりとうなずいた。「ただ、エリカといっしょにいたいんだ。ぼくの言いたいことはわかるかい？」大海原に視線を向けた。「エリカのそばにいたいだけなんだ」

これで何度目だろう、またもや、トリの視線は船長に向けられた。

# 13

旅の初めから、グラントは船長の務めとして、乗客たちをディナーに招待していた。ヴィクトリアとミス・スコットはいつも断った。イアンは出席しないことは一度もなかった。今日、招待に応じたのはヴィクトリアー人だけだった。

グラントはヴィクトリアがミス・スコットを見舞いに行くのを待ちながら、甲板にいるイアンに歩み寄った。「出てこない理由でもあるのか？」

「ぜひ出席したいんだが、くたくたに疲れているんだ」

「どうして？」驚いて、グラントはたずねた。

「楽しませたせいだ」平然と答えた。立ち去りかけたグラントの背中に、イアンは叫んだ。「ところで、ヴィクトリアはお風呂が大好きだって聞いたよ」

グラントは振り返らずに片手を上げ、口を閉じるようにイアンに伝えた。だが、海が午後の半ばに凪ぐと、グラントはドゥーリーをブリッジに呼んで言った。「レディ・ヴィクトリアに風呂を用意してあげてもらえるかな？」

「腰湯ですか？」ドゥーリーはたずねた。

「いや、全身浴だ」

ドゥーリーは眉をつりあげた。「新しい水でですか？」

グラントがうなずくと、ドゥーリーは命令を実行するために急いで立ち去った。グラントはもう少しで部下を呼び戻しかけた。どうしてヴィクトリアにそんな贅沢をさせるのか？ヴィクトリアが望んでいるから、というのが、あきれたことに自分の答えだった。

その日じゅう妙に落ち着かず、グラントはディナーの時間が来るとほっとした。ヴィクトリアがテーブルに現れると、グラントは立ちあがりながら感嘆の吐息をもらした。ヴィクトリアは美しかった。翡翠色のシルクをまとい、輝く髪を編んで頭の上でまとめている。椅子に導くと、こちらを見上げて微笑みかけてきた。なんてことだ、こんなふうに微笑みかけられると頭がぼうっとなりそうだ。

食事が始まると、ヴィクトリアがどのカトラリーをいつ使うべきかちゃんと心得ていることに驚かされた。しかし、その使い方は……食べ物を突き刺すたびにフォークが陶器に当たって大きな音を立てた。何でできているのかを忘れてしまったかのように、バターを切るときはナイフに力を入れすぎた。

すべてを教えこまれていたはずだが、練習する道具がないので、知識は色あせてしまったのだ。音を立てないように調節すると、食べ物がフォークの先からこぼれ落ちた。どのぐらい忘れてしまったのだろう、と考えながら、グラントは顔をしかめた。アーチェリーのやり方は学んでいても、練習せずに矢を放つようなものだ。必ず的をはずしてしまうだろう。

ちらりと目を上げて、グラントに観察されているのに気づくと、ヴィクトリアはぱっと赤くなり、とても空腹にちがいないのに皿を押しやった。いつもヴィクトリアは食欲旺盛だった。とりわけ新しい食べ物のときは。しかし、今夜はあまり食べずに大量のワインを飲んでいた。

クルーが皿を片付けてしまうと、二人のあいだに気まずい沈黙が広がった。ヴィクトリアは言った。「あなたのクルーはすばらしいわね」

グラントはうなずいた。えりぬきのクルーをそろえたことは承知していた。

「避けている人も数人いるけど、それも、子どもの話をいやというほど聞かされるせいよ」

グラントはまたうなずいたが、何も言わなかったので、ヴィクトリアはまた沈黙を埋めようとして何度か会話を試みた。「英国でいちばん好きな季節はいつ?」「犬は飼ってる?」「カードをするのは好き?」「いちばん好きな数字は?」

だが、グラントは世間話が苦手だった。答えは「そんなこと考えたこともないな」「いいや」「たまになら」「好きな数字なんてないよ」だった。

「まあ」失望をにじませながら、ヴィクトリアは応じた。しかし、それでも努力を続けた。「わたしのお気に入りは十五よ。あなたもそれにしたらいいわ」

「どうして十五なんだ?」つい質問していた。

「ようやく嵐に耐えるような小屋を建てられたのが、十五歳のときだったの。それ以来、建て直す必要が一度もなかったのよ」ヴィクトリアはため息をつき、指先でグラスの縁をなぞった。「十五歳はいい年だったわ」

椅子に背中を預け、ワインレッドの唇で微笑みかけてくるヴィクトリアという誘惑に直面して、グラントは自分自身のことで、自分の将来のことで頭がいっぱいだった。そして、ヴィクトリアが逃したあらゆるものについて考えていた。十五歳なら、大人のドレスを着たことや、初めて頬にキスされたことを祝うべきだった。しかし、住んでいる家がくずれないことでヴィクトリアは満足していたのだ。

「あなたは十五歳のときはどんなふうだったの?」物憂げな口調でたずねられた。

答えたかったが、実は周囲のみんなにいたずらを仕掛けるのが大好きな悪ふざけ屋だった。

「真面目で愛想がなかったよ、今と同じように。そして腕白な兄たちを追いかけ回して、お行儀がよくないふるまいを学んだ」

ヴィクトリアがくすくす笑うと、グラントは眉をひそめた。わたしのことを愉快だと思えるはずがない。くそ真面目で堅物なのに。それ以外の性格になる危険を避けるために、極端に走り、言ってみれば退屈な人間になったのだ。たしかに愉快な人間ではないだろう。しかし今は、ヴィクトリアに気に入られるような男になれたらと思った。

ヴィクトリアはまたワインをひと口飲んだ。「いちばん好きな色は?」

「グリーン。グリーンがいちばん好きだな」

「あら、わたしもよ」ヴィクトリアはうれしそうに言うと、体を乗りだし、グラスを置いてテーブルに肘を突いた。胸元が開き、胸の谷間があらわになった。グラントは口とあごをかいた。ただの想像だろうか、それとも実際に胸が大きくなったのだろうか？　前よりもふっくらして、どこもかしこもやわらかそうだ。ヴィクトリアに触れるまいと必死におのれと闘っている男にとって、その変化は歓迎できないものだった。

ヴィクトリアはふっくらした下唇のワインを無邪気になめとり、グラントの欲望に火をつけた。テーブルにヴィクトリアを押し倒したい。今にもそうしそうだ。当然の欲求だ。

グラントは椅子で火傷したかのように勢いよく立ちあがった。「送っていこう」

ヴィクトリアは驚いてまばたきしてから立ちあがった。「わたしが嫌いなの？」グラントにとまどった顔を向けられると、ヴィクトリアはつけ加えた。「わたしといっしょに過ごしたくないのね。今だって、席を立つのが待ちきれないみたいだった」

グラントは髪をかきあげた。「複雑なんだ……」

「わたしみたいな人間には、あなたの心が理解できないと思っているんでしょ？」ヴィクトリアはうちひしがれた声を出した。

「いや、そうじゃない」あわてて言葉を継ぐ。「きみのことは好きだが……不適切な気持ちなんだ」

指をよじりあわせていたヴィクトリアの手の動きがぴたりと止まった。「まあ」

いや、とうてい理解してもらえまい。自分自身ですらわかっていないのに、ヴィクトリアには無理だ。グラントはヴィクトリアの腕をとると、甲板を横切っていった。風が霧を吹きつけてきたが、グラントは歓迎した。冷たい水が熱をさましてくれるかもしれない。ヴィクトリアは船室の戸口で、濡れた長いまつげを透かし、心を決めようとしているかのようにグラントを見上げた。あるいは何かを待っているかのように。

ヴィクトリアから離れろ。手の届かないところに行け――誘惑されない場所に。「じゃ、おやすみ」

「ええ、ディナーをごちそうさま」

グラントは居住まいを正した。「ぐっすり眠るんだよ、ヴィクトリア」グラントはヴィクトリアの背中でドアを閉めたが、立ち去らなかった。茫然としたように、壁にもたれた。ヴィクトリアは抵抗できないほど魅惑的だ。自分は怖くなるほどの激しさで彼女を求めていた。ヴィクトリアを横たえて穏やかに愛を交わすことを夢想したのではない。彼女をむさぼり、唇だけで頂点に昇りつめさせる、それから両手を頭の上に持ち上げさせ、死にものぐるいで腰を突き動かすことを夢想したのだ。実際にそうなったら、我を忘れて痛い思いをさせてしまうのではないかと心配なほどだった。自分の硬くなったものが、服の布地にこすれて感じやすくなっていることは考えまいとした。首を振って、裸でもだえているヴィクトリアの姿を頭から追い払おうとする。

結婚しなければヴィクトリアを自分のものにできないことはわかっていた。そして、結婚したら、お互いに失望することになる点を次から次へと挙げてみようとした。まちがいなく、長いリストになるだろう。ヴィクトリアを見つけるとベルモント卿に約束したとき、自分自身の破滅に手を貸すことになるとは予想もしていなかった。彼女の破滅にもだ。

グラントは星を見上げた。空の星の位置はまったくちがっていた。

絶対にサザーランドはキスしようとしていた、とトリは思った。今でも、胸がどきどきしている。してくれなかったのでがっかりしたが、動揺はしなかった。ひとつにはワインのせいで上機嫌になっていたから。もうひとつは、少なくともサザーランドがキスをしたいと思っていることがわかったから。

夢のような気分で、トランクから寝間着をとりだして、靴を脱いだ。今経験している強烈な感情に比べたら、日々の行動は些細なことに思える。ドレスを脱ごうと指を胸元にやる――ボタンはどこかしら？　もう、まったく！　背中だわ。もしかしたらカミーがまだ起きているかもしれない。ドアを開けると、船長が目を閉じて壁に寄りかかっていた。

「船長？」

ぱっと目を開けた。「どこに行くんだ？」

「これを脱げないと気づいたの」トリは自分のドレスを手で示した。「カミーに手伝ってもらおうと思って」

「もう寝ているよ」

「じゃあイアンに」

あっという間にサザーランドはトリを船室に押し戻すと、自分も入ってきてドアを蹴って閉めた。「あいつにドレスを脱ぐ手伝いをさせるんじゃない」頭ごなしに言った。

嫉妬しているのかしら？　それとも、礼儀に反すると言いたいのかしら？「じゃあ、あなたにやってもらうしかないわ」

サザーランドはトリの向きを変えるとボタンをはずした。最初はすばやかった手の動きが、やがてゆっくりになっていった。まるでその作業を楽しんでいるかのように。ドレスは間もなくボタンがはずれ、胴着を胸元で押さえなくてはならなかった。しかしサザーランドはしばらく動こうとしなかった。

口を開きかけたとき、サザーランドが罵りの言葉をつぶやくのが聞こえた。そして、指の関節がうなじをすっとなでおろすのが感じられた。思わず目を閉じ、その感触に体がぐらりと揺れそうになる。もっと、とねだるように、サザーランドの方に小首を傾げた。温かい唇が肌に押しつけられると、全身にわななきが走った。

「なんてきれいなんだ」サザーランドはささやきながら、唇を肩の方にずらしていった。「きみの肌はまるで本物の磁器のようだ」

その言葉に低いうめき声で応えると、彼の胸にもたれかかった。片方の手を伸ばして、サザーランドの首に巻きつける。

それに誘われたかのように、手が胴着の中に滑りこんできて、胸を包みこんだ。

「ああ」喜びにあえぎ声がもれる。ついに、もっといろいろ教えてくれる気になったのかしら？

サザーランドは乳房の重みを確かめるように手にのせてから、もみしだいた。荒れた熱い手のひらでもまれて、乳房が腫れて重くなったように感じられる。もう片方の手も彼の首に回すと、ドレスがふわりと床に落ち、透けたシュミーズだけになった。サザーランドはさらにうなじに唇を這わせ、両手でわきをなでおろし、ヒップをぎゅっとつかみ、それからまた乳房に戻ると、やさしく先端をつまんだ。トリは目を半ば閉じながら、乳房が愛撫されているのをやわらかなランタンの光で眺めた。

おなかから太ももの内側へとサザーランドの指が滑っていくと、全身がわなないた。膝から力が抜け、もはや立っていられない気がした。サザーランドに触れたくてたまらなかった。夢中で彼の髪に指をからめた。

耳に口づけされると、喜びが突きあげてきて、体がとろけそうになった。体をねじって、サザーランドの目を、唇を見上げる。

「ヴィクトリア、こんなことをしちゃいけないんだ」サザーランドは苦しげにつぶやいた。その言葉は耐えがたいほどのつらさを感じているように聞こえた。それでもウエストに手を回すと、ゆっくりと引き寄せかけた。だがトリは待ちきれなかった。サザーランドの胸に自分から飛びこむと、きつく首に腕を巻きつけて二人のあいだの距離を一気に縮めた。

サザーランドは舌をからめ、むさぼるようにキスをしてきた。まるで相手が怯えて逃げだすのを期待しているかのように。島でのキスのとき、トリは圧倒されて受け身だった。今は大胆に自分の舌をからめた。唇を押しつけたままサザーランドはうめいた。

「お願い」トリはささやいた。だが、何を懇願しているのかよくわからなかったが。「グラント……」

サザーランドは凍りつき、一歩下がると、茫然自失状態から醒めたように見えた。

グラント。ヴィクトリアに名前を呼ばれたのは、それが初めてだった。そう呼ばれるのを、何度夢見たことだろう? ヴィクトリアの中に体を沈めるときに、唇にその言葉が上るのを夢想したものだ。親密な呼び方だった。この娘と自分のあいだでは親密すぎた。そのことを意識せずにはいられなかった。

だめだ。「だめだ」呼吸を整えようとしながら、欲望もあらわなヴィクトリアの顔から目をそむけようとした。

もう少しで……あとちょっとでヴィクトリア・ディアボーンを抱きそうになった。そのレディ・ヴィクトリアは目をみはり、激しく口づけされた唇は腫れている。

ヴィクトリアがほしかった。

グラントは身をひきはがすようにしてヴィクトリアから離れた。社会的立場。名誉。信頼。呼吸が整い、痛いほどの高まりがおさまるまで、その言葉を繰り返した。ようやくヴィクトリアに向き直ると、シュミーズだけで震えていた。

「グラント、なぜなの?」

グラントは「なぜだめなの?」と聞かれていることを知っていた。今にも、ヴィクトリアと呼びかけそうだった。そうしたら彼女は喜んで二人の破滅へと通じる道を歩いてくるだろう。「きみを守ると誓ったからだ、破滅させるのではなく。きみはわたしの監督下にある。それを思い出さなくてはならないんだ！」なおもヴィクトリアを抱きたいという衝動と闘っていた。

ヴィクトリアが見えない場所に、手の届かない場所に行かなくては。グラントはドアから出ると、足音も荒く甲板に向かった。わたしはヴィクトリアを守ると誓ったのだ。その誓いがもはや無意味になりかけている。なんてことだ、わたしは高潔さと名誉を重んじる人間だとみなされてきた。だが、ヴィクトリアへの欲望の前には、どちらもこれまで存在すらしなかったかのように、かき消えてしまった。

いったいわたしはどうしてしまったのだろう？

「船に乗っていることにすっかり慣れたみたいですね」トリがつくろった帆をひっぱりながらドゥーリーは言った。帆をたたみ、片付けると、両手をパンパンと払い、船を眺める。もうするべき仕事はないようだ。今朝の嵐で天水桶に満たされた真新しい水を風呂に使おうと決心した。最近のドゥーリーは贅沢にやけに熱心だった。

トリは船の上の忙しそうな様子を見てにっこりした。海の生活に適応し、船長を心から信頼するようになっていた。

ドゥーリーが立ち去ってしまうと、トリはサザーランドに視線を向けた。ブリッジに立ち、海に視線を向けているサザーランドはとても威厳があった。部下たちはサザーランドの礼儀正しさ、力強さ、自制心という外面しか見ていない。トリは欲望、精力、渇望といった内面も知っていた。背筋をまっすぐ伸ばして立っている船長が、つい一週間前に船室で自分にキスし、胸に触れたのと同じ人間とは、とても信じられなかった。

あの夜から、サザーランドはずっとトリにそっけなかった。しかし、トリはいっそうサザーランドの虜になっていた。かたときもサザーランドから視線をそらさず、欲望を抑えきれなくなった彼が、たくましい筋肉のついた腕と胸に抱きしめてくれたときのことを思い返していた。サザーランドが体を離したとき、あやういところだったとわかった。もう少し近づき、そっと触れただけで、サザーランドの決意はもろくも崩れ去っただろう。しかし、そのあとサザーランドはみじめな気持ちになるにちがいなかった。そのことは重んじるべきなのだろう。

しかし、すでにサザーランドの肉体はよく知っていた。余さず目にしていた。いずれ、またそうなることだろう。絶対に。トリにはある計画があった。それがうまくいけば、あの人を手に入れられるはず。たぶん男性の方から追いかけさせるべきで、それが昔からのやり方なのだろう。しかし、いつもトリはほしいものを見たら、それを手に入れようと画策してきた。カミーに問題解決人と呼ばれていたほどだ。そして、サザーランドを手に入れられないことは大問題だった。

サザーランドがブリッジにいて、当分そこを離れそうもないときは、自分もそちらに行くことにした。疲れているように見えるときはコーヒーを、暖かい日には水を持っていった。

またサザーランドにキスさせることなんてできるかしら、と弱気になっても、いつか彼のベッドで過ごすひとときのことを考えて自分を励ました。あの晩、トリはサザーランドの枕を抱きしめながら、彼を求め、そのにおいに気も狂わんばかりになったものだ。そしてその後は毎晩、二人のしたことや、どんなふうにサザーランドに触れたか、次の機会にはどんなことをしたいかを空想せずにはいられなかった。そのたびに、胸に抱きしめられているように感じた。どうにかして……。

サザーランドの声で物思いが破られた。新たな風を利用するべく、命令を次々に下している。いつものように、クルーはてきぱきと正確に命令に応じた。サザーランドは笑みこそ浮かべなかったが、満足しているのがわかった。

船上があわただしくなったので、トリはカミーの様子を見に行った。カミーは目覚めていた。

トリは空いているベッドにポンとすわると言った。「イアンは仕事をしているから、何か朗読してあげようと思って来たの」

カミーはくすくす笑った。「あら、まさか。イアンはどこなの？」

「本当よ。わたしたちの具合がよくなったから、〝傑出した天分〟を船を学ぶことに向けるつもりなんですって」

カミーは眉をつりあげた。「それでサザーランドは？　どんな様子？」

トリは目を伏せ、スカートのしわを伸ばしながらつぶやいた。「相変わらずわたしにむかわたしにからかわれたと思っているみたい。最近はうんざりした表情と、切り口上な返事ぐらいしか期待できないわ」

「どういうことなの？」カミーがのろのろとたずねた。

「怒らせるつもりはなかったんだけど、あの人はとても石頭でしょ。わたしにからかわれた……」

カミーは探るような視線を向けた。「それで、あなたは何をやったの？」

トリは含み笑いをもらした。「きのう、いくつかのドレスのゆるかった胸元がちょうどよくなっているのを発見したの。それで、さっそくサザーランドのところに行って、そのいい知らせを伝えたのよ」

「トリ！」

「まあ、サザーランドの言い方にそっくり。だけど、あの人がしじゅう胸元を見ているのに気づいていたんだもの。当然、その変化に喜んでもよさそうなものじゃない？　でも、報告すると、じっと胴着を見つめてから、しかめ面になり、ドゥーリーをブリッジに呼び、わたしに向こうに行ってくれと言ったわ」

「そんなことをしちゃだめじゃないの」カミーはしかった。「サザーランドはあなたの夫じゃないのよ。それに、不適切よ」

サザーランドをからかった本当の理由を、カミーに打ち明けようかと迷った。あの人に恋をしているのかもしれないと。しかし、思い直した。混乱した自分の気持ちを整理できるまでは黙っていよう。「以前、サザーランドはわたしに気があると言ってたでしょ。本気でそう信じているの？」

「賭けてもいいけど、そうだと思うわ。だけど、それはやっていいこととは言えないわ。たしかに、サザーランドは高潔な人よ。でも、どんな男にも限度ってものがあるわ」カミーは両手を握りしめた。「男と女のあいだに起きることについて話したことを覚えてる？　ねえ、サザーランドはそういうことをあなたにしようとするかもしれない」

もしかしたらあのとき、二人は船室で愛を交わすことになったのかしら？　トリはもちろん中断してほしくなかった。サザーランドが離れていったとき、痛いほどの渇望が胸にあふれた。自分の情熱を理解したくて、あの状況を分析してみる。わたしはサザーランドをほしかった。サザーランドはわたしをほしくなかった。

でも、カミーはサザーランドがわたしに欲望を覚えるかもしれないと考えている。

「サザーランドはその――」トリはあたりを見回してから、低い声で言った。「――わたしと愛を交わしたがっていると思う？」

カミーは唇を突きだした。「そんなに興奮しないで！　そうするためには結婚しなくちゃならないのよ」

トリは喜んでその代償を払いたかった……あの人が始めたことを最後までやり通してくれるなら。

「用心なさいね、トリ。それから覚えておいて――欲望と愛はちがうの。あなたとサザーランドがそれを混同したら身を滅ぼすわよ」

# 14

岩でできた円形演技場のようなテーブル・マウンテンが、ケープタウンの南にそびえていた。

〈ケヴラル〉号がにぎやかな港に入っていったとき、入港のために命令を下しているグラントにヴィクトリアは興奮で目をきらきらさせながら近づいていった。グラントが仕事を終えると、ヴィクトリアは言った。「あなたは厳しい監督者だと思っていたけど、今、その理由がわかったわ」

ヴィクトリアは他の船のクルーがだらしなく、不潔な服を着ているのを目にしたのだ。グラントの部下たちは誇らしげにふるまっていた。

「ペレグリン海運での仕事はみんなのあこがれの的だって、イアンから聞いたわ」

イアンのやつがしゃべったのか。「そのとおりだ。わたしのような厳しい監督者がいてもね」

ヴィクトリアは冗談を言われたのだと思おうとして、にっこりした。いいえ、本当に冗談を言ったのよ。

「あなたの船はここでいちばんすばらしいわ。他の船とちがって、この船は……理想の姿よ」

グラントはヴィクトリアがそのことに気づいてくれたことがうれしかった。

ヴィクトリアはため息をつき、白波のあいだで戯れているアザラシと港をとり囲んでいる巨石に視線を向けた。「ここは本当に美しいわ。町が山に囲まれているたたずまいが。カミーを起こした方がいいかしら？」

「イアンと同じく起こさない方がいいよ。カメリアには睡眠が必要だし、ぼくはイアンに邪魔されたくないからね」

ヴィクトリアはにっこりすると、グラントの腕を軽くたたいた。「ここにいるあいだにキャンディを買いたいの。毎日食べられるぐらいどっさり」

グラントは口元がほころびそうになるのをこらえた。

ヴィクトリアは頭上のロープをつかむと、グラントの前でつま先立ちでくるっと回った。

「それから、あなたは花を買ってくれてもいいわよ」

楽しげな表情が消えた。「ヴィクトリア、花の贈り物はないよ」その口調にはいらだちがにじんでいた。「このあいだの夜に起きたことはまちがいだったんだ」

ロープにつかまったまま、ヴィクトリアは数歩下がった。「わたしはまちがいという気がしないわ」

グラントはただヴィクトリアをにらみつけた。

「ええ、いつかあなたはわたしに花を贈ってくれるわ。そして、わたしをかわいいって言ってくれる」

絶対に、かわいいという言葉は使わないだろう。認めたくないことはたくさんあったが、ヴィクトリアがずばぬけて美しい女性であることは否定できなかった。グラントは嘆息した。

「ヴィクトリア、きみは本当に風変わりな娘だね」

ヴィクトリアはグラントに笑いかけると、ロープから手を放した。だが、息をひそめて、もう一度断言した。「いつかきっとよ、船長」

この厚顔ぶりときたら。

だが港に入ると、ひと月ぶりぐらいにヴィクトリアの顔に不安がよぎるのが見てとれた。文明を目にして圧倒されているにちがいない。たしかに何もかもが島の穏やかな安らぎに比べて、とげとげしく耳障りなほどうるさく、それでいて色褪せて見えた。船だまりに係留されると音とにおいがはっきりと伝わってきたせいで、ヴィクトリアの顔にはさらに困惑の表情が広がった。

グラントもクルーも波止場のにおいには慣れっこになっていたが、ヴィクトリアは悪臭にずっと敏感にちがいなかった。刺激的なマレー料理のにおいが漂ってきて、そこに干潮とコーヒーのにおいが混じりあう。しかし、予想どおり、ヴィクトリアの困惑はたちまち好奇心に変わった。ヴィクトリアが船を早く降りてあたりを探検したくてうずうずしていることはわかっていたし、グラントは港湾役人の相手をしなくてはならなかったので、ヴィクトリア一人で波止場近くの屋台に行かせ、買い物をさせることにした。

「一列目の店のどれかに行ってきてもいいよ。ただし、それ以上奥には行かないように。はい、お金だ——」

ヴィクトリアは興奮に気もそぞろで、グラントの方を見ようともしなかった。おそらくどの店に最初に行こうかと考えていたのだろう。それからやっと彼の言葉がのみこめたようだ。

「まあ、受けとれないわ。すでに、いろいろしてくださってるし」

「ほら」グラントはヴィクトリアの手をつかんで、無理やりお金を握らせた。「おじいさまがこれを送ってきたんだ」

ヴィクトリアの顔がぱっと明るくなった。「それなら……買い物をするって何年ぶりかしら」ヴィクトリアは色とりどりの品を並べた屋台を見回した。「全部買いたいわ!」グラントを振り向くと、言った。「だけど、お金のことはよく覚えてないの。これはいくらなの?」

「全部使ってかまわないよ」ヴィクトリアは笑いながら、ぎゅっとグラントの手を握った。からかっているのだと思ったのだろうが、グラントは本気だった。

あとでヴィクトリアに会うと、とても甘くて、とてもべたついたものがどっさり入った重そうな袋を抱えていた。グラントに食べてみてと勧め、口に入れるまであきらめようとしなかった。グラントはぞっとしながら、笑いをこらえようとしてむせた。それは甘ったるい固いキャンディと、砂糖漬けのショウガ、ニガハッカのドロップだった。ヴィクトリアは屋台のお菓子の瓶を空にしたにちがいない。それを平らげている速度からして、後悔することになるだろう。

カメリアを起こし、手を貸して陸地に降りる支度をすると、三人は辻馬車を雇い、グラントが過去に来たときに記憶のあるホテルへと、ほこりっぽい通りを走りだした。

風景から目を離さずに、カメリアはたずねた。「じゃあ、以前にもここに来たことがあるのね？」

「ああ、何度か」グラントは礼儀正しいがぎこちなく答えた。

ヴィクトリアが言った。「ケープタウンが嫌いみたいね」

「好きじゃない。秩序がないからね」

「じゃ、わたしは好きになりそうだわ」グラントはヴィクトリアをじろっと見たが、いっそううれしがらせただけのようだった。

「まあ、あのホテル、気に入ったわ」カメリアが言って、咲き乱れた野生の花に囲まれているオランダ・ケープ様式のホテルを指さした。ケープタウンでは水漆喰で白く塗られた建物が一般的だったが、英国風の新古典主義の建物もところどころにあった。

「いや、あれはだめだ」

「どうして？」ヴィクトリアがたずねた。「秩序に問題があるから？」

ヴィクトリアがカメリアといっしょにくすくす笑ったので、グラントは二人をにらんだ。からかったことを埋めあわせるように、ヴィクトリアはまたおごそかにキャンディを差しだした。すでにグラントのいちばん好きな味を見つけたようだ。

グラントは摂政時代様式の堂々たるホテルに連れていった。風変わりではなく、たしかに趣には欠けていたが、ずっと安全だった。ただしケープタウンでは、〝安全〟というのは相対的な言葉だと認めないではいられなかった。とりわけ、暗くなってからは。この町は「海の酒場」として有名なだけに、やっかいな問題も抱えていた。きちんとした摂政時代様式の家々がところどころにあっても、きわめて危険な町にもなりうるのだ。

予想どおり、カメリアは具合がよくなかったのであえて外出したがらなかったが、ヴィクトリアには町を見物していらっしゃいと、強く勧めた。グラントはヴィクトリアといっしょに過ごさないための口実をでっちあげたかったが、病人の頼みを断ったらろくでなしに思われそうだった。

そこで町の中心部と波打ち際に案内したが、ヴィクトリアのドレスは同じような年齢と国籍の女性のものと形がちがうことに気づいた。不思議ではない――ヴィクトリアのために買っておいた服は一年前のものだったから、そのあいだに流行が大きく変わったのだろう。ヴィクトリアには新しい服が必要だ。それを買うのは自分の役目だと思った。ヴィクトリアは買い物に行くのを喜び、高級ブティックにわくわくしていた。というのも、買ったものはすべて祖父に請求書を送るとグラントに保証されたせいだ。

あとで伯爵に散財をとがめられることになるだろう。ヴィクトリアはどんな服でも似合った。服に着られるのではなく、完璧に服を着こなしていた。個性的な布地と大胆な色彩――とくにそうした服だと息をのむほど美しかった。深いえりぐりのイブニングドレスを試着しているときに、グラントの賞賛のまなざしに気づいたにちがいない。ヴィクトリアはヒップを片側に突きだし、からかうように言った。「あなたに発見されたとき、わたしが原始人みたいな暮らしをしていたことは忘れてもらえるわよね」

グラントは思わずにやりとしそうになったが、つい最近フランスから口にするのがはばかられるような最新流行の服が届いた、と動揺するようなことを店主が言いだしたので、笑みは消えた。思わず想像せずにはいられなかった——ちっぽけな布きれしか身にまとっていないヴィクトリアを。すでにそういう姿は見ているし、そのため、あわや命を落としかけたというのに。

店主が〝最新のパリのすてきな服〟をヴィクトリアに着せているあいだ、試着室から二人の会話が聞こえてきた。「じゃあ、これをここに交差させて、この下に通すのね？」「きつすぎると思わない？」すでにグラントは汗をかいていた。「それじゃ、丸見えじゃない！」という声があがると、関節が白くなるほど椅子の腕木をつかんだ。

とどめの一撃がされたのは、ヴィクトリアが下着を脱ぐことはできないと不安がったときだった。店主は不機嫌そうにこう言った。「これを着るときは、下着はふさわしくありませんよ」その言葉はグラントに聞かせようと、わざと大きな声で言われたのではないかとさえ思えた。

ついに、ヴィクトリアがロイヤルブルーの散歩服に白い編み帽子をかぶって現れた。うれしそうな微笑を浮かべて目を閉じ、ドレス姿でゆらゆら体を揺らしている。まるでドレスを着た自分に慣れようとしているように。グラントはすばやく立ちあがって支払いに行った。昼間と夜用のドレス、子ヤギ革の手袋、北への旅に備えて温かい外套、帽子、カシミアのスカーフ、スリッパ、さらに覚えられないほどさまざまな品物を入れた箱が山のように積み上げられた。翌日に必要なものはホテルに配達してもらうことにして、仕立てられる予定のドレスも含めて、残りは二日以内に船に届けてもらうことにした。さらに翌日、お針子をカメリアのところに寄越すように手配した。

ヴィクトリアは買ってもらった凝った細工のビーズのバッグをひっきりなしにいじっているか、絵の描かれたリネンの扇を開いたり閉じたりしているので、とうとう店主に手からとりあげられた。手放すのをいやがっているのを見て、グラントは気の毒に思った。ケープタウンでこの調子だったら、ロンドンで買い物に連れていけば、心臓麻痺を起こしてしまうかもしれない。グラントは眉をひそめた。

英国に帰り祖父のもとに送り届けたら、もうヴィクトリアと会うことも、買い物に連れていくこともないはずだ。もっとも、ついさっき、ホテルに連れ帰ったら〝最新のすてきな服〟を歯で裂いてやりたい、と考えていたのだが。

ホテルに戻ると、ヴィクトリアは言った。「これがわたしにとって初めての文明探検の成果なのね。わたし、どうだった？」

グラントは入り口に寄りかかった。「自分がとてもうまくやったことはわかってるだろ。だから、輝かしいきみの自己評価に、さらに点数は入れないことにするよ」

ヴィクトリアは笑い、グラントの唇の両端もつりあがった。しかし、会話はたちまち居心地が悪くなった。いや、そもそもヴィクトリアといっしょにいることが落ち着かなかったのだ。あわててさよならを告げ、カメリアによろしくと言うと、船に戻った。

その晩、イアンが使っていた船室のくしゃくしゃのベッドで眠ろうとしてみた。自分の船室は使いたくなかった。ヴィクトリアを思い出すとわかっていたからだ。今でさえ、彼女に触れないように大変な努力をしているのだ。しかし、眠れなかった。あの娘が恋しくてならなかった。見張り交替を知らせるベルが鳴ったとき、グラントは自分の船室に戻った。

まずい思いつきだった。

ベッドにもぐりこんでシーツのヴィクトリアのかすかな残り香を嗅いだとたん、局部が痛いほど興奮して、そそり立ってしまったのだ。とうてい眠れそうになかった。

このベッドにいるとき、あの娘は何を夢見たのだろう？ ヴィクトリアのような情熱的な女性なら、何度も寝返りを打ちながら、愛されることを夢見て、欲望を抑えようとしていたにちがいない。

もしかしたら抑えなかったかもしれない……。

何を考えているのだろう？ だからヴィクトリアに近づいてはいけないのだ。なぜなら、こんなふうに、ずっと頭から去りそうにない扇情的なことを新たに空想しはじめる羽目になるから。

洗面台に行き、両手で顔に水をかけたが、鏡をのぞいたとき、自分を見返している男が誰なのかわからなかった。髪の毛は伸びすぎだ。顔は日に焼けすぎている。それにこの十年で初めて、丸一日髭を剃らなかった。

　自分には女性が必要だ。その考えが浮かんだとたん、あわてて振り払った。そんな思いつきをもてあそんでいたら、ホテルに乗りこみ、ヴィクトリアを連れてきてしまうだろう。死にかけている男ですら、最高においしいごちそうを食べたあとで砂を食べようとはするまい。どうにか闘えるはずだ。床に留めつけた椅子がいちばん眠れそうだと考えて、そこにすわった。長い時間がたったあと、眠りに落ちた。

　翌朝早く、叫び声で目が覚めた。「〈ケヴラル〉号に乗船のイアン・トレイウィックさまに手紙です！」

「ぼくだ」不機嫌そうにイアンの答える声が聞こえた。グラントはブーツをはき、誰が手紙を送ってきたのかと訝《いぶか》りながら出ていった。ちょうどイアンは返事を書いているところだった。イアンは手紙を配達の少年に渡したが、グラントに配達料の小銭をもらわねばならなかった。

「手紙を見せてくれ」グラントはいとこの手から手紙を奪いとり、目を通した。


　サザーランドが手配してくれた医者が明日来ることになっています。診察してもらうとき、トリにここにいてほしくありません。お願いです、昼間、あの子を連れだしてもらえませんか。

カメリア

「どう返事したんだ？」

「トリにピクニックの用意をするように伝えてくれ、と書いたよ」

「ピクニックだと？」グラントは手紙をくしゃくしゃに丸めた。

「おまえには入り浸るような売春宿がないのか？」

「これだけ長く我慢したんだから、ピクニックから戻ってくるまで待てるよ」イアンはかがみこんで、胸を誇らしげにたたいた。「特別な女性のためにとっておくんだ」

イアンはこの謎の女性について、船旅のあいだじゅうあれこれほのめかしていた。イアンがその女性について話したがっているのは感じたが、グラントは追及しなかった。自分に力になれるわけがない。女性についてのアドバイスを求めるには、もっとも不適切な男なのだ。

イアンとヴィクトリアが昼間いっしょに過ごすと考えると、胃がよじれた。イアンに何か用事を言いつけることもできたが、カメリアがプライバシーを求めた理由はわかっていた。そうすれば、医者がどういう診断を下すにしろ、ヴィクトリアにどう伝えるのがいちばんいいか考える時間ができるからだ。

なんてことだ。「わたしが朝、ヴィクトリアを迎えに行こう」

「お好きなように。ぼくは浜辺に連れていく約束をしたんだ。早く迎えに行かなくちゃだめだよ」

翌朝、グラントがホテルに到着すると、ヴィクトリアがちょうど階段を下りてきた。グラントが買ってあげた森のような緑のドレスを着て、ブロンドの髪を頭のてっぺんでまとめ、ドレスとおそろいの粋な帽子をかぶっている。

イアンの代わりに自分が現れたせいで、ヴィクトリアが失望した様子を見せたらどうしようと思っていた。幸い、それはなかった。それどころか顔が輝いたように見えた。

「グラント！　今日は、あなたがわたしを連れだしてくれるの？」

「わたしは――その、イアンが来られないと伝えに来たんだ」

「代わりに、あなたがどこかに連れていってくれるんでしょ？」

断ったら、ろくでなしのように感じるだろう。ヴィクトリアは浜辺が懐かしいのかもしれない、と思った。「ああ、おともするよ、浜辺に」

ヴィクトリアは小さな歓声をあげ、グラントの腕にしがみついた。「すてきだわ」息をはずませて言った。

グラントは体をこわばらせないように、同時に、その感触を楽しまないようにした。ヴィクトリアはベッドで自分をとりまいている、あのかぐわしい香りがした。

グラントは二頭の馬を確保しておいた厩舎に行った。ヴィクトリアは意図的に目立つことは何もしていないにもかかわらず、すべての男から獲物を狙うかのような視線を向けられた。ヴィクトリアはそれに気づいていなかったが、なまめかしい笑い声としなやかな体の動きは、ぞくぞくするほど官能的だった。無意識のうちに、男性に愛されたがっている女性だという印象を周囲に与えているのだった。だから、男たちはそれに反応しているのだ。

グラントも反応していた。

ヴィクトリアをロンドンで好き勝手にさせる？　そんなこと、想像するのも恐ろしい。

その考えを振り払うと、グラントはヴィクトリアの馬の縄を解き、手を貸して鞍にすわらせようとした。

「自分でできるわ」ヴィクトリアはむっとして言うと、グラントの手から手綱をひったくり、馬を乗馬台の方に連れていった。

グラントはためらったが、手で銃をつくったヴィクトリアに撃つ真似をされたので、あきらめて先に一人、がっちりした去勢馬にまたがった。しかしヴィクトリアは、ただ彼女の乗るべき馬を見つめているだけだった。しまった、このことを予想しておくべきだった。「乗馬を習わなかったのか？」

「もちろん習ったわよ！」

グラントは信じられないという目を向けた。

ヴィクトリアは顔にかかった髪をかきあげた。「ただ、馬はもっと小さかったと思うの。それにこの馬より、もっとやさしい目つきをしていたわ」

グラントは舌打ちしたかった。「馬の目が何だって？　いや、いい。どうでもいいことだ。馬に乗れないなら、浜辺には行けない」

あわてた表情になった。「いやよ！　や、やってみるわ」

ヴィクトリアは馬をなだめ、何度か試したあげく、鞍にすわった——片側にあぶなっかしく傾き、スカートが何かにひっかかって膝にからまっていたが、それでも鞍にはすわった。

両手でたてがみにぎゅっとしがみつき、位置を直そうとしたが、馬はいらつき、手に負えなくなった。後ろ脚を跳ね上げ、ヴィクトリアを振り落とそうとして手近の杭の方に走っていった。

「グラント！」かすれた声で悲鳴をあげた。

ヴィクトリアは笑っているのか泣いているのか、判然としなかった。あわてて手綱を振って、ヴィクトリアの馬の前に回りこむ。ヴィクトリアの馬がグラントの馬に突っ込んできた。二頭とも警戒して、甲高くいなないた。

「おっと、大変だ」グラントはヴィクトリアのわきの下に手を入れると、馬からひきずり降ろして、すばやく自分の膝にのせた。垂れている手綱をつかむと、廏舎の少年に口笛を吹いて馬を連れていくように指示した。ヴィクトリアは体を震わせて笑っていた。

「ああ、びっくりした。わたしを見た？　あんなおかしいことって――」

「降りるんだ」

落胆した表情になり、ヴィクトリアは両手をグラントの手にあてがった。「もう一度挑戦させて。お願い！」

グラントはこれみよがしにため息をついた。「降りるんだ。手を貸すから、わたしの後ろに乗って」

その言葉に、ヴィクトリアの顔がまたぱっと明るくなった。馬から滑り降りると、すぐに抱き上げてもらおうと両手を上げた。グラントは笑いを嚙み殺しながら片腕をつかみ、自分の後ろに乗せてやった。「しっかりつかまってるんだ」

ヴィクトリアは両腕でグラントの胴体にしがみつくと、顔を背中に押しつけた。まちがいなく笑っている、とグラントは思った。

# 15

グラントは毛布に仰向けになり、午後遅い太陽のぬくもりを顔に受けた。冷製のターキー、チーズ、りんごでおなかがいっぱいだった――もっともなぜかバスケットにもぐりこんでいた二本のワインには手をつけなかったが。ワインは絶対にイアンの差し金だ。

ヴィクトリアが浜辺をぶらついている様子を眺められて満足だった。砂地を走っていき、波と戯れ、熱心に貝殻を調べている。今日は時間がたつのがとてつもなく速かった。ヴィクトリアの楽しみを中断させたくはなかったが、そろそろ帰らなくてはならない。立ちあがって伸びをすると、毛布をたたんだ。風が出てきたので、地元の連中はすでに町に引き揚げていた。浜辺の左右に目を向けた。まったく人影はない。

「ヴィクトリア、靴をはいて、荷物をまとめて」グラントは呼びかけた。「そろそろ戻らなくてはならない」

ヴィクトリアは手を振っただけで、その言葉を無視した。なにやら一心に水中をのぞきこんでいるのを見て、グラントは悪態をつくと馬に荷物を積みに行くことにした。

バスケットが音を立てて地面に落ちた。馬がいない。

あわてて小走りに浜辺を行ったり来たりして捜したあげく、乗り物がなくなったことを悟った。帰れない、という現実が突きつけられる。激しい罵倒の言葉をのみこみながら、グラントはヴィクトリアのところに戻っていった。

「馬はどこ？」ヴィクトリアは目の上に手をかざして、浜辺を見回した。

グラントは髪の毛をかきむしった。「盗まれたのかもしれない。わからない」

「これからどうするの？」

「歩いて帰ろう」

「そうするしかないなら」ヴィクトリアはそれを想像して意気消沈していた。石だらけの地面を馬で走って、ここに来るまで二時間かかったのだ。ヴィクトリアは手にした靴を見下ろした。またそれをはくのに苦労しているようだった。

おまけに、暗くなってからは足を踏み入れたくないようなケープタウンの一角を通過しなくてはならなかった。武器もなく、美女をともなって。心の中で毒づいた。ヴィクトリアを守るという約束が聞いてあきれる。

だが、別の選択肢――朝になって町の人たちが戻ってくるまでヴィクトリアと二人きりで過ごすこと――についても本気で検討してみた。自分とひと晩過ごすよりも、思い切って波止場を通過した方が、ヴィクトリアの身は安全かもしれないが。

「隣の入江に海水浴用の小屋がいくつかあるんだ。人が戻ってくるまで、そこで過ごしてもいいよ」

ヴィクトリアはほっとしてため息をついた。「ありがとう！　足がまめだらけになるのは勘弁してほしかったの」活気づいた声で言った。それどころか、この状況にやけにわくわくしているようだった。もしやヴィクトリアが馬の手綱を解いたのだろうかという考えが頭をかすめる。その疑いに目をすがめた。まさかそんなことをするはずがない。

グラントはバスケットを手にすると、先に立って、ふたつの浜辺を隔てている岩壁の向こうへと歩きはじめた。潮が満ちてきたので、水の中を歩かねばならなかったし、波はヴィクトリアの腰あたりまで打ち寄せてきたが、どうにか進んでいった。

ずらっと並んだ鮮やかな色の小屋のうち、最初の三つは鍵がかけられていた。しかし四番目はすぐにドアが開いた。うながされて中に入ろうとしたヴィクトリアは、ぐっしょり濡れたスカートにつまずいてころんだ。

「大丈夫かい？」

「女性は海辺ではこういう服を着るべきじゃないわね」ヴィクトリアは明るい声で言ったが、ガタガタ震えていた。

「それは脱いだ方がいい」その提案は、決してうれしいものではなかった。

「サザーランド？」ヴィクトリアは小声で言った。

大仰にため息をつく。「後ろを向いて。ボタンをはずしてあげよう」ヴィクトリアは背中を向け、髪を上に持ち上げた。ひとつボタンをはずすたびに、水に濡れた色白の肌が少しずつあらわになっていく。すべてはずし終えたとき、グラントの手は震えていた。「終わった」その声はささやくようだった。

ヴィクトリアは立ったまま、ドレスを体に沿って滑らせ、床に落とした。グラントは目をそらさなかった。魅力的な女性が服を脱いでいるときに地球上のすべての男がするように、ヴィクトリアをうっとりと眺め、ほしいと思った。シュミーズ一枚になると、グラントは無理やり目をそらして、身につけられそうな温かいものを探した。だが、たたんだタオルの山しか見つけられなかった。二枚をヴィクトリアに渡した。「体をふきなさい」

ヴィクトリアはうなずくと渡されたタオルを受けとり、脚とおなかをふいた。グラントはブーツを脱ぎ、それを隅に放り投げてから、濡れたシャツを脱いで胸をふいているあいだも、ヴィクトリアのしていることから目を離すことができなかった。濡れて不快だったが、ズボンははいたままでいることにした。狭い床にすわり、立てた膝に肘をつき、ろくに服を着ていないヴィクトリアと二人だけだということは考えまいとした。

ヴィクトリアはタオルを肩にかけ、毛布を床に広げると、グラントの隣にすわりこんだ。それからバスケットをひっかき回し、ワインボトルを一本とりだしてきた。

たしなめるような視線を向けたものの、ヴィクトリアがボトルを開けられないでいると手を貸してやった。二人で回し飲みすらした。肩をくっつけあうようにしてすわり、ボトルをやりとりした。ここに隠れることで避けたいと思っているごろつき連中がやりそうな真似をしたのだ。

ワインを飲み干し、ボトルを片付けたヴィクトリアは、グラントのわきの下に頭を押しつけてきた。いったい何をしているのかと思いながら、グラントが腕を持ち上げると、ヴィクトリアはたちまちそこにすっぽりおさまった。

グラントはぎくりとしたが、腕はヴィクトリアの体に回したままでいた。ヴィクトリアは頭を胸に預けた。それはごく自然なことに感じられた。自然で、正しいことに。

「あなたの鼓動を聞くのが好きなの。とても強くて落ち着いていて。あら、速くなったわ」

ヴィクトリアは彼を見上げて微笑んだ。

グラントの胸にあきらめに似た気持ちがわきあがった。二人は小屋にいて、外界から切り離されている。運命か宿命のせいか、あるいはヴィクトリア自身がこの孤立した場所にいられるように画策したのか。グラントは疲れていた。あまりにも疲れていて、もはや避けられそうにないことと闘う気力がなかった。

「キスしてくれる？」ヴィクトリアが寄り添ったままささやいた。

これに抵抗できる男がいるだろうか？　どうして抵抗しなくてはいけない？　イアンにそうたずねられたことがあった。そのときグラントは答えを与えたが、今、ヴィクトリアのやわらかな吐息を胸に感じていると、どう返事をしたのか思い出せそうにもなかった。

ヴィクトリアはグラントの正面に膝をつくと、じっと目を見つめた。はっきり心が決まらないまま、グラントは手を伸ばして彼女の頰をなでた。ごくかすかに触れられただけで、ヴィクトリアは唇をわずかに開き、目をゆっくりとつぶった。その体はわななき、突きだした胸は湿ったシュミーズにこすられて乳首が硬くなっている。

喉の奥で低いうめきをもらすと、グラントは親指で唇をなぞった。唇はとてもしっとりしていてやわらかだった。グラントはひざまずき、今度は自分の唇を押しあてた。ヴィクトリアは口づけしたまままため息をついた。その吐息を耳にしたとたん、彼のものはいきりたち熱を帯び、先端がヴィクトリアのおなかをかすめた。鉄のように硬くなったものをおなかに押しつける。

ヴィクトリアの頭を両手で支えると、すばやく、性急に舌を唇に差し入れて、これほど激しく欲望を駆り立てた女性に罰を与えようとした。手のひらが布越しに片方の乳首に触れると、ヴィクトリアは低くうめいた。肩からストラップをはずし、胸をむきだしにして、両手で乳房を包みこむ。ヴィクトリアは舌をからめてきた。またうめき声をあげ、指でグラントの胸に軽く触れると、そのまま下へと滑らせていく。

「教えてちょうだい」ヴィクトリアは唇を触れあわせたままささやくと、ズボンの中に手を滑りこませ、怒張したものを見つけて握りしめた。

そうか。今、グラントはわかった――心の奥底では欲望に抗いたくなかったのだ。

自分の中に閉じこめておいたものがパチンとはじけた。屈辱と荒々しさの入り交じったうめき声をあげながら、グラントはズボンの中からヴィクトリアの手をひっぱりだすと、彼女を押し倒し、両脚を引き寄せて大きく開かせた。

「グラント?」

「教えてくれと言っただろ? きみが気に入りそうなことを教えてあげるよ」

少しずつ両脚を持ち上げながら、太ももをなで、かがみこんでいく。

「どんなことかしら、よくわからないけど――」

「わたしはわかってる」太ももの内側に唇を押しつけながらうなった。ヴィクトリアが躊躇しているのが感じられた。「わたしを信頼するかい？」

「だけど、これは――」ヴィクトリアは言葉を切った。「――ええ。信頼するわ」

グラントの声はみだらだった。「きみにキスさせてくれ」

グラントの顔を支えていたヴィクトリアの手が、髪に差し入れられた。グラントはもう一度うめき声をあげると、何週間も夢見ていたように、ブロンドの巻き毛に口づけ、ゆっくりと彼女の中心を味わいながら、花芯の輪郭を舌でなぞった。ヴィクトリアは快感に叫び声をあげ、それからあえいだ。

その味わいに我を忘れそうになりながらも、飢えた獣のようにのしかかりたいという欲求は抑えつけた。親指で彼女を広げ、飢えた口でむさぼる。舌を這わせ、彼女の中に差し入れる。

ヴィクトリアにさらに顔を引き寄せられているのをぼんやりと感じながら、なめ、しゃぶり、まだ充分に体を開いてくれないことにいらだちながらうなり声をあげる。シュミーズをウエストまでまくりあげ、さらに脚を大きく開かせた。ヴィクトリアは息をのんだ。「グラント！」

「信頼してくれ」太ももをつかみ、それを自分の肩にのせる。舌で彼女を味わうのに、もはや何も障害はなくなった。さらに力をこめて、ヒップの丸みをつかんで体を持ち上げる。グラントが賛美してきた、彼女のひきしまっているが女らしいヒップの曲線は、いまや広げた指にわしづかみにされていた。

ヴィクトリアはグラントの肩を、髪をつかみ、顔を指で包みこみながら、彼の唇の下でしとどに濡れていった。やがて頂点にのぼりつめかけると、ヴィクトリアの体がわななきはじめ、脚がグラントをしめつけてきた。

「ああ、神さま」ヴィクトリアはあえぎながら叫んだ。「グラント、やめないで。お願い――」その言葉を口にしたとたん、いきなり激しい快楽にとらえられ、彼女の全身に震えが走った。背中をそらし、ヒップをくねらせ、花芯をグラントの唇に押しつけてくる。グラントがさらに貪欲になり、むさぼり続けると、ついにヴィクトリアの全身から力が抜け、ぐったりと毛布に横たわった。

グラントは身動きしようとしとたん、ペニスがズボンに押しつけられ、あやうく爆発しそうになった。思わずうめき声をもらすと、まだ快感にわなないている裸のヴィクトリアが、グラントの前にひざまずいた。乳房をきつく彼の胸に押しつけながら、両手でズボンの前を探る。今にも絶頂に達しそうだ。

ヴィクトリアはすばやくズボンを脱がせた。それからためらわずに、手のひらで彼のものを包みこみ、指でしめつけてきた。グラントはその刺激に抵抗しようとしたが、たちまち耐えられなくなりそうだった。今、グラントは急ごしらえのベッドでひざまずき、ズボンも半分しか脱いでいなかった。

「わたしに触らなくていいんだ。きみだけを愛撫するつもりだったんだから」

「我慢できると思ってるの？」ヴィクトリアはささやいた。「こんな風にあなたに触れることを」

グラントはうめいた。「きみにはわからないんだ――」

「すごく硬くて、すごく大きいわ」恍惚とした表情で怒張したものを見つめた。「あなたに触れないではいられない」

根元から先端へと指が滑っていく。解き放ちたいという欲求で頭がおかしくなりそうだ。もはやこらえられなかった。自制できない……。

「見ないで、ヴィクトリア」どうにか声を発した。見られなかったら、多少は卑猥でなくなるかもしれない。自分が放出する光景に、ヴィクトリアは怯えてしまうのではないだろうか？「わたしを見ないでくれ……」

いや、ヴィクトリアが言われたとおりにする女性ではないことは、もはや疑いの余地がなかった。

無防備になっている。わたしは自分のいちばん弱いところをヴィクトリアに見せようとしているのだ。脈打っているペニスに指を滑らせることで、ヴィクトリアはわたしを支配したのだ。

ヴィクトリアはグラントにしがみつき、唇を首筋に押しつけた。舌が肌を這い、息が吹きかけられる。グラントは乳房をつかみ、手のひらで包みこんだ。すると、今度はヴィクトリアがうめき声を発した。グラントは自分のものが痙攣しはじめるのを感じた。

その瞬間、絶頂のそのあまりの激しさに、そのあまりの荒々しさに、グラントは叫び声をあげた。腰をヴィクトリアの手にこすりつけながら放出した。わたしは弱い人間ではない。ヴィクトリアはわたしを絶対的な存在であるかのように感じさせてくれたのだから。

しばらくして二人はいっしょに横たわり、ヴィクトリアはグラントの胸に頭を預けた。昇ってきた月は信じられないぐらいまばゆく、白い光の帯が小屋のすきまから射しこんでいた。グラントはたちまち眠りに落ちていった。

# 16

グラントは目覚めたあともしばらく目を閉じたまま横たわり、これまでにないほど満ち足りた気分でいた。体は快く温かく、すべての筋肉が何年もなかったほどくつろいでいる。目を開けた。服を着ていないのか？　そのとおりだった。射しこむ朝の太陽を浴びて裸で寝ている。そしてヴィクトリアの頭が胸にのっていた。

ゆうべの刺激的な行為の記憶がどっと甦ってきて、体がこわばった。これまで、あれほどの快楽を女性とわかちあったことはない。ゆうべのようなことは想像すらしていなかった。しかも、抱いてすらいないのに。

眉をしかめた。そうだ、自分は、ヴィクトリアにふさわしい甘い言葉と長いキスで、ゆっくりと愛を交わすことをしなかったのだ。腕で顔を覆った。その代わり、解き放つまで、ヴィクトリアの手で愛撫させた。嫌悪がわきあがった。自分に対する嫌悪が。自分の行動に対して。ヴィクトリアは気づいていないとしても、傷つけてしまったことに対して。

ヴィクトリアに対する自分のふるまいは言語道断だった。それなのに、頭に浮かぶのは、次にヴィクトリアを味わえるときのことばかりだ。予想はまちがっていなかった。いったん一線を越えたら、もう収拾がつかなくなった。自分はもはや前と同じ人間ではない。これまで必死にがんばって築きあげてきたさまざまなこと、それを失ってしまうのではないだろうか。

兄たちのことを考えた。兄たちがいかに自制心を失ったかを。ヴィクトリアとひと晩過ごしたあと、ふたつのことがわかった。自分が自制をかなぐり捨てたこと。そして、それをたいして後悔していないこと。

どうやらヴィクトリアもまったく後悔していないようで、目が覚めると、グラントに体をすりつけたまま幸せそうにため息をついた。グラントが身動きせずにいると体を起こしたので、タオルがヒップまでずり落ちて丸まった。髪はくしゃくしゃで、頬はピンク色に染まっている。いつも以上にいっそう愛らしく見えた。自分が全身をくまなく愛撫したせいかもしれない。日だまりの猫のように両手を上げて伸びをする。その動きにあわせて、小ぶりで完璧な形の乳房が持ち上がった。

待てよ……。「あざができてる」

ヴィクトリアはうつむいて、乳房についているかすかなあざを眺めた。肩をすくめると、グラントの方に視線を戻した。うれしそうに口元をゆるめて、グラントの全身をじっくり眺めていく。眺めるだけでは満足していないようだったが。

「ヴィクトリア、痛い思いをさせちゃったみたいだ」医者が診察するように、冷静に乳房に触れた。「わたしの指の跡が見えるよ。痛くないかい？」

ヴィクトリアは唇を嚙んで、首を振った。「全然。それに、気に入ってるの……あなたの指が触れた場所の地図みたいで」喉を鳴らすような声で答えた。

ますます悪い方向に行くんじゃないだろうか？　すでにヴィクトリアに対するふるまいを恥じていた。手で触ってもらって絶頂に導かれた。おまけに彼女を口で愛撫して喜ばせた。高級娼婦相手にもしたことがなかったことを、ヴィクトリア相手にしてしまったのだ。

膝を覆っている毛布をひっぱられたので、なんてことだ、グラントのものはいっそう硬くなった。ヴィクトリアが体を寄せてくるのを感じ、これほど渇望していることに対してはもはや抗えないと悟った。どんなに恥辱を嚙みしめていても。またもや狂気に駆られ……。

すぐそばの海で水をばしゃばしゃする子どもたちの声が聞こえて、二人ともぎくりとした。ヴィクトリアは目を見開き、あわてて立ちあがると湿った砂だらけの服を着た。グラントもそれにならい、小さな小屋の中を片付け、欲望の名残で汚れた毛布を丸めた。夏だったが、二人は気づかれずに小屋を出た。ゴミ箱にグラントが毛布を捨てるところも、誰にも見られなかった。

引き潮だったので、隣の入江まで簡単に歩いていけた。するとその瞬間、ヴィクトリアが叫んだ。「まあ、見て、グラント！」二人の馬を指さして、うれしそうに手をたたいた。

地元の男が所有者を探して馬を引いているのを見たとたん、グラントははっと思い出した。自分は手綱を握り、馬を流木の丸太の方に連れていこうとしていた。そのとき、はしゃいだヴィクトリアが浜辺にかがんで靴を脱ぐと、海までいっしょに行こうと手招きしながら色っぽい笑みを浮かべ、両手を広げた。そして自分は、雌馬を追っていく種馬さながら、手綱を落とし、あとをついていったのだ……。

ホテルに戻るあいだじゅう、グラントは自分の愚かさに毒づき、ヴィクトリアの楽しそうなおしゃべりを無視し、風が吹いてくると肩越しに漂ってくる髪の香りに反応するまいとした。少なくとも馬に乗っていれば、その心をそそる姿を見ないですんだ。しかしホテルの前で馬を降りたとき、顔が紅潮し、唇がつやつやしている彼女を目にしてしまった。

階段でたむろしていた男たちが欲望をむきだしにして、ヴィクトリアを見つめた。天真爛漫にもヴィクトリアは気づいていなかった。一人の男が口笛を吹いたので、ヴィクトリアは振り向いて困ったような笑みを浮かべた。そのとたん、口笛は歯の隙間から荒々しく吐きだされる息に変わった。

グラントはこれ以上近づいたら殺してやる、という目つきで男をねめつけた。

男はこう応じた。「おい、兄ちゃん、見るだけで血で血を洗う真似をしたくねえだろ?」

別の男が口を出した。「その男は分ちあいってことを知らねえようだな。ちょいと教えてやるかな?」

「自分のものを他のやつと分ちあうことはない」グラントの声には険悪な怒りがこもっていた。まるで牙をむかれたかのように、男たちはあとじさった。

別の男がヴィクトリアに触れると考えると、怒りが煮えたぎった……これまで自分が誇りにしていた超然とした態度は、いったいどこに行ってしまったのだろう? いまやはっきりわかった。ヴィクトリアが想像できないほどの快感をもたらしてくれたので、気持ちを抑えきれなくなってしまったのだ。完全に。今ここで自制心を失ったら、どうなる？　これまで必死に築き上げてきたものがもろくも崩れ去るだろう。

今の自分は長年嫌悪してきた人間そのままだ。堕落を制御できない男。そして、ヴィクトリアは自分が耽溺している堕落だった。今、それを悟った。大人の男は、たかが数時間過ごしただけで、その女性を恋しく思ったりしない。超然とした男は、相手が別の男といることを思っただけで、胸が悪くなるような不快な気持ちを抱くべきではないのだ。

この状況もまずい。自分はヴィクトリアを汚してしまった。完全にではないが、それでも汚したといえるには充分に。だから結婚しなくてはならないだろう。ヴィクトリアはレディなのだ——伯爵の孫娘なのだから。もっと自制心を働かせるべきだった。ヴィクトリアに触れなければ、分別を失わずにすんだにちがいないのに。

本能の呼び声に従ってしまった。その呼び声は一人の兄をあわや破滅させかけた。そして、もう一人の兄の命を奪ったのだった。


グラントはみじめな様子だったが、トリは意に介さなかった。天にも昇る心地で、グラントに全身をなで回され、肌のいたるところにキスの雨を降らされたときのことを何度も思い返した。ゆうべみたいな夜は、誰にでもあるわけじゃないわ。しかも、部屋まで送ってきてくれた。それは通り過ぎた外の男たちのせいではなく、わたしと別れがたいせいよ。

トリは錠に鍵を差しこんだ。ドアを開く前に、グラントを振り返った。「さよならのキスをしてくれないの？」

苦しげな表情がまた現れた。だめみたいね。わたしの体をこじ開けたときみたいに見つめてほしいのに。わたしにキスをしたくて理性を失ったみたいだったとき、やみくもに肌に唇を押しつけたがっていたときみたいになってほしいのに。

「着替えをして、体を乾かさなくちゃいけないよ」グラントは手を伸ばしてドアを開けた。

中に入ると、カミーは起きていた。トリは頬を染めた。わたしがどんなことを楽しんだか、顔を見ればわかるかしら？

「どこに行っていたの？」カミーが叫んだ。「巡査を呼んでこようかと思っていたところよ」

「信じられないことが起きたの」トリは早口で言った。「馬が逃げてしまって、浜辺に足止めされちゃったのよ」それはあながち嘘とは言えなかった。

カミーが眉をつりあげると、グラントはたずねた。「きのうはいかがでしたか、ミス・スコット？」

トリは二人の顔を交互に見比べ、その質問にはなにやら事情がありそうだと察した。

「願いどおりうまくいったわ。実を言うと、いい知らせがあるの、トリ。お医者さんの診察を受けたのよ」

「来るのは二日後だと思ってたわ」トリはびっくりして言った。「どうして教えてくれなかったの？」

「診断がどうなるか怖かったから、あなたには言わなかったのよ。お医者さんにたくさん質問をされて、何時間も検査をしたの」カミーは言葉を切ってから、先を続けた。「どこが悪いのかわかったわ」

トリは暗い顔になった。「そう……」

カミーは紙片をとりあげ、読み上げた。「患者は慢性的な水分枯渇状態にある——つまり、充分な水を飲んでいないので、忘れっぽく不安定になっていることをむずかしく表現しているのよ。さらに、あらゆる種類の魚の摂取に対して、慢性的に病的反応を示している」

魚ですって？　トリはぞっとした。「だ、だけど、魚しか食べていなかったでしょ」

「そのとおり」

自分は魚を釣ってくるたびに、軀に悪いと知らずに友人に与えていたのだ。「じゃあ、水を飲んで、魚を食べなければよくなるの？」

「それよりも多少は複雑みたいだけど。血中ミネラルを増やし、体力をつけなくてはならないわ。それに、この病気のせいで肉体が食べ物を受けつけなくなっているの。だから、あと数週間は薄いスープだけにしなくてはならないと思う。だけど、しつこい物忘れはすぐに改善されるはずよ」

「でも、治るのね」

カミーはうなずいた。「船酔いのせいで、少し戻ることもあるでしょうけど、この船旅のあとは、また健康になれるわ」

トリは飛び上がってカミーを抱きしめた。ずっと原因がわからず、心配していたのだ。これで戦うべき相手がわかった。それにカメリア・スコットはなんといっても闘士なのだ。トリはこのすばらしい知らせと、グラントと過ごした時間のことを思った。「今日は生涯で最高の日だわ」

グラントはブラックコーヒーのカップをじっとのぞきこんでいた。イアンが船の客間に入ってきて、どすんと椅子にすわっても顔を上げようともしなかった。

「ふん、ずっとそれを見つめているつもりなら……」イアンは言いながら、グラントのカップをとりあげてごくごく飲んだ。「今朝、帰ってきたようだね」

「それが?」

「つまり、きみとトリは……口笛を吹いていてもよさそうなものだが」

「どうして売春宿にいたんじゃないとわかるんだ?」どうして月にいたんじゃないとわかるんだ? とたずねても同じだっただろう。イアンは動揺した様子もなく、訳知り顔でいとこを見た。

グラントはパチンと指を鳴らした。「待てよ、わかった。浜辺にいるのを見かけたんだな」

イアンは首を振ったが、グラントのとげとげしい口調にも、上機嫌はそこなわれなかった。

「ゆうべは外出しなかった。ブランデーと葉巻を相手に、甲板でくつろいですばらしい夜を過ごしたんだ」グラントが黙っていると、イアンはたずねた。「本当に後悔しているのか?」

よくもそんな質問を……。「もちろん、そうだ」その声は低かった。

イアンは鼻を鳴らした。「自分にそう言い聞かせているだけだろ」

「きみにはわからないよ」グラントは髪をかきあげた。

「じゃあ、説明してくれ」イアンはもうひとつの椅子にブーツをはいた足をのせた。

「一年前、わたしは病弱な老人に、孫娘を見つけたら命がけで守ると誓ったんだ。その点については安心してくれと保証した。そして、両親が亡くなっていたら、老人のもとに連れ帰るまで、彼女の監督者になると約束した。そして、老人はわたしを信じた。わたしが約束を破ったことがないのを知っていたからね」

「だけど、やるべきことはやっただろ――」

「しかも、もし戻る前に老人が亡くなったら、わたしは永遠に孫娘の監督者になるってことを知ってたか？　それほどわたしは信頼されていたってことだ」

イアンは困り果てているようだった。「すると、きみはぶざまにも――」

「そして老人がわたしを信頼しない理由はなかった。わたしにはそれだけの評判があったからね。それは努力して勝ちとったものだ。不動のものにするために、自分を律してきたんだ」

イアンは強く首を振った。「人生はあまりにも短い。幸福を見つけられたら迷わず手に入れるべきだよ。とりわけ、それによって誰も傷つけないときは。あの娘と結婚して、この悩みに決着をつけろよ。そうしなくてはならないのはわかってるだろ。もしかしたら、もう未来の父親なのかもしれない」

グラントはうなじをなでた。「その可能性はないな」

イアンは顔をしかめたが、はっと気づいてにやっとした。「狡猾なやつだな！　グラント、きみは実に頭がいいね」

「きみが口をつぐんでいてくれれば、結婚は避けられる」

イアンは眉をつりあげた。「どうして結婚を避けたいのか理解できないよ」

「ヴィクトリアの夫として、伯爵がわたしを最初の選択肢にすると思うかい？　彼らは称号だけで金はないが、それでも古い家柄だ。わたしには自分の土地がない。しかも十歳年上だ――」

「ヴィクトリアに選ばれたという事実の前には、とるに足らないことさ。彼女がきみを選んだんだ」

グラントはさっと立ちあがった。「選択肢はなかったんだよ。ヴィクトリアはたくさんの求婚者の中から、わたしを選んだんじゃない。ヴィクトリアは両親を、子ども時代を奪われ、今度はわたしのせいで、当然期待していたはずのものを奪われた。求婚されること、エスコートする男、社交シーズン。若さを楽しみ、あれこれ迷ったあげく、ふさわしい男に心を決めること。彼女のことだ――わたしが結婚したあとでも、言い寄られ、エスコートしようとする男が次々に現れるだろう」

「ヴィクトリアはそんな軽薄な女性だと思わないけどね」

グラントは部屋をうろつき回った。部屋はいつもより狭く感じられ、息苦しかった。「きみは過大評価しているんだ」

イアンはいらだたしげに息を吐いた。「今日、ヴィクトリアに会う予定なんだ。伝言はあるかい？　花でも届けておこうか？」

「今週は忙しいと伝えてくれ」

「我が一族には愚かな血が流れているのかな、それともきみだけが突然変異なのかな？」グラントが目を伏せると、イアンはグラントのコーヒーを飲み干して立ち去った。

グラントはテーブルを拳で殴りつけた。きのうのことはきれいさっぱり忘れたかった。自分が礼儀作法や名誉を無視したこと、小屋の中で純真な娘にしてしまったこと、すべて忘れたかった。体にあざをつけ、貴婦人にとって思いもよらないものを見せてしまい、売春婦のように扱ってしまったのではないかと不安だった。そして、その苦悩に心が引き裂かれた。あの娘のそばにいると、理性を失ってしまう。別れるなら早いほうがいいだろう。

信じられないほどみじめな一日を過ごしたあと、ベッドに横たわり、なおも一物を硬くしながら、どうして彼女をちゃんと抱かなかったのだろうと考えていた。厳密に言えば、二人はまだ結婚する必要はなかった。しかし、自分が本物の紳士なら、結婚を申し込むべきだろう。それに申し込んだら、ヴィクトリアを自分のものにできる。そのすべてを……。

突然、小さくドアを叩く音がした。グラントはすばやく立ちあがり、脚をズボンに通すと、ドアを乱暴に開けた。風にスカートを吹き寄せられて両脚の形をあらわにしながら、はにかんだ様子でヴィクトリアが立っていた。スカートの下に何も着ていないのだろうか？　グラントは腕をつかむと、部屋の中にひっぱりこんだ。

「どうやってここまで来たんだ？」

「歩いてよ」

「殺されたかもしれないんだぞ。きみは――」

「ああ、実を言うと、この地図を買って、ホテルの経営者に危険な場所に残らず印をつけてもらったの」ヴィクトリアは地図を見せた。「わたしのコースがわかる？　ちょっとジグザグに歩かなくちゃならなかったけど――」

「ペチコートはどうしたんだ？」

「ペチコートをとりだすために、カミーを起こしたくなかったの」わくわくした興奮がしぼみ、低い声になった。「寂しかったのよ。全然来てくれないんだもの」

グラントは片手で頭を抱えた。「問題があるんだ、きみとわたしには。浜辺でしたことはまちがいだったんだ。だから、もう二度とああいうことは起こらない」

ヴィクトリアは胸の前で腕を組んだ。「あれは起こるべくして起きたのよ。だからまた起きるはずよ」グラントの視線をとらえて、ささやく。「わたし、頭がおかしくなりそうなの。考えられるのはあなたと、わたしに触れるあなたの手のことだけなのよ」グラントの手をとり、乳房に導いた。

グラントはうめいた。「どうしてこんなことをするんだ」

「とってもすてきな気持ちがするからよ」

「じゃあ、わたしに対して、衝動のままにふるまっているってことかな？」手を乱暴にひっこめると、意地悪くたずねた。

「衝動のどこがいけないの？」

「すべてだ」グラントは顔をなでた。「他の男性にも衝動を覚えたらどうする？」

「いいえ、それはないもの。こんなふうに感じるのはあなただけよ」

「どうしてそれがわかる？」

「お母さまはお父さまと初めて会ったとき、すっかり心を奪われ、生涯、他の男性のことはまったく考えなかったんですって。わたしもあなたにそんなふうに感じているの」

グラントはヴィクトリアの告白を聞いて鋭く息を吸いこみ、それをのろのろと吐きだした。

「あれ以上のことが起きていたら、きみはわたしと結婚しなくてはならなかっただろう」

「あれ以上のこと？　じゃあ、わたしたちのしたことでは、結婚する必要はないのね？」

「そのために結婚する必要はない」

「ということは、ああしたことをまたできるってことね」

「そういう意味じゃないよ」つい残念そうな声が出てしまっただろうか？　「状況が……手に負えなくなっているんだ」グラントはヴィクトリアを押しのけた。「それに、子どもができてしまうかもしれないと考えたことはないのか？」

ヴィクトリアは目を丸くした。

「当然、ないだろうね」嘲るような口調で言った。「いいか――これはゲームじゃないんだ。きみの将来がかかっていて――」

「あら、でも、グラント、わたしは子どもがほしいわ」

グラントは凍りついた。どうしてヴィクトリアの言葉はこれほど自分に影響を及ぼすのだろう？　その声の心地よい響きのせいだろうか？　言葉といっしょに浮かぶ、大きくて楽しげな笑みのせいだろうか？

「子どもはありえない」

「でも、今、できてしまうかもって――」

「わたしたちは結婚していないんだ。きみはいずれ結婚しなくてはならない」

「じゃあ、結婚しましょ」ヴィクトリアの口調はそれが既定の事実だと言わんばかりだった。一足す二は三ということと同じように。「いずれ結婚しなくちゃいけないんでしょ。どうしてあなたじゃいけないの？」

グラントは首をきっぱりと振った。「ヴィクトリア、男性に関心があるのはわかる、それだけのことだ。好奇心だよ。きみが女性になってから初めて出会った男性だから、わたしに興味が向いているだけだ。残りの生涯をずっと、まさかわたしと過ごしたくはないだろう。他の男性にも会ってみたくないか？　求婚されたいだろう？」

ヴィクトリアはその質問を無視して、つま先立ちになるとグラントの首にキスした。とてもそっと、とてもやさしく。すでにたぎっていたグラントの血が、やさしいとは言えないさまざまなことをヴィクトリアにしろとけしかけた。

この任務は計画していたのとはちがう結末になりそうだった。いまや、それがはっきりと目に浮かんだ。ヴィクトリアは英国の岸辺に上陸したとき、将来性と処女を失い、すでに結婚していて、おそらく子どもを宿しているだろう――監督者である好色な年上の男のせいで。グラントはヴィクトリアの選択肢を永遠に奪ってしまったのだ。

メンバーになっているロンドンのクラブの紳士たちは、グラントの背中をたたいて、「よくやった」とからかうだろうか。

ヴィクトリアはベッドにすわり、ゆっくりと自分の胴着のシルクのリボンをひっぱった。布地が開くと、さらに下へとひっぱる。

グラントは喉の奥で低い声をもらした。すばやく胸の前の布地をつかむ。

ひっぱり上げるために。

手を離したとたん、ヴィクトリアは挑戦するように眉をつりあげてから、また布地を引き下ろした。グラントはすばやくまたひっぱり上げる。下げる。上げる。もう一度ヴィクトリアは下げた。「やめて！」グラントがヴィクトリアの指から布地をもぎとり、もう一度引き上げると、ヴィクトリアは叫んだ。「胴着が破けちゃうわ！」

「わたしは破くつもりはないよ――きみが下げない限りは」怒りをこめてつけ加えた。「こんな馬鹿な真似はやめよう」

「いいえ、やめないわ。それにもし新しいドレスを破ったら、あなたのズボンにさよならを言うことになるわよ」

「本気なのか？」低い声でたずねてから、そんなことを言った自分自身に愕然とした。

「あら！　今のアイディアが気に入ったみたいね」ヴィクトリアはグラントの顔から視線をはずすと、目の前にあるズボンのふくらみに目を移した。ヴィクトリアが低くかがみこんでいくと、なんということか、ズボンの縫い目に温かい息が感じられた。ヴィクトリアはグラントに口づけすると、そっとささやいた。「あなたに触ってもいい？」

ヴィクトリアは自分のほしいものをちゃんと知っているんだ。彼女を信用しろ。信頼するんだ。

グラントは敗北した。「きみの好きなようにしてくれ、ヴィクトリア」

# 17

トリはズボンの前を上下になで、それが硬くなっていき、布地を突きあげるのを感じとった。これまでに二度、彼のものを見たことがあったが、ズボンを下げてそれが飛びだしてくると、息をのみ、うっとりと見とれた。

いつもはこんなふうではないと知っていたので、それを指で包みこむと、愛情こめて、肌理まで観察するかのようにゆっくりと上下にこすった。あらゆることを試してみたかった。そして、グラントがついに降伏しかけたときには、それを感じたかった。

あらゆることを。

「グラント、きのうわたしにキスしたでしょ……秘密の場所に」

「いやだったか?」そそり立った先端を手のひらでこすられながら、かすれた声で問い返した。

「わたしもあなたにキスしていいかしら、秘密の場所に?」

「きみは理解してもいないことをやろうとしているんだ」その声は苦しげだった。

「じゃあ、教えて」グラントが崖っぷちにいるのは知っていた。深淵をまたいでいるのだ。

わずかでも押したら……今夜は容赦しないつもりだった。「あなたにどうやったら喜びを与えられるのか教えて」

「ヴィクトリア、自分で何をたずねているのかわかってないんだろ」グラントはつらそうだった。引き裂かれていた。

しかし、だめだとは言わなかった。勇気がくじけないうちに、そろそろと彼のものに唇を押しつけた。

グラントはうめき声をあげ、トリの肩をつかみ、名前を呼んだ。「何をしているかわかってないんだ」

トリが顔を上げると、グラントは自分がキスされているところを見つめていた。呼吸が乱れ、苦しそうにあえいでいる。その目は黒々と濡れて、まるで信じられないものを見ているかのように見開かれている。

そっと触れただけで、こうなるのかしら？　もう少し強く口を押しつけ、自分がされたように、それを舌で味わってみた。腰がそらされたので、トリは顔を上げた。

「わたし、みだらかしら？」トリはまた唇を近づけていった。

「ああ」トリの髪に両手を差し入れる。その手は激しく震えていた。グラントは片方の脚をベッドのトリのわきにのせた。

「あなたのここにこうするのが大好き。わたしはみだらにちがいないわね」

グラントはその言葉にまたうめき、根元から先端まで舌を這わせられると、さらに大きくうめいた。

「そして、あなたはこれが好きだから……」

「好き？　そんな言葉は使わない――」先端を口に含むと、グラントはうっと息をのんだ。彼のものを口にくわえたままトリが目を上げると、グラントは首をのけぞらし、上半身から一物の付け根まで硬直させていた。

「ああ、ヴィクトリア」グラントはトリを抱き上げると、自分の前にすわらせた。腕をつかんだ手には力がこもっていた。「きみのせいで獣になってしまったみたいだ。ものすごくきみがほしい」

グラントの目に浮かぶ危険な光に、トリは興奮した。「あなたの好きにして」

グラントは喉の奥でくぐもった音をもらすと、ドレスのボタンをはずし、ひっぱり下ろした。ドレスの次にドロワーズも脱がせ、わきに放り投げた。

トリは挑発的な透かし細工刺繍がほどこされた黒いシルクのストッキングを見てほしいと思っていたが、ここにきて急に気恥ずかしさに襲われた。ストッキングのレース模様を指でなぞられ、太ものの付け根に留めた黒いサテンのガーターをいたずらっぽくひっぱられる。自分でそれをはずそうとすると、手をつかまれた。

「そのままにしておいてくれ」グラントの声は苦しみに苛まれているかのようだった。「わたしのために」

トリは目を見開いてうなずいた。グラントは脚を投げだすと、向かいあうようにトリを膝にすわらせ、シュミーズをひっぱって頭から脱がせた。脚と脚が重なるように体の位置を変えさせると、トリの背中に腕を回し、むきだしの乳房を見つめた。声にならない声をあげながら、唇に乳首を含み、痛いほど吸う。たちまち乳首の感覚が麻痺して、舌で乱暴にころがされるたびに、両脚のあいだが濡れていくのが感じられた。トリが太ももを広げると、グラントの欲望に燃える手が下へと伸びていく。トリのひだが親指で押し広げられた。

「とても濡れているね」割れ目をいじりながら、乳房に口を押しつけて言った。「完璧だ」

体に視線を向けられたので、トリは誘うように背中をそらし、乳首をグラントの口の方にさらに押しつけた。いじられているのは信じられないぐらい気持ちがよかった。やがて指が中に滑りこんできた。トリは声をあげ、手から逃げようとして腰を引いた。だが、グラントはそのまま押さえつけて指を動かし続けている。トリはくぐもったうめき声をもらした。

「グラント！　とてもいいわ……ああ助けて」

「どうやって？」グラントは大きな手で胸を押してトリをベッドに仰向けに横たえた。両脚のあいだで膝をつくと、お尻を抱え上げ、飲み干そうとするかのように彼女の秘部に口を近づけていく。

「助けるって――」そこにキスしてから、太ももの肌に口を押しつけてたずねる。「――唇でかな？」

「そうよ！」トリは貪欲にお尻を持ち上げた。そうよ。その唇で。

「それとも指で？」そう言いながら敏感な場所をなでたので、トリの口からあえぎ声がもれた。頭を左右に振る。自分の奥から指が引き抜かれると、哀れっぽい声をあげて、さらに大きく両脚を開いた。助けてもらえなかった。

見上げると、グラントがズボンを脱いで戻ってくるところだった。乳房を手ですくいあげ、乳首を愛撫しながら、硬くなった自分のものをおなかの上にのせた。それは太く、はっきりとわかるほど脈打っていて、先端は濡れていた。畏怖を覚えて、トリはかすかに口を開いた。なんて美しくて、不思議なのかしら。とても威圧的で……グラントがその視線に気づき、微笑らしきものを浮かべるのがわかった。

「お願い！」トリは声をあげた。

グラントの全身が硬直した、今にも爆発しそうに。「何がほしいの、ヴィクトリア？」それから、かがみこんで、トリの耳に口には出せないような言葉をささやいた。トリはその言葉に耳を疑ったが、言われた内容のせいではなく、言い方のせいだった。そこにこめられた猛々しさと欲望に、思わず熱い吐息がもれた。

そのとき、また指が中に滑りこんできたので、声をあげ、全身をわななかせた。指はいったん抜かれたが、すぐにまた侵入してきた。めくるめくような快感が、指が抜き差しされるたびにぐんぐん高まっていく。ついに頂点に昇りつめたとたん、喜びが砕け散った。背中をそらして体を痙攣させていると、このあとグラントのやろうとしていることがかすれた声で告げられた。どこに舌を這わせるか、どこを指でまさぐり、こするか。そして、また自分のものにキスしてほしい、深く喉の奥までのみこんでほしい……。

ますますトリを濡れさせていった。

「ああ、いい」トリは長く低く吐息をついた。巧みに動くグラントの指を自分がしめつけているのが感じられる。グラントは手加減せずに愛撫を続け、恍惚となるような指の動きで、ますますトリを濡れさせていった。

もう一人の自分がしているかのように、グラントはヴィクトリアの中を探り、それを味わい、狭い割れ目を押し広げようとした。放心状態のヴィクトリアを目にしたとき、もはや拒絶することはできないことを悟った。ヴィクトリアは自分のものになる。今、それ以上の喜びは存在しなかった。ヴィクトリアは半開きの唇をなめている。乳房は自分の舌で濡れている。金色の巻き毛が恥部を覆っている……敗北だ。

ももをつかむと、さらに広く開かせた。硬くなったものを握って先端を入り口にこすりつけ、準備ができているかを確かめる。先端にこすられて、いっそうそこが濡れるのがわかり、熱い吐息がもれた。

ついにヴィクトリアの中に入っていった。だが、入ったままでいた。とても濡れていたが、まだかなりきつかった。思い切り突きあげたい、どんなに狭かろうと根元まで沈めたいと、全身の筋肉が叫んでいる。だめだ、痛い目にあわせるわけにはいかない。抑えなければ。

しかし、ヴィクトリアは、もっと奥まで入れさせようと腰をくねらせはじめた。じっとさせようとしてお尻を押さえたが、その感触に、ついうめき声がもれた。手をひっこめると、もう一度先端だけを入れ直す。ヴィクトリアの中は信じられないほどきつかった。壊してしまうのではないかと怖くなった。「痛くさせたくないんだ」かろうじて聞きとれるぐらいのかすれた声で言った。

「痛いものなの？」ヴィクトリアは息をはずませながらたずねた。「少しだけ？」

少しだけ？　もうだめだ。こんなふうにきつくしめつけられては、もう我慢できそうにない。

「痛くなるよ、いいね」

ヴィクトリアはため息をついた。「あなたが大きすぎるんじゃないかと心配だったの。それに、わたしがふつうなのかわからないし――」

グラントはかがみこんでキスすると、唇を押しあてたままかすれ声で言った。「きみは男がほしがるすべてを備えているよ……」グラントが障壁にぶつかると、ヴィクトリアは息を吸いこんだ。腰を引いて、もう一度突き進む。ヴィクトリアは悲鳴をあげた――グラントは動きを止めた。

「ヴィクトリア、大丈夫かい？」

「え、ええ」ささやくような声で答えた。

グラントはじっとしているべきだった。ヴィクトリアの体をこの大きさに慣れさせなくては。純真な娘を相手にするときは、そうするべきではないのか？「もうやめてほしい？」そんなことができればだが。つらい試練だった。きつく熱い彼女の中に身を沈めていながら、それをあきらめなくてはならないのだ……。

いやだ。まさか、とんでもない！　グラントは心の中で叫んだ。中断することはできそうにない。やっと天国にたどり着いたのだ。しかし、見下ろすと、ヴィクトリアの目には涙がにじんでいた。痛い思いをさせていると思うと、胸がかきむしられるようだ。

決然として体を抜いたが、獣さながらの欲望に駆り立てられていたので、ゆっくりと少しずつ引き抜いていきながら、その感触を楽しんだ。

ヴィクトリアは喉の奥で声をもらした。「ああ、待って。それ、いい」びっくりして、グラントはまた突きあげた。「あっ」ヴィクトリアは叫んだ。

もう一度体を抜いていくと、またヴィクトリアはうめいた。グラントは頭がおかしくなりそうだった。「ねえ、両方は手に入れられないんだよ」

「抜くときみたいに、ゆっくり入れてほしいの」

ゆっくり入れるだと？　あらゆる本能が思い切り突きあげたいと叫んでいるときに？　だが自制しようと体を震わせ、汗をかきながら、グラントはゆっくりと、とてもゆっくりと入れたり出したりした。やがて、ヴィクトリアを喜ばせるリズムを発見すると、快感に全身がわななないた。汗が揺れている乳房に滴り落ち、ヴィクトリアの汗と混じりあった。かがみこんで塩からい乳首を口に含むと、吸った。ヴィクトリアはまたうめき、さらに大きく脚を広げた。

「たぶん、もうちょっと速くても大丈夫」ヴィクトリアが耳元でささやいた。グラントはまた体をわななかせた。

ヴィクトリアの望みどおり、リズムを少し速めた。突き立てるたびに乳房が揺れているのを見ると、絶頂まではもうじきだと悟った。ヴィクトリアはうめき、グラントは腰を動かした。何度も何度も中に入り、両手は太ももを広げて押さえつけているか、乳房をもみしだいていた。

「ああ、グラント、いいわ」より激しく、より速く突きはじめると、ヴィクトリアは何度もグラントの名前を呼んだ。背中を弓なりにそらし、乳房をグラントの胸に押しつけてくる。ヴィクトリアが叫び声をあげると、先端から根元までぎゅっとしめつけられるのが感じられた。今にも爆発しそうだ。

もうだめだ。もはや耐えられなかった。ヴィクトリアの名前を叫びながら突きあげ、グラントは彼女の中で果てた。荒々しいほどの絶頂がいつまでも続いた。

ようやく落ち着いたとき、やみくもに突きあげ続けながらヴィクトリアをきつく抱きしめていたことに気づいた。

ゆっくりと、ぼやけた意識の中から、いくつかの考えが浮かび上がってきた。こんなにきつく抱きしめている。痛い思いをさせてしまったかもしれない……ヴィクトリアはわたしのものだ……手放せるかどうかわからない。

グラントは体を起こした。自分の下にいるヴィクトリアを信じられない思いで見つめる。まだ自分のものは彼女の中にけだるく入ったままだ。満足そうなヴィクトリアの顔を見下ろしたとき、涙を目にした。

わたしは何をしてしまったのだろう？

ヴィクトリアはグラントのベッドで横向きに寝そべっていた。閉じたまぶたをピクピクさせながら浅い眠りについている。おそらく島で身につけた習慣が復活したのだろう――音に反応する本能が体にしみついているのだ。危険を察知する直感、そよ風に揺れるヤシの葉と嵐の前触れを区別する能力。

グラントはヴィクトリアが眠っているのを眺めて楽しんでいた。だが、ヴィクトリアは帰らなくてはならない。このままここにいたら、また何をするかわからなかった。ヴィクトリアに対する自制心を失ったせいで、どんどん居心地がよくなっていることに、今夜気づいてしまったのだ。

おのれの行動に愕然としつつ、頭を振った。これまで女性に溺れたことは一度もなかった。短い解放感以上のものを味わったことはないし、もちろん、ヴィクトリアにしたようなことは一度も経験がない。自制心を失うことが怖かったし、知りあいの女性のあいだで自分の欲望について話題にされることを恐れた。おそらくそのせいで、女性を物色しようとしたこともないし、同じ女性と二度以上寝たことはなかったのだ。これまでの自分は放蕩者とはほど遠かったが、もしも放蕩が心地よければ、自制心を失ってしまうのではないかということも不安だった。

それに、自分に対する手綱をゆるめるたびに、さまざまな夢想や想像で頭がいっぱいになった。自分なら、そうした卑しい行動は制御できるはずだった。だが、自分の一族は自制するのが得意ではなかった。グラント以外には誰一人として。

今までは。

グラントは体を乗りだして、ランタンを持ち上げた。ヴィクトリアの隣に行くと、手のひらに四つの消えかけた半月形の跡がついていることに気づいた。快感に翻弄されて、爪が食いこんだのだった。絶頂に達したとき、手を握りしめたのだ。

ホテルに送っていったとき、感謝するようにヴィクトリアに手を握られた。手のひらの跡のことがグラントの頭をよぎった。とても些細なこと。実に些細で、たいした意味はないはずのことが。

わたしは敗北したのだ。

# 18

朝の太陽を浴びて目を開けたとたん、トリは微笑を浮かべた。ぐんと伸びをして、ひりひりした痛みを感じると、さらに微笑が大きくなる。最後までちゃんと愛を交わしたのだ。ああ、グラントにされたこととときたら……あんなにみだらで、刺激的な行為や言葉は想像もしていなかった。

喜びに体を震わせる。それに、これでわたしたちは結婚するだろう。わたしの未来の夫は生き生きした想像力の持ち主だわ。才能があって、たくましい体つき。グラントの非の打ち所のない愛撫を思うと、満足感で頭がぼうっとしそうになった。今ならグラントに心を奪われていると認められる。あの人に夢中だわ。

ようやく服を着ると、カミーといっしょに卵、ライス、りんご、ジュースの昼食を楽しんだ。カミーの新しい特別な食事療法にあわせたのだ。二人ともカミーが健康になれることがうれしくて、小さなことにもはしゃいで笑いあった。

しかし、午後遅くなってもグラントが現れないと、トリの満足と自信がぐらつきはじめた。どうして来ないのかしら？　ゆうべみたいな夜を過ごしたあとだと、トリは利用されたと感じても当然だったが、むしろ自分はグラントに何かを与えたと感じていた。その代わりに何かを受けとったと。だから、こんなにわたしは生気にあふれているのよ。また受けとりたかった！

夜にはついに堪忍袋の緒が切れた。カミーが寝てしまうとすぐに、そっとドアから出て、急いで〈ケヴラル〉号に行った。甲板の見張りはトリの顔をひと目見るなりあとじさり、スカートを翻しながら進んでいく彼女に困ったように笑いかけた。まっすぐグラントの船室まで行くと、勢いよくドアを開けた。彼の姿はない。応接室に向かうと、声が聞こえてきた。よかった。思いの丈を早く伝えたくてたまらなかった。

ドアに近づいたとき、イアンの声も聞こえた。

「あの娘がきみの赤ん坊を宿している可能性はない、って言うのかい？　しかし、今回は――」

「いや、世界にはあらゆる可能性があるからね」グラントの言葉は不明瞭だった。

どうしてそんな話をしているの？

「イアン、もうやめよう」

「きみが困るから？　そんな理由ではやめないよ。ぼくの言うことをちゃんと聞いてくれ。この件はきみ一人で解決させるつもりだった。きみがちゃんとやれるか見ていようと思ったんだ。しかし、きみはできなかった。トリはぼくにとって妹みたいな存在になっているんだ。ぼくは兄として行動するつもりだ」

「どういうふうに?」

「床をきみの顔で掃除してやる。トリに対してちゃんと責任をとらないならね。ちくしょう、妹のエマやセイディーがその立場になったらどう感じるかって、ずっと考えていたんだ。みんな同じ年頃なんだよ、グラント。必要になったとき、こんなふうに誰かが妹たちを助けてくれたらと思うだろう」

「きみが心配することは何もないよ。そういう説教がきみの口から出るのは滑稽だが、わたしは高潔な行動をとり、あの小娘と結婚するつもりでいる」ボトルがグラスと触れあう音が聞こえた。「だから、わたしに幸運を祈ってくれ」

小娘? だけど、たしかにグラントはわたしと結婚すると言ったわ。顔に笑みが広がった。

イアンが息を吐くのが聞こえた。「よかった、ようやく正気に戻ったんだね」

「いや、そうしないではいられないことをしたから、その代償を支払うってことだけだよ。過ちの責任はとる」

過ち?

「過ちだって?」イアンはヴィクトリアの考えていることを口にした。「どうしてこれが過ちなんだ?」

「ヴィクトリアはわたしが妻として望むような女性じゃない。規則にまったく敬意を払わないんだ。わたしは資産になる妻をめとりたいんだ——ヴィクトリアの奔放さは永遠に負債になるだろう。ロンドンに帰ってどんなふるまいをするかと想像すると、怖くなるよ」

トリは殴られたかのように頭をのけぞらした。熱い屈辱がわきあがり、全身に浸みこんでいった。呼吸が浅くなった。今、すべてがはっきりした。わたしはグラントに恥ずかしい思いをさせたのだ。あの人はわたしを恥ずかしく思っている。愛を交わしたのは過ちだった?

グラントとわかちあったものすべてが、いまや浅はかで卑しく感じられた。奔放さ? わたしはグラントに対して不適切なふるまいをしたのかしら? ベッドの中で許されないことをしたの? ああ、神さま。屈辱があまりにもふくらみ、喉もとからせりあがってくるのが感じられるほどだった。トリは道板まで走っていき、吐いた。

顔をふき、手すりにもたれると、両手で顔を覆った。粗野な娘。子犬が主人の足にじゃれかかるように、グラントを追いかけたみっともない哀れな女性。こんなに明白なことが見えなかったのだ。カミーの忠告を思い出した。愛と欲望を混同してはだめよ。

町に戻りながら手の甲で涙をぬぐったが、次から次へと涙があふれでて間にあわなくなった。グラントの心をとらえたからではなく、たんなる興味を引いたせいで、ああなったのだ。もともとわたしに勝ち目はなかったのよ。

だから、あんなにわたしを抱くことを躊躇したんだわ。そして、抱いたあと、あの人は罪悪感に苛まれた――それによって自分の価値を下げてしまったから。

ああ、なんてこと。

涙に曇った目でどうにか道をたどり、よろよろとホテルに戻った。サザーランド船長は二度とわたしに悩まされることを心配しないですむだろう。

ていた。

「ヴィクトリアが他の男を求めるようになったらどうする？」グラントの声は低く、苦しん

「グラント、きみは馬鹿だよ。過ち？　負債？　自分が何を言っているのか――」

「それがすべての理由なのか？」

「いや、別の理由もある」片手を振って、言葉を探した。「実は、他の懸念もあるんだ」ろれつが少し回らなくなっていた。「わたしはヴィクトリアを自分のものにしようとしている、自分のすべてを与えようとしている。だが、それは身勝手なんじゃないかと心配なんだ。ヴィクトリアはふつうに夫を見つける機会を持った方がいいよ。もっと将来性のある夫をね。たまたま女として初めて出会った男性だから、わたしに心を惹かれただけだ」

「きみはそんなに悪いお相手じゃないよ」

「経済的にはね。だがヴィクトリアにふさわしい男じゃないんだ。あの娘にはもっと年の近い男性が必要だ。同じように楽しいことが好きで、陽気な男。彼女自身に言われたが、わたしみたいに退屈じゃない男だ。もし幸せにできなかったら？」グラントは酒に目を落とした。

「ちくしょう、だが本当にヴィクトリアが他の男を求めたらどうするんだ？」

イアンはきっぱりと首を振った。「どんな女性が相手でも、その危険はあるよ」

「いや、それよりも悪い」イアンに苦悩を見られることもいとわず、顔を上げた。「よく女性は結婚という罠に男性をとらえたと責められるだろ？　逆に……ヴィクトリアを自分に縛

りつけたかったから、ついに年貢をおさめたんじゃないかと思う。英国に帰ったとき、ヴィクトリアに選択肢を与えたくなかったんだ」自分がやったことを口に出したとき、グラントの胸は痛んだ。「わたしはヴィクトリアを罠にかけたんだ」


「起きているとは思わなかったわ」トリはホテルの部屋に入っていくと、カミーに言った。

「ああ、お水を飲もうと――トリ、何があったの？　どこに行ってたの？」

トリはついさっき知ったことをぶちまけたいという衝動に駆られた。ただ、あまりにもつらいことなので、「あの人はわたしを恥ずかしく思っているの」と口にしたら、また涙に暮れてしまうだろう。こんな屈辱を味わったのは生まれて初めてだった。あの男性にこれほど深い感情を抱いてしまった今、とり乱してしまうにちがいない。

「何でもないの。島のことでちょっと感傷的になってただけ」

カミーはほっとしたようだった。「わたしもよ」

それから一時間、島での生活を語りあい、いい思い出を回想して過ごしたが、心の底で、トリは忘れかけていたあることに気づいた。グラントはわたしに結婚を申し込むつもりだったのだ。義務感からそれが必要だと考えたのだ。いったん決心し、それに名誉がかかっているとなると、簡単にはあきらめないだろう。断るときには、どう言うべきだろう？　わたしのプライドをとり戻すためには、どういう態度をとるべきかしら？　思いをめぐらせるうちに、ある考えが浮かんできた。

# 19

ゆうべの二日酔いのせいで、グラントの頭は割れるように痛んでいた。現実が波のように襲いかかってくる。頭痛は明白だった。自分のヴィクトリアへの気持ちも明白だった。どちらも人生の事実にすぎないのだ。飲み過ぎれば、頭が痛くなる。ヴィクトリアと愛を交わし、その笑顔を見たら、別の女性には目が向かなくなる。それはどうしようもないことだった。ヴィクトリアが別の男性を愛するようになっても、彼女を幸せにする努力が足りないせいではないだろう。それにもちろん、そんなことは死んでもさせるつもりはない。ヴィクトリアの夫に、ああ、それもいい夫になるつもりだった。

決心が固まると、グラントは心が軽くなり、これまでになく満ち足りた気分になった。ヴィクトリアとの結婚は、ある面でとても魅惑的だということは否定できなかった。結婚によって、ヴィクトリアの肉体を我がものにでき、夢想してきたありとあらゆることをする権利を手に入れられる。あらゆるところに触れ、あらゆるところに口づけし、あらゆる形で交われる――いつでも好きなときに。ヴィクトリアが進んで与えてくれるものを受けとれる。自分だけが。

そして、今ヴィクトリアが子どもを、自分の子どもを宿しているかもしれないという考えが頭をよぎると、不思議なことに満足感を覚えた。

昼のあいだ、完璧な指輪を探して町を歩き回った。そしてエメラルドを見つけたとたん、目の玉の飛び出るような金を支払わねばならなかったが、これこそヴィクトリアにふさわしいと思った。石の色はあの島を囲む海と同じ色で、内側で炎が燃えているかのようにまばゆく輝いていた。こんな石は今まで見たことがなかった。

その晩、意気揚々とヴィクトリアを訪ねていくつもりだった。結婚の問題を片付けてから、どこかのベッドに連れていこう。またヴィクトリアに触れられるという期待に胸がはちきれそうだった。二人ですることを考えると……唇の両端がつりあがり、好色な笑みを作った。今夜は新しいことを教えてあげよう……。

ヴィクトリアは具合が悪いという伝言を届けてきた。

パニックに襲われた。乱暴にしすぎたのだろうか？　恥ずかしいのだろうか？　おととい別れたときは、大きな笑みを浮かべていたし、簡単に恥ずかしがるような女性じゃない。本当に具合が悪いにちがいない。罪悪感が動揺にとってかわった。エデンから連れだして、汚いごみごみした都会に連れてきてしまったのだ。

そんなことには耐えられなかった。結婚したあとは、ヴィクトリアにいつも息ができる空間を与えるように心がけよう。新しい生活でヴィクトリアを幸せにしよう。明日の朝の潮で出航できるかどうかたずねる手紙を送った。〝出航を待ちかねています〟ヴィクトリアの返事が届いた。

翌日、海に出たとき、ヴィクトリアは病気には見えなかった。ただ、その瞳は無表情だった。顔はいつもの生気を失っていた。またカメリアに船室から追いだされると、ヴィクトリアはグラントの船室にひきこもった。グラントは彼女をわきにひっぱっていった。「具合が悪いのかい？」

「全然」

じゃあ、どうしてわたしを憎んでいるみたいな目つきで見るんだ？　グラントは叫びたかった。恐怖がわきあがった。この不安がまちがいであることを祈った。ヴィクトリアは腕にかけられた手をにらみつけている。まごつきながらグラントは手を離した。

午前半ばになったが、ヴィクトリアはまだブリッジに現れなかった。いつもならこの頃にはグラントにコーヒーを持ってきてくれるのに。やがてようやくヴィクトリアの姿が見えた。長い髪をリボンで束ね、清らかで若々しく見えた。病気の兆候はまったくなかった。

期待で胸がときめいたが、ヴィクトリアは梯子を通り過ぎ、イアンと並んで甲板にすわった。グラントの方はちらりとも見なかった。

その日遅くなって、小雨が降りはじめた。雨が降るといつもするように、ヴィクトリアは防水上着を持ってきてくれるにちがいない。数分待っているうちに、グラントはどんどん濡れていった。とうとう、ブリッジをドゥーリーに任せて、船室に行ってみた。ヴィクトリアは彼のノックに低い感情のこもらない声で応えた。

グラントは戦場に足を踏み入れたような気がした。ただし、戦争があったことは知らなかったが。勧められなかったが、椅子にすわった。

「雨が降ってるよ」間が抜けたことを言った。

ヴィクトリアはベッドで横向きに丸くなり、本を読んでいた。舷窓の方にどうでもよさそうな視線をちらっと投げた。「そうみたいね」指をなめて、ページをめくる。

「きみが甲板にいなくてよかったよ。そっちの方が雨が強いから」何をくだらないことをしゃべっているんだ？　ヴィクトリアは返事をせず、ただページをめくった。

「気分はどう？」

「上々よ」顔を上げずに、片手を振った。「ああ、ドアを閉めるときに、少し持ち上げてくれる？　しっかり閉まっていないと、雨漏りがするの」

グラントは追い払われようとしているのだ。自分の船室から。しかし、それが望んでいたことではなかったのか？　あの崇拝のこもった緑色の目で見つめるのをやめさせたかったのでは？　コーヒーを持ってくるときに、カップの縁越しに笑いかけるのをやめさせたかったのでは？

しかし、それは以前までのことだった。ヴィクトリアを自分のものにするまでのことだ。ホテルのドアと、次の夜までに、何がこんな変化をもたらしたのだろう？　ヴィクトリアは自分と一切の関わりを持ちたくないように見える。もしかしたら結婚の申し込みを期待していたせいかもしれないが、それではこの苦々しさは説明できない。

自分の悪口を吹きこまれたせいだろうか？　カメリアに打ち明けたら、グラントは悪い男だ、レディはそんなふうに扱われるべきではないと言われたのかもしれない。ヴィクトリアに嫌悪をこめて見られることには耐えられなかった。結婚の申し込みを期待していたという理由にちがいないと思いこもうとした――それなら、自分のふるまいが原因ではない――だから、その考えに必死にしがみついた。


「すぐ行くけど、その前に話しあいたいことがあるんだ」

トリはすぐに本を置いて、立ちあがった。「ええ、そうね」

「わたしたちは結婚しなくてはならない」

ほら、グラントは申し込んだわ。というか、宣言した。結局のところ、すぐに結婚の申し込みをした。イアンと話していた内容を誤解したのかしら、とトリは思った。イアンの前で虚勢を張っていただけだとしたら？　その考えに希望がわいたが、やみくもにそれに飛びつくつもりはなかった……。「どうして結婚するの？　わたしを愛しているの？」単刀直入にたずねた。

グラントはびっくりしたようだった。わたしを愛しているかさえ、考えたことがなかったのかしら？「わたしは……きみが好きだ」

「好き？」トリの心が少し破れた。「どういう結婚生活になるのかしらね、好意に基づいたものだと？」

「もっと些細なものからでも、強い結婚の絆は築けるよ」

「わたしをあなたの妻として誇りに思える？　みんなに見せびらかせる？」

グラントの目の周囲の皮膚がこわばった。「わたしの行くところすべてに、きみを連れていくだろう」

トリは部屋を歩き回った。「それは質問の答えになっていないわ。わたしを変えたいと思う？」

「社交界に溶け込みたいんじゃないかと期待しているが」

言いかえれば、変われってことね。ようするに、今のきみは求められている女性ではない、と言ってるんだわ。「わたしのことをそもそも大切に思っているのかしら」

「きみを尊敬している。柔軟性を賞賛している。知性があり臨機応変なところも好きだ」

トリはグラントの前に立った。その体は怒りでこわばっていた。「わたしの柔軟性を賞賛しているですって？　わたしを愛していなくて、妻と呼ぶことに誇りを感じないんでしょ――少なくとも他人の前では。ただし、わたしとベッドをともにすることは気に入っている」

グラントは射貫くような視線をトリに向けた。「ああ、それはもう」

トリはもう少しで決意を翻しそうになった。もう少しで。だが不運にも、立ち聞きしたことすべてをグラントの言葉は裏づけていた。

トリがいちばん知りたかった答え……。「義務感からわたしと結婚するの？」

グラントは躊躇した。「わたしは決まりを知っている、ヴィクトリア。わたしは決まりを大切にしている。わたしたちは結婚しなくてはならないんだ」

　トリは泣かなかった。泣けなかった。強くなるのよ。「それが義務というものでしょ。人はいずれそれを恨むようになる。わたしはあなたと結婚しないわ」

「何だって？」

　トリはベッドの端にすわり、練習しておいた演説をした。「グラント、わたしたちの状況をじっくり考えてみたの。そして、あなたの意見は正しいと思うにいたった――わたしはただ、あなたにのぼせているだけだって。あなたをろくに知らないし、他の男性だってまったく知らないのに、揺るぎない気持ちを持てるはずがないと気づいたのよ」

「何だって？」グラントの全身が凍りついた。トリは事務的な口調で続けた。「あなたは親切にもそれを指摘してくれた。わたしが意地を張っていたときも。でも、ようやく正気をとり戻したから、心配することは一切ないわよ」

「それには少々遅すぎるよ。きみをベッドに連れていってしまったんだから」言うまでもないことをつけ加えた。

　トリは指を伸ばして爪を眺めた。「英国に戻ったときに、結婚の候補者たちに、そのことがもれないと信じているわ」

　グラントの目は丸くなり、それから怒りにぎらついた。「きみには候補者なんていないだろう。持参金もない。きみのおじいさまは金に困窮しているんだ。そういう状況でどうするつもりだ？」

その言葉に動揺したが、それを押し隠した。「カミーとわたしはベルモント・コートでおじいさまと暮らすわ」

「それもできないだろう」グラントの口調は冷酷だった。

「どうして？」

「ベルモント・コートはわたしのものなんだ。それがきみを見つけて連れ帰ることの報酬なんだよ」

トリは頭を傾けた。聞き間違いよね？「わたしが英国に帰ったら、結婚相手もなく、お金もなく、家もないってことを黙ってたの？」

「あのときは知る必要がなかった」

ショックは怒りに変わった。「嘘をついたんだわ」

「嘘はついてない」

「あなた、おじいさまの先祖代々の家を手に入れるつもりなの？」嫌悪をこめて言うと、怒りに燃える口調で、こうつけ加えた。「じゃあ、島では正直に言わなかったのね。あなたはお金めあてで、わたしをおじいさまに送り届けようとしている男だって」

「ところで、最近の心変わりについて話してくれない？」翌晩、船室でディナーをとっているときにカミーがたずねた。

トリが答えないでいると、カミーは哀願した。「お願い、あなたの考えていることを教えて」

トリはバターを塗ったばかりのパンを置いた。「くだらないことであなたをわずらわせたくないの――」

カミーは短い、いらだたしげな笑い声をあげた。「ほとんどの時間、わたしは船室にこもっているのよ。少しくらいわずらわせてもらいたいわ」

トリは深呼吸した。「わたし、グラントと寝たの」

カミーは黙ったままだった。

「何か言わないの？　驚かないの？」

「船酔いしているかもしれないけど、どっちから風が吹いているかはわかるわ」カミーは言うと皿を押しやった。

「怒らないの？」

カミーはかぶりを振った。「いいえ、だってグラントはいい人だってわかっているから。あなたと結婚するつもりがないなら、そんなことはしなかったと思うわ。今頃、結婚式の計画を立てているんじゃないかしら」

「結婚するつもりだって言われたわ」

カミーは椅子にもたれ、安堵の吐息をついた。

「だけど、わたしはしないつもりよ」

「どういうことなの？」ゆっくりとたずねた。

「あの人を嫌いになりそうなの」

カミーは困惑した顔つきになった。「説明してちょうだい！」

「グラントがイアンに話しているのを聞いちゃったの……わたしのことが恥ずかしいって。わたしを恥だと思っているのよ」

「そのとおりの言葉で言ったの？」

「いいえ、でも、言わんとすることははっきりしていた。わたしが英国で好き勝手をするかと思うと怖くなるって言ってた。わたしとのことは過ちだったって」

カミーは息を吸いこんだ。「イアンの前だからそう言ったんじゃない？　男の人ってときどき……」トリが首を振ったので、言葉を途切らせた。

「結婚しようと言われたとき、わたしのことを愛しているのかって聞いたの。わたしを誇りに感じているのか。義務感以上の気持ちから結婚するのか。すべての質問で、グラントの答えに満足できなかったわ」手のひらの付け根ですばやく涙をふく。「それに、だとすると、わつじつまがぴったりあうの。グラントはわたしを魅力的だと思っているようだったので、わたしも彼に惹かれているってことをはっきり伝えたの。でも彼は、いつも、しりごみした。それに、その気になってくれたときだって……あとで、かなり罪悪感に苛まれていたの」

「なんですって？」カミーが愕然とした声でたずねた。「ちょっと、今まで何度ぐらいしりトリは冷たいガラスに手のひらをあてがった。「だまされたけど、もう二度と心を許したりをとても高く評価したのもまちがっていた。高潔な紳士のふりをしていただけだったのよ」れは偽りのものだった。これからどんな生活が待っているのかわからない。グラントのこと「カミー、グラントに見つけてもらって、ようやくわたしは安全な気がしたの。だけど、そでなければ、わたしに話したはずでしょ？」立ちあがって、船室の小さな窓をのぞいた。トリは首を振った。「まちがっていると思うわ。自分でもそう思っているにちがいない。の任務に費やした。その報酬を受ける権利がある」「こう考えてみたらどうかしら」カミーは冷静な口調で言った。「グラントは一年以上をこ「お金がないからよ」悲しげに答えた。「どうしてベルモント卿はそんな約束を？」カミーはこめかみをもんだ。「報酬に差しだせるものはそれしかなかったの」るの。うちの一族の土地を手に入れるのよ」――おじいさまが亡くなったら。グラントがベルモント・コートを所有することになっていミーのぽかんとした顔を見て、トリは説明した。「グラントがもらうことになってるのよょっとちがうみたいなの。ベルモント・コートのことでグラントは嘘をついていたのよ」カトリはつらい涙をこらえた。「そうよ。しかも、わたしたちの到着は説明されたものとちカミーは天を仰いだ。「そして、英国に帰らないうちに、こういうことになったわけね」トリは些細なことだと言わんばかりに片手を振った。「キスとかを二、三度しただけよ」ごみしなかったの？」

しない」

「トリ、子どもができていたらどうするの?」

トリは長いあいだ黙りこんでいた。そのことでは自分の心がわからなかったからだ。胸にうずまくさまざまな思い、喜び、悲しみ、不安、後悔といったものを表現する言葉が見つからなかった。トリは友人に顔を向けた。「すぐにわかるわ、来週にはきっと」

カミーはうなずき、それまでこの話はなしにしようということになった。

一週間、カミーは休息し、新しい食事療法をしながら過ごした。トリとイアンは、イアンがこんなに長く行方をくらましていたことを恋人に許してもらうにはどうしたらいいか、作戦を練っていた。イアンとの会話はみじめさから気をそらすのに役立った。イアンはエリカの大きな灰色の目、鋭い知性、内気さについて進んで話した。この船に乗っている男性のうち、少なくとも一人は恋に落ちていた。

イアンはトリと妹たちと母親を早くエリカに紹介したがった。全員が自分と同じようにエリカに夢中になるだろうと予想した。トリが「たくさんきょうだいがほしかった」と言うと、イアンは「きみはぼくの妹同然だ、英国に帰れば新しく三人の妹たちができるし、エリカも入れれば四人だ、変わり者だが愛すべき母親のセリーナもいるよ」と言った。数日ぶりにトリはにっこりした。

ときどきグラントに見つめられているのに気づき、前よりもその存在を感じたが、ひとことも話しかけなかった。グラントから近づいてきたのは、ちょうど妊娠していないと確信したその日だった。

「ヴィクトリア、話をしたいんだ」

トリはいかにも迷惑そうに嘆息すると、船室に歩いて行きベッドの端に腰掛けた。グラントは部屋に入ってくるとドアを閉め、トリの向かいにすわった。青い目は悲しげだったが、慎重にトリの顔を探るように見つめている。トリのことをとても気にかけているように見え、心を動かされずにはいられなかった。でも、この人のことをすっかり誤解していたことを忘れちゃだめ。残念だけど、わたしには人が何を考えているか、どう感じているかを見抜く力がないのだ。誘惑しようとつたない努力をして失敗したことが頭をよぎり、頬がほてった。

「きみにたずねたいんだ……もしかして……？」

グラントの言おうとしていることは推測がついた。相手に居心地の悪い思いをさせ、あえて、その質問を口に出させたいと意地悪な気持ちもわいた。結局、トリは自分からたずねた。

「子どもができているか？」

「ああ」

トリはいらだたしげにベッドカバーをひっぱった。「どうして気にするの？」

「どうして？　聞くまでもないだろう？」

「妊娠していたらどうするの？」

「結婚する」その口調は有無を言わせぬものだった。「できるだけ早く」

トリはまともにグラントの視線を受け止めた。「どんな状況であっても、あなたと結婚するつもりはないわ」

怒りをこらえているかのように、グラントの唇がひきしめられた。「それはもううんざりするほど聞かされた。きみが冷たくなるようなどんなことをしてしまったのか見当もつかないが、罪のない子どもにそれを負わせるべきじゃないよ。わたしに仕返しをするために、わたしの子どもを私生児にするつもりなのか？」

「わたし、わたし、わたし！」トリはさっと立ちあがった。「自分のことばっかり。あなたにどう仕返しをするかを考えながら、わたしが毎日過ごしていると思っているわけ？　あなたのことを少しでも考えていると思うなら、うぬぼれてるわ」

「じゃあ、どうしてなんだ？」

「一生、あなたに縛りつけられたくないからよ。あなたのわたしについての意見は正しかったわ。あなたはわたしにふさわしくない。これまで男性に対する経験がなかったから、自分が何を望んでいるのかわからなかったの。でもようやく、その機会を持てそうだから、自分にもっとふさわしい相手を見つけられるにちがいないわ。あなたとは結婚しない」

グラントはぎゅっと拳を握りしめた。「きみには選択肢がないだろう。きみはわたしにとって理想の花嫁だと思っているのか？　そんなことは断じてないが、子どもに不必要な痛みを与えないために、結婚はするつもりだ」

ええ、あなたの理想の花嫁じゃないことはよくわかってますとも。わたしは過ちだったのよ。泣きださないうちに、トリは言った。「いいえ」

「いいえ、って何が？」

「子どもはできてないわ」

グラントはじっとトリを見つめている。その目は暗く……傷ついているのかしら？「それはよかった、ヴィクトリア」長々と息を吐いた。「確認したかったんだ」

「子どもはいないわ。これで英国に帰ったら、別々の道を歩めるわね」

グラントはもう一度だけトリを見つめてから、困惑した表情で部屋を出ていった。トリは胸の痛みを無視し、こうするのがいちばんいいのよ、と改めて自分に言い聞かせた。

# 20

トリは〈ケヴラル〉号の船首に立っていたが、町の霧が滴になって外套を濡らしはじめると、ロンドンを目にした興奮がさめてきた。陰気な町並みにため息をつき、煤の味のするよどんだ空気を吸いこんだ。地平線で高い煙突が黒い煙を噴きだしているせいにちがいない。

「こんな町のために、みんな大騒ぎしていたのね」グラントに聞こえるように大声で言った。グラントは船首のすぐそばに立っていた。自分のそばにいたいせいにちがいないと、トリは思った。〈ケヴラル〉号を曳いている蒸気曳航船を眺めるためではない。

グラントが顔を赤らめるのが見てとれた。港はぱっとしなかった。テムズ川に浮かぶ大きなうんざりするようなゴミが、船腹に騒々しくぶつかるのに非難がましい視線を向けて、トリは言った。「だいたい、あなたはともかく、わたしはこの町が恋しくなんかないわ」

グラントはトリをにらみつけると、船を着けるための指示を与えに立ち去った。グラントがいなくなると、トリは空っぽになった気がした。どういうことなのかしら？　グラントがいなくて穏やかな気分でいるより、彼がいて腹を立てている方がいいなんて？　みじめだ。こんなふうに感じたくなかった。そう、絶対に。だが、心のどこかで声がささやいた。穏やかというのは比較した場合の言葉よ。そして、さらにグラントを苦しめたくなった。

このひと月、トリは皮肉っぽく、グラントに侮辱を投げつけては、しじゅうにらみつけてきた。ただひとつだけ願っていたのは、グラントが自分の怒りを受け止めて吸収してくれ、それが消えてしまうことだった。そしてグラントが心から詫び、トリを愛していると言うことも願っていた。

ため息をついた。わたしはこんなふうに気むずかしい人間じゃないはずだわ。これからはグラントに礼儀正しくふるまおう。

今日は新しい出発よ。眉をひそめて空を見上げた。そう、この灰色のくすんだ日が。これが新しい土地での新しい生活の始まりであることにまちがいなかった。思い描いていた生活とはかけ離れているけど、グラントにつんけんしていても得るものはない。

自分が変わり、できるだけうまく対処する努力をする。過去は過去として水に流そう。力をこめてうなずいた。新しい出発――。

舳先に何かがぶつかった。ドゥーリーが叫んだ。「今のは死体だったにちがいねえ」クルーは大声でげらげら笑った。

トリは爪で船縁をたたき、目玉をぐるっと回した。新しい出発か……。

なんて幸先がいいのかしら。

何時間もたち、テムズ川をさらにさかのぼり、ロンドン・ブリッジあたりまで来ると、驚くような光景が現れた。まるで川面に森が出現したかのように、港に集まる船のマストが林立していたのだ。灰色の雲が突風で低く流れていく。鎖がこすれる音、建設作業の騒音、たくさんの屋台の売り子たちが品物を宣伝する声が、どっと襲いかかってきた。

蒸気曳航船は進んでいき、川沿いに立ち並ぶいくつもの波止場と巨大な倉庫へと船を曳いていった。〈ケヴラル〉号は大きな波止場のひとつに、赤ん坊が揺りかごに寝かせつけられるように静かに入港した。〈ケヴラル〉号の旗と同じ濡れた旗が、岸辺の旗竿で揺れている。

クルーが船を点検すると、トリとカミーは別れを告げた。トリは涙ぐみながらドゥーリーを抱きしめ、次の航海の無事を祈った。ドゥーリーも涙を流していた。イアンはトリとカミーを倉庫に案内した。グラントが入港の手続きを監督しているあいだ、そこで待っていることになった。

内部には品物が見上げるほど高く積まれていたので、まるで迷路を歩いているかのようだった。大理石、お茶、じゅうたん、スパイスなどの驚くほど大量の商品を眺めた。別の青い部屋には、インジゴ染料を詰めた梱《こり》が積み上げられている。周囲を歩き回っている警備員を見るまでもなく、トリはこうした商品がどれも高価なことを知っていた。

「グラントは船長として成功しているの？」

イアンは不思議そうにトリを見た。「あいつはこの半分を所有しているんだ」

トリは目を丸くした。「ただの船長か、株を持っているだけだと思ってたわ」

「兄弟で共同経営しているんだよ。クロイソス並みに金持ちだ」

トリは啞然としてカミーを見てから、イアンに視線を戻した。「じゃあ、どうしてグラントはただどこかの地所を買わなかったのかしら？　おじいさまと契約なんかしなくても……」

イアンは丸めたじゅうたんの上にすわった。「限嗣相続になっていない土地があまり残ってないんだよ。売りに出ているものもないし、グラントの一族の家に近いところにもない」

「ベルモント・コートはどのぐらいの大きさなの？」カミーがたずねた。

「広大だよ。一族は決して分割しないと明記されているから、限嗣相続したのと同然なんだ。地所がだんだん小さくなっていくご時世に、ベルモント・コートにはまだ公園、森林地、沼《しょう》沢《たく》地、賃貸人の村がある」

「どうしてそんな広大な土地をほしがっているのかしら？」トリはイアンの向かいにある梱包されたアンティークの椅子に、カミーと並んで腰をおろした。

その件についてはよくわからない、と言わんばかりにイアンは肩をすくめたが、誰よりも多くの情報に通じていることはまちがいなかった。結局、こう説明した。「グラントは頭が切れるし野心家なんだ。彼は英国では土地が権力を意味することを知っている。グラントは弟だから、きみの一族のような地所を手に入れることを期待していなかったが、もしそれが可能になれば、権力の座につけるんだよ」

トリが皮肉っぽく冷笑すると、イアンは言った。「ひとつはっきりさせておきたいんだ。土地は権力を意味するが、それには責任もともなう。グラントは前者よりも後者を重んじる英国で唯一の男だよ。その点について、グラントの動機を疑ってもらいたくないんだ」わたしは永遠にグラントの動機を疑うわ。それでも無理やり微笑をこしらえると、イアンはほっとしたようだった。トリに理解してもらえたと思ったにちがいない。

この新たな情報について考えこんでいると、イアンが今ではたこだらけの手で倉庫全体を指し示した。「このぼくには、ここの持ち分を与えるのは不適切だと思ったみたいだよ。何年も前に母のセリーナが頼んでくれたんだが、『残念な嗜好がある』とか『財政上の責任を無視している』とかのたわごとを並べたらしい」イアンは首を振った。「こうるさいね」

カミーは言った。「頼んでくださるなんて、お母さまはやさしいのね」

「母は金のことはどうでもよかったんだ」イアンは鼻で笑った。「兄弟たちにぼくをしっかり見張ってもらって、まともな生活をさせたかっただけなんだよ……」さらに話を続けようとしたとき、どこからかグラントの声が聞こえてきた。イアンは立ちあがり、長い腕を頭の上に伸ばした。「グラントの様子を見てくるよ。そろそろきみたちをここから送っていける用意ができたかもしれない」

「あなたはベルモント・コートにいっしょに行けないの？」カミーがたずねた。「寂しいわ、イアン」

イアンはかがんで、カミーの手にキスした。「エリカを見つけなくちゃならないんだ。でも、グラントがちゃんと世話してくれるとわかっているから、きみたちを置いていくんだよ」

手をとられると、トリは言った。「手紙を書いて、消息を伝えてね」

「手紙？」イアンはふんと言った。「エリカを見つけしだい、母と妹たちにエリカを紹介するつもりなんだ。それから、女性たちの一団を西に連れていって、きみたちにも会わせるよ」イアンはとても若く見えたが、こう言った口調は自信にあふれていた。「残念ながら、そんなに簡単にぼくをお払い箱になんてできないよ」

グラントも出発の用意が整っていた。正気を保つためには、とにかくヴィクトリアをベルモント・コートに置いてくることがいちばんいいと思った。ヴィクトリアと離れれば、気持ちも薄れていくだろう。そうするしかない。まだそうなっていないのが、不安だった。自分はたしかに弾丸をよけた。ヴィクトリアとベッドをともにしたのに、紳士なら払うべき究極の代償を払わずにすんだ。それなのに、どうしてまた撃たれたような気がしているのだろう？

「どうしてそんなにそわそわしているんだ？」ペレグリン海運の事務所の外で合流すると、グラントはイアンにたずねた。この二週間、イアンは誰よりも帰港することを不安に感じているようだった。

イアンは肩をすくめた。「きみには関係がないよ」

「債権者の件なら、金を貸してやってもいいぞ。また」

「連中のことじゃないんだ」イアンはそっけなく答えた。

グラントは眉をつりあげたが、話題を変えた。「きみがご婦人方に付き添っていかないとは意外だよ。文句を言っているわけじゃないが」

イアンはいとこをにらみつけてから答えた。「ああ、本当はそうしたいよ。二人を見捨てるみたいな気がするからね。とりわけ、トリはきみに憤慨しているようだし」わけがわからない、と言いたげにグラントを見やった。「だけど、どうしてもやらなくてはならないことがあるんだ」

「どんなことだ？」

イアンは信用できるかどうか慮るように、グラントをじっと見つめた。どうやら、できないと判断を下したらしく、その質問を無視して、こうたずねた。「デレクと家族には連絡するつもりか？」

「いや、ベルモント卿だけだ。新聞がこの話に大騒ぎしそうだから、伏せておきたいんだ。あとでホワイトストーンの家族を訪ねるよ」

イアンはうなずいた。「カミーはふるさとに帰ってきた気がしているだろうけど、当時子どもだったトリにとっては新たな経験も同然だろう。だから、忍耐強くなってもらいたいんだ。トリがこの件についてどう感じているか、ぼくたちにはまったくわかってないからね」

「女性の扱いについて、きみから説教されるとは信じられないよ」

「ぼくはいっしょに行けないから、きみがトリのことを気にかけてくれるものと信じるしかないんだ」

グラントは小馬鹿にしたように鼻を鳴らすと、苦々しげに言った。「前から気にかけているよ」目をすがめた。「ただ、予想していたような結果にならなかっただけだ」

「そうだったのか？」

グラントは答えを見つけようとするかのように、話題の主に視線を向けた。ヴィクトリアとカメリアは、にぎやかな通りに停められたグラントの馬車のかたわらで待っていた。目を丸くして、ロンドンの波止場の混乱と喧噪を眺めている。

金髪を短く刈った長身の外国人船員の一団がやって来て、ヴィクトリアを見つけた。耳慣れない北方の言語で、ヴィクトリアに話しかけている。どう対応したらいいのかわからず、ヴィクトリアは困ったような微笑を浮かべた。手を胸にあてがっている男もいたし、大仰にお辞儀をしている男もいた。

イアンはおかしそうに笑った。「スカンジナビアのお姫さまを見つけたようだな」

「冗談じゃない……」グラントは頭をかち割ってやると思いながら、そちらに向かいかけた。グラントが近づく前に、カメリアが脅しつけるように傘を持ち上げたので、一団は投げキッスをしながらちりぢりになった。ヴィクトリアは微笑んで手を振っている。グラントは足どりをゆるめず、ヴィクトリアの前に立つと、男たちが見えなくなるまでにらみつけていた。

イアンがそこにやって来ると、二人に別れの挨拶をした。グラントはカメリアを馬車に乗せてやってから、ヴィクトリアの方を向いた。ヴィクトリアはそれを無視して、イアンに手を差しのべた。

「あなたにベルモント・コートに連れていってほしかったわ」ヴィクトリアはさほど声をひそめずに言った。

ここにいるんだぞ、とグラントは毒づきたかった。わたしはここにいて、きみの話をすべて聞いているんだ。

「グラントがちゃんときみを気にかけてくれるよ。安心して」

「わかってるわ」トリは言ったが、それでも涙がこぼれ落ちた。

「ああ、こっちにおいで、トリ」

イアンはトリを抱きしめた。グラントはいつかいとこを殺してやる、と腹の中でつぶやいた。

「大丈夫だよ。きみはりっぱにやっていけるよ」

二人はやっと体を離した。イアンはトリを馬車に乗せてやり、扉を閉めた。一歩さがったとき、イアンはグラントが見たこともないほど決然とした表情を浮かべていた。これから絶対に勝たねばならない戦いを控えているかのように。イアンはグラントに敬礼すると、最後に女性たちに手を振り、人混みの方へ歩きだした。

馬車が走りだしたときも、ヴィクトリアは体をよじってイアンの方を見ようとしていた。二人がただの友人なのはわかっていた。イアンはヴィクトリアを妹として〝養女〟にして、ベルモント・コートに落ち着いたらすぐにエマ、セイディー、シャーロットに引きあわせようともくろんでいた。それでも、分別がなければ、二人を別れ際の恋人同士だと思っただろう。グラントはヴィクトリアを慰め、しかるべきことを言えたらと思ったが、その機会は失われてしまった。

ヴィクトリアの不安が伝わってきたが、表向きは巧みに隠していた。ケープタウンに比べ、ロンドンは百倍も騒々しく、人も建物も多かった。前掛けをつけた魚屋、靴磨きの行商人、「ゆでウナギ！」と叫んでいるウナギ売りの少年。すべての声が馬車に届き、ヴィクトリアをぎくりとさせた。とまどったようにグラントを見てから、視線をそむけた。

ようやくサザーランド家のタウンハウスに到着して屋根つきの玄関前に馬車が停まると、ヴィクトリアは息を吐きだし、カメリアをひっぱって家の中に飛びこんでいった。グラントはそのあとに続き、家政婦に二人を部屋に案内するように指示した。食べ物を二人のところに運ぶように手配すると、書斎にこもり、火急の用事を片付けようとした。だが、二時間後、二階にヴィクトリアがいては、ひっきりなしに彼女のことが頭に浮かんで集中できないとあきらめた。

ヴィクトリアをつかまえる。部屋にひきずりこみ、自分のベッドに横たえる。二人とも腰が立たなくなるまで愛しあう。

追い立てられるようにグラントは家を出ると、数カ月分のニュースを聞こうとしてクラブに出かけた。そこでイアンに会ったのは意外だった——イアンは酒飲みで、しじゅう酔っ払っていたが、これほどひどい有様なのは初めて目にした。

「グラント！」イアンは顔を輝かせた。「女性たちはどうしてる？」

「元気だ。カメリアは眠っているし、ヴィクトリアはあれこれやっている」

「いい子たちだ」イアンは相好を崩した。

「きみはどうしたんだ？」グラントはたずねた。

「ほしいものが見つからないんだよ」ろれつの回らない口調で言った。

「なるほど」他の席に行こうかとあたりを見回した。

「なくしたんじゃないといいんだが」

グラントは酔っ払いのたわごとをろくに聞いていなかった。「見つけられないなら、なくしたってことだな」鋭く息を吸いこむ音が聞こえた。「イアン？」いとこのひどく打ちのめされた目つきが気になった。そこそこの悩みがあっても、イアンはほとんど気にしたことがなかったので、これは異常だった。「どういうことなんだ、イアン？　何があった？」

「彼女のせいなんだ」

「なるほど」イアンの話していることを理解しているかのように、グラントは忠告した。

「家に帰った方がいいよ、イアン」

# 21

翌朝、カメリアとヴィクトリアが朝食をとり、すでに荷物を旅行用馬車に積み込んでしまうと、グラントが二階から下りてきた。かつてのようにヴィクトリアは顔を輝かせなかった。ただ、儀礼的にうなずきかけた。とりたてて好きではない相手にパーティーでしそうな挨拶だった。グラントの気分――すでに奈落に落ちていた――はさらに沈みこんだ。カメリアは先に部屋を出て馬車に乗りこんだ。

「ベルモント・コートまで付き添ってくださらなくていいのよ」ヴィクトリアは肩越しに言いながら、カメリアのところに歩いていった。「詳しい道順は教えてもらっているから」

ここで別れたいのだろう。試しにヴィクトリアと離れてみたいという気持ちもあったが、二人の女性を馬車の旅の危険にさらすつもりはなかった。「何千キロも航海してきて、きみたちを英国のどこかで行方不明にするわけにはいかない。ベルモント・コートまでお供するよ」

ヴィクトリアがつぶやくのが耳に入った。「遺産のせいね。ずっと遺産のせいだったのよ」

グラントは険しい顔つきになった。「きみたちをつらい目にあわせたくないんだ」

ヴィクトリアは体をひねると、嫌味な笑みを浮かべた。「その理由ならちゃんとわかってるわ」そう言い捨てて、昇降段を上がっていきふかふかした馬車の座席に滑りこんだ。グラントは首を振ると、そのあとに続いて乗りこんだ。

ロンドンを出て三時間ほど走ると、ヴィクトリアはぐんと活気づいた。どんどん風景がひなびてきて、人の手の入っていない自然が目につくようになると、はしゃいだ様子を見せるようになった。どうやら、ごみごみした都会は嫌いなようで、ベルモント・コートがそうした喧噪とは無縁なのでグラントはほっとした。しかし、二人の女性の興奮も、雪の残る悪路にさしかかると、しぼんでいった。「休んだ方がよさそうだ」グラントは言って、御者に新たな行き先を指示しようとした。

「必要ないわ。わたしのためなら」カメリアは凜とした口調をつくろった。

「休憩が必要よ」ヴィクトリアが言った。

「次の町まで行けば休める」グラントが提案した。「宿はないと思うが、試しに――」

「だめよ」カメリアが反論した。「この旅をどうにかやり遂げられそうなのは、暖かい食べ物と、もっと温かいお風呂のことを考えているおかげなのよ」

「カミー、本当に大丈夫？」

「このまま進んで、とお二人にお願いするわ」

ヴィクトリアはグラントを見た。「ではそうしよう」

しかし次に馬車が大きく揺れると、カメリアはぎゅっと唇を嚙みしめた。

いちばん近い宿までまだかなり距離があったので、グラントはホワイトストーンに寄ろうかと考えた。どこよりも兄の屋敷の方がくつろげるだろう。本当は屋敷に行って、家族に事情を話すのは気が進まなかった。答えたくないようなことも、あれこれ質問されるにちがいない。

グラントは疲れきっている乗客たちを眺めた。ヴィクトリアは眠っているカメリアの髪をなでている。その顔は心配にひきつっていた。それを見ると、家族を避けることなど些細な問題だという気になった。ヴィクトリアとカメリアの様子にはらはらするのに比べたら、どうってことはない。心が決まると、御者に新しい指示を与えた。

「お兄さまのお屋敷なの？」ようやくヴィクトリアはグラントに話しかけたが、視線は窓の外に向けていた。

「ああ。カメリアのために、そこの方が近いから」

ヴィクトリアは同意してうなずくと、片手の甲をガラスに押しあてた。「ご家族はそこにいらっしゃるの？」

「クリスマスが近いから、たぶんいるだろう」

「わたしのせいで恥をかくんじゃないかと心配じゃない？　わたしのふるまいは世間の常識とかけ離れているんでしょ？」

グラントは顔をしかめた。質問の内容にとまどっていた。正直に言えば、心配だった。低い声で答えた。「恥はかかないよ。たとえば、きみが兄のところに行って、胸が大きくなったかどうかたずねるのさえ遠慮してくれれば」

　カメリアが身じろぎした。ヴィクトリアは静かに、と唇の前で指を立てると、また窓の方を向いた。グラントはそのあとも長いあいだヴィクトリアを見つめていた。永遠にこの女性のことは理解できないと思いながら。

　日が暮れてから二、三時間後、馬車はサリー州の丘陵地帯に入り、やがてホワイトストーンのランプで照らされた砂利敷きの私道に入った。グラントは胸で安堵がふくらむのを感じた。家族たちが屋敷から走り出て迎えてくれたとき、正しい選択をしたのだと確信した。

「グラント！　帰ったのね」母のスタンホープ伯爵未亡人が叫び、馬車から降りてきた息子を抱きしめた。

「相変わらずお美しいですね、母上」

　隣に立った兄のデレクが片手を差しのべた。グラントは温かい握手を交わしてから、兄に背中をはたかれて顔をしかめそうになった。「帰ってきてくれてうれしいよ」デレクは淡々と言ったが、その言葉にはさまざまな思いがこめられていることはわかっていた。

「グラント！」ニコルが走り寄ってきて、義弟を抱きしめた。抱擁を解いたとき、ニコルはグラントの背後に視線を向け、目を丸くした。グラントのわきを通り過ぎる。「まあ、そうだったの。あれが……彼女なの……？」

「これは珍しい。妻が言葉に詰まるとは」デレクが冗談めかして言ったが、ニコルの視線の先をたどると、厳粛な面持ちになった。「どうして手紙を寄越さなかったんだ？　驚いた、彼女を見つけたんだな」

ヴィクトリアがちょうど馬車から降りようとしていたので、グラントは駆け寄って手を貸した。無事に地面に降ろすと、車内にかがみこんで、カメリアを助け降ろした。「手紙だと秘密がもれるんじゃないかと思ったんだ。新聞は難破した人々の記事に飛びつくだろうからね」

その場が静まり返った。家族は幽霊にでも遭遇したかのような目つきでお客たちを見つめている。気まずい雰囲気になりかけたとき――。

「難破した人たち！」ニコルが楽しげに叫んだ。「おもしろくなりそうね！」

「わたしたちを紹介してもらえないのかな？」デレクが声をひそめて言った。

グラントは顔を赤らめて、ヴィクトリアたちを家族に紹介した。

ニコルはすぐにたずねた。「本当に島に流れ着いたの？」

ヴィクトリアはうなずいたが、茫然としているようだった。カメリアは体を支えようとして、ヴィクトリアの腕をつかんでいる。母親がその様子をじっと見つめ、カメリアに問いかけるような視線を向けるのに、グラントは気づいた。母親はたいてい何も考えていないかのようにふるまっていたが、実は何ひとつ見逃さない人なのだ。

「まあ、大丈夫なの？」

「旅が少しこたえたようで――」

「グラント、彼女を中にお連れして！」母親の口調は有無を言わせぬもので、態度はきびきびしていた。「ミス・スコットの体にいいものはわかってるわ。マータのチキンスープよ」

グラントはカメリアがつぶやくのを聞いた。「魚以外なら何でも」

スタンホープ侯爵未亡人は、カミーとトリに食事を用意させるために去り、ニコルは二人を部屋に案内した。サザーランドのタウンハウスで目にしたじゅうたん、絵画、金めっきなどに対して、トリはどうにか畏怖の念を隠しとおせた。しかし、この屋敷の豪奢さには、うっとりと見とれないわけにいかなかった。カミーですら、驚嘆するような品の数々に疲れを忘れているようだった。トリはこんなに高い天井を見たことがなかったし、これほど凝った家のデザインも初めて目にした。装飾用の造作材の前で立ち止まって、やわらかな木材に彫られた細密な模様を眺めたり、壁のシルクのタペストリーに指先で触れてみたりしたかった。じゅうたん敷きの階段を上がって、専用の風呂場や居間がついたふたつの寝室に案内された。「お二人はそばにいたいんじゃないかと思ったんですけど、もし別々の区画の方がよければ言ってくださいね」

そうしたら何部屋も一人で使うのかしら、とトリは王族になったような気分だった。「いいえ、これで大丈夫です。それに、もう迷子になっていますから」

ニコルはくすっと笑った。ニコルはいろいろ質問をしたがっているようだったが、続けて言った。「二人だけで食事をして、身支度を整えたいでしょうね。わたしならそうしたいわ。すぐに食事を運ばせますし、何か必要なものがあれば、遠慮せずにベルを鳴らしてくださいね」戸口でニコルはつけ加えた。「それから、気が向いたら、どうぞ下にも顔を出してください」

間もなく笑顔の使用人がトレイを運んできて、卵の殻のように繊細な磁器に盛られたスープ、チーズ、パン、フルーツの簡単なごちそうを並べた。

カミーはスープや、やわらかいパンに歓声をあげ、驚くほどたくさん食べた。「そのロールパンも食べる？」

トリはロールパンを渡しながら、びっくりした顔になった。「残りのスープもほしい？」

「実は言いだしにくかったんだけど、ええ、ぜひいただきたいわ」

食事を終え、カミーがアンティークらしい四柱式ベッドにかけられたビロードのカバーを眺めていると、使用人がノックしてシーツを温めにやって来た。別の使用人はトリのトランクを開けて、続き部屋に服をつるしてくれた。

カミーとトリは顔を見あわせた。「ますます、すごいことになってきたわね」トリはささやいた。

数分後、カミーはほかほかの寝具をあごの下までひっぱり上げた。「ああ、これが懐かしかったわ。トリ、ここにすわってみて。タウンハウスよりもさらにすてきよ」

トリはすわってみた。雲にすわったみたいに体がふわりと沈みこむと、目を丸くした。

「こういう生活は大歓迎だわ」カミーは続けた。「おなかはいっぱい。温かくて、眠くて、ここを出るときにも持っていきたいようなベッドに入っている」まぶたが閉じかけた。「ときどき、いろいろなことをはっきり思い出すわ。お母さまとお父さまは、あなたがおじいさまと暮らすことを知ったら、とても喜ばれるでしょうね」目を閉じて、カミーはため息をついた。「こんなに……やわらかいものってこの世にあるのかしら？」そう言って、眠りに落ちた。

トリはさらにしっかりと寝具でくるんでやると、隣の自分の部屋に行った。しかし、掛布団の優雅なレースとカーテンのフリンジを観察し、チンツの布張りのヘッドボードを片手でなで、家具の下と衣装部屋を調べてしまうと——通り抜けるのに多少時間がかかった——退屈してしまった。

体を洗い、髪の毛を結い直し、エメラルドグリーンのシルクのドレスに着替える。それから、手すりに芸術的に巻きつけられている花綱をいじりながら、階下に行った。人声が聞こえたので、そちらに向かった。

広々とした部屋に入っていくと、その美しい光景に息をのんだ。かぐわしい香りを放っているときわ木、クリスマスの蠟燭で照らされている部屋、見たこともないほど大きな暖炉でごうごうと燃えている火。しかし、目が吸い寄せられたのはモミの木だった。あちこちの枝に火のついた蠟燭が立てられ、キャンディがぶらさがり、優雅に結ばれたリボンが飾られている。トリは目が離せなくなった。

最初にニコルがトリを見つけて、満面に笑みを浮かべて立ちあがった。男性たちもそれに続いた。「どうぞ、こちらにいらっしゃらない？　レーズン入りの温かいりんご酒はいかが？」

ニコルのコバルトブルーのベルベットのドレスはすばらしく、濃いブルーの瞳と、ところどころに金色が混じる赤い髪をとてもひきたてていた。ふいに、グラントが新しいドレスを買ってくれたことに心から感謝する気持ちになった。自分は粗野かもしれないが、絶対にそんなふうに見られたくなかった。「喜んでいただきます」

ニコルは銀のカップを渡した。香りのいい湯気が立ち昇っている。ニコルがみんなにすわるように手振りで示すと、トリはビロード張りの寝椅子に腰をおろした。

「あなた、なんてきれいなの。それにとても背が高いのね」ニコルがうらやましそうに言った。「もっとも、みんな、わたしより背が高いのだけれど」

「みんな、ってわけじゃないよ」ニコルの夫が暖炉のそばの椅子から言った。「たとえば、小さな子どもたちのあいだでは、きみはとびぬけて長身だ」デレクは目をきらめかせて、なだめるように言った。

ニコルが夫と冗談交じりの会話をしているあいだ、トリはりんご酒をすすり、カップ越しにグラントとデレクを観察していた。

グラントは兄にそっくりだった。二人ともたくましい体つきで、長身だ。二人ともふさふさした黒髪をしていた。デレクの目はグレーだったが、グラントの目はブルーだった。そのブルーの瞳が冷ややかになるときがあるのをトリは知っていた。グラントの方がたぶん少し細身で、デレクよりも古典的なハンサムだったが、トリが階下に来てから一度も笑顔を見せていないので、その差を確かめることはむずかしかった。

「ねえ、わたしはあなたの島の近くまで航海したことがあるのよ」ニコルがトリに言った。「あのあたりの海は息をのむほど美しいわ。島を離れるのはつらかったでしょうね」

よくわからなかった。トリは地球を半周してきたのだ。不快な光景や騒音には我慢できたが、自分の人生は相変わらず不安定なままだと考えると、落ち込まずにはいられなかった。目に涙がにじんだ。

「まあ、トリ」ニコルが手を握った。「あなたを動揺させるつもりはなかったのよ」

ニコルは許可を求めることも躊躇することもなく、古くからの友人同士のようにトリをニックネームで呼んだ。トリはそのことに妙になぐさめられた。

「アマンダは――スタンホープ伯爵未亡人のことだけど――今夜お相手したかったけど、お疲れだということなの」ニコルはデレクに微笑みかけた。「昼間いろいろあって。居心地よく過ごしていただきたいとおっしゃってたわ」

「ええ、もう心からくつろいでますわ。カミーがこんなに満足しきっている様子を初めて見ました」

「よかったわ。さて二人そろったから」とニコルはトリからグラントに視線を移した。「あなたたちをある人に紹介したいの」ニコルはトリの手をとって立たせた。トリはグラントを問いかけるように見たものの、二人はニコルのあとから階段を上っていった。ニコルが扉の前で人差し指を立てて、そっとドアを開けると、淡いブルーのカーテンや枕で飾られ、アクセントウォールに雲の絵が描かれた子ども部屋が現れた。

「さあ、そろそろ静かにしているのはうんざりでしょ。起きなさい！」ニコルは揺りかごから赤ん坊を抱き上げた。「トリ、グラント、ジェフリー・アンドリュー・サザーランドを紹介するわ」

グラントは目を丸くした。「わたしに甥ができたってことかな？」

ニコルは誇らしげに微笑んだ。「あなたが留守のあいだ、わたしたちは忙しかったのよ」

「なんてかわいいのかしら」トリはため息交じりに言った。すぐに男の子の表情豊かなブルーの目に気づいた。

「この子は手がかかるのよ。男の赤ん坊の扱いには自信があるなんて豪語していたアマンダは、今夜は寝かせてほしいと言いだしたの。それで、この子を抱っこしてくれるのはどちら？」

グラントは降参とばかりに両手を上げた。「ヴィクトリアがいいんじゃないかな。わたしはそばで見て勉強させてもらうよ」

「いいえ、だめよ、わたしには無理だわ。わたしは――」

「赤ちゃんを抱っこしたことがないの？」

「ええと、かなり昔に――」

「じゃあ、頭を支えるやり方は知っているでしょ」ニコルは赤ん坊を渡した。「ぎゅっと抱いてみて。そうそう。ほらね、赤ちゃんの抱き方は絶対に忘れないものなのよ」

赤ん坊が腕の中で喉を鳴らしたので、トリは微笑んだ。抱き方は忘れていなかったが、自分が赤ちゃん好きなことはすっかり忘れていた。

グラントが赤ん坊を抱いている自分をやさしいまなざしで見つめている。たぶん、そういう目をしていることを彼自身は知らないだろう。ニコルもそれに気づいたようだった。「あら、デレクに呼ばれているみたい。あの人はたった三分と一人で放っておけないのよ。面会が終わったら、ジェフを揺りかごに戻しておいてくれればいいわ」そう言って、さっさと部屋から出ていった。

トリは目を丸くした。わたしたちを赤ちゃんといっしょに残していったの？

トリとグラントはドアを見つめた。「上手に抱っこしているね」グラントがトリに言った。

「ただとても……」トリは口ごもった。「とてもひさしぶりだわ」

ジェフリーがトリの巻き毛をつかんでひっぱった。

「この子はきみが好きなんだ」

トリはあごをぐいと持ち上げた。「わたしにも人に好かれるところはたくさんあるわよ」

グラントの声は低かった。「ああ、そうだね」そして、トリの挑発をさらっと受け流した。これからはグラントに礼儀正しくふるまおうと決めたことを思い出した。「ほっぺたに触ってみて。赤ちゃんのほっぺたみたいにやわらかいものってないわ」

グラントが触ると、ジェフはその指をつかんだ。グラントはトリが想像したこともないようなやわらかなまなざしで、赤ん坊を見下ろした。トリは切ない気持ちになった。赤ん坊は指を離すと眠りこんだので、二人で揺りかごに寝かせ、無言で大広間に戻っていった。

それから一時間ほど、トリはグラントとその家族を観察していた。デレクは明らかに妻に夢中になっている。ニコルを見れば、それも無理からぬことに思えた。個性的な美貌に加え、鋭いウイットに富んで頭が切れ、しじゅう軽口をたたいては笑いを誘っていた。気まずい雰囲気も楽しいものに変えてしまう。ただしグラントは別だ。彼はその会話に加わらず、ただ自分のグラスを見つめていた。

突然、ニコルがグラントに栗の実をぶつけたので、トリは——心の中で喝采しつつも——驚いた。グラントははっと顔を起こし、文句を言いかけたが、その前にニコルが口を開いた。

「あなたはラシターとマリアと入れ違いだったのよ。二人はクリスマス前にここに来たんだけど、ハネムーンのためにすぐ出発してしまったの」

「お父さんはビジネスパートナーと結婚したのか？」グラントがびっくりして言った。

ニコルはうれしそうにうなずいた。

「そうだよ、グラント」デレクががっかりしたふりをして言った。「おまえの想像どおり、ニコルのお父さんが長く滞在してくれなかったので、胸が張り裂けそうだったよ」

グラントはしぶしぶトリに説明した。「デレクとラシターは仲が悪かったんだ——」

「お互いに憎みあっていたの」ニコルが口をはさんだ。「だけど、今はお互いに好きじゃないふりをしているだけなのよ」

デレクはわざとらしく咳払いした。

ニコルはふざけて夫をにらむと、トリに顔を向けた。「で、あなたはどのぐらい滞在してくださるの？　新年までいてくださる？」

トリはグラントを見た。彼は答えた。「ベルモント卿のところに連れていかなくてはならないんだ。伯爵はもうさんざん待ったからね」

「ベルモント・コートまでの道は危険だぞ」デレクが言った。

グラントは眉をひそめた。「ここまでは通れた」

「あっちの方はほとんど人の行き来がないからね」デレクは懸念を口にするべきか決めかねているように、トリをちらっと見た。「道の雪かきもまったくされてないんだ」

「どのぐらい待てばいい？」

「雪がもう降らなければ、一週間ぐらいかな」

「一週間も」グラントはぞっとしたように言った。

トリはうんざりしたように立ちあがった。「あなたの地所はどこにも行かないわよ」まっすぐ背筋を伸ばして、トリは部屋を出ていった。

ニコルがこう言うのが聞こえた。「グラント！　トリといっしょにいたくないから、早く出発したがっていると思われたんだわ」

「当たっているかもしれないな」

トリは部屋に走っていくと、涙の流れ落ちる顔を両手で覆った。

# 22

「トリがいると、どうして落ち着かなくなるの、グラント？　彼女の勇気と力のせい？　それとも美しさのせい？」両手を広げ、ニコルが質問した。「何なの？」グラントが黙っていると、ニコルはデレクを見た。それからまたグラントに視線を戻し、二人をにらみつけてから、ヴィクトリアを追っていった。

デレクは眉をつりあげた。「わからないな。どうしてヴィクトリアといっしょにいたくないんだ？」

「彼女がいなくなったら、人生が通常の状態に戻るんじゃないかと期待しているんだ。夜もぐっすり眠れて、わたしは――」言葉を切った。毎日、しじゅうあの娘のことを考えずにすむ。「ヴィクトリアといると誘惑に負けそうになってしまうんだ」

デレクは鼻で笑った。「おまえが？　誘惑と闘っているのか？」

グラントはうなじを手でこすった。「必死にね」

「われわれ人間が心をかき乱されるものに、おまえは関心がないのかと思ってたよ。だけど、なぜ闘うんだ？」

「理由を挙げればきりがない」グラントは会話を打ち切ろうとした。

「たとえば……」

「不釣りあいだと思うんだ。兄さんとリディアのようなことになるんじゃないかと思う」

「ヴィクトリアが悪女でなければ大丈夫だよ」グラントが顔をしかめると、デレクは続けた。「ニコルはこう言ってた。ヴィクトリアはやさしい女性みたいだし、おまえは彼女から目が離せないようだと」

グラントは嘆息した。「ああ、それは当たっている。しかし、わたしが結婚するようなタイプの女性じゃないんだ。きちんとした英国人の花嫁が必要なんだよ。もっと」言葉を探すように口をつぐんだ。「もっと……」

もっと何なのか？ もっと外向的ではない女性？ グラントはヴィクトリアのそういう点がとても好きだった。あれほど率直じゃない女性？ それには慣れてしまったから、変えてほしくなかった。傲慢と紙一重なほどの自信過剰はやめてほしい？ いや、そこも愛していた。「もっと個性のない人が必要なんだよ。情緒が安定していて愛想がいい女性。とりわけ、言動の予想がつく人だ」それなら、こんなに心がかき乱されることはないだろう。

「どこでそういうゆがんだ女性観を持つようになったんだ？」

グラントはさっと立ちあがった。「兄たちの例からだよ！ 兄さんの人生は女性のせいで破滅した。ウィリアムの人生は終わった」

「ウィリアムは酒を飲み過ぎて酔っ払って決闘をしたから、人生が終わったんだ」

デレクはかぶりを振った。「誇り高くて無謀だったから決闘をしたんだ。決闘を避けることだってできたんだよ。それに、わたしはリディアと結婚するような真似はせず、別のやり方で問題に対処するべきだった」

「いずれにせよ、不名誉なことになっただろう」グラントは額に指先をあてがった。「ヴィクトリアについてはどう思う？　女性として初めて会った男性がたまたまわたしだったから、それで求められているだけなんじゃないかと不安なんだ。あとで別の男性に出会ったら？　わたしよりももっと愛情を抱ける相手に？」

「どんな結婚でも、それは起こりうるよ」デレクは断言した。「だけど、わたしはヴィクトリアがおまえを見つめている様子を目にして、たんにのぼせあがっている以上の気持ちがあると感じたな。それに、イアンと数カ月間いっしょに過ごしたんじゃないのか？　女性はイアンの魅力には抵抗できない。ヴィクトリアが心を動かされなかったのなら、おまえの理論には無理がある」

「ヴィクトリアとイアンは航海のあいだじゅう、いたずらな兄妹みたいに過ごしていたよ。まちがいなく絆はできているが、恋愛関係じゃない」

「それで？」

「それでも、ヴィクトリアには本当の子ども時代がなかったという事実は変わらない。両親を奪われたうえ、今度はわたしが恋愛も奪ってしまうのか？　それに、他の男性ともつきあいたい、ときっぱりと言われたんだ。もし結婚したら、離婚は絶対にしたくない。毎朝、ひどい結婚をしてしまったのにそこから逃げだせない、と思いながら目覚めたくないんだよ」

グラントは炎を見つめた。「ありふれた英国人花嫁がわたしには向いている」

「理想の花嫁との結婚には、大きな障害があるな」

グラントは兄に問いかけるように眉をつりあげた。

「おまえがヴィクトリアに恋をしていることだ」


トリが髪の毛を乱暴にとかしながら鏡に不機嫌な顔を映していると、ドアが軽くノックされた。

「起きてる?」ニコルがたずねた。

自分のふるまいを恥ずかしく思っていたので寝たふりをしようかと思ったが、結局、新しい友人を部屋に入れることにした。

「起きているわ。どうぞ入って」

ニコルは古くからの友人のように、あるいは姉妹のように、ためらいなく部屋に入ってきた。そして、トリの髪をとかしてあげると申し出た。髪の房を手にすると、鼻歌を歌いながらくしで髪をすき、トリをなごませた。それから……。「で、いつからグラントに恋をしているの?」

はっとして上げたトリの視線が、鏡の中でニコルの視線とぶつかった。だがその問いに、驚いたわけではなかった。グラントのことを心から愛していたので、心からあふれでたその思いに他の人たちが気づかないのが、これまで不思議なぐらいだったのだ。どうってことないわ、と言わんばかりに肩をすくめた。「あの人は気持ちを返してくれないの」

「グラントも恋をしていると思うけど」ニコルはすばやくくしを動かしながら言った。

「もうどうでもいいわ。グラントのことは忘れることにしたから」

くしの動きがゆっくりになる。「ふうん」

「たぶん、完全に忘れることはできないかもしれない。だけど、あの人はわたしが好きじゃないのよ」トリはさまざまな疑問が胸にわきあがった。ニコルは同世代の女性だ。愛や結婚を理解できる女性。「わからないの。グラントはわたしに対して肉体的魅力を感じているくせに、わたしのふるまいが気に入らないのよ」

「どうしてそう思うの?」

「だって、そう言っているのを立ち聞きしちゃったから」

ニコルは顔をしかめてつぶやいた。「グラントったらまぬけね」トリのかたわらに来ると、ニコルはその手をとった。「グラントがあなたに向けるみたいな目つきをするのは見たことがないわ。彼はあなたに恋をしているのよ」ニコルは満足そうな口調で言った。

トリはかぶりを振った。「本当だったらいいけど」

「いずれ本当だってわかるわよ。さあ、もうおやすみなさい」ニコルは手を軽くたたくと立ちあがった。戸口で振り返ると言った。「グラントに時間をあげてちょうだい」

ニコルが行ってしまうと、トリはここに来て初めてベッドにもぐりこみ、模様の描かれた天井を見上げた。しかし思っていたようにすぐには眠れなかった。肉体がやわらかさに抵抗しているかのようだった。あるいは、この数カ月で劇的に人生が変わったことについて考えて、不安になったせいかもしれない。やがて慣れない部屋で眠りに落ちていった。グラントはどこにいるのだろう、わたしよりもぐっすり眠っているかしら……。

ホワイトストーンでの初めての朝は、のんびりと過ごした。トリはデレクとニコルといっしょに朝食をとった。カミーはまだ起きていないとわびた。

食事をしながら、トリは夫婦を観察した。デレクは料理の棚を見て口笛を吹いてから、妻をじっと見つめた。するとニコルは顔を赤らめ、下唇を噛んだ。二人は情熱的な夫婦にちがいない、とトリは思った。他の夫婦もこうなのだろうか、まるでわたしのお父さまとお母さまみたいに――お父さまとお母さまは手をつなぎ、笑いあい、誰も見てないと思って、微笑を交わしあっていた。グラントとは情熱を共有したが、微笑や冗談は交わしたことがない。安らぎも。

グラントが下りてくると、食べ物はとらず、コーヒーだけを手にした。棚に山盛りのソーセージ、パン、ジャム、卵、クリームがほしくないのかしら、とトリは不思議だった。でもすぐに、わたしの前から消えたいのだと気づいた。二人の沈黙にその場の空気が張りつめる。デレクとニコルはトリにあれこれと気を遣ってくれているので、グラントと自分の不和のせいで、居心地の悪い思いをさせたくなかった。トリは礼儀正しくすることにした。「よく眠れた？」

礼儀正しさもここまでだった。グラントはふいに険しい顔つきになり、眠れないのを知っているだろう、と言わんばかりの鋭い視線を向けてきた。「いや、あまり。きみは？」もてなしてくれている人たちを侮辱したくなかったので、トリは伸びをして嘘をついた。「とてもよく眠れたわ」その言葉なのか、それを口にするときの満足そうなため息なのか、何かがグラントをひどくいらだたせたようだった。勢いよく椅子から立ちあがったので、椅子がタイル張りの床をこすり、部屋じゅうに響くような音を立てた。そして足音も荒く部屋を出ていった。ニコルは同情するような微笑を向けてきたが、デレクは出ていった男に気づかなかったかのように、ドアを見つめていた。

朝食後、デレクとグラントが敷地を見回りに馬で出かけると、ニコルはトリに屋敷を案内し、最後に広々とした図書室に連れていった。トリは驚嘆しながら歩き回った。本。美しい本が、こんなにたくさん。指で背表紙をなで、刻印や繊細なデザインに見とれた。

トリは床から天井まである書棚を見上げた。「一生で読める以上の本があるわね」

「そのとおりよ。だから、あなたが楽しめそうな本を教えて差し上げるわ。とりわけ、激しい恋の物語をね」ニコルはいたずらっぽく笑った。

トリのために本をひと山集めると、二人はお茶を飲み、流行の服の絵を眺めて、ホワイトストーンの果樹園でとれた汁気たっぷりのオレンジを食べた。ジェフリーとも遊んだが、トリはこんなに人を惹きつける赤ん坊とは会ったことがなかった。でっぷりした年配のスコットランド出身の乳母《ナニー》が、お昼寝のためにジェフリーを連れていってしまったときは、がっかりしたほどだ。長年のあいだに数え切れないほどの赤ん坊を世話してきたので、みんなにナニーと呼ばれているその女性は、心からジェフリーを愛しているようだった。実際、スタンホープ伯爵未亡人がジェフリーを連れていきたがったときには、「あなたの番じゃありませんよ、奥さま」とむっとして言った。

そしてカミーが三度の食事のために起きるたびに、トリとニコルはつきあった。その晩、カミーはどうにかディナーの席に出てきたので、お祝い気分が漂った。髪は相変わらず火のように赤かったが、グレーのシルクのブロケード織りのドレスを着ていると、肌が透けるように白く見えた。しかし気分が悪くなってあわててテーブルを立ちそうには見えなかった。それどころか、ニコルとスタンホープ伯爵未亡人をあわせた分よりもたくさん食べた。

トリはその晩早く、何度かグラントを探したが、まったく姿を見かけなかった。自分が彼を探していることがいまいましかった。さらに悪いことに、グラントの母親の鷹のように鋭い目は、トリが息子を探していることに気づいていた。

翌朝、トリがまっすぐカミーの部屋に行くと、ちょうど朝食を終えたところだった。空の皿がトレイに散らばっている。

「おはよう、トリ」

「おはよう」カミーは調子がよくなったとは言えなかったが、悪くなっているようにも見えなかった。

カミーはトリがトレイを見ているのに気づき、顔を赤らめた。「どれもとてもおいしかったから。こんなおいしいものを食べたのは初めてだわ。素材の味がはっきりわかるの」

「あなたを誇りに思うわ！　ホワイトストーンの食料を食べ尽くすことを目標にしましょう」笑いながらトリは言った。「散歩でもどうかしら？」

「ええ、いいわね」

「よかった。廊下を歩くのもいいわね。この屋敷はとても大きいから」

「外に行くことを考えていたのよ」カミーは言った。

トリはしだいに退屈してきていたので、その考えに興奮がわきあがった。窓辺に近づき、どっしりしたダマスク織りのカーテンを引いた。「雪だわ」

「雪は大好きだったわ」カミーが打ち明けた。「その奇妙なしんとした静けさが好きだったの」

「でも、外に行くのは体に障るかもしれない」

カミーはてきぱきした口調になった。「トリ、それで、わたしは死ぬか治るかでしょ。どういう決断を下すかはもうわかってるわ」

三十分後、ニコルに外套、スカーフ、手袋で防備していることを確認され、二人は楽しい長い散歩に出発した。ニコルもいっしょに行かないかとさんざん誘ったが、彼女は家にいる方がはるかにうれしいと言った。二人が出かけたあと、ニコルはすぐに夫のところに行くにちがいない、とトリは思った。スタンホープ伯爵未亡人は部屋でジェフリーと過ごしていた。グラントは姿がなかった。

カミーとトリはぶらぶらと敷地を歩きはじめた。カミーはトリの見たことのない木々や鳥を指さしたが、自分でもほとんど忘れていると打ち明けた。小さな丘までやって来た。トリにとっては小さかったが、カミーはまるで山にぶちあたったかのように感じた。

「わたし、登れると思うわ」

「でもあなたは――」

「さあ、行くわよ」カミーはさえぎると、どんどん先に進んでいった。

そう言うと思ったわ。トリは目玉をぐるっと回すと、仕方なくついていった。カミーの苦しげな息づかいが聞こえたが、あくまで登り続けるという意志を固めていることはわかっていた。カミーがのろのろと最後の数歩を登り切り、とうとう頂上に着いたとき、頬は紅潮していたが、具合が悪そうではなかった。カミーは……勝ち誇っているように見えた。

「まあ、見て、グラントがいるわ」カミーは荒い息をつきながら言った。

トリはそちらに顔を向けた。グラントは大きな馬にまたがり、雪に覆われた遠くの果樹園から出てくるところだった。馬首を土手に向けさせ、自由に走らせているようだ。

「それに、あの果樹園を見て。島にああいうのがあれば、すてきだったでしょうね？」

トリはカミーの言葉がほとんど耳に入らなかった。夢中になってグラントの姿を見つめていた。

「トリ、まちがいなく、あなたの気持ちは消えていないわ」

「え、何ですって？」グラントからようやく視線をそらした。

「グラントに対する気持ちよ。以前と変わらず強いんじゃない？」

「よけい哀れよね」トリはため息をついた。「報われることのない痛み」

カミーは首を振った。「いいえ、グラントはあなたに恋をしているわ。彼の目を見れば誰にだってわかるわよ」

トリは元気のない笑みを向けた。「わたしに対する気持ちをはっきり口にしたのよ」

「イアンが訪ねてきたら、それについて聞いた方がいいわ」カミーは提案した。

「そうね。でも、この場合、現実は見たとおりのままだと思うわ」悲しげに言うと、丘を下りはじめた。

屋敷への帰り道で、庭師頭の子どもたちが跳ね回る白い犬に棒を投げてとりに行かせているところに出会った。その笑い声や遊びにトリは刺激されて、たちまち明るい気分になった。子どもたちといっしょに雪の中をころげ回り、雪に天使の跡をつけるやり方を教えてもらった。犬もいっしょになってころげ回っているのを見て、カミーは手をたたいた。

カミーが寒いと言いだしたので、トリはいっしょに屋敷に戻った。思っていたほど寒さを感じなかった。吐いた息が煙のようにたなびくのはすがすがしく、気分が高揚した。もうしばらく駆け回っていられそうだった。

屋敷の正面玄関でグラントとばったり会った。トリの外見にグラントは眉をつりあげた。

そのとき初めて、帽子が曲がり、まとめていた髪がほつれていることに気づいた。外套の背中は濡れ、黒っぽいスカートの前には白い毛がついている。犬のよだれらしきものまで袖にこびりついていた。だが、グラントはそれについて何も言わなかった。ただ、礼儀正しくたずねた。「散歩は楽しかった？」

カミーはトリを見て答えをうながした。

「とっても」トリは礼儀正しい口調で言った。礼儀正しくふるまうのがどんどん簡単になっているわ。手に入らないものをくよくよしているのが問題なのよ。「乗馬は？」

「この土地が恋しかったんだ」グラントはあっさり言った。

トリはイアンが言っていたことを思い起こした。グラントは責任が、たくさんの人々を守ることが恋しかったのかしら？改めてグラントを見ると、その目はとても澄んでいて率直だった。イアンは正しかったのだと感じた——だからグラントはベルモント・コートを望んだのだ。所有するためではなく、自分が所属する場所がほしかったから。

砂利敷きの私道を大型馬車が走ってくるひづめの音で、物思いが破られた。間もなくニコルとアマンダが、思いがけない訪問者を出迎えに現れた。やれやれ、犬のよだれで汚れた服でいるときに、サザーランド家にお客さまがやって来るとは、とトリは思った。

「あら、ラヴィニアだわ」スタンホープ伯爵未亡人はつぶやいた。「それにレディ・ベインブリッジも。この十一カ月間、いっしょに過ごした友人たちよ。たった数週間離れて家族を訪ねてきているときにも、こうしてまた追ってくるなんてね」

馬車が停まると、グラントは二人の着飾った女性を助け降ろし、紹介をした。トリとカミーは「遠縁のいとこ」と説明された。

目の前に立った女性二人はトリを見て、唖然となった。まもなくして驚きから立ち直ったあとも、なおじっと見つめられたので、トリは恥ずかしさに顔を赤らめた。それからトリは目をすがめた。自分を観察している二人を逆に観察して、信じられないようなことを発見したのだ。

二人は嫉妬していた。

かつて英国の女性たちがトリの母親を見るときのような目つきで、二人はトリを見ていた。いや、正確に言うとちがう。大半の女性は母親にへつらった——未来の伯爵夫人だからだ——しかし、母を見つめるその目の下には、彼女が間もなくまた旅に出て、さまよい、探検し、まったく自由に生きることへの嫉妬がひそんでいたのだ。

沈黙を破ろうとして、トリは言った。「わたしたち、とっても楽しいひとときを過ごしてきたところなんです！　〝雪の天使〟の作り方を教えてもらったんですよ。それにカミーといっしょに、完璧な雪玉を作るのも練習しました。これがかなりむずかしいんですけどね。とてもすてきでしょう？」

婦人たちに向けていたカミーのこわばった笑みがやわらぎ、本音で言った。「こんなに楽しかったのは何年ぶりかしら、思い出せないほどですわ」

ニコルは満面の笑顔になり、スタンホープ伯爵未亡人はにやっとした。意外ではなかったが、グラントの眉はぎゅっとひそめられた。

「では、失礼します」トリは言った。「これからごちそうをいただくんです。あんなに笑ったので、食欲が刺激されたみたいです」トリはカミーと腕を組んだ。「お会いできて光栄でしたわ！」

家に入ると、何層もの服をはぎとり、防水靴を脱いだ。女性たちのひきつった顔に、二人ともずっと笑いどおしだった。二人は顔を洗い、着替えてから、カミーの部屋で遅い昼食をとることにした。

湯気を立てているジビエのシチューと温かいバターつきパンを前に食卓についたとき、カミーが言った。「さっき、あなたを見ていて、お母さまを思い出したわ」

その賞賛にトリは手を止めた。「わたしも母のことを考えていたのよ」笑顔で言うと、食事を始めましょうと、カミーに手振りで合図した。

「散歩をしたらおなかがぺこぺこだわ」カミーは食べながら言った。「あと三杯ぐらいお代わりできそう。やめたほうがいいかしら？」

「すてきなことよ！」トリは言って、グラスをカミーに掲げた。「こんなふうにもりもり食べるあなたを見られるなんてうれしいわ」

「体がどんどん成長していて、栄養を求めているような気がするの。精神もよ。頭がはっきりすればするほど、あとで空腹になるみたいなの」

ずっと治らないのではないかと恐れていたことは、カミーには言えなかった。トリは胸をなでおろした。「じゃあ、イースターまでにあなたを丸々太らせなくちゃね」

食事が終わると、カミーはおなかをポンポンとたたき、あくびをして横になった。数時間は昼寝をするつもりのようだ。しかし、新しい友人は誰もいなかった。トリは躊躇せず外に出ていった。清潔なアイロンのきいた服に着替えていたが、トリは屋敷のそばの大きなオークの木の下に置かれたベンチにすわった。食べ物を求めて足下に集まってきた小鳥を眺めていると、しばらくして外に出てきたニコルに声をかけられた。

「あら、まあ、物思いにふけっているみたいね」ニコルはにやっとした。

トリは笑顔になった。話し相手ができてうれしかった。

「詮索屋さんたちが帰ったって知らせに来たの」ニコルは楽しげに言うと、トリの隣に腰をおろした。「ねえ、これを見て」片手には小鳥のえさの袋、もう片方にはキャンディの入った袋を持っている。「小鳥のえさと、女性のえさよ」

「甘いものは遠慮しておくわ」トリはしょげた声で言った。「ケープタウンで山ほど買って、一日で平らげたら、気持ち悪くなりかけたの」

ニコルはくすくす笑うと、種の入った袋を渡した。「ところで、今日はあの連中を見事に手玉にとったわね」

「同意してもらえてうれしいわ」トリは心から言った。

「ところで、お高くとまった女性たちのことはともかく、英国に戻ってきてどんな気分？」

トリは耳をかいた。「昔のことは覚えてないの」

「ずいぶん如才ない答えね。でも、わたしには本当のことを言ってかまわないわよ。英国生まれじゃないから」

トリは顔をしかめた。「とてもとまどったわ。わたしは騒音や人々に慣れていないから、都会では何度かぞっとする思いをした」トリは袋に手を入れて、急に活気づいた鳥の群れにえさをまいてやった。「だけど、ホワイトストーンは本で読んだおとぎの国みたい。ここに来ることができてうれしいわ。あなたはここが好き?」

「この場所を愛しているわ」ニコルは答えた。「デレクに最初に連れてきてもらったとき、わが家に帰ってきたような気持ちになったものよ」

「海は恋しい?」

「潮の満ち引きがね」

トリは驚いた顔でニコルを見た。「わたしもなの! それを理解してくれる人がいるなんて思ってもみなかった。常に変わらず満ちたり引いたりする潮が恋しいわ。島では潮の干満で生活が動いていたし、それが今はなくなってしまったから」

ニコルはトリの腕を軽くたたいた。「わたしも同じように感じているわ。だけど、こんなふうにしているの。野原を見晴らし、丘や谷を波として見るのよ。春には草や葉が緑になって、そのまばゆさに泣きたくなるほど。あの島のある海と同じぐらい深い緑になるわ」

「本当に?」

ニコルはうなずいた。「夏になったら海辺に連れていってあげる。海はわたしの必要としているものを与えてくれるの。そうすると、満ち足りた気持ちでここに帰ってこられるのよ」その思い出に、ニコルは微笑んだ。

「ぜひ行きたいわ。すばらしいわね」

「アマンダは子どもたちが小さいときに、よく海辺に連れていったんですって」ニコルは自分の袋に手を入れて、キャンディをいくつか口に放りこんだ。だが、キャンディはミトンにくっついてしまい、口でむしりとらなくてはならなかった。

ふとトリは思いついた。「グラントはあの生真面目さをお父さまから受け継いだにちがいないわ。スタンホープ伯爵未亡人は気さくな方みたいだから」

ニコルは笑った。「昔はそうじゃなかったのよ……」

トリは「まったく」という言葉が省略されたように感じた。スタンホープ伯爵未亡人が変わったのなら、グラントも変われるかしら?

ニコルは真面目な顔になった。「それで、話したの? 本音でグラントと」

トリは首を振った。「いつもいないから」

「グラントはこの件を一人で解決しなくちゃならないみたいね。グラントは責任を真剣に考える人間だから、決断するまで時間がかかるのよ。でも、いったん決めたことは永遠に守るわよ」

「永遠なんてことがなかったら?」トリが考えこんだ。

ニコルは問いかけるように眉をつりあげた。

「つまりね、いっしょになることもなかったら、ってことなの。わたしたちは性格がとてもちがうから、グラントはわたしに変わってもらいたがっている。でも今、わたしは変われないばかりか、変わりたくないということもはっきりわかったの」トリは言葉に力をこめた。「ヒールの高い靴は喜んではく気には永遠になれないでしょう。子どもとしょっちゅう遊びたいと思っているけど、そういうときは子どもと同じように泥だらけになるでしょう。レディらしいそぞろ歩きはする気になれないわ。何キロも気の向くままに歩き回りたいの」小鳥がブーツのすぐそばまでついばみにやって来ると、トリはその勇気にご褒美としてえさをまいてやった。「そして、グラント――あの人が笑ったのを聞いたことがないのよ。それは変えられるのかしら。だって、あんなにむっつりした人とは結婚なんてできそうもないもの」

グラントはいずれもっと角がとれて、陰気ではない人間になるだろう、とニコルに言ってほしかった。しかし、ニコルは言わなかった。わたしが言ったことはやはり正しいのかしら？　こんなにちがう二人がうまくやっていけるほどわたしの愛は強くない、だからあきらめるしかないのかしら？

「笑いのない人生なんて想像ができない」トリはため息をついた。「それに今日。グラントの顔はしかめ面のまま凍りつくんじゃないかと思ったわ。それでも、彼がいないと寂しいの。おかしいわよね？」

「あなたがグラントを愛しているなら、おかしくないわ」ニコルはきっぱりと言った。「それに、愛は二人の関係のでこぼこを驚くほどなめらかにできるものなのよ」

「それは双方から働きかけるものでしょ？」

「すでにそうなってるわよ。グラントは気づいていないかもしれないけど。たとえば、わたしの父がいい例よ。母が亡くなってから、また人を愛せると気づくまでに何年もかかったの。父はようやくマリアを愛していると気づいたのよ。マリアはそれをずっと待っていた。そして最近結婚したの」

「どのぐらい待っていたの？」

ニコルは小鳥に注意を奪われていた。

「ニコル……」

「十六年ぐらいかしら」ニコルはつぶやいた。

トリは顔をこわばらせた。「わたしは今週いっぱいでも待てない。グラントが歩み寄ってくれないなら、過去に置き去りにするわ。いったんそうしたら、あの人は永遠にわたしの心から消えるでしょう」

# 23

「グラント、わたし、新しい伯爵夫人としてうまくやっているかしら？」グラントがコーヒーを手に、朝食室から出ていこうとすると、ニコルが愛想よく声をかけてきた。

「完璧ですよ。すばらしくうまくやっていると思います」他にも誰か部屋にいればいいのに、と思いながら、グラントはえりをひっぱった。この会話はあまり好ましくない方向に行きそうな予感がしたのだ。危険だった。まるで逃亡しようと馬車に乗っていながら、行き先がまったくわからないかのように。

「わたしは配慮のある女主人だと思う？」

「ええ、とても」

「配慮のある女主人は、お客さまの一人が他の人たちに無礼な真似をするのを許しておくと思う？」

ああ。これで読めた――呪われた馬車に崖っぷちが迫ってきている。

「女主人としてあなたに申し上げるわ。馬鹿な真似はやめて、紳士としてふるまってちょうだい。あなたは耐えがたいほど礼儀知らずなふるまいをしているわ、ヴィクトリアに対して。

いつも非の打ち所のない礼儀を守っている人にしては、この失態は不思議ね。本当に不思議」

「忙しかったんです」しかられた生徒のようだった。放っておいてくれ、と言いたかった。しかし、そんなことを口にしたら、一時間以内にデレクにこっぴどくやりこめられることは目に見えていた。

「家族の席にあなたも出てくださるわね。今日は大切な日だから」

「いったい、今日のどこが特別なんですか?」

「新年でしょ!」ニコルが怒って立ち去るときに、まぬけね、とつぶやいているのが聞こえた。

あと少しで逃げだせる。明日、ベルモント・コートに出発する予定だった。ヴィクトリアのそばにいることは、グラントにとって地獄だった。ヴィクトリアが自分を求めていないのに、ベッドをともにし、しかも自分よりも他の男との結婚の可能性を選んだと承知していることは。ヴィクトリアをずっと避けてきたが、彼女のことを考えるだけで心が乱れた。しかも今、ヴィクトリアと交流することを強制されたのだ。

しかしその晩、他の連中に合流したとき、グラントはヴィクトリアを見たとたんに目を輝かせ、どうしてそもそもこの女性を避けたのだろうと不思議になった。ヴィクトリアは深い赤紫色のサテンのドレスを着ていた。買ったときにはたいしたドレスじゃないと思ったのは、今のような布地の光沢がわからなかったからだ。ドレスは唇をいっそう赤く、官能的に見せていた。靴ははいておらず、ストッキングだけの足で歩き回っていた。部屋を見回して、グラントはカーテンのひだの陰に靴を隠してあるのを見つけた。

ニコルの話に笑いながら、無意識にクリスタルグラスのカットを指でなぞっている。その指先から目が離せなかった。そして、こんなに魅力的で生き生きした人を見たことがないと思った。昨日やってきたうるさいご婦人方が、ヴィクトリアをうらやましく思ったのも無理はない。批判的な二人の顔に隠しきれない嫉妬が浮かんでいるのを目にして驚いたものだ。そしてその発見に、不快な疑問が胸に浮かんだ。自分がイアンのいい加減な態度を批判しているのは、それをうらやんでいるせいなのか？

ディナーの時間を告げるベルの音に物思いが破られた。新年のために、一家は伝統的なごちそうを食べた。アスパラガスのスープに始まり、ドレッシングをかけたサラダ、魚料理は割愛され、スグリを詰めた鴨、蒸し煮した鹿肉、ローストしたガチョウ――どれもカメリアの真ん前に置いて、一人で食べてもらうべきだと、グラントは思った。

カメリアはすべての料理をむさぼるように食べ、温室のぶどうとパイナップル、それにプディングもすばやくおなかに詰めこんだ。おそらく、レディは大食いであるべきではないという信念をカメリアは持っているはずだったから、こんなふうに食べるとは……よほど空腹に突き動かされているにちがいなかった。しかし、ここに滞在することは健康に役立っているようだった。どうやら、雪の中の散歩と大量の食べ物のおかげで、病気の峠は越えたようだ。

ヴィクトリアは得意そうで、カメリアのことで心から喜んでいるようだった。グラントはそれを見てうれしかった。自分がヴィクトリアを見つめていることを、他の人間に気づかれているのは気に入らなかったが。

ディナーを終えると、居間に戻り、それからジェフリーを訪ねた。ナニーに「休日だろうとなかろうと」寝る時間だと追いだされるまで。そのあと、ニコル、アマンダ、カメリアはカードを始め、ジェフリーのさっきの様子に笑いあった。すでに男の赤ん坊は女性たちのお気に入りになっていた。

間もなく、ヴィクトリアがそろそろ休むと言って席を立った。そこでグラントは義務から解放されたとみなし、ジェフリーに会いに子ども部屋に行った。とりたてて子ども好きだとは思っていなかったが、赤ん坊を抱いて、叔父だとちゃんとわかっているかのように見上げられたとき、心の中で何かが変化したのを感じていた。

子ども部屋ではヴィクトリアが揺り椅子にすわり、赤ん坊に低い声で歌ってやっていた。

「邪魔するつもりはなかったんだ」

「かまわないわ。ただお別れを言いに来ただけ。今度いつ会えるかわからないでしょ」そばの椅子を示した。「よかったらすわったら？」

「ああ、ええと――」

「馬鹿げてるわ、グラント。二人とも大人同士なのよ。結局、わたしたちは終わった。できたらお友だちでいられたらいいわね」

答えたグラントの声は低かった。「きみとは友だちになれない」

「え？」ジェフが腕の中で眠たげに体を丸めたので、揺りかごに近づき、そっと寝かせつけた。

「わたしの言ったことは忘れてくれ」

「そんなことを言っておいて、説明しないわけにいかないわよ」

「甥の部屋で、きみと議論するのは断る」肩越しに言って、外に出ていった。

ヴィクトリアもグラントに続いて出ていきドアを閉めた。そのときグラントがいきなり立ち止まって振り返ったので、ぶつかりそうになった。「わたしにそんな真似をしないでちょうだい」ヴィクトリアはグラントの胸を突いた。「友人になれないと言っておいて、その理由も説明できないなんて」

グラントは怒りが爆発しそうだった。ヴィクトリアのそばにいるのが耐えられないから友人になれないと、どう説明したらいいんだ？　自分が望んでいるのは、ヴィクトリアにキスして、欲望のままにその体をなで回すことだけ。その気持ちを抑えつけようとして、いい加減うんざりしているときに説明なんて無理だ。また胸を突かれると、その手首をつかみ自分の胸に押しあてた。説明はしない。見せてやれ。

ヴィクトリアの髪に両手を差し入れると、乱暴に自分の方に引き寄せた。

唇を押しつける。ヴィクトリアに触れた記憶はまだ生々しかったが、唇はこれほどおいしかっただろうか？　こういうことをせずに、よくも今まで耐えられたものだ。

ヴィクトリアはうめいた――唇が触れあっただけで――とたんに、欲望がグラントの体を貫き、もはや無視できないほど燃えあがった。何も考えられなくなり、ヴィクトリアの両腕を頭の上に持ち上げさせると廊下の壁に押しつけ、唇を胸元のふくらみへと移動させていった。唇から伝わる乳房の感触はとてもやわらかく、ヴィクトリアのわななきと乱れた息づかいにあわせてふたつのふくらみが震えている……肌に唇を押しつけたままつぶやいた。「きみのせいで頭がおかしくなりそうなんだ」

ドレスの布地越しに乳房に舌を這わせ、先端を軽く噛むと、ヴィクトリアのあえぎは低い叫び声になり、グラントの欲望はさらに荒れ狂った。ヴィクトリアは腰を押しつけてきて、硬くなったものにこすりつけた。舌と歯で責められるたびに、さらに激しく体をすりつけてくる。どうしても自分のものにしなくては。今ここで壁に押しつけてでも。さもなければ、死にそうだ。

「これまで経験しなかったようなものをきみは味わわせてくれた、ヴィクトリア。もっとそれがほしいんだ」彼女の口を口でふさぎ、叫び声を封じこめる。舌をからみあわせるたびに、彼のものはますます硬くなっていった。両手を離し、シルクのスカートをつかんでめくり上げた。

ヴィクトリアは息をのみ、せっぱつまったようにグラントの胸をなで、腰にしがみついた。

そのときヴィクトリアが凍りついた。「待って」くぐもった声で言うと、唇を離した。「何か聞こえたわ」

「いや、空耳だよ」またキスをして、スカートをつかむ。だが、ぴったり押しつけられたヴィクトリアの体の心地よさのせいで、ようやくぼんやりと気づいたのだが、目の隅で兄が廊下に入ってくるのが見えた。デレクはまぶしい光が射したかのように、目を覆った。「おっと、すまない、グラント。すぐ行くよ！　すまない」デレクの笑っている声が聞こえた。

トリはがっくりと壁に頭を預けた。「近所に身を投げられる崖があるかしら？」

「二分後に見られたのじゃなくて、本当によかったよ」グラントの声は低くかすれていた。

「あら、邪魔が入らなかったら、わたしがこのまま続けさせたと思ってるのね？」

「ちがうのか？」

トリは唇を尖らせた。「そこは意見が一致するかもしれないわね。ただ、問題はこういうふうに感じるからって、それを望んでいるわけじゃないってこと。だいたい、どうしてわたしにキスしたがるの？　わたしへの気持ちをはっきりさせたくせに？」

「きみだって気持ちをはっきりさせただろう」グラントは眉をひそめた。「ちょっと、待ってくれ。いつわたしが気持ちをはっきりさせた？」

「ええと……わたしとベッドをともにしたのは過ちだったと言ったわ」トリは指を折って数えあげはじめた。「それから、わたしがずっと足手まといになるだろうと言った。そして、英国で好き勝手をするところを想像すると、恐ろしいって」

グラントの顔が険しくなった。「イアンがしゃべったのか？　今度会ったら――」

「会話を立ち聞きしたのよ」

「全部を？」グラントは顔を赤らめ、ふいにとても居心地が悪そうな様子になった。

他に何を言ったのかしら？　ヴィクトリアは探るように顔を見たが、グラントの目は無表情だった。「過ちを償うために結婚を申し込むつもりだということは、ちゃんと聞いて知ってるわよ」

グラントはぎくりとなった。

「それに、わたしたちが結婚しなくてはならないと宣言したとき、そのときの話をすべて裏づけたでしょ」トリは首を振った。「わたしにとってはとてもすばらしいことだったのに、どうしてあなたにとっては過ちだったのかしら？」

「実際そうだからだよ。ああいう行動によって、わたしはきみのおじいさまの信頼を裏切った。しかも、あれは絶対にしないと誓ったことだった。きみがとてもほしくてたまらず、自分の約束、自分の名誉に背を向けてしまったんだ」

「わたしをほしかったの……とても？」

「完全に自制心を失ったことがわからなかったのか？」グラントの声はますます低くなった。

「果てた直後なのに、すぐにきみの中で硬くなった」

思い出して、トリは頬がほてってきた。「あなたにとっては、たんにその他大勢の一人なのかもしれないと思ってたわ」ささやくように言った。「これまで経験がないのに、あれが特別だったなんてわかるわけがないでしょう？」しかし実のところトリは、それがとても特別な、他にない経験だと、思っていたのだ。

「ヴィクトリア、これまでわたしを誘惑できた女性は一人もいないんだ、きみみたいに誘惑した女性はね」

その言葉で全身に喜びが広がった。それから表情が陰った。「でも、あなたの言った他のことは変わらないわ」

「きみがわたしの家族といっしょにいるところを見て、船できみがやったいろいろな厚かましいことは、ただわたしをいらだたせるためだったと気づいたんだ。もしきみの行動に腹が立っても、今ではどうしてそういう真似をするかわかってる。だから、腹も立たなくなった」

「まあ」そういうことだったの。わたしはかなりグラントをいたぶってしまったみたいね。

「それじゃあ、昨日の女性たちは？　わたしに向けた目つきを見たでしょ？」

「きみが髪もくしゃくしゃで、息を切らしていて、生気にあふれていたからじろじろ見たんだ。こんなふうになりたいと夢見ていた姿だったから」ふとあることを思いついて、額にしわを寄せた。「待ってくれ。きみはわたしが結婚を申し込むと知っていたんだね？」

ヴィクトリアはスカートの裾をいじった。

「それでああいうことを言ったのかい？　別の人を見つけるとか？」

「そうよ」まっすぐグラントの目を見つめる。「プライドが傷つけられたから。とても傷つけられたわ。あなたと結婚することはありえなかった」

グラントは激怒するだろうと思ったが、ただ思案に暮れているようだった。「あれ以上にわたしを動揺させることはなかっただろう。きみはわたしの恐怖をもてあそんだんだ」

「以前にもそのことを持ち出して、気にしているように見えたから」

「本当はそう思っていなかったんだね？　わたしで満足したんだね？」

手の甲でグラントの胸をたたいた。「そのことはいろいろな方法で、さんざん示してこなかった？」

その手を握ると、グラントは指先にキスした。「結婚しなくてはならない。スカートをまくって、廊下で抱くことはできないから」

「〝結婚しなくてはならない？〟　そうすればそういうことができるから？」

「そうしたら、しなくてすむからだよ」グラントの唇がとろけるような笑みをこしらえたので、トリは心臓が胸から飛びだしそうになった。「いくらなんでも、朝にはきみを堪能しているだろう」そう言ったとたん、グラントは眉をひそめてひとりごちた。「いや、もう充分だと感じることはありそうもないな」

それに反応して言葉が、どうしても胸にしまっておけない言葉がトリの口からあふれでた。

「あなたを愛しているわ」

グラントは喉の奥で低くうめくと、深く、愛情をこめてキスをしたが、同じ言葉を返してくれはしなかった。トリはグラントを押しのけた。

「わたしはあなたを愛しているって、言ったのよ。質問と同じように、その言葉にはなんらかの答えを返すべきよ」

グラントは髪をかきあげた。

頬を張られたかのように、トリは相手が同じようには感じていないことを悟った。ああ、予想はついていた。それでも、気持ちが深まったと言ってくれるかもしれないと期待していたのに。きみを愛せるだろうと。もっと信頼できるものを何かちょうだい、とトリの心は叫んだ。愛しているという言葉が口にされなかったことは、あまりにも強烈な一撃だったので、トリは立っていられるかどうかおぼつかなくなった
「あなたは同じように感じていないみたいね」

「きみを賞賛している。尊敬しているよ」

それ以上のものがほしいの！「愛しているわ」と言いたくてたまらないのに、相手の答えは「ふうん」でしかないという一生が脳裏をよぎった。身震いが走った。「どちらの言葉も、わたしの言葉に応じるには大きく的をはずれているわ」

「どうしてこだわるんだ？」

「わたしたちは不釣りあいだからよ。水と油よ」ニコルがまさに言ったように――二人のちがいを埋めるのは愛でしかない。愛がなければ、二人の関係は異質の性格の衝突に耐えられなくなってしまうだろう。

グラントはヴィクトリアが説明するのを待っていた。

「わたしは楽しいことが好きだわ――あなたはちがう。わたしは楽観的――あなたは悲観的。わたしは衝動的――あなたは……意外性に欠ける」ヴィクトリアは彼の視線をしっかりと受け止めた。「ただ、あなたのそういうところを歓迎したし、受け入れたわ。あなたを心からほしいと思っているから。そして、あなたはそれに全力で抵抗したのよ」

グラントは首を振ったが、否定はしなかった。

「わたしたちのあいだには安らぎも愛情も存在しないわ」

はっとしてグラントは言った。「きみはデレクとニコルを観察していたんだね？」

トリはあごをぐいと上げた。

「あの二人は変則的なんだ。今の状態にたどり着くまでに、地獄を経験しなくちゃならなかった」

「そう、わたしも喜んでそうしたでしょうね。わたしたちのあいだにあるのは欲望だけ。欲望だけじゃ、結婚生活は成り立たないわ」

「スタートとしてはかなり上等だと思わないか？」

トリは首を振った。「わたしたちのような組みあわせだと、愛がなくてはだめよ」

「愛？」グラントはその言葉を批判するように言った。

「ええ。その点は妥協しないわ」

「あきれたな、ヴィクトリア。すべてを手に入れることはできないんだ」

「どうして」自分の耳にも打ちのめされた口調に聞こえた。「わたしは人生でたくさんのものを手に入れそこねてきた。これだけは失いたくないの」

「きみのやり方ですべてを手に入れることはできないんだよ。わたしはケープタウンを発ったあとすぐに申し込み、今、また申し込んでいる。だが、それでもきみがノーと言うなら、二度と申し込むつもりはない」

「じゃあ、あなたのやり方で結婚する、さもなければしないということなのね？」

「そうだ」間髪をいれずに答えた。

「わたしのやり方で結婚する、さもなければしないわ」トリは言い返した。

グラントは目をすがめ、唇をぎゅっと結んだ。「わたしたちはへまをして、傷つけあいながらもどうにか前に進んできた。ところが、きみはまた賭け金を上げることを選んだ」グラントがこんなに怒ったところは見たことがなかった。「二度とごめんだよ、ヴィクトリア」

グラントは離れていきながら、壁を拳で殴りつけ、漆喰に穴を開けた。

〝わたしたちがついに同じページにたどり着くと、彼女はそのいまいましい本を放り投げた〟

グラントはこれほどのいらだちを感じたことがなかった。ヴィクトリアのせいで恥をかいたのだ。答えられないことを聞かれたせいで。どうして人は愛を公言しようとするのだろう？

ヴィクトリアはちっぽけな言葉のせいで、くだらない感傷のせいで、愛を拒絶するつもりでいる。冗談じゃない、愛は混沌とした感情なのだ。

ヴィクトリアに腹を立て、グラントは大股に歩き去ったが、時間がたつにつれ、静かな屋敷でどこにも行くところがなくなった。みんな眠っていたので、屋敷の中は自分の心の中さながら、虚ろに感じられた。怒りをかきたてようとした。空虚さよりも怒りの方がましだった。

ヴィクトリアに会った日から、グラントはひと晩たりとも安らかに眠れたことがなかった。今夜は最悪だった。動き回ることもせず椅子にすわり、ブランデーを飲みながら、島での日々を思い出し、分析していた。ずっと分析している。夜が明けても、顔を洗い、着替えることしかしなかった。

赤い目をして、まだ腹を立てながら階下に下りていった。コーヒーをがぶ飲みするつもりだった。意外にもすでにデレクが起きていて、新聞を読んでいた。新聞が下がり、膝にすわっているニコルがあらわれた。片手をボタンをはずしたデレクのシャツに差し入れて、ゆっくりと胸をなでながら、いっしょに新聞を読んでいる。新たないらだちがふつふつとわきあがった。「二人じゃないとだめなんだね?」

ニコルとデレクは顔を上げた。ニコルは小首を傾げた。デレクは顔をしかめた。「当然だろう。きみもいい朝を迎えたんだろうね」

「きみたちはまるっきり基準にはならないよ」グラントはぼんやりとコーヒーを注いだ。「ふつうじゃないね、きみたち夫婦は。変わっているとすら言える……」

「何を言っているのか、たずねるべきなのかな？」デレクはニコルにきいた。

ニコルはぱっと立ちあがった。「二人だけでお話しさせてあげるわ」デレクの頭のてっぺんにキスする。「ナニーからむずかっている赤ちゃんをとり返してくるわ。その方が、これからあなたが過ごす時間よりも、よほど楽しそうだから」

ニコルが行ってしまうと、デレクは新聞をたたんだ。「ひどい顔だ」

「心の中よりはましだよ」

「おまえとヴィクトリアは何かを解決したんだと思ってたよ」長い話が始まるのを覚悟したのか、自分のカップにもコーヒーを注ぎ足した。「ゆうべはまちがいなく、そんなふうに見えたぞ」

グラントはうめいた。「解決したのは、わたしがヴィクトリアをベルモント・コートに置いてくれれば、数カ月ぶりに初めてぐっすり眠れるってことだ」

「好きにすればいい」

「どういう意味だ？」

「どうしてヴィクトリアに結婚してくれと言わないんだ？」

「言ったよ」

デレクは口を開いたが、何も言わなかった。それから含み笑いをもらした。「そして、ノーと言われたんだな？」

グラントはうんざりして立ちあがったが、デレクはその腕をつかんだ。「すまない。理由は聞いたかい？」

「ああ、愛がない結婚はしたくないそうだ」グラントは吐き捨てるように言った。「ヴィクトリアは兄さんとニコルが持っているものがほしいんだよ」

「何が問題かわからないな。おまえがヴィクトリアを愛していることは全員が知っているよ、本人以外はね」

「わたしは彼女を愛してなんかいない」

「ずっと自分にそう言い聞かせているんだな」

「愛は人を愚か者にしてしまう」

きどった微笑を浮かべて、デレクはカップを持ち上げると、意見を述べた。「じゃあ、愚かさというのはたいしたものだ」

「ヴィクトリアのせいで頭がおかしくなりそうなんだ。他に何も考えられないんだよ！　全然眠れない。食べ物もろくに喉を通らない」グラントは関節が白くなるほどぎゅっとカップを握りしめた。「こんな生活は続けていけない。これが愛なら、こんなみじめなものはない方がうれしいね」

デレクはグラントのカップに手を伸ばし、それが割れないうちに手からもぎとった。「それはおまえが闘うべきではないものと剣を交えているからさ。ただヴィクトリアのところに行き、愛していると言えばいいんだ」

「いやだ。愛は快いものだ。ヴィクトリアのそばによるたびに感じる、はらわたがよじれるような、こういう熱に浮かされた感情じゃない」

「快い？」デレクは冷たく笑った。「ニコルとわたしのあいだにはある事情、というかある人間がいた。互いに愛しあうことは問題外だった。しかし、おまえはそれが実に簡単にできる。愛らしく知的な女性がおまえを愛しているんだ。おまえはそれを受け入れるだけでいいんだぞ」

「受け入れた。結婚してくれと頼んだ。ところが新しい要求を突きつけてきたんだ」グラントは髪をかきむしった。「そうか、愛していると、ただ言うべきだったたんだ。そういう演技ならできただろう」完璧な解決策を思いついたかのように、グラントは興奮した口調になった。「ヴィクトリアにはわかりっこない」

「自分の心のままにするんだな。おまえが演技ができると言うなら……」

グラントはテーブルを拳でたたいた。「そのとおりだ。わたしの頭をおかしくさせるのに、これ以上ないほどいい方法をヴィクトリアは考えついたんだ。向こうはわたしが感情的でないことを知っている。超然として、冷静だ。だから、わたしが与えられないものを求めてきたんだ」

デレクはグラントの握りしめたままの拳を眺めた。「おまえは、そうだなあ、自分の感情に流されない性質を査定し直した方がいいかもしれないぞ。以前は、おまえと話すのは壁に向かって話しているみたいだった。わたしがグレート・サークル・レースに出ないと言ったときのおまえの怒りは忘れないよ。だがあのとき、わたしはおまえに殴りかかってきてもらいたかった。おまえがついにかんしゃくを爆発させることを祈っていたんだ」

「どうして？」

「おまえがまだ生きていることを確認するためだ。機械でもないし、心が死んでいるんでもないことを確かめたかったんだ。おまえは今、みじめだ。わたしには助けられないが、ヴィクトリアがおまえの中の何かを目覚めさせたことは喜ばしい。彼女に対する気持ちがおまえの人生を支配してしまったこと、それについてはあまりうれしいとは言えないが」

それを聞いてグラントはますます腹が立った。これまで自分が望まない限り、秩序ある人生を邪魔したものはひとつもなかったのだ。

しかも、ヴィクトリアが望んでいるのは愛なのだ……。

グラントは臆病者ではなかった。しかし、自分の心を他人に与えるとなると、踏みつけにされるかもしれないし、しおれるまま放置されるかもしれない……そう想像すると恐ろしかった。ヴィクトリアが自分の信頼を裏切ったら、二度と幸せは望めないと直感的に知っていたからだ。正気の男なら、自分の幸福を左右する力を手放すことを恐れるだろう。大人になってから初めて、別の人間に依存しろというのか。まるで首を絞められているように感じた……。

「これからどうするんだ？」

「ずっと計画していたとおりだ。ヴィクトリアをベルモント卿のところに届け、将来、伯爵が亡くなったら、支払いをしてもらうために足を運ぶ。とりあえず、向こうでひと晩我慢したら、元どおりの生活をとり戻せるよ」

一時間もしないうちに、アマンダ、デレク、赤ん坊を抱いたニコルが、出発を見送りに馬車の周囲に集まっていた。「天候がよければ、わずか半日の距離よ。じきに訪ねていくわね」ニコルは小さなジェフリーをヴィクトリアに渡しながら約束した。ヴィクトリアは赤ん坊をしっかり抱きしめながら、青い帽子に涙をはらはらとこぼした。ヴィクトリアがキスをしてジェフリーをニコルに返すと、デレクがグラントの視線をとらえ、「どうするんだ？」と問いたげな目つきをした。

グラントはすばやく、控えめに首を振った。

## 24

グラントの馬車がベルモント・コートの私道に入っていくと、牧羊犬が雪の中を駆け寄ってきた。目新しい風景に、ヴィクトリアとカメリアは大喜びだった。

屋敷とその周囲の丘陵地帯は雪で白く覆われ、すばらしい風景画になりそうだった――そして、伯爵の屋敷の衰退ぶりを覆い隠していた。グラントは航海の前に一度だけここに来たことがあり、修復が必要な古びた灰色火山岩の建物や、放置されて荒れ放題の庭園に衝撃を受けたものだ。

それでも、その日、ベルモント・コートはすばらしい広大な地所に見えた。曲がりくねった私道の両側には、見上げるように高い樹木が並んでいる。はるかかなたには、丘や谷が雪化粧をほどこされ、川の土手まで広がっている。

ひびの入った正面玄関のドアに、グラントは現実の状況に引き戻された。ベルモント・コートは死にかけていて、生き延びるためには資本の注入が必要だった。ノッカーに手を伸ばすと、それは以前来たときと同じように、磨いたばかりで輝いていた。残っているものは、伯爵の使用人たちができる限りの手入れをしているようだった。

ドアが開き年配の男性が現れた。赤い髪――ややオレンジがかった赤――をしていて、こめかみから下あごにかけての髭は灰色になっている。

「これは、これは。本当にお嬢さまなんですね。手紙が信じられずにいたんです。お入りください、さあ、どうぞ。わたしはハッカビーです、屋敷の執事をしています」軽くお辞儀をして言った。「それから、こちらは妻で、家政婦頭です」かたわらに歩み寄ってきた丸々としたいかにも母親らしい女性に片腕を回した。髪はすっかり灰色になっていたが、顔にはしわがまったくなかった。「わたしたちのことは覚えていらっしゃいませんよね？」

ヴィクトリアはちょっと考えこんでから答えた。「たくさんお子さんがいらっしゃいませんでしたか？」

「覚えておいでなんだわ」ハッカビー夫人がうれしそうに両手を打ちあわせた。

ヴィクトリアはカメリアを紹介した――グラントのことはすでに知っていた。ハッカビーはドアを閉めかけ、中庭を猛烈な勢いで走っていく赤毛の少年を指さした。「あれが九人のハッカビーきょうだいのいちばん下の子です――厩舎の手伝いをしているんですが、仕事に遅れているようですな」

「村人たちにはハックと呼ばれています」ハッカビー夫人がつけ加えた。それからカメリアに心配そうな目を向けた。カメリアは悪路で揺られたせいで顔が青ざめていた。それを見て、夫人は言った。「長い道のりでしたし、道がとてもひどかったので、さぞお疲れでしょうね。わたしはディナーを用意しますので、ミスター・ハッカビーがすぐにお部屋にご案内しまハッカビーのあとから何も敷かれていない階段を上がりながら、ヴィクトリアがたずねた。

「この屋敷ができてからどのぐらいたっているんですか？　こんなに……古かった記憶がなくて」

「現在の形のベルモント・コートは十七世紀前半に建てられたものですが、この地所の住居は十四世紀末からあるものです」ハッカビーが答えた。

グラントは前からベルモント・コートのデザインに感心していた。盆地になっているので、屋敷は中央のふたつの中庭をとり囲むように建てられていた。三階建てのほとんどの部屋からは、上か下の中庭か、周囲の田舎の風景が見晴らせた。しかし、現在、屋敷は外壁だけになり、グラントの記憶よりもさらにがらんとしていた。ハッカビーに案内されながら、グラントは改めて壁の絵がなくなり、床からはじゅうたんがはぎとられていることに気づいた。グラ婦人たちを居室に送ると、広々としているが、ほとんど何もない部屋にたどり着いた。グラントは問いかけるように眉をつりあげたが、執事は誇らしげにあごを上げ、何ひとつなくなっていないかのようにふるまった。

グラントは顔を洗い、台所のわきの部屋で他の四人と落ちあった。ここが屋敷内でいちばん暖かい部屋にちがいなかった。

ヴィクトリアは着替えて、髪を手のこんだ形に結ってうなじでまとめていた。美しかった――すでによくわかっていることだったが――それでも彼女はどこか不安そうだった。もうじき会うことになっている祖父とヴィクトリアが意気投合するといいが、とグラントは思った。

ハッカビー夫妻は台所で忙しく立ち働いていたので、ヴィクトリアはがらんとした玄関ホールに出て屋敷を眺め回した。「ここはホワイトストーンと大ちがいね」カメリアにささやく。「ベルモント・コートが暖かくて、美しいものであふれていたときを覚えているわ」

「手入れがされていないんだ。伯爵は家族の捜索に財産を使ってしまったんだよ」グラントが説明した。

ヴィクトリアは姿勢を正した。「じゃあ、またすばらしい屋敷にするように、お手伝いしなくてはならないわ」

グラントは目をそらすしかなかった。ヴィクトリアはわかってないのだ。

八十五歳になったばかりのエドワード・ディアボーンは病弱で、巨大なベッドに体が埋もれてしまっているかのようだった。トリは家族が行方不明になってから祖父が寝たきりになり、二度と回復しなかったと知っていた。だから祖父の目を見たときは、びっくりした。加齢で曇っていたが、その目には意志と知性が輝いていたのだ。

「トリ！　おまえなんだね？　トリか！」祖父は枕から体をほとんど持ち上げることができなかった。

「帰ってきました」トリは最後の近親者である祖父の前で落ち着かない気持ちだった。

「すわりなさい。さあ、すわって」

ベッドサイドに椅子をひきずっていって腰をかけ、何を話そうと考えていると、祖父はさっそく質問してきた。「わしを覚えているかね？　最後に訪ねてきたときはとても小さかった。いくつだったんだろう？　十一か十二？」

「十一です。でも、おじいさまのことは覚えてます。わたしのためにツリーハウスを作ってくださったでしょ。いっしょにコックからお菓子を盗んだわ」

腹を抱えて笑ったせいで、祖父は深く咳き込みはじめた。どうにか咳を抑えようとしているのがわかった。「よく覚えておるな」ようやく言葉を発することができた。「向こうでは何があったんだね？　夜も眠れずに、今頃どうしているんだろうと考えていたものだよ」

トリは息を吸いこむと、簡潔に難破について話した。父親の勇敢さとすばやい判断力、母の勇気について強調し、もちろん自分とカミーが水や食糧を見つけられるか不安になったことは控えめに語った。しかし、この澄んだ輝くまなざしをした老人をだますことはできなかった。

「我が息子よ。それに気の毒なアン……」老人の声はとぎれ、目に涙が浮かんだ。あの過去はもう乗り越えたと思っていたが、トリの目も潤んだ。「おまえは大変な苦労をしたにちがいない」

「最初はつらかったわ。でも、しばらくすると、島でとても快適に暮らせるようになったんです」

祖父は孫娘がどの程度真実を語っているのか探るように見た。満足すると、枕に深々ともたれた。

「両親はあなたをとても愛していました」トリは言った。「母は亡くなる前に、おじいさまが助けに来てくれる、わたしたちを見つけるまで決してあきらめないはずだ、と言ってました」

その話にベルモント伯爵はとても喜んだようだった。「そう言ったのかね？」

「それを期待していなさい、と言ってました」

祖父の胸は誇りにふくらんだようだった。しかし、その顔がふと陰った。「残念ながら、おまえやその子どもたちのための財産を使い果たしてしまったんだ」祖父は顔をそむけた。「もしかしたら息子は帰ってこなくて、よかったのかもしれない。ベルモント・コートを手放すことになったら、あいつは絶望しただろう。この場所を心から愛していたからな」祖父は黙りこみ、物思いに沈んでいたが、やがてトリの方を向いた。「サザーランドにこの地所を与えると約束したことは知っているね？」

「知っています」トリは乾いた笑い声をあげた。「たしかに、知ってます」

ベルモント伯爵は眉をひそめて孫娘を見た。「わしが死んだら、サザーランドがここを手に入れるだろう。それまでに、おまえを無事に結婚させなくてはならん。はるばるおまえをここまで連れてきてもらって、身の振り方が決まらぬうちに、先に逝くわけにはいかないからな」

トリは心が沈むのを感じた。見知らぬ誰かとは結婚したくなかった。心がひりひりして、夫のことすら考えられなかった。無理やり笑みをこしらえると、祖父に言った。「その心配をする時間ならまだたっぷりあるわ。今はツリーハウスがまだ建っているのか気になっているんですけど……」

それから二時間、トリと祖父はさまざまな質問をしては、それに答えて過ごした。ついに祖父は睡魔に抵抗しようとして負けた。トリは年老いた祖父が眠っているのを眺めた。これがグラントを確固たる行動に駆り立てた男なのだ。

祖父はトリの人生を変え、家族のためにすべてをなげうったのだ。初めてトリは、祖父の贈り物に心から頭を下げたい気持ちになった。二人で作った砦を守るために棘のあるやぶを植えたときのこと、台所の窓枠で冷やされている温かくて甘いものを共謀して片端から盗んだこと、そういうことが思い出されて口元をゆるめた。

かがんで祖父の頬にキスをした。それから夢の世界に祖父を残して部屋を出た。

廊下に出てくると、屋敷は眠りについていた。トリは内心の葛藤のせいで眠れそうになかったので、カミーの様子を見に行くと、軽くいびきをかいていた。そこで薄暗い屋敷の本館の探検に出かけた。誰もいない客間のセンターテーブルに堂々と飾られた古びた花瓶を見つけた。

それを見て、思い出が怒濤のように甦ってきた。母に屋敷の中で遊ばないように言われていたこと。それに従わず、とても古いらしい花瓶を割ってしまったこと。祖父がその現場にいちばん先にやって来た――両親はその直後に現れた。母は壊れた破片を目にして愕然とした。「ヴィクトリア・ディアボーン！　家の中で遊ばないようにと言ったでしょ」

祖父が口をはさんだ。「アン、わしなんだ。年をとってきたので、いろいろなものにぶつかるんだよ」母は祖父を疑わしげに見たが、口を開く前に、祖父はトリの手をとって、片付けを手伝ってもらう人を探しに部屋を出ていった。翌晩、家族が客間に集まったときには、そのことをほとんど忘れていたが、祖父はトリにウィンクすると、自分の話を裏づけるために別の花瓶をテーブルから落とした。「おや、またやってしまった……」

しかし、トリは祖父のものを壊したことで申し訳なく感じた。トリの涙を乾かすために、伯爵は元の花瓶の破片をすべて集め、毎晩二人でそれを元どおりに継ぎあわせて夏を過ごしたのだった。できたのは元の花瓶の稚拙な複製だったが、完全な形にはなっていた。


グラントは目覚めたが、しばらくぼろぼろの上掛けの下で、はがれかけた天井を見上げて横たわっていた。大きな可能性を秘めた、将来的に自分のものになるこの屋敷に泊まっているのは、奇妙な感じがした。ついに自分の任務が完遂されたことを喜ぶべきだった。しかし、ヴィクトリアに会ってからずっとそうだったが、心は落ち着かず、葛藤していた。

ヴィクトリアと人生をともにしたら、そうなるのだろう。

こんなふうに人生を過ごしたくない。

のろのろと起き上がり服を着ると、伯爵の居室に向かった。するとヴィクトリアとベルモント伯爵はチェスをしていて、カメリアは暖炉の前で本を読んでいた。グラントはゲームを眺めながらくつろぎ、午前中はいっしょに過ごしてもよいと思っていた。白状すると、年老いた伯爵が好きだったのだ。しかし、自己防衛本能が、ヴィクトリアから離れていろと叫んでいた。

「ベルモント卿、そろそろ失礼させていただきます」

「朝食もとらずにか、サザーランド？」

「一年以上留守にしておりますから。戻って、仕事を片付けなくてはなりません。さようなら、伯爵」グラントはお辞儀をした。「カメリア、ヴィクトリア、失礼します」

「実を言うと」ベルモント卿が口を開いた。「カメリアにケント州の故郷について聞こうと思っていたところなんだ。親友がそのあたりの出身でな。トリ、お客人をお送りしたらどうだ？」

「もちろんです。途中までお見送りします」トリはやけに愛想よくグラントに笑いかけた。

玄関で、グラントはためらいがちにたずねた。「ここでちゃんとやっていけるかい？」

「ええ、そう思うわ」トリが思ってもいないことを口にする女性ではないと、グラントは承知していた。何を考えているのだろう？　おととい自分を拒絶したことを悔いているのか？　決意したにもかかわらず、グラントはもう一度だけ例の話題を持ち出してみることにした。

「わたしと結婚するように、きみを説得できるかな？」

「わたしを愛するように、あなたを説得できるかしら？」と切り返された。

ドアに寄りかかった。この件にすぐに結論が出ると、どうして期待したのだろう？「その話はもう終わった」

「そうね、わたしたちが決めたことに満足はしていないけど」

「だから、おしまいなんだ。ここで行き止まりだ。きみは決断を下した」

「そして、それを守るつもりよ」

グラントは背筋を伸ばした。「これで帰ったら、もう二度と機会はないだろう。わたしたちのあいだは終わったんだ」

トリは目をすがめた。「けっこうよ。納得できないことを我慢するつもりはないから。それに、目の前にあるものが見えないほど頑固な夫はほしくないわ。わたしたちは言うべきことはすべて言ったと思うわ。さよなら以外は」

「いいだろう、ヴィクトリア。自分の責任は自分でとればいい」グラントはかすれた声で言ったが、立ち去ろうとはしなかった。

「そろそろ行ったら？」

「行くよ」

「どうして行かないの？」ヴィクトリアははっとした表情になった。「地所のせいね」つぶやいた。「あきれた。祖父が亡くなるのを待てないのね。たぶん羊でも勘定したら、気分がよくなるわよ」

グラントはその言葉に衝撃を受けた。航海を決断するまでは何カ月もかかったが、一瞬にして、ヴィクトリアからベルモント・コートを奪うことはできないと悟った。「もうほしくないんだ」歯を食いしばりながら言った。

ヴィクトリアは驚いたようだったが、すぐに言い返した。「あら、言っておくけど、わたしもほしくないわ」

「わたしは契約書の申し立てをしないだろう」

「わたしはここにいないわ」

二人はにらみあった。どちらも引くつもりはなかった。ヴィクトリア相手だと、どうして何もかもがややこしいことになるのだろう？　ろくに準備をしていない試験を常に課されているかのようだ。「この馬鹿馬鹿しい騒ぎをおしまいにして、わたしと結婚しよう」

ヴィクトリアはさっと身を引いた。それから、攻撃的に体を乗りだした。怒りに目がぎらついている。「馬鹿馬鹿しい騒ぎ？」声を殺して言った。ぐいと背筋を伸ばすと、険しい目でグラントをにらみつけた。全身に決意がみなぎっている。グラントに対して最終的な決断を下したのだ。この戸口で。そして、それを曲げることは絶対にないだろう。これから告げられることをグラントは恐れた。

「あなたとの時間はむだだったわ。二度と会いたくない」

ドアは大きく重かったが、たたきつけるように閉められ、蝶番ががっちりとかけられた。

グラントはしばらくひびの入ったドアを見つめていた。なんてことだ、わたしがしたくないことをヴィクトリアは約束させようとしたのか？　嘘をつき、愛していると言わせたかったのか？

これまで経験がないのに、自分が誰かを愛していると、どうしてわかるんだ？

先に進んでいける唯一の道を選んだのに、どうしてヴィクトリアとの別れにこんなに胸が痛むのだろう？

物思いに沈みながら、出発した。この屋敷とは永遠にお別れだ。これほど長く手に入れることを夢見てきたベルモント・コートを手放すと宣言したことで、自分でも驚いていた。しかし、口にした以上、自分は本気だった。先祖代々の家からヴィクトリアを追いだすようなことは絶対にしたくない。それに、ヴィクトリアといっしょにあそこに住めないことは歴然としていた。

どうしてヴィクトリアはあれほど頑固なのだろう？　尊敬し、好意を持たれているだけでは不充分なのか？　ヴィクトリアの知性にはいつも目をみはったし、そのユーモアには魅了された。残りの生涯、毎晩愛を交わし、幸せな人生だったと思いながら死んでいくこともできただろう。ヴィクトリアとのあいだにたくさんの子どもをもうけたかった――勇気のある息子たちと美しい緑の瞳をした娘たちを。それで充分なのではないのか？　ヴィクトリアのいない未来を考えると、さらに気分が暗くなった。

別のことを考えるんだ。長いあいだ手に入れようとしてきた対象をあきらめた今、これからの人生をどうしたらいい？　またペレグリン海運で仕事を始めてもいい。兄とニコルが順調な経営をしているし、ニコルの父親の会社が業界から去ったので、さらに利益を伸ばしている。

これから数年必死に働けば、ベルモント・コートのような家を建てられるかもしれない。自分だけの家を。そこに、妻と子どもたちを住まわせる。いまいましいったらない、ヴィクトリアのように理屈のわからない女性には会ったことがない。

ホワイトストーンに戻ると、家族と、絶対にたずねられるだろうとわかっている質問を避けようとした。しかし、アマンダは遠慮しなかった。

「みんな無事に落ち着いたのかしら？」

「ヴィクトリアとカメリアは老伯爵となかよくやっていました」

「向こうで居心地よく過ごしているようでよかったわ。ニコルと様子を見に訪ねていくつもりでいるのよ。だけど、トリがおじいさまとのあいだにしっかりした絆を築くまで、少し待った方がいいわね」

「そうですね」

「トリは本当に魅力的な女性だわ」あけすけにグラントの反応をうかがっている。

グラントは肩をすくめた。いよいよ来たか。

「あなたも同意してくれるわよね。なのに、どうしてもっとトリを好きにならないのかしら？」

どう言ったらいいんだ？　頭がおかしくなりそうなほど好きだと答えるのか？　今はヴィ

クトリアに腹を立てているから、話題にしたくないと？「わたしはもっとありふれた花嫁がほしいんです」

「ありふれた？」アマンダは吐き捨てるようにその言葉を口にした。礼儀正しさがすっかり消えた。「あなたには期待をかけていたのよ。だけど、どうやらそれがむずかしくなってきたようね。お兄さまと同じように。あの子も求めているものをどうやって手に入れたらいいのかわからなかった。だけど、少なくとも、すぐ目の前にあるものは見ることができたわ」

なんてことだ。自分だって、持っている武器で、できるだけのことはしようとしたんだ。息子の表情の何かにアマンダは息をのみ、背中を向けかけた腕をつかんだ。「ああ、グラント、どうしたらいいのかわからないのね。これまで人を愛したことがない、そうなんでしょ？」

そうだ。たった一度も。

グラントは顔から一切の表情を消した。「愛？　まったく」

「わたしは盲目じゃないわ。あなたがトリに感じているものが見えている。それをあまり長く放置しない方がいいわよ」

グラントは母親に堅苦しくお辞儀をすると、その場を去った。だが、遅いランチの席で、ニコルはすべての話題がヴィクトリアに関係したことになるように仕向けた。最初は不愉快だったが、そのうち怒りがおさまるにつれ、ヴィクトリアについて話すことがさほど苦痛ではなくなってきた。一人でヴィクトリアのことをくよくよ考えているより、みんなに話した方がずっとよかった。島での賢い数々の工夫や、船旅でどんなに勇敢だったかについてグラントは語った。

食後、大広間の暖炉の前に家族が集まった。母親とデレクは読書をしていて、ニコルは毛布の上にすわってジェフリーと遊んでいる。ニコルが拍手をさせたり、両足を打ちあわせてやったりすると、赤ん坊は歯のない口でうれしそうにきゃっきゃっと笑った。息子に甘い顔はしないという演技をしていたらしいデレクが、とうとう我慢しきれなくなり、二人の遊びに加わった。

グラントは両親がこれほど子どもに夢中になっているのを見たことがなかった。まるで自分たちがこの子を創造したとは信じられないような様子だ。もっとも、この赤ん坊に夢中になるのも無理はない。グラントは自分がえこひいきをしているとは思いたくなかったが、ジェフはすばらしい赤ん坊だった。この子の叔父であることが、とてつもなく誇らしかった。ふいにある考えが浮かんで、顔をしかめた。ジェフは大きくなったら、自分のことを陰気でとっつきにくい叔父とみなすようになるかもしれない。

なんて気が滅入るんだろう。

ヴィクトリアは意外性に欠けると言った。しかし、「うんざりする」とか「退屈だ」という言葉をひっこめて、さほど傷つけない「意外性に欠ける」を選んだのかもしれない。どれもグラントにとっては最悪だったが。

他に考えることはないだろうか、と部屋を見回した。間もなく、火に目が吸い寄せられた。

炎は島を思い起こさせた。ヴィクトリアへの思いを。あれは愛だったのか？　自分が誰かを愛するとは予想もしていなかった。兄のように恋愛を楽しむとは思ってもみなかった。

首を振った。ヴィクトリアには新たな保護者がいるし、もう自分の責任ではない。家族を訪ねて、甥と遊びたいとも思っていたが、気が散って、自分の半分しかここにいない気がした。しかも、みんな、あまりにも物わかりがよすぎた……。

マントルピースの上の複雑な巻き貝に視線が向いた。ヴィクトリアがアマンダに贈ったものだ。ヴィクトリアはそれを馬車の旅のあいだじゅう壊さないように、とても気を遣っていた。カメリアといっしょに見つけた貝のうちで、これは特別なのだと言った。

ヴィクトリアは島の思い出の品をほとんど持っていなかったが、それでもその貝を手放し、母に贈った。気前がいい。それに親切だ。熱に浮かされた想像よりもさらに実物は愛らしい。

薪が暖炉ではぜ、グラントははっと我に返った。呼吸が浅くなっていた。自分はもうここにはいられない。「出かけてくる」誰にともなくつぶやくと、玄関ホールに向かった。

両腕を外套に通し、急いで玄関から出る。とたんに、セリーナ叔母とぶつかった。叔母はグラントのえりにつかみかかった。目は涙で腫れていた。「助けてちょうだい」叔母は叫んだ。「船が必要なの！」

# 25

「あのサザーランド家の息子はりっぱな青年だ」その午後、トリとカミーとカードに興じながらベルモント伯爵が言った。

トリは指を握りしめ、あやうくカードを紙くずのように丸めそうになった。午前中ずっと、グラントとの口論に対する怒りを隠そうとしてきた。だから、グラントのことが話題にならなくても、つらい時間を過ごしていたのだ。顔を上げなかったが、祖父とカミーが不思議そうに自分を見ているのはわかった。ようやく口を開いた。「多くの人がそういう意見みたいですね」誤った意見だが。

わたしをみじめにさせ、怒らせ、傷つけることにかけては、グラントはたしかにごりっぱな腕前だわ。幸い、あんなふうに怒らせる人間は他にいなかったから、今、あの人が人生から消えてくれたおかげで……曲げたカードがまっすぐ伸びず、トリは顔をしかめた。

「うん、たしかに、あの青年はすばらしい評判の持ち主だな」祖父がつけ加え、質問ともとれるような言い方でしめくくった。

トリは答えることをまぬがれた。祖父がいきなり勝ったことに気づいたのだ。「名人の手をご覧じろ」祖父は言って、勝った手札を広げた。トリは思わず口元をゆるめた。

カミーは声をあげて笑ったが、トリが新しいゲームを提案すると立ちあがった。「わたし抜きでやってちょうだい。ちょっと散歩に行って、足を延ばしてくるわ。それに、またこの人に徹底的にやっつけられたくないし」カミーが伯爵を指さすと、伯爵は抜け目なくにやっとした。カミーはかがみこんで、伯爵の額にキスした。「トリに手加減してあげてね」と、部屋から出ていきながら肩越しに叫んだ。

新たな手を作りながら、祖父はさりげない口調で続けた。「おまえたち二人がもう少しなかよくなってくれれば、と願っていたんだが」もじゃもじゃの眉がひそめられた。弱い手だったらしい。

ヴィクトリアはため息をついた。「水と油――まさにそうみたい。これ以上ないほどひどい組みあわせなのよ」

「それは残念だ」祖父は無理やり短い笑い声をあげた。「実は、おまえたちが結婚するかもしれないと期待していたんだ。そして、このコートで暮らしてくれるものと」

「あの人が意固地で鈍くて笑いや人間的感情と無縁の男性じゃなかったら、可能性があったかもしれないわね」

祖父にまじまじと見つめられたが、それきりトリは口をつぐんだ。どう言ったらいいの？とてつもなくあの人を愛しているけど、相手はその気持ちを返してくれないと？　愛のない結婚を求められていると？　あまりにも大きなものを失ったので、今後、誰かを愛する可能性まで捨てたくなったと？

「じゃあ、おまえの結婚相手として誰かを考えなくてはならないな。おまえとカメリアの暮らしが保証されていないと思うと、とうてい安心していられない」

「グラントはもうベルモント・コートをほしくないと言ってたわ」

「何だって？」驚いて、祖父がカードを下げたので、トリはすべてのカードを見てしまった。

「そう言ったの」

「トリ、わしはサザーランドと契約書を交わしたんだ。それは拘束力がある」祖父はあわてて カードを持ち上げると、トリに唇を突きだした。「サザーランドの言葉と行動が同じであることを祈るしかないな」

トリは今、それについて考えたくなかった。ゲームを投げたと悟られずに、どうやって祖父を勝たせるかを考えたかった。最近、カミーがそわそわして落ち着かない様子なので、それについてもどうするかを考えたかった。

それに、グラントとの仲は終わったのだ。あの拒絶は胸に突き刺さっている。今朝ドアを閉めたあと、これで永遠に終わったと悟って涙をこらえていた。グラントがやって来て、許しを乞い、愛を誓っても、受け入れることはないだろう。二人はとびきりすばらしいひとときをわかちあった――それはまちがいない――そして、グラントは歩み去った。もはや、グラントはあのひとときに値しない人なのだ。

お茶のあと、トリはぐっすり眠っている祖父を置いて、屋敷内を歩き回り、がらんとした廊下や部屋を眺めた。舞踏室で叫んでみると、こだまとなって自分の声が応えてくれた。父がここで子ども時代を過ごしていたときや、母がとても楽しく思い返していたここでの滞在のとき、この屋敷はどんなふうだったのだろう？

ハッカビー夫人にすでに案内された子ども部屋にまた引き返していき、虹色の日の光が射しこむ縦仕切りのついた大きな窓に圧倒された。そこからは、上の中庭が一望できた。暖かい日差しが射しこんでいても、トリは薄ら寒さを感じた。その部屋は子どもの笑い声を渇望しているように思えた。

探検のあいだに、窓辺に立っているカミーを見つけ、改めて彼女がとても生気にあふれていることに気づいた。髪は豊かで艶があり、肌はクリーム色。「カミー、あなた、とてもきれいだわ」

カミーははっと振り向いた。「まあ！　びっくりしたわ」

「前からそうだったんでしょうけど、今まで気づかなかったの」

カミーは顔を赤らめ、肌の薔薇色が濃くなっていった。「トリ、からかわないで」だが、トリの言葉が部分的にでも真実だと信じたがっているかのように、髪をなでつけた。

トリは眉をひそめた。友人は窓の外を見つめていた。トリもほとんど毎日そうしている。カミーも同じ理由でそうしているのかしら？　思い焦がれているから？

「カミー、どうして窓の外を眺めているの？」

カミーはさりげない口調で答えた。「英国の田舎が恋しかったの。どうして？」

トリは答えなかった。ただカミーの顔を探るように見つめた。

カミーの笑顔が悲しげになった。「わたしみたいな老嬢でも、寂しくなることがあるのよ」

「老嬢ですって！」トリはあきれて反論した。「あなたははたちでも通るわよ！　わたしたちは姉妹になったんだし、実際そう見えるわ」

カミーはその言葉ににっこりして、トリを抱きしめた。「あらまあ。すっかり気分がよくなったわ。あなたはいい友だちであり、妹よ、トリ」

「それもあなたのおかげだわ」トリは答えたものの、まだ気にかかっていた。

さらに何か言う前に、カミーが話題を変えた。「おじいさまが起きたかどうか、見に行った方がいいわ」トリが祖父とできるだけいっしょに過ごそうと決めていることを知っていたのだ。

トリはしぶしぶ話を打ち切り、うなずいた。二人とも、ベルモント伯爵があまり長く生きられないのではないかと恐れていた。

「何日もたつのよ」セリーナはすすり泣いた。巻き髪が興奮して跳ねている。「イアンは、明日、わたしに会わせたい人がいると言ってたの。だけど、とうとう来なかった。あの子の一人住まいの部屋に従僕を行かせたのだけど、見つけられなかったの。そして近所の人から、あの子が殴られているのを見たと聞きこんできたのよ」セリーナはレースのハンカチーフで口元を覆って、すすり泣きをもらした。「誘拐斡旋業者に！」

グラントはデレクが笑うまいとしているのに気づいた。たしかにある意味で滑稽だった。トレイウィックが誘拐されるとは——放蕩で気ままないとこが、ただの水夫として働かされるのだ。放埒な生き方に対する理想的な罰と言えるかもしれない。

アマンダは妹のかたわらにすわっていた。セリーナの鮮やかなサテンのスカートの下で突きでたクリノリンの張り骨を考慮すると、それ以上は近づけなかった。そして手を軽くたたいた。「セリーナ、落ち着かなくてはだめよ」

グラントは鼻を鳴らしたくなった。前々から神経質で心気症気味の叔母は、名前とは大ちがいでのどか《セリーン》なところは一切なかった。

「イアンを見つける方法を考えましょう」

「誰かそうしてちょうだい、すぐに！　わたしはこれが解決する前に、脳発作を起こしてしまいそうなの」

グラントが兄に向かって、脳発作、と唇だけ動かしたので、デレクは笑いをこらえようとして咳き込んだ。

「イアンを知っているでしょ！　あの子は誰かから命令されることに、一週間でも我慢できないわ」セリーナはすすり泣きの合いの手を入れながら、そう言った。

全員がグラントを見つめた。グラントはゆっくりと息を吸いこんだ。一年以上、イアンといっしょに過ごしてきたのだから、彼をとり戻すには、グラントに頼るのが当然だった。しかも、イアンが何度も事情を打ち明けようとしたのに、グラントは無視していた。こんなふうにまずいことになったときも、いとこのためにその場にいてやれなかった。罪悪感で胸が切り裂かれた。

長々と息を吐いた。「実はあの晩、イアンを家まで送っていったんだ。というのも、酒を飲み過ぎていたからだ。あの状態で、どうしてまた出かけたのかはわからない。セリーナ叔母さん、わたしはイアンを追います。貨物船では、さほど遠くまで行っていないでしょう」

「そのとおりね」ニコルが言った。デレクの方を向いて、たずねた。「いつあなたたち二人は出発するの？」

「わたし一人で処理できるよ」グラントはニコルに言った。「デレクはきみや赤ん坊と離れたくないだろうから」

デレクはほっとしたようだった。議論は終わりだと考えたにちがいない。

「イアンはあなたのいとこでもあるのよ、デレク。それに、ひさしぶりにグラントと船に乗るのはうれしいでしょ。おまけに、イアンの行方を突き止めるのに、数日しかかからないわ」

ニコルの言葉にデレクは大きなため息をついた。「セリーナ叔母さん、恐れることは何もありませんよ」

# 26

「トリ、後悔しているのかい？」

「うーん」祖父の部屋の窓辺でトリはつぶやいた。冷たいガラスに額を押しつけ、何週間も降り続いている霧雨を透かして風景を見ていた。ニコルが提案したように眺めてみようとした――地平線まで続く平地や丘を、海の波だと。たしかに大量の水に見えた、少なくとも。泥水になっている川。たった今起きたばかりの祖父に向き直り、微笑んだ。「何を後悔しているのかしら？」

「ここに連れ戻されたことだ」

「まさか」トリは祖父の隣にすわり、手をとった。その肌はひんやりして、かさかさに乾いていた。「おじいさまのしてくださったことに、心から感謝しているわ。絶対にわたしたちのことを見捨てなかった。そのことでおじいさまを永遠に愛し続けるでしょう」

「だが、おまえはどこか悲しそうだ、トリ。もっと幼いときはそんなふうじゃなかったよ。難破のことはもちろん理解している。おまえを守れなかったことで、わしがどんなに悔しく感じているかわからないだろうね――」

「今、悲しいのはそのせいじゃないの」トリはさえぎった。そのことで、絶対におじいさまに罪悪感を覚えさせてはいけない。トリは静かに打ち明けた。「わたし、グラントに恋してしまったの」

ベルモント伯爵は息をのみ、トリの手を握りしめた。「あの男を愛しているのか？　サザーランドにあまり腹を立てているせいで、自分の気持ちに気づかないのではないかと気をもんでいたんだ。ああ、これはいいニュースだ、本当に」

祖父の意気込んだ口調に驚いて、トリは説明した。「でも、あの人は同じように感じていないの」

祖父は信じられないと言わんばかりにトリを見た。「あの青年はおまえに夢中だよ」そして、枕に寄りかかった。そんな様子を目にすると、これまで祖父は心から安堵することがなかったのだと、気づいた。「期待したとおりだ――おまえはサザーランドと五月までに結婚するだろう」祖父は幸せそうにつぶやいた。

それはかなえられないと知っていたが、トリは愛情のこもった笑みを向け、祖父の片手を自分の頬に押しあてた。祖父は満足そうにため息をつくと、また眠りに落ちていった。

祖父の葬儀は母の葬儀に比べると、昼と夜のようなものだった。

もっともふたつしか比較するものはなかったが。母を埋葬したときのことはまだ覚えている。自分とカミーが簡単な祈りを捧げただけだった。慰めとなる牧師の言葉を知っていたらと、あのときとても無念だった。母親をもっと手厚く葬ることができたらと思ったものだ。祖父のためにはできる限りのことはしただろうか。

祖父は深く愛されていた。降りしきる雨にもかかわらず、たくさんの人がお別れを言いにやって来た。しかも、一張羅を着てやって来た多くの村人のうち、涙をこらえることができた者はほとんどいなかった。

トリは最期に祖父が苦しまなかったことに感謝していた。祖父の意識が薄れかけたとき、トリはベッドのかたわらにすわって手を握り、最期の言葉を聞こうとした。だが、何も言わずに眠っているうちに召されてしまった。ようやく休息をとれたかのように。

葬儀のあと、トリは自分の部屋に戻った。そこに数日間こもり、胸をしめつけるこの空虚さがなくなるまで泣き明かすつもりだった。この屋敷に来てからの短い期間に、子ども時代の祖父をさらに鮮明に思い出し、父と母がどんなに祖父を尊敬していたか、どんなに愛していたかを悟った。トリも祖父を愛していた。そして、今、祖父はいなくなってしまった。

グラントがもうじき地所の支配権を握るにちがいなかった。自分にとって、もうここには何も残っていないのだ。

雨は降り止まず土砂降りになった。そのことはベッドで丸くなって泣きじゃくり、自分を哀れんでいることの正当な理由を与えてくれているように感じられた。カミーはとても力になってくれたが、これ以上負担をかけたくなかった。一人でいるのがいちばんいいのだ。

部屋に食事を運んでもらって、みんなを避けて三日過ごしたとき、ハッカビー夫妻が話をしたいと言ってきて、断りきれなくなった。カミーも大切な話があると言ってきたので、トリは翌日の朝食の席で三人に会うことを承知した。

「妻とわたしは」全員が朝食のテーブルを囲むと、執事は口を開いた。「ご婦人方がどういう計画なのかお聞きしたいのです」

祖父はトリがサザーランドと結婚するにちがいないと考えるまで、孫娘の将来についてとても心配していた。トリはそれにとりあわなかった。残された時間を祖父と過ごしたかったからだ。今、これからの人生をどうするか、考えねばならなかった。「わかりません。お金があまりないことはわかっているけど」ハッカビー夫人に差しだされたかごから、温かいペストリーをひとつとった。カミーはふたつとりながら頰を赤らめた。

「実を言うと、お金はまったくありません。最後の方では、伯爵ご自身も財政状況がどこまで悪くなっているのか、ご存じなかったのです。全員が伯爵に隠そうとしたからです。でも、残りの家具を売り、町に居心地のいい家を見つけるお手伝いはできますよ」

トリはパンをとり落とした。「町？」町は大嫌いだった。うるさくて、人が多すぎる。「あなたたちはどうするの？」

「バースの近くのお屋敷で仕事を見つけました」

「ここにとどまらないんですか？」カミーがたずねた。

ハッカビー夫人が答えた。「いいえ、うちの一家はベルモントのディアボーン家に一世紀以上お仕えしてきたんです。レディ・ヴィクトリアや、そのお子さん方がここにいらっしゃらないなら、ここはもうハッカビー家の人間のいる場所ではありませんわ」

「しかし、お二人の住まいを見つけるまでは去りませんよ」ハッカビーが頭をかいた。「ただし、早急に手を打たねばなりませんが。サザーランドが契約書の申し立てをしなければ、債権者は四十五日後にベルモント・コートを手に入れるでしょうから」

トリは考えこみながらたずねた。「つまり、自動的に彼のものになるわけじゃないのね?」

「いいえ、ちがいます。契約書は伯爵の遺言に対する変更なのです。サザーランドが四十五日以内に追加遺言状を行使しなければ、遺言は通常どおり、あなたが資産を相続するという形で決着します」

グラントはよく自分の話を聞いていないと、トリを非難していた。しかし、あの午後グラントが言ったことはひとこと残らず心にとどめていた。〝わたしは契約書の申し立てをしないだろう〟「その場合はどうなるの?」

「あなたがその翌日に債権者の手形の支払いをしなければ、債権者から請求されるでしょう」

トリは眉根を寄せた。グラントが本当にあきらめたらどうなるのかしら? 祖父はこの場所を愛していた。心の底から愛していると、口にしていた。祖父の言葉を聞いていたとき、祖父が家族のために払った大変な犠牲にだけ目が向いていた。今はどうしてこの場所を愛していたのかを知りたかった。ここを失ったら、なぜ父は胸が張り裂けるほど悲しむのかを。そして、なぜ母はここで見いだした平穏について語ったのかを。この荒れ果てた地所はわたしの宿命なの？　だから、ここまで連れてこられたの？

　それを知る方法がひとつあった。トリはテーブルからさっと立つと、戸口に向かいながら「すぐに戻るわ」と叫んだ。急いで外套を着る。厩舎に向かおうとドアを開けかけたとたん、太陽の日差しに目がくらんだ。何日も屋内に閉じこもっていたせいだ。まばたきして焦点をあわせると、ようやく目を開けた。風景の変化に目を丸くした。ほうっとため息をついた。緑。どこもかしこも、まばゆい緑色だわ。「まあ」嘆声をもらしながら、新緑のじゅうたんに覆われた丘陵をぐるっと見渡した。岩間では、花々が雄々しく咲いている。ニコルが言っていたのはこのことだったのね。雪が解けると雨が降り続き、ぬかるみだらけの土地に、いささかうんざりしていたのだが。今は……うっとりするほど美しかった。

　トリのような臆病な乗り手でも、一刻も早く馬に乗って出かけたかった。生まれ変わったかのようなこの場所を探索したい。意を決して、トリは深呼吸すると厩舎に入っていき、若いハックを見つけた。

「速く走らない馬がほしいの」トリは説明した。「背が低い馬。短い脚の馬がいいわ」

　ハックは心得たとばかりにうなずいた。「ここにあるやつは、みんなそんなのばかりです。ベルモント・コートの馬で残ってるやつはね。以前は速い馬がいたんだけどね。こいつはプリンセスです」そう言って、ずんぐりした雌馬を連れてきた。プリンセスは睡眠剤でも飲まされているように見えた。完璧だわ。

　トリが馬に慣れると、牧草地に出てのんびり歩きながら、ニコルが特別だと言っていたものを眺めた。すると、島で謳歌した自由な気持ちがわきあがってきた。どこまでも続く広い土地は、かつて泳いだもっとも青い海を思わせるほどすばらしかった。

たしかに、これは島の世界とはまったくちがう。でも、言葉ではうまく説明できないけれど、心に強く訴えかけてきた。わたしをこの場所に引き寄せるのは血統なのかしら？　五感がここは見知らぬ、異質の場所だと主張しているにもかかわらず、何か得体の知れない力が、わたしにここを愛させようとしているのかしら？

少なくとも、愛そうと試みてもいいかもしれない。

物思いに沈みながら、トリは馬に自由に走らせ、傾斜地を下って村に入っていった。谷間の絵のように美しい集落には、囲いのある庭に建つ木造のコテージが四、五列並んでいた。羊が気ままにうろつき回り、遊んでいる子どもたちのあとを追いかけている。

広場を通りかかると、村の大半の人間が昼休みをとっているところだった。トリの姿を見つけると、小作人たちはちょっと話をしたいと言いだした。

礼儀正しく挨拶したあとで、小作人たちは訴えた。「今シーズンは種がねえんです。畑じゃ、何もとれませんよ」

「ヒルじいさんが腕を折っちまってね――今年は羊の毛を刈れねえんです。誰が代わりをやってくれますかね？」

「うちの息子は仕事ができるぐらいがっちりしてきたよ」一人の女性が名乗りでた。

「冗談だろ！　あいつはまだ小枝みたいに細っこいよ――」

「若いもんは仕事を見つけに、もっと条件のいいところに行っちまったから、せいぜいあの子ぐらいしかいないよ」

村には女性、子ども、それにかなり年配の男性しか住んでいないことに、トリは気づいた。仕事がなくなってきたので、若者は家族を置いて村を離れざるをえなかったのだろうか？ ハッカビーが九人の子どもたちのうち八人は都会に働きに行ったと言っていたのを思い出して、トリはため息をついた。選択肢がなかったということに今まで気づかなかった。

村人たちが言い争っているあいだに、老人の中でいちばん年下の男がジェラルド・シェパードだと自己紹介した。「おれたちはいつものように雌羊を育てた。だけど、分娩のときに誰が手伝ってくれるんだね？ それに羊小屋の屋根も修理しなくちゃなんねえ。毛は痛みやすいし、濡らしちゃいけねえんだ。温かく乾燥してなくちゃならねえ、刈りとりと分娩のあいだは」

シェパードは黙りこんだ——言いたいことをすべて言ったせいだろうと、トリは思った——だが、息を整えていただけだった。「それに、この秋に小川が何キロも氾濫しちまった。今は泥しかねえ。あの土地は農作物を植えていたとこなんだ。他の草地は羊を放してるからね」

その知らせにトリは何よりも危機感を募らせた。食糧は最優先だ——どこにいようとも。

「じゃあ、あの土地を排水できなければ、作物がまったくとれないってこと？」

「そのとおりだ」

「他に空いている土地はないの？」

「薔薇庭園はあるがね」農夫は冗談を言い、全員がおかしそうに笑った。

内心の動揺が顔に出ないようにしながら、トリは言った。「明日までに方策を考えるわ」

「急いでくれや」年配の男の一人がつぶやいた。

「急いでくれや」トリは屋敷に戻ると真似してつぶやいた。それからハッカビー夫妻を探しに行った。

「ここにとどまって、支払いをすることに決めました。だから、いろいろやることがあるわ」トリは切りだすと、村人たちの訴えを報告した。

夫婦は困ったように目を見交わしてから、ハッカビーが咳払いした。「率直に申し上げて、もうやれることはありません。あなたが借金を背負わない限りは。それに、もうお金はまったく残っていないんです。債権者は伯爵にお金を貸していましたが、逝去されたので、もう貸し付けはしてくれないでしょう」

「わたしからお願いしてもだめかしら？」

「ウエスト・ロンドン金融、そこから借りています。非常に厳しい会社です。一年ほど前に、期限の延長を懇願する手紙を書いたら、即日、抵当権実行の脅しとともに支払い期日通知書を送ってきました」

トリは心が沈んだ。

「妻とわたしは仕事につきたいと思っていますし、その必要にも迫られています。しかし、倹約すれば、安楽に暮らしていけるでしょう」

前に申し上げたように、あなた方には町で快適な家に落ち着いていただきたいのです。しかし、土地を手放して……口の中に苦い味が広がった。土地の可能性がわかりかけてきたときに、それを維持することがいかにむずかしいかを思い知らされるなんて。

トリは咳払いすると、夫妻がいつ発つ予定かをたずねたが、ずっと頭にこびりついて離れなかったある考えがよぎった。トリが到着した直後に、ハッカビー夫人に父親の生まれた部屋を案内してもらった。そこでは父が、さらにその父が生まれたのだった。その部屋に立っていたとき、トリはふいに奇妙な思いにとらわれた。わたしの子どもたちはここで生まれるのだわ、と。

眉をしかめて、いきなりたずねた。「ミスター・ハッカビー、最初の支払いのためのお金を作ることができたらどうなるかしら？」

ハッカビーは悲しげに首を振った。「わずかな時間は稼げると思います。村人の中にはすでに、いつサザーランドがこの地所を引き継ぐのかとたずねる者もいます」

「何と答えたの？」

「真実を。どういう状況になるかわからないと。しかし、それがいちばんいいのかもしれません。サザーランド家には金がうなるほどありますから」

さらに何か言おうとしたが、トリはさえぎった。「聞いてちょうだい。サザーランドにはこの場所を渡すつもりはない。誰にもこの場所は渡さないわ！」そう宣言したとたん、それが真実だとわかった。トリは戦うつもりだった。

ここはわたしに与えられた権利なのよ——家族の思い出が織り込まれている。この地所の人々が好きだった。親友もこの寒い土地で健康をとり戻しかけている……。

「借金以上のお金を作ることができたら？　危機を乗り切るのに、いくら必要なの？」

ハッカビーは躊躇してから、頭の中で計算しているようだった。「羊毛業者のマクルーアに羊毛を出荷しなくてはなりません。刈りとりをして、運搬するだけで、多額の金が必要となるでしょう」

現金。深呼吸した。「いくらか用立てられるとしたら？」

「刈りとり作業者を雇わなくてはならないでしょう」ハッカビーは眉をつりあげた。「そうしたら——うまくいくかもしれない。現金をいくらか用意できて、かつ今年の羊毛を出荷できれば、ウエスト・ロンドン金融の期限の迫った借金を返すことができる。二カ月、あるいは三カ月ぐらいは切り抜けられるでしょう」

「いくら必要か計算してもらえる？」

「はい。しかし、うまくやるには非常に大変でしょう。たとえ、あなたが現金を用意できても」

「ハッカビー、お金のことはわたしに任せて。あなたはいくら必要なのかを計算してちょうだい」

「はい、お嬢さま！」ハッカビーはお辞儀をすると、執務室に飛んでいった。意味のある仕事ができて喜んでいるようだった。

のちにトリが書斎で計画を説明すると、カミーは言った。「わたしにも手伝わせて。役に立てるわ。でも、どこでお金を作るの？」

「屋敷にはまだいくつか家具や装飾品が残っているわ──ハッカビー夫妻はおじいさまに現実の厳しさを知らせまいとして、おじいさまの部屋はほぼそのままにしていたの。何枚か絵が残っているわ」トリは祖父の使いこんだ革張りの椅子から立ちあがると、金庫に近づき、さまざまな箱や巻物がぎっしり入った箱をとりだした。「それに、おじいさまが売ることのできなかったおばあさまの宝石もある」カミーがかたわらに来ると、トリはベルベットの宝石入れを広げて見せた。珍しい古めかしい台にはめられたまばゆい宝石がいくつも現れた。

「それに、わたしももうひとつ持っているわ」

部屋の引き出しにしまってある指輪のことを思った。

カミーは息をのんだ。「まさか」あわてて言葉を継いだ。「あれはだめよ」

「何がだめなの？　するべきことをすること？　難破したあと、あの指輪が最初の数日分の食糧になったなら、あなただって犠牲にしたでしょ？」

数秒後、カミーはうなずいた。「だけど、今とは状況がちがうわ」

「同じよ！」トリは言い張った。

「サザーランドに手紙を書いたらどうかしら。あなたをこんなつらい目にあわせたくないはずよ」

「それなら、どうしてここに来ないの？　わたしたちが無事か確かめるために。どうでもいいからよ。ここに来るのは、契約書の申し立てをするときだけよ。ここをとてもほしがっていたことは知ってるでしょ。やっと手に入れられるときが来たのに、どうして権利を放棄するのかしら？」

「たぶん、あなたを愛しているせいよ」

トリは宝石を袋にしまった。「最後に会ったとき、愛していないときっぱり言われたの。それに、もう二人のあいだは終わったから、二度と結婚を申し込むことはないと告げられたわ」

「サザーランドの家族は？」

「助けてくれるでしょうね、きっと。だけど、グラントに話すでしょう。わたしはいろいろな手を打って戦う準備がちゃんと整うまでは、あの人にここに来てほしくないの。署名された契約書があるのよ、カミー」

「そう、そのことはあまり深く考えていなかったわ。あなたはこの地所を離れても暮らしていける方法があるのよ」

「ロンドンにいると怖いの。だけど、すぐに出ていけると知っていたから耐えられた。都会に住むという考えは、たとえそこがロンドンの三分の一の規模でも……」トリは身震いした。

「この計画をどうにか成功させるしかないわ。島でのように、追いつめられているのよ。そういう目で見れば、物事ははっきりするわ。あらゆるものがお金になる。やるしかないのよ」トリは宝石入れの大きな宝石に触れた。「ハッカビーにお金になりそうなものをすべて持たせて、明日、ロンドンに行ってもらうわ」

カミーは涙ぐんだ。「ああ、トリ、できるの？」

「ええ。これがわたしの運命よ」トリは重い心で運命を受け入れたが、断固たる決意でそれに立ち向かうつもりだった。「成功させなくちゃならないのよ」

最初の訪問者がドアをノックすると、カミーが急いで出ていこうとしたが、トリの方が早かった。「当ててみましょうか」トリは玄関ホールで叫んだ。「ポンプが壊れたか、種子が腐ったか、八十歳の老人が不安になって――」トリがドアを開けると知らない男が立っていた。

「何か？」

カミーは見知らぬその人物を見つめた。身長百八十センチ以上はあるたくましい男がそこに立っていると、戸口がふさがれているような気がした。ごま塩の髪、官能的なグレーの目。イアンのハンサムぶりと肩を並べられそうだった。

男性は北側の住人、スティーヴン・ウィンフィールドと名乗った。「伯爵の葬儀に出席できなくて、本当に申し訳ありませんでした。遠くに行っておりましたので」

ウィンフィールド？ ハッカビー夫妻がとてもほめていた男爵にちがいなかった。カミーはその声を聞こうとして、体を乗りだした。とても深みのある響く声……。「わたしの地所の貯蔵品を少しお持ちしました」

カミーにとって、その会話はとても奇妙だった。信じられないことに、トリは相手が、さもありふれた男性であるかのようにふるまっている。ハッカビーに対するのと同じ口調、同じ言葉遣いだった。カミーはこの男性に見つめられたら、くすくす笑いが止まらなくなるにちがいないと思った。するとトリの口からこういう言葉が発せられた。「いえ、施しは必要ありません。大丈夫です」

男性は額にしわを寄せた。「また、こちらが必要なときに、おたくに手を貸していただけたらと思っているんです」

わたしがお手伝いするわ、とカミーは心の中で叫んだ。

まるでその声が聞こえたかのように、男性はカミーの方を向いた。目が丸くなり、じっとカミーを見つめた。

「わたしがお手伝いするかどうかは、またそのときになって決めることです」トリはまた言った。「今、そちらの助力は必要ありません」

ウィンフィールドは何か言いかけて口を開いたが、また閉じた。どうやら言葉に窮したようだった。ようやく、低い声で言った。「もちろん、またうかがいますよ」最後の言葉を口にしたとき、ウィンフィールドはトリを見ていなかった。カミーに視線をすえたままだった。

# 27

「本は売りますか、お嬢さま?」ハッカビー夫人がくぐもった声でたずねた。「多くは古い初版本です」

トリはため息をついた。「じゃあ、売ってちょうだい。ただし、割増料金を要求しましょう。営業や交易に関係するものは残しておいて。その分野の本はすぐに必要になりそうだから」

実際、ハッカビーが宝石を売って戻ってくると、トリは図書室の本をひっぱりだし、社交界に初めてデビューする若い女性さながらの勤勉さで商売と交渉について勉強を始めた。ハッカビー夫妻も羊の飼育について勉強した方がいいと勧めた。恐ろしいことに、羊毛取引を担当している人間が一人もいなかったのだ。

「担当者がやめてから、新しい人を雇えなかったんです」ハッカビーは説明した。「本を選んできましょう。でも、実を言うと——わたしは羊について何も知りません。農作物についてはわかるが、羊はまったく」

「じゃあ、この土地の誰一人として羊の飼育について知らないの?」

「村人たちは知っていますが、営業面については知識がありません」

「誰かを雇わなくてはならないわね。広告を出すか何かして。羊の専門家を見つけてきて！」

そして、ハッカビーに将来の生産に影響を与えずに金に換えられるあらゆるもの――どんなものでも――を列挙させていないときは、ジェラルド・シェパードについて歩いていた。雌羊にえさをやり、世話をし、借りた大きな長靴で歩き回りながら、ジェラルドに次から次へと質問をした。とりわけ驚かされたのは、羊があまりおとなしくないことだった。それどころか、一頭がうなり声をあげたのさえ聞いた。

それについて質問されると、ジェラルドは答えた。「どうしてそうなるかは、わかんねえよ。だけんど、ちっこい子羊はもっとちっこい犬っころを怖がることもあるな。子犬が大きくれえなんだ」

ジェラルドはぼさぼさの頭をかいた。トリはすぐそばの放牧場を見て、唖然となった。一ダースもの羊が囲いになっているはずの石壁によじ登って、その上を歩いていたのだ。

「ニコル！」アマンダが手紙を振りながら叫んだ。「ベルモント伯爵が一週間前にお亡くなりになったわ」朝食後、ニコルとナニーが毛布を広げてジェフと遊んでいた芝生に、アマンダは駆けてきた。

「何ですって！」ニコルは勢いよく立ちあがった。「どうして何も知らせてくれなかったのかしら？」先週、トリとカミーが無事に暮らしているという手紙を受けとったばかりだった。

「わからない。でも、行ってみるわ」

ニコルはナニーを見た。「大丈夫かしら？」アマンダはナニーがスコットランド訛りで、こんなの朝飯前ですよ、ご心配なく、と言うのを聞いた。

ニコルはジェフにすばやくキスをすると、義母といっしょに一頭立ての小型馬車に走っていった。

ベルモント・コートの雑草だらけの砂利敷きの私道に乗り入れたとき、二人はとても奇妙なものを目にした。トリが土を掘っていたのだ。すばやく目配せしあうと、馬車が停まるなり、アマンダとニコルは降りた。

「何でもやるべきことはやってちょうだい！」トリは叫んだ。「その石はあとでいいわ。とにかく、その鉄を掘りだして。この場所の外見なんて気にしないから」トリは片手を振って、囲いがされた薔薇園を示した。薔薇園は今、耕され、鋤を入れられ、植えられていた。作物を。

かつてはグラントしか眼中になかった少女は、自信にあふれた女性になっていた。

そして指揮をとる人に。

「ヴィクトリア」

トリははっと振り向いた。「ニコル！　スタンホープ伯爵未亡人！」友人たちを出迎え、ため息をついた。「お聞きになったのね？」二人がうなずくと、「話せば長いんです」とだけ言った。カミーが出迎えに現れたので、トリはそれ以上の説明をせずにすんだ。

「カミー、お二人にお茶をさしあげてくれる？」トリは気もそぞろで言った。「わたしは今日じゅうにこの鉄門を掘りださなくてはならないの。でないと、お金が入らないから」

「わかったわ」カミーは笑みを浮かべて言ったが、心配しているのは明らかだった。

カミーに居間に案内されて、アマンダとニコルはおしゃべりをした。がらんとした広い部屋には、椅子がわずか四脚、お茶入れ、小さなテーブルしかなかった。色あせていない壁紙の四角い跡は、壁から絵がとりはずされたことを示していた。

三人は椅子にすわり、トリが馬に錬鉄の門をひっぱらせている様子を眺めた。

「ここで何が起きているのか話していただけませんか？」アマンダが言った。

「体裁をつくろう必要はないのよ、カミー」ニコルが真剣な口調でさえぎった。

カミーは欠けた茶器でお茶を用意しはじめた。「そんなたいしたことでは――」

「わかりました。実は大変なことになっているんです」震える手でアマンダにカップとソーサーを差しだした。「葬儀のあと何日も、トリは泣いて泣いて、わたしは胸が張り裂けそうでした。おじいさまを亡くしたうえ、グラントが契約書を行使しなくても、債権者のせいで新しい家を失おうとしていたんです。トリは裏切られた気持ちでした。グラ――」カミーは言葉をのみこんだ。「こっちに連れ戻され、見捨てられたと感じていたからです」

アマンダはニコルに鋭い視線を向けた。

それから、三人そろってトリが何か叫び、額にしわを寄せて考えこんでいるのを眺めた。勢いよく鉄が地面から抜け、トリは後ろに倒れこんだ。女性たちはぎくりとして走り出ようとしたが、トリはげらげら笑いながら元気に起き上がった。髪やドレスの背中から草がばらばらとこぼれ落ちた。ハッカビーのところに小走りで行くと、うれしそうに背中をドンとたたいた。

「ともかく」とカミーが二人にまた視線を戻した。「ある晩、トリは悲しみから抜けだしたんです。もう悲しがっていませんでした。ただ、とても、とても怒ってました。おじいさまが手放せずにいたおばあさまの宝石をハッカビーに売りに行かせました。鞍を売りました。釘付けされていないものは片っ端から売っています」

カミーが言葉を切ると、腕を振り回して作業員に指示しているトリを全員が見つめた。

「まだ足りませんでした。ですからトリは……」カミーは唇を噛んだ。

「続けて」ニコルがうながした。

「トリはお母さまの結婚指輪を売りました」

「まあ、なんてこと」ニコルはつぶやき、アマンダは息をのんだ。

「どうしてトリはわたしたちに連絡をくれなかったのかしら？」アマンダがたずねた。「あなたもどうして？」

「お金をくださるとわかっていたからです」カミーは率直に言った。「トリはとても誇りが高い人です。それに、グラントに伯爵が亡くなったことを知られたくなかった。グラントの追加遺言状の行使に対して、戦う準備をしておきたかったんです」

「だけど、グラントはもう追加遺言状を行使しないと言ってたわ」アマンダが言った。

「トリにもそう言ったようです。でも、契約は存在します。グラントがこれほど時間をかけて手に入れようとしてきたものをあきらめることが、トリには理解できないんです。わたしはグラントを信じます。でも、彼の行動はまったくの謎ですね」

「恋に落ちているなら別よ」ニコルが指摘した。「グラントは自分でもそれに気づいていないのかもしれないわ」

昼食の席で、ニコルはトリとカミーにグラントが海に出ていることを説明した。「グラントはイアンを見つけに出航したの。どうやら、誘拐斡旋業者に連れ去られたらしいのよ」

トリは目をまん丸にした。「かわいそうなイアン！　またすぐ海に出たなんて信じられないわ。わたしにできることがあるかしら？」

「幸運に恵まれれば、グラントはイアンを見つけて連れ帰るでしょう」ニコルは安心させた。

「それに、グラントは徹底的に捜索すると思うわ」

「じゃあ、グラントには来られない理由があったのね」トリは言った。

ニコルはうれしそうにうなずいた。

「でもどうして連絡をくれなかったのかしら？　どうしてイアンのことを知らせてくれなかったの？」

ニコルのうなずきが止まった。「たぶんあなたを心配させたくなかったのよ。あなたとイアンはお友だちになったんでしょう？」

「そうよ」

「イアンはまちがいなく困ったことになっているはず。そういう恥ずべき状況になると、グラントは人に知られずに処理しようとするのよ」

トリはあまり期待のこもった口調にならないようにしながら質問した。「出発前に、グラントはわたし宛の伝言をしていかなかったかしら？」

ニコルは肘の内側をかいた。「特には何も。でも、それも無理がないわ」

トリは眉をひそめた。

「本当よ。だって、大急ぎで出発したし、とてもあわただしかったの。わたしはデレクとお別れするので頭がいっぱいだったし」

何か伝言してくれてもよかったのに。してないってことは、わたしのことをまったく考えていなかったのよ。トリはそのことに大金を賭けてもよかった。もっともお金は少ししか持っていなかったが。

食事のあいだじゅう、トリは――ときには遠回しに、ときには巧みに、ときには命令的に――申し出られたお金を断らねばならなかった。全部で十五回も。

そしてトリとカミーが二人を見送りに出ると、ニコルは両手を腰にあてがって宣言した。

「わたしたちに援助させてくれないなら、帰らないわよ」

「今、ぎりぎりのところなんです」トリは言った。「どうにか持ちこたえています。でも、すべてがうまくいけば、このままどうにかやっていけます」トリはニコルとスタンホープ伯爵未亡人の顔を順番に見た。「ぜひ、そうしたいんです」

スタンホープ伯爵未亡人が咳払いした。「あなたはとてもりっぱな……資本主義者になったわね、トリ。でもわたしたちは手をこまねいて、あなたが家を失うのを見ていられないの」

「お願い、聞いて。わたしは友人たちからお金を受けとらなかった英雄についていくつかの話を読んだことがあるの。破滅しても、誇りが邪魔してそうできなかったのよ。それを読んだとき、わたしにはその行動が理解できなかった。『ふうん、そこまで言われたら——まあ、わたしならそれを受け入れるわ』って思って、ページをめくった。でも、今ははっきりわかる。わたしは英雄じゃないけど、同じような誇りを持っているのよ」

「ああ、トリ。借金をするのはちっとも恥ずかしいことじゃないのよ」ニコルが指摘した。

トリはため息をついた。「返すことができなければ、恥ずかしいことだわ」

# 28

追跡はフランスで手がかりがふっつり消えた。

サザーランド兄弟は大西洋から吹きつけてくる激しい風にえりを立て、宙に舞う枯れ葉に目をつぶった。狭い路地を抜け、宿に逃げこんだ。

昼も夜も、デレクとグラントはあらゆる手がかりを追い、必死にいとこの行方を捜してきた。そして、この寒風吹きすさぶ夜、無念ながら追うべき新しい手がかりはもうない、という結論に達したのだった。

ぐったりと椅子にすわり、食べ物を注文してから、デレクは言った。「明るい面を見るべきだよ。いいか、これはイアンのためになるかもしれないんだ」

「かもしれない」グラントはぼんやりと同意した。こういう夜は、ヴィクトリアとベッドの中で丸くなっていたかった。

デレクはグラントの顔の前でパチンと指を鳴らした。「どうしたグラント、ホワイトストーンを出発してから、ずっとそんな調子じゃないか。ふさぎこんでいるようだが、話してみたらどうだ?」

グラントは鼻の付け根をつまんだ。「わたしはやり残してきたことがあるんだ……ヴィクトリアに申し訳ないことをした」

「どうしてそのことで悩んでいるんだ？」デレクは冷静な声でたずねた。「おまえは感情がないし、人を愛することができないんだろ」

「だからといって、ヴィクトリアと結婚したくないってわけじゃない」グラントは答えた。「だが、ヴィクトリアはいまいましい〝愛〟という最後通牒を突きつけてきた」顔をしかめた。「兄さんはどんなふうにしてニコルを愛していると気づいたんだい？」

デレクは考えなくてはならなかった。「ニコルのためなら命も投げだすと思ったときに気づいた」

「しかし、紳士なら、レディのために命を投げだすだろう――」

「喜んで、だ。喜んで投げだすだろう。それに、ニコルを失ったと考えたとき、将来の計画を立てられなくなったし、立てようとも思わなかった。『ニコルはもうおまえのものじゃない、人生を進んでいけ』と百回ぐらい自分に言い聞かせた。そして、ホワイトストーンに帰らなくてはならないと考えたとき、まっさきに思ったのは、ニコルはここが気に入るだろうな、ということだった」

グラントはヴィクトリアなしでは、まちがいなく将来の計画が立てられなかった。その考えに心が抵抗しているかのようだった。食事が運ばれてくるまで、それについて考えこんだ。街道沿いのパブではたいていそうだったが、食事は滑稽なほどまずかった。熱いはずのものが冷たかった。やわらかい材料が硬くなっている。

デレクは得体の知れない食べ物をフォークで刺して、顔をしかめた。「いまさらだが、探偵を雇うべきだった」

「本当はイアンは行方不明になったんじゃないと思う」グラントは言った。「たんに行方不明になっていたら、これまで何度かしてきたように家に連れ帰れたはずだ」

「今日、もはや見つけられないと確信できた。船員を解放してやらなくちゃならないな」

グラントはあきらめの吐息をつくと、うなずいた。「イアンは放蕩息子だ——今頃、戻っているかもしれないぞ。航海のあいだじゅう、様子が変だったんだ」

豊満なウェイトレスがテーブルにやって来て、かがみこんだ。「紳士方は他に何か召し上がるかしら？」猫なで声でたずねた。

どちらも顔を上げなかった。ただ声をそろえて言った。「けっこうだ」

ウェイトレスが去っていくと、デレクは言った。「わたしは戻るつもりだ、明日」

「かまわないよ」グラントは心から言った。「わたしは残った仕事を片付け、もう少し調べてみるよ」

「先に戻って、セリーナ叔母さんの相手をするよ」デレクは苦い顔になった。「一人でね」

グラントはびっくりした。「本気なのか？」

デレクはうなずいた。「妻に会いたいんだ。ニコルと赤ん坊が恋しい。息を吸うのと同じように、ニコルを必要としているんだよ」静かに言った。

グラントはヴィクトリアも自分を恋しがっているだろうかと思った。チェスをしたり、敷地を探索したり、おそらく春が来たので乗馬をしたりして、忙しい日々を送っているにちがいない。別れてきたとき、ヴィクトリアは暖炉のそばでカメリアと伯爵とゲームをしていて、くつろぎ、安心しているようだった。それでも老伯爵がもう長くないことはわかっていた。伯爵が亡くなったら、ヴィクトリアに足りないものがないように配慮するつもりだった。

グラントはいい考えを思いついた。「戻ったら、ヴィクトリアに馬を贈ってもらえるかな？それと乗馬用具一式を。費用は惜しまないでくれ」

「そうするよ。だけど、贈り物よりもおまえが行った方が喜ぶんじゃないかな」

グラントはぎゅっと眉をひそめた。「イアンに対して責任があるんだ。航海の途中、何度か話をしたがっていたのに、そのたびにそっけなくあしらってしまった。できるだけ早く戻るが、わたしのことをヴィクトリアに忘れないでいてもらいたいんだ」胸の前で腕を組んだ。「それに、離れていることは有利に働くと思う。数週間のうちに、ヴィクトリアの憤慨もおさまるだろう。おじいさまとも交流する時間が持てる。もっとも重要なのは」――グラントはにっこりして、自信たっぷりに唇の両端をつりあげた――「わたしがいなくてどんなに寂しいかに気づくってことだ」

「大嫌い！」

ハッカビーがグラントからの贈り物を運んでくると、トリはつぶやいた。

カミーはからかった。「本気じゃないでしょ」

「まあ、本気よ」きれいな雌馬。何を考えているのかしら、こんな高価なものを贈ってきて。うしろめたくて贈り物をしてきたの？　眉根を寄せ、首を振った。その目的が理解できず、そのことでいらだった。とうてい解読不能の意思伝達だった。

伝言も、手紙もつけず、消息を問うこともなかった——ただ馬だけ。

カミーはすでに馬の黄褐色の首をなでていた。でも、確かにこれはすばらしい馬だわ、とトリは賢そうな目をのぞきこみながら思った。雌馬は低くいななき、頭をトリにこすりつけたので、つい口元をほころばせた。「わたしたちのことが好きなのね」トリはあやすように言った。「わたしたちもあなたが好きになるわ」だが、こんな優雅な馬ではなく、農耕馬が必要だった。トリははっとして、顔をそむけた。

「ハッカビー、この馬をできるだけ高く売ってきて。それに馬具もね」

カミーは連れていかれる雌馬を名残惜しそうに見送った。「まだ、うまく切り抜けられると思う？」

「ええ、これまで以上に自信があるわ、カミー」

友人には自信たっぷりに答えたが、その晩、暗闇で眠れずに横たわっていると疑いがきざした。あとどのくらい自分ががんばれるか、わからなかった。

毎日の終わりにベッドに入ると、全身が痛くて眠れないときがあった。いったん横になると疲れ果てて立ちあがれなかった。泣くことすらできなかった。しかし、疲労はグラントへの欲望を封じこめるのに役立った。完全に消えたわけではなかったが。相変わらず、毎晩グラントの夢を見た。官能的な場面は、陰鬱な気分をよりいっそう陰鬱にした。グラントを過去に葬れるのか、だんだん自信がなくなりかけている。すでに過去の人になているはずなのに。

カメリア・エレン・スコットは世界でいちばん乗馬が上手な女性よ。

カミーはそれを確信しながら、新しい雌馬で野原を走り、柵や生け垣や小川を飛び越えた。心臓が脈打ち、頭が澄んでいくのが感じられる。

馬のひづめが地面をうがち、ひづめの音は時間さえあれば馬に乗っていた子ども時代を思い出させた。新しい所有者がひきとりに来るまで二日間、馬を預かることができてうれしかった。カミーはその二日間はできるだけ馬に乗ろうと決めた。

自分は死にかけていると長いこと思っていたが、今日、この瞬間、自分が生きていて、当分死ぬことはないとわかった。自分が強く甦ったことを感じた。高い生け垣を越え、さらに別の生け垣に近づきながら、笑いが胸の奥からほとばしった。

カミーは飛んでいた。本当に飛んでいた。

後ろ向きに。

馬は歩をゆるめて急に立ち止まり、カミーを振り落としたのだ。片脚が横鞍の鞍頭にひっかかった。足がはずれると、カミーは地面にドシンと落ちた。一瞬息ができなくなったが、そろそろと膝をつき、立ちあがった。内側のももの上に痛みが走り、痛む股のあいだをさすった。

「手を貸しましょうか?」低い声がたずねた。

カミーは股から手を放し、いらだたしげに唇を尖らせながら、さっと振り向いた。息をのんだ。

あの男爵だった。

「馬のことを言ったんですよ」笑うと、グレーの目がきらめいた。笑いはカミーに向けられていた。「馬をつかまえましょうか?」男爵は馬を降りてきたが、カミーの馬はどこにも見当たらなかった。

何か言いなさい、カミー。ここは何か言うべきでしょ。「ええ、そうですね。馬が怯えたんです」

「ちょっと歩いて、捜してみましょう」

カミーが一歩踏みだして顔をゆがめると、彼は目を見開いた。「どこをけがしたんですか?」男爵は叫んだ。

まったく、こんなところを痛めるとは。医者にも言いたくない場所だ。ハンサムな男爵ならもちろんのこと。

嘘をつくしかなかった。「足首です」レディはたいてい足首をひねるものじゃなかった?そう考える間もなく、男爵はカミーの前にひざまずき、スカートをめくり上げていた。「わたし――え？　やめてください！」

「ああ、それほどひどいけがではないようだが、骨折かねんざをしていないか、確かめる必要がある」

「スカートを下ろしてください！」

男爵は笑いをこらえているかのような顔で見上げた。

カミーは顔が真っ赤になった。男爵を眺めているのは楽しいけど、自分が笑い物にされるのはまっぴらよ。あごをツンと上げてカミーは言った。「自分で調べます」言葉どおりだということを証明するために、足をひきずりながら切り株まで行き、男爵に背中を向けてすわった。押し殺した笑い声を聞いた気がした。

足首を探っているふりをしていると、男爵が言った。「崖の上にいたら、あなたが野原を猛烈な速さで走っていくのが見えたんだ。とても乗馬が上手なんだね」

肩越しに振り返った。「とても上手な乗り手だったら、馬が逃げてしまって、自分は足をひきずるなんてことにならないわ」

今度こそ、男爵は笑った。近づいてくると、かがんでカミーと目をあわせた。「さて、判定は？」

カミーはぼうっと男爵を見つめた。判定？　〝あなたに夢中〟よ。

「足首は？　ねんざだった？」

「ああ！　ええ、ちょっとひねっただけ」

「わたしはスティーヴン・ウィンフィールドだ。負傷したお嬢さんの名前をうかがってもいいかな?」

今度はカミーが笑った。この人は演技に気づかなかったのね。「わたしの場合、負傷したとは呼べないと思います。本当のところ、ほんのかすり傷ですから」

「ああ、それではお嬢さんのお名前は?」

なんてすてきな男性なのかしら。おなかの中で蝶が羽ばたき、体がとろけてしまいそうな気がした。おかげで、どんなふうに世間話をするのか思い出せなくなった。とりわけ、とびぬけて魅力的だと思っている男性と。「カメリア・スコットです」

男爵はカミーの汚れた手をとり、それを自分のコートでふくと、キスをした。「初めまして」

二人はとても長く思えるあいだ、見つめあっていた。そのとき甲高いいななきが聞こえた。

「わ、わたしの馬! よかった」

カミーは立ちあがり、足をひきずりながら馬に乗ろうとした。筋肉がひきつり、脚の付け根は痛かったが、やろうと思えばできる。しかし、痛みをこらえて乗ろうとしている姿はさぞ滑稽に見えるだろう。カミーはウィンフィールドを振り向いた。「助けてくださってありがとうございました。でも、もう大丈夫です」

男爵は楽しげな目でカミーを見た。「家まで送っていきますよ」

「エスコートは必要ありませんわ」ウィンフィールドはカミーに向かって眉をつりあげた。

頑固な人間であるカミーは、すぐに相手も頑固だと悟った。この相手では勝ち目はなさそうだ。「わかりました!」

ウィンフィールドは馬にまたがってカミーに近づいてきた。そして有無を言わせずカミーを抱き上げ、やさしく自分の膝のあいだに乗せた。

「そ、そういう意味じゃないわ。エスコートしてくださるんだと思ったんです。乗せていくのではなくて」

「状況を考えると、適切なことだと思うね」

カミーはいらだたしげにため息をつくと、前を向いた。「では、ベルモント・コートに!」

「あなたが住んでいるところは知ってますよ。先日お会いしました、覚えてますか?」

もちろん、覚えていますとも! だけど、どうしてわたしを覚えていたのかしら?

「ベルモント伯爵のお孫さんの親戚ですか?」

「いいえ、トリが幼いときに家庭教師をしていたんです」

ウィンフィールドは驚いて息を吸いこんだ。「あなたは遭難者の一人だったんですね?」

カミーは緊張して、あごをひきしめた。

「そうなのか。お会いできて光栄です、ミス・スコット」

振り向いて、まじまじとウィンフィールドの顔を見た。「わたしを変わっていると思わないんですか?」

首を振った。「あなたはりっぱだと思いますよ。馬から落ちることなど、あなたにとってどうってことないんでしょうね。それに、困難な状況を切り抜けてきたんだ、女性としてもすばらしい方にちがいない」

カミーは顔を赤らめた。最後の言葉は熱のこもった低い声で言われたので、体が震えた。どうしてこんなふうに反応してしまうの？　わたし、どうしたっていうのかしら？

心の中で自分をいましめた。この人はわたしにもっと滑稽なことを言わせたがっているんだわ。そこで、ぎゅっと唇を結び、家に帰るまでずっと無言を貫くことにした。入り口のすぐかたわらまで来ると、ウィンフィールドはカミーを助け降ろしたが、地面にではなかった。腕に抱きとったのだ。カミーは仕方なくウィンフィールドの首にしがみついた。

「抱えてくださらなくてけっこうです！」ああ、なんて力強いのかしら。うねっている筋肉が感じられる。「家まで入らないで大丈夫！」ああ、この人はなんていい香りがするの。「お願い、降ろしてちょうだい！」

ウィンフィールドはブーツをはいた足でドアを蹴った。カミーはうめいた。ただ乗馬を楽しみたかっただけなのに、こんなに大事《おおごと》になってしまって。ハッカビーがドアを開け、口をぽかんと開けたので、カミーの頰はますますほてった。

「寝椅子に案内していただきたい」

「かしこまりました」

ウィンフィールドはカミーを抱え直した。もっと楽な姿勢を探しているのだろうと思ったが、実際にはさらにきつく抱きしめられた。この状況はさらにまずいことになるんじゃないかしら?

どうやらそのとおりのようだ。トリがふらっと入ってきて、カミーがけがをしているのを見ると走り寄ってきた。今にもウィンフィールドにつかみかかりそうな勢いだった。「けがをしたの? 何があったの? どうして抱えられているの?」

ウィンフィールドは辛抱強く答えた。「ミス・スコットはちょっと足を痛めたんです。馬から落ちたので。歩かせたくないので、抱えているんですよ」

ウィンフィールドは客間の寝椅子にそっとカミーを降ろし、氷、枕、お茶を持ってくるように頼んだ。トリは男爵をじろじろ見ながらためらっていたが、ハッカビーが氷室の方に行くのを見て、警告するようにウィンフィールドを一瞥してから、枕をとりに立ち去った。

ウィンフィールドはカミーの残念にも腫れていない足首を持ち上げ、手近にある小さなクッションにのせた。慎み深さがさせたかのように、カミーはすばやくスカートを下ろして足首を隠した。

「また快復ぶりを拝見しにうかがってもいいですか?」

すでに、さんざんお世話になっていた。「そこまでしていただかなくても大丈夫です」

「ぜひそうさせてください」

カミーは首を振った。義務感から会いに来てもらいたくなかった。もちろん、足首のことで嘘をついたのも知られたくない。「いい考えには思えませんわ」

初めて、ウィンフィールドは暗い顔になった。「当然ですね」自分に言い聞かせるようにつぶやいた。「自分が年寄りなのをつい忘れてしまうようです」

「年寄り」カミーは鼻で笑うと手の汚れをこすり落とした。「三十代後半でしょ。しかも、まさに男盛りの」目を上げたとたん、あっと思った。穴があったら入りたかった。ウィンフィールドは急に陽気なまなざしになり、うれしげな表情を浮かべた。「四十代前半です。でも、それでもあなたはわたしにとって若すぎるかもしれない」

「若すぎませんわ」

ウィンフィールドの笑みは大きくなった。

「だって、この年になればお互いに……」カミーは眉をひそめて言葉をとぎらせた。「ただ、こう言おうとしたんです、状況しだいで……」顔がほてった。「わたし、もうすぐ三十なんです！」たぶんウィンフィールドはわたしをからかっているだけではないのだ。わたしの反応を楽しんでいるのだ。あるいはその両方。よくわからないわ。

「まさかそんなふうには見えませんが、わたしにとっては好都合で――」

そのときトリが毛布と枕を持って戻ってきた。そしてハッカビー夫人がカミーのいちばん好きなお茶を運んできた。トリはウィンフィールドがカミーを見つめている様子を観察し、この状況があまりうれしくなかった。ウィンフィールドはトリの敵意を感じたにちがいなく、最後に名残惜しそうにカミーの手にキスすると、外に出ていった。だが、肩越しにこう叫んだ。「では、金曜日に、ミス・スコット」

ウィンフィールドが出ていってから、しばらくカミーとトリは戸口を見つめていた。

「最初から話して」ようやく、トリが口を開いた。

カミーは落馬とウィンフィールドの親切について事細かに語った。自分が口にした愚かなことも省かなかった。最後にはカミーとトリはげらげら笑っていた。

「ああ、カミー、ウィンフィールドに失礼なことをしてしまったわ。これで二度目ね。あなたのことが心配だったの。それに、あの人の抱き方にも。なんだか我が物顔だったから」

「本当に？」

トリはうなずいた。「とっても」

「男盛りなんて言ったことが信じられないわ。しかも、少しでもウイットに富んだことは、それしか言えなかったの。どぎまぎして、ろくに口がきけなくなっちゃったのよ」

「あの人があなたを見つめている様子からすると、とても上手に対応したんじゃないかしら。で、金曜日には何を着るつもり？」

「からかわないで」カミーは文句を言った。「ウィンフィールドが求愛に来るみたいじゃない」

「あら、あの人がやっていることはまさにそれよ。ハッカビー夫人によると、十年以上前に奥さまを亡くされたんですって」

カミーはウィンフィールドのことをほとんど知らなかったが、失ったもののことを思って胸を痛めた。「たんに礼儀正しくしようとしているのよ。ハンサムでたくましい、ああいう男性が、やつれて青白い顔をした、ちょっと前まで頭のいかれていた赤毛の女に求愛するわが当たっていても、あの人はやって来ると思うわ」

「赤毛以外はどれもあてはまらないわよ」トリはきっぱりと言った。「だけど、そのすべて
けないわ」

ウィンフィールドは水曜日にまた訪ねてきた。

部屋に駆け上がっていき、ありったけのドレスを試着したあげく、カミーはロイヤルブルーの散歩服を選び、髪をなでつけ、ゆっくりと階段を下りていった。その朝文句を言っていた脚と脚の付け根の痛みは消えてしまった。

カミーを見るなりウィンフィールドは息をのみ、熱い賞賛の視線を注いだ。気の毒に、この人は視力が衰えているにちがいないわ、とカミーは思わざるをえなかった。

「口実を用意してきました。あなたがもう動けるようになったのか心配だったし、こんなによい天気なので家に閉じこめられていてはお気の毒だと思ったと。しかし本当のことを言うと、金曜日まで待ちきれなかったんです。それに、あなたをまた抱き上げるのは楽しいですからね」

「まあ」というのが、カミーの答えだった。かろうじて「驚いた」という言葉をのみこんだ。

「というわけで、毛布、ワイン、ちょっとした食べ物を用意してきたし、その下で楽しめる早咲きの桜の木もありますよ」

ため息が出るほど、すてきなことに思えた。「ごいっしょします。でも、絶対に歩いてい

きます。動き回ったおかげで、傷はすっかりよくなりました」

「でも足首は……」

「チクリともしませんわ。申し上げたでしょ、ただのかすり傷だって」

ウィンフィールドはためらい、危ぶんでいるようだった。カミーはあごを突きだし、何も言わせまいとした。もちろん、頑固な人間であるウィンフィールドは、カミーの頑固さを見抜いた。

「仰せのままに」

二人はぶらぶらと、カミーの希望よりはゆっくりと歩いて丘を登っていき、谷間を見晴らせる場所を見つけて昼食を広げた。食べるのはぶどう数粒だけにしようと努力したにもかかわらず、ウィンフィールドにワインとごちそうをたっぷり勧められた。アプリコットのコンポート、焼きりんご、あまりにおいしくて目をくるっと回したくなるほどのチーズ、布に包まれてまだほかほか温かい茶色と白のパン。

ワインを飲むにつれ、カミーは饒舌になった。ウィンフィールドはそれにつけこみ、島についてさまざまな質問をした。これまで頭が混乱していて、英国でよく食べられている魚を二度と口にできなくなり、島での最後の二、三年はほとんど記憶にないことを、どう話したらいいのだろう？　それに、思い出せなければいいと思うようなできごとがあったことは、打ち明けられるわけがない。島の植物と動物について描写して、お茶を濁した。

本当に楽しい一日が終わりに近づくと、ウィンフィールドはカミーに言った。「あなたといっしょだと時間のたつのが早いな」カミーの手をとった。「明日もお会いしたい」

本当に好意を持たれているようなので、カミーはとまどいながらウィンフィールドを見つめた。自分がとてつもない偉業を成し遂げたかのように、うれしげに笑いかけてくるこのハンサムな男性に慣れなくてはならない。

だが、不安だった。トリが祖父の死を嘆いているときに、誰かに会い、求婚されることなんてできっこない。それにトリは恋も失ったのだ。

約束どおり、ウィンフィールドは木曜日に再びやって来た。しかし、当然いっしょに過ごすと思っているかのように翌日の予定を話しはじめたとき、カミーは言った。「明日、ぜひお会いしたいんです。でも、今、ベルモント・コートの状況がとても微妙なものですから」

「どういうふうに？」

「レディ・ヴィクトリアは大変なストレスにさらされているんです。わたしのことがさらに彼女の不安の種になりかねません」

「レディ・ヴィクトリアは、善良できちんとした男があなたに夢中になっていたらうれしくないんだろうか？」

からかわれているのだと思った。「夢中ですって？」軽く切り返した。

ウィンフィールドは真剣な面持ちになった。「あなたに会った瞬間から」

信じられず、カミーは唇を軽く開いた。驚きを隠し、何か気のきいたことを言わなくてはと思った。しかし、そのときウィンフィールドに唇をふさがれ、その必要はなくなった。ゆっくりと、やさしく、しかし情熱的に唇をむさぼる。カミーがこれまで夢見てきた以上のことを、ウィンフィールドはその短い時間で伝えてきた。顔を離すと、カミーの目を見つめた。

「同じように感じていると言ってほしい」

「感じているわ」カミーはささやくと、お返しに、またウィンフィールドの唇に唇を近づけ、そっとその顔を両手ではさみこんだ。

# 29

大西洋沿岸の風景はこの数日、とても見事だったが、グラントは楽しめなかった。今夜は紺碧の海に沈んでいく太陽を見ることができた。空は緋色に染まり、その周囲には白い雲がたなびいている。馬の歩をゆるめさせ、とても美しいものを見るたびに感じる、あの胸の痛みを覚えた。まず、ヴィクトリアにもこれを見せたい、と思ってしまうのだ。

デレクは家に向かって出発する前夜、空気を求めるようにニコルを求めていると言っていた。今、その気持ちを完全に理解した。ヴィクトリアは自分のいる場所にいるべきなのだ。以上。

一度も経験したことがないのに、どうやって愛しているとわかるのだろう?

太陽は海に触れたとき、シュッと音を立てた。空は残照で燃えている。

「ああ、なんてことだ」グラントは顔をゆがめ。両手に額を押しつけた。

これまで一度もこんなふうに感じたことがなかったせいなのだ。両手に埋めた頭を振った。

「わたしは彼女を愛している」ひとりごちた。その声は困惑しているかのように響いた。空に目を戻し、もっとはっきりと宣言した。「わたしはヴィクトリアを愛している」

その発見に高揚して、今すぐ家に帰ってヴィクトリアに告げたくなった。しかし、イアンを見つけるという目的につながりそうなわずかな手がかりを、苦労しながら追わねばならなかった。結局イアンの行方不明につながりそうな手がかりはひとつも見逃さなかったと納得がいったので、やっと英国に帰ることにした。一昼夜、馬を駆って海峡まで行き、そこから短い船旅で英国に渡った。家に近づくにつれ、若いいとこを見つけられなかったという罪悪感がますます重くのしかかってきたが、これ以上は捜すべき場所を思いつかなかった。

ホワイトストーンに戻ると、汗まみれの馬を廏舎に連れていき、労をねぎらうように指示し、別の馬に鞍をつけさせた。庭にいた母親のわきを早足で通り過ぎながら、片手を上げて挨拶した。

「グラント」母はそっけなく応じた。

母親のよそよそしい対応にとまどいながら、グラントは屋敷に入っていった。空腹で、旅のほこりにまみれ、ひどく気がせいていた。夕食代わりにりんごをふたつかじったとき、デレクとぶつかりそうになった。グラントは兄の厳しい表情に気づき、目をすがめた。「セリーナ叔母さんに知らせたのか?」

デレクはぼんやりとうなずいた。「〈タイムズ〉で読んだ赤道地帯の病気で死にかけているにちがいないと言いだして、娘たちを引き連れてバースの温泉に保養に出かけていたよ」

「気の毒な娘たちだ」

「だが、使者を送っておいた」デレクはつけ加えた。「じきに知らせが届くだろう」

「それはよかった。というのも、新しいことは何も見つけられなかったんだ」グラントはりんごでアマンダの方を示した。「どうしてわたしと口をきこうとしないんだろう？」

「残念ながら母だけじゃないと思うよ」デレクは認めた。その言葉を裏づけるように、ちょうどニコルが入ってきたが、グラントを見ると、すぐに部屋を出ていった。

「どういうことなんだ？」グラントは兄につめ寄った。

「実は……ヴィクトリアのことなんだよ――」

グラントはデレクのシャツをつかむためにりんごを落とした。「けがをしたのか？　困ったことになってるのか？」

「けがはしていない」あわててグラントを安心させた。「しかし、わたしたちが留守のあいだに、変わり者の伯爵が亡くなったんだ」

「亡くなった？」

「ええ、亡くなったのよ」それはちょうど部屋に入ってきた母親の口から発せられた。「何ひとつヴィクトリアに残さずに。何もないよりも悪いわ。ヴィクトリアは農場労働者みたいに働いている。債権者にベルモント・コートをとられまいとして、釘付けしていないものを片っ端から売っているわ。いいえ、釘付けしてあっても、もはや関係なくなってるみたいね」

グラントは客間の椅子にへたりこみ、大きく息をついた。

「お母さまの指輪も売らなくてはならなかったの。レディ・アンを埋葬する前に、カメリアが指から抜いたものだったけれど」アマンダはグラントをにらみつけた。「あなたはヴィクトリアをここに連れてきた。そして、彼女を見捨てたのね」

グラントはさっと立ちあがった。「どうしても捜索に行かなくてはならなかったことはご存じで——」

「じゃあ、出発前にお金が充分にあるか、どうして確認しなかったの？　どうして誰かにヴィクトリアの様子を見守らせなかったの？　ベルモント卿が実際どのぐらい困窮していたかは、あなただけが知っていたのよ。わたしたちは想像もしていなかった。あの屋敷が崩壊しかけているのは目にしたんでしょ」

「みなさんはまだ気づいていないかもしれないが、ヴィクトリアのことになると、まともに頭が働いていないんです。それに、こんなに早く伯爵が亡くなるとは思っていなかった」

「伯爵は死に、あなたが自分を困った立場に追いこんだ——そうヴィクトリアは思っているわ。これは新たな難破だと。そして、前回と同じように、生き延びるために必死に努力している。信じられないかもしれないけど、どうにかうまくやってるわ。ただ、やがてどうしても——」

グラントは母親が次の言葉を口にしないうちに、ドアから飛びだしていた。

ベルモント・コートまでは半日足らずで到着した。屋敷にはエネルギーがあふれ、変化が起きていたが、グラントは何も目に入らず、まっすぐに入り口をめざした。ノッカーはなくなっていた。グラントは眉をひそめた。まさかそれまで売ってしまったはずがないだろう。奇妙にも不安になり、グラントはドアをたたいたが、誰も出てこなかった。鍵がかかっていなかったので、中に入り屋敷を探し回ると、書斎にいるヴィクトリアを見つけた。彼女に会う心構えはできていると思っていたが、額をこすりながら、憂いに沈んだ顔で目の前の帳簿を見つめている姿を目にして、胸がしめつけられた。

憂鬱そうなヴィクトリアは見たくなかった。とりわけ、帳簿が原因でなど。グラントが助けてあげられることがあるとしたら、財政的なことだった。ヴィクトリアはわたしに心配してもらおうとは思っていないのだ、と胸の中でひとりごちた。

しかしそれでも、グラントはヴィクトリアの心配をしたかった。

ある考えが浮かび、不安が何倍にもふくれあがった。ひとつ可能性があった――わずかとはいえ――二人の溝を修復し、一時間以内にヴィクトリアを抱きしめられる可能性だった。

今日もどっさり仕事をこなした。すでにトリの頭はこめかみを万力でしめつけられているかのように、ずきずき痛んでいた。外の鳥の歌声すら――呼び寄せようとして窓辺にえさ台を置いておいたのだが――神経を逆なでした。

両腕をぐんと伸ばし、背中から首筋へと這い上がってくる緊張をやわらげようとした。そのとたん息が止まり、腕に力が入らなくなった。グラント？　戸口にもたれてこちらを見つめている。どのくらい前からあそこにいたのだろう？　トリは顔をゆがめた。これ以上ないほど悪い日を選んでやって来たようだ。

招かれもしていないのに、書斎にずかずか入ってきた。

何様だと思っているのかしら、こんなふうにわたしの家に勝手に入りこんできて。まるで自分の家のように。

机のわきにしばらく立っていた。トリがとても疲れて見えることか、自分に向けられた表情が険しいことに、グラントはショックを受けたにちがいない。だがトリが疲れて見えるなら、グラントは消耗しきって見えた。顔は何かの感情でひきつっている。服はほこりまみれで、ブーツは傷だらけ。髭を剃るいとまも惜しんで、ここまで馬を飛ばしてきたのだった。トリが好奇心をそそられて眉根を寄せると、グラントは帽子を机に置き、椅子にすわった。その仕草にトリはかっとなった。ベルモント・コートは自分のものだと言わんばかりの図々しさだ。

「話したいことがある」

どうか、ベルモント・コートのことではありませんように。わたしと同じようにベルモント・コートをほしがりませんように……。

「この数週間に何があったのか説明――」

「イアンを見つけたの?」トリはさえぎった。

グラントは顔をこわばらせた。「いや、見つけられなかった」

トリは悲しみをグラントとわかちあいたくなくて、目を伏せた。自分を見つけてくれたように、イアンを見つけてくれると信じていたのだ。そうではないことを聞いて打ちのめされた。「それでここに来たの?」またグラントに顔を向けた。「わたしにイアンを見つけられなかったと伝えるために？」

「いや。まったくちがう」

「他に何を話しあいたいの？　今は社交的な訪問に割く時間もないし、そんな気分でもないの」そう言った声は冷たく、我ながらうれしくなるほどしっかりしていた。

わずかにグラントの目が大きくなった。「何週間も会っていなかっただろう。わたしのために時間を割けないのか？」

「それでここに来たの？　訪問するために？　名刺を置いて帰るべきだったわね」

「そのために来たのではないことはわかってるだろう――たんなる訪問じゃないことは」

「あなたが何を望んでいるか、わたしにわかるわけないでしょ」いらついて両手を持ち上げた。「最後にここから出ていったとき、二度と来ないと言ったでしょ――」

「馬鹿な真似をした。後悔しているよ」

後悔している？　すまなかった、でしょ。心の中で叫んだ。すまなかった、と言いなさいよ。頭痛が頭全体に広がった。たとえグラントが永遠の愛を誓い、許しを乞うても、二度と受け入れないと決意したことを思い出した。この堅苦しい、じりじりするような会話は、それにすらほど遠かった。

「とにかく時間がないの」トリは乱暴に書類を積み上げた。「帰っていただきたいわ」

「まだ帰るつもりはない」グラントはいらだたしげに髪をかきあげた。「きみと話をしたいんだ」

トリは立ちあがった。「わたしはあなたと話す必要なんてないわ。それに、わたしの記憶によれば、お互いの意見が食い違ったときは毎回必ず、あなたは自分の意思を貫いた。だから、もうおしまいにしたいの。さようなら、グラント」

グラントは信じられないような目つきでトリを見た。

「終わりなのよ。さよならと言ったでしょ」トリはグラントの先に立って玄関ドアに歩いていった。後ろからついてくる足音が聞こえる。ドアを開けると、グラントは出ていったので、ひそかに失望した。卑屈な謝罪を期待していたのだ。

と、いきなりグラントの手が伸びて、引き寄せられた。そして唇が重ねられた。それだけでくらくらするような刺激だった。トリは頬をはたいたり手を振り払ったりしようとはせず、ただじっとしていた。やがて、ふさがれている唇をどうしても動かしたくなった。グラントはうめき、トリはあえいだ。手が互いにつかみかかろうとして伸ばされ、ぶつかった。

だが、グラントはキスを中断すると、体を引こうとしているようだった。トリは自分が小さな抗議の声をあげるのを聞いた。目を開けて視界がはっきりすると、我に返って凍りついた。

グラントは片手で顔をこすっていた。「わたしたちはまだ終わっていないんだ」

「こんなの何の意味もないわ」トリは叫んだ。「わたしたちはずっとこんなふうだったもの。わたしの言ったことをちゃんと聞いていれば、わたしがもっとほしくなったとわかっているはずよ」

「もっと差しだす用意はできている」期待を持たせるように応じた。

トリは激しく首を振った。「わたしをもてあそぶのはやめて。〝欲望だけの結婚〟から〝理想の結婚〟に、たかが数週間で変わったりなんかしない。この二週間、わたしたちは離ればなれだったし、お互いに努力もしていなかったのよ、あえてつけ加えておくけど」トリは指でこめかみをさすった。「このあいだ会ったとき、あなたはすべてを明らかにしてくれた。あのときは賛同できなかったけど、すべてにおいてあなたの言うとおりだとわかったの」

「ちがう、そうじゃないんだ。わたしはまったく――」

「これだけは知っておいてね、あなたが幸福になるように心から祈っているわ」冷ややかにさえぎると、胸が痛むほどハンサムなその顔の前でドアを閉めた。

しかし、一日しか稼げなかった。翌日、骨に食らいつく犬のようにグラントは戻ってきて、執拗に話しあいを迫ったのだ。ベルモント・コートが自分のものになるまであと数週間だったので、トリは断固としてグラントを避けようと決意した。

島にいたときと同じように、グラントを避けるのは簡単だった。犬が吠えたら、家を出るか、蠟燭をつけて衣装部屋で本を読んだ。一度、トリとハッカビー夫人が台所にいるときに、グラントが家に入ってくる足音が聞こえた。夫人はたっぷりしたお尻をトリにぶつけて、食糧貯蔵室の中に押しやった。そのとたんにグラントが入ってきた。別のときは、ハックが納屋の二階にかくまってくれた。トリはそこでじっとして、愛らしい納屋の子猫のきょうだいたちに踏みつけられていた。

グラントを避けている日数が延びるのは満足すべきことだった。いまいましいことに、そうだった。

ヴィクトリアは自分のいない人生を受け入れた。それは認めがたいことだった。グラントはベルモント・コートのドアをどんどんとたたきながら、イアンを捜す航海から戻って最初にここを訪ねたときにヴィクトリアが向けた揺るぎない表情をまたもや思い返していた。怒りをぶつけられる覚悟はしていた。無視されるよりはずっとましだ。だが、トリは戦いを挑んできた。だから、自分も同じようにするつもりだった。

策略、組織、戦い、征服。商売ではうまくいった。さんざんなだめすかして、グラントは母親とニコルから助力をとりつけた。ヴィクトリアを見つけられなかったら、カメリアに訴え、彼女も味方に引き入れよう。

しかし、カメリアはグラントに会ってうれしくなさそうだった。それどころか、玄関先でこう言った。「あなたに会えてうれしいとは言えないわ」それでも、家の中へは入れてくれた。

カメリアの外見の変化に、グラントはびっくりさせられた。やせて弱々しい女性は姿を消し、見目麗しい生気にあふれた女性になっていた。「ミス・スコット、とてもお元気そうですね」

微笑みかけられるか、お礼を言われると思っていた。だが、カメリアはにらみつけてきた。

「どうしてあなたと口をきかなくてはいけないの？　あなたはトリをひどく傷つけたのよ」

「わかっています——それは説明できます。イアンを追っていかなくてはならず——」

「トリはあなたが出かけた理由を知っているわ。でもひとことの連絡もなしで？　トリの消息をたずねることもせずに？」

「わたしを追い払えて喜んでいると思ったんだ。とりわけ、あの最後の朝、わたしが出ていったあとは」

生意気な口調で、カメリアはつぶやいた。「たしかに今はそういうふうに感じているでしょうね」

「まいったな、カメリア。離れて過ごせば、わたしに対するヴィクトリアの怒りも薄れると思ったんだ。わたしが戻ってくるまで伯爵が亡くなっていなかったら、きっとそうなったはずだ」

「あなたと口をきいている唯一の理由は、お母さまと義理のお姉さんが手紙を書いてきて、そうしてくれと頼んできたからよ」カメリアは客間に案内しながら言った。「丸一日トリが外出していて幸運だったわね」

カメリアがわずかしかない椅子のひとつに腰をおろすと、グラントもすわった。「きみの助けを求めるのは簡単じゃないみたいだね」

「どうしてあなたを助けなくちゃならないの？　トリの胸を引き裂いたくせに」

グラントはヴィクトリアの冷たい言葉を考えながら、顔をしかめた。「胸が引き裂かれたようにはふるまっていなかったが」

「ええ、でも、想像がつくはずよ」

グラントはうなずいた。そのとおりだとわかったのだ。

「それだけの価値がない相手なのに」その口調はショックを受けるほどよそよそしかった。

「ああ、頭がぼうっとしていたときのきみの方が好きだよ」

カメリアは険悪な目でにらみつけてきた。

グラントは鼻柱をつまんだ。「すまない。ただヴィクトリアと結婚したいだけなんだ、そして大切にして――」

「トリを愛する？」

グラントはカメリアの目をのぞきこんだ。「何よりも」

「じゃあ、そのせいでアマンダとニコルがあんなに強く言ってきたのね。あなたが二人に打ち明けたのは意外だわ」

グラントは両手を上げた。「聞いてくれる相手全員に話しているんだ。厩舎の少年まで、わたしがヴィクトリアに夢中になっていることを知っているよ」

「それで、何を頼みたいの？」

「ヴィクトリアは以前、わたしたちのあいだには愛情がない、安らぎがないと言っていた。ヴィクトリアをどう説得しても、わたしには会ってくれないだろう。それなら何ができる？二人のあいだに愛情があることを示したいんだ。だが、ヴィクトリアを追いかけている状態では不可能だ。それに、わたしが帰ってきてから一度だけ会ったときは、最悪だった」

「そして、当然、あなたはいらだった」

「いらだってはいない」不信もあらわなカメリアの表情を見て、グラントはつぶやいた。

「これには多くのことがかかっているんだ」元の話題に戻って言った。「わたしはヴィクトリアと二人だけになりたい。そして、少なくとも今月いっぱいは誰にも邪魔されたくないんだ」

カメリアは首を振った。「トリは家を離れないわ。たとえ離れたとしても、しなくてはならない仕事のことを考えて、気もそぞろになるでしょう。だから、どっちみちベルモント・コートにいるときと変わらないわ」

「じゃあ、わたしがここに来るしかない。ヴィクトリアと二人だけで過ごす」

「トリの評判をだいなしにしてしまうわ」カメリアは指摘した。「二人きりで暮らすわけにはいかないわよ」

グラントはすでにこの反論に対する案を練ってあった。「ベルモント・コートの周囲に家はない。訪問客はいないことはわかっている。村人たちとハッカビー夫妻は非常に忠実だ。それはまちがいないよ。考えてみてくれ――もしそうでなかったら、今頃新聞社が来て、遭難者のニュースを追っていただろう。それに、いちばん近い隣人の男爵、ウィンフィールドとは知りあいなんだ。男爵はいい人で、決して噂話をするような人間じゃない」

カメリアはしばらく黙りこんでいた。心を決めかねているようだった。

グラントは迷っているのを見てとり、もう一押しした。「もし最悪のことになったら、母がずっと付き添っていたと言ってくれることになっている」

ついにカメリアは言った。「トリは書類を書き上げたの。あなたにそれに署名してもらい、契約を破棄してもらいたがっている」じっとグラントを見つめた。「書類に署名して渡してくれれば、お手伝いしても――」

「了解」

カメリアは眉をつりあげた。「もし二週間でトリの気持ちをつかめなかったら、あなたはトリとベルモント・コートの両方を失うのよ。喜んでその危険を冒すつもり？」

「わたしはヴィクトリアがほしいんだ」両手を握りしめた。「それ以外のことはくそくらえだ」

カメリアはグラントの言葉遣いをたしなめるように控えめに咳払いしてから言った。「この件では信用するわ。だけど、それはトリがあなたを愛していると知っているからよ。だけど、もしあなたがトリを傷つけたら……」

「それはない」

カメリアは指を突きつけた。「それから、お金をトリに提供しようとしたり、この約束を変更しようとしたりしないでね。トリはここを自分のものにしたがっている――どうしてもそうしなくてはならないの」

すばやくうなずく。「わかった」

「それで、二人きり、と言ったわね？」

「可能なら」

カメリアは考えこんだ。「ハッカビー夫妻は最近、コテージに戻ったの。もともと、伯爵を世話するために一時的に屋敷で暮らしていただけなのよ。そして、わたしは……」

「よかったらホワイトストーンに滞在したらどうかな？」

「いいえ、男爵と情熱的な関係になっているから、狩り用の小屋で二週間いっしょに過ごすってトリに話すわ」

グラントは背筋を伸ばした。「きみに嘘をついてくれとまでは頼んでいない」

カメリアはまばたきしてグラントを見上げた。「嘘じゃないわ」

# 30

「羊小屋の屋根は？」トリは週に三度の仕事の打ちあわせで、ハッカビーにたずねた。

「まだ材料の見積もりをとっているところです」

「刈りとりは？」

「春の終わりには作業員たちが来ます。でも、事前に賃金の半分が必要になるでしょう」

トリは大きなため息をついた。「どこかでひねりだすわ。水浸しの土地は？」

「今月末までに排水してもらう契約をしました」

トリは不安そうにたずねた。「種まきに間にあう？」

ハッカビーは笑みを隠した。「はい、お嬢さま」

「明日納屋で落ちあって、修理箇所を点検しましょう」

「朝食のあとでいかがですか？」

トリはうなずいた。ハッカビーの揺るぎない熱意に驚嘆していた。なぜか、ハッカビーはトリのやっていることに喜んでいるようなのだ。トリがめざしているような熱心で知識のある人のために働いたことは今までない、とハッカビーは言った。ハッカビーは足どりも軽く、胸を張って、外に飛びだしていった。

今日は他に何をしなくてはならないだろう、と考えこんでいると、カミーが戸口から入ってきた。「今日の調子はどうだった？」カミーはたずねて、机の向かいの椅子にすわった。

「まあまあね、たぶん」

「ハッカビーは進展状況にとても満足しているみたいね」

トリはぼんやりとうなずいた。あの納屋はわたしたちの悩みの種になりそうね。それに今、材木は高いから……。

「しばらく旅に出ると知らせに来たの」

その言葉でトリははっと我に返った。「え？　どこに？」

「もっと早く言うつもりだったんだけど、ウィンフィールドと会っているの。何度も」

「それは推測がついていたわ。それに、あなたの鼻歌と薔薇色の頬から察するに、一時的にのぼせているんじゃないのでしょうね？」

カミーはうなずいた。「今月の後半に、デボンシャーの狩猟小屋にいっしょに行ってほしいと言われているの。あのあたりはちょうど美しい季節らしいわ」

トリは衝撃のあまり黙りこんだ。でも、うれしそうに見えることを祈った。英国の風光明媚な土地で二週間、何もせず、愛する人とのんびり過ごす……心のどこかでは嫉妬していた。でも、カミーは誰よりもそういう幸運にふさわしい人だわ。「すてきなひとときが過ごせそうね」

カミーは体を近づけてささやいた。「あの人にすべてを話したのよ、トリ。島で起きたことを洗いざらい。そうしたら、わたしのしたことを誇りに思うって言ってくれた」

「当然よ」トリは力をこめて言った。「あなたはわたしの命を救ってくれたんだもの」

「まあ、あなたがわたしの命を救ってくれたからだけど」トリが涙ぐんで微笑むと、カミーはたずねた。「二週間、一人で大丈夫？」

トリはそのことを考えていなかった。一人きりで二週間。「大丈夫よ」

「じゃあ、決まりね。明日の午後、ウィンフィールドが迎えに来るわ」

「明日？」トリは息をのんだ。

「かまわない？」

「もちろんよ」トリはあっさりと言った。それでも、翌日カミーを見送ったとき、ハッカビー夫妻に戻ってきてくれるように頼もうかとさえ思った。いえ、そんなの馬鹿げている。わたしはこの屋敷の女主人なのよ。手強いジャングルと闘った大人の女性。付き添いなしでも大丈夫よ。しかしやはり、正午が近づいてくるにつれ、大きなさびれた屋敷で一人ぼっちで過ごす夜が怖くなってきた。

「いったいどこに行ってたの、グラント？」アマンダは叫んだ。三日ぶりにグラントが帰ってきて、玄関から走りこんできたのだ。「今日の午後、ベルモント・コートに行く予定だったんでしょ」

「わかってますよ」グラントは答えたが、ニコルまで部屋に入ってきたので、うめき声をもらしそうになった。こんな目にあわされるのは勘弁してほしい。旅に出ていたせいで予定に遅れ、早くも不安になっているところだ。「今は時間がないので——」

ニコルのわきをすり抜け、ドアを出ようとした。ニコルは腕組みをして、通せんぼをした。

「そう、どこに行っていたのか話してもらえない？ わたしたち、興味しんしんなの」

グラントは左に回りこもうとした。ニコルは立ちふさがった。グラントはくしゃくしゃの髪をかきあげた。「姉がいなかったら、絶対にもっと自分の人生が好きになれたな」

その言葉にニコルは満足したようだったが、それでもどこうとはしなかった。

「そこまで言うなら……国じゅうを走り回っていたんですよ」——そこで言葉を切り、少し恥ずかしそうな口調になった——「ヴィクトリアが売ったものを残らず買い戻そうとして」

二人の女性は上手に芸ができた犬に対して向けるような笑みを浮かべた。グラントはしかめ面で応じると、シャツを着替え、ベルモント・コートへの旅に新しい馬を用意させるために飛んでいった。

物思いに沈みながら、数え切れないほどの心配事で暗澹《あんたん》たる気持ちになっていたとき、トリはあやうく見知らぬ男にぶつかりそうになった。ベッドの羽根板を家に運びこもうとしている。

「これは何？」トリは驚かされるのは好きではなかった。それでなくても、ベルモント・コートでは毎日たくさんの新顔に挨拶された。

「届けに来た家具です」

もう一人がヘッドボードを抱えて通り過ぎていくのに気づいた。「それはどこから運ばれてきたの？」

男は私道に停まった引っ越し用の馬車を肘で示した。「サザーランドです」

では、今度はわたしに家具を買ってくれようとしているの？　ここの欠乏に気づかれ、その穴埋めをされるなんて、とんでもない屈辱だわ。

「すぐにそれを持っていって、こういう贈り物は受けとれないと伝えてちょうだい」もっとも、馬車の奥に見かけた化粧台はとてもすばらしい品だけど……。

「贈り物じゃありません。引っ越して来るんです」

頬を張られても、これほどの衝撃は受けなかっただろう。「やめて。作業をやめてちょうだい！　蟻の行列を方向転換してちょうだい」背後からくぐもった笑い声が聞こえて、凍りついた。

「蟻の行列だって？」振り返らなくても、それがグラントだとわかった。

ヴィクトリアはげんなりした顔で振り向いた。「いったい何をしているの？」

「引っ越しだ」

「この屋敷はわたしのものよ」親指で胸を指した。「わたしのもの。あなたはこんなふうに

「不動産譲渡証書にはわたしのものだと記されている」落ち着き払った口調で答えた。「だ、だけど、いらないと言ったでしょ。追加遺言状を行使しないって」

グラントは眉をつりあげた。「きみもほしくないと言っていたよ」

ひとことひとことを噛みしめるように、トリは言った。「わたしは、気が、変わったの」

「同じく」

グラントは自分の部屋の方へ歩きだした。トリはすぐ後ろについていった。「やめて！　こんな真似はできないはずよ。わたしがどんなに努力してきたかわかってる？　必死に働いた。わたしはこの屋敷を勝ちとったのよ」

グラントは足どりをゆるめた。こんな真似はできない。ヴィクトリアを傷つけるわけにはいかない。それでも、ヴィクトリアのそばにどうしてもいたいという気持ちは抑えられなかった。「わたしも勝ちとったんだ。人生の一年以上をそのために捧げたんだから。ここに住むつもりだよ」

「わたしたちを追いだす気？」ヴィクトリアの声はしゃがれた。

足を止め、あわてて安心させた。「誰が追いだすなんて言った？　きみとカメリアは、好きなだけここにいてもらってかまわない」

ヴィクトリアは自分の言葉が喉に詰まりかけているように見えた。「ここであなたといっしょに暮らせと言ってるの？」

「わたしの見たところ、この地所を監督し、羊の商売を拡張する人間が必要なようだ。わたしがそれを担当するよ」

ヴィクトリアは怒り心頭に発した。ああそう、けっこうよ。もしわたしが泣いていたら、下唇が激しく震えていたら、グラントはこんな真似ができなかっただろう。

「この計画を立てた日を後悔させてやるわ。今週中にはここからあなたを追いだすつもりよ」

グラントはヴィクトリアを無視して、作業員に指示した。「それを二階に運んでくれ。右側の五つ目のドアだ」

「それはわたしの続き部屋じゃないの！」

グラントは熱っぽい視線を向けた。「そうなのかい？」


トリは泣くまいと必死にがんばった。しかし、部屋で行ったり来たりしていると、いっそうつらくなった。グラントを罵ると多少は気がまぎれた。いろいろなものを蹴飛ばすのも、さらに役に立った。よくもこんな真似ができるわね？　隣にグラントがいて、〝彼の〟部屋を歩き回っていると、いっそう腹が立った。

ここにとどまるという決断がこれまで揺らいだことがあったとしても、いまや新たな決意が胸にわいていた。自分の縄張りが侵されようとしている。しかも、グラントが介入してきて、じわじわとこの地所の権利を主張しようとしている――耐えがたかった。しかも、なんてこと、グラントが体を洗っている音が聞こえる。だめよ、そんなことを考えては、あの人がシャツを脱いで、全身が濡れて……。

トリは頭を振った。別の部屋に移ろう！　だが、すぐに思い直した。最初は部屋、次にはベルモント・コートから去ることになる。踏ん張らなくてはならない。それに、グラントがまた隣の部屋に移ってくるのは阻止できないだろう。

ドアにノックの音がした。続き部屋からだ。まったく図々しい！

ドアを開け、蹴飛ばしてやりたいという気持ちを意志の力を総動員して抑えつける。グラントののんきな態度も気に障った。長身でドア枠に寄りかかり、トリの顔、胸、さらに全身をなめ回すように眺めた。トリをほしいと思っているときのように、目の色が濃くなった。

そういう目つきをされると、どうして腹を立てていたのか女性に忘れさせることができる。

「ここでは、わたしたちの食事はどうなっているのかな？」

わたしたち？　わたしたち！　「まさか、わたしに手を貸してくれと言うんじゃないでしょうね？　そもそも、あなたと口をきくことだってありえない」

「飢えた男を見捨てるのか？」

「あなたがその男？　それなら喜んで」トリはドアをたたきつけて閉めようとした。グラントはブーツの先をドアの隙間にはさんだ。

「聞いてくれ、ヴィクトリア。わたしを立ち去らせる方法があると信じているんだろう？」

ヴィクトリアはぐいとあごを上げた。「絶対にね」

「じゃあ、ここにいるあいだにわたしを利用したらどうかな？　わたしは力がある——きみの手伝いができるよ。働ける」

この話がどこに通じるのか読めた。「だけどここで働いたら、さらにあなたに権利を与えることになるわ」

「きみの不利になるようにはしないと誓ったら？」

「この場所をほしくないと言ったでしょ。でも、どういうわけか気が変わって、やっぱりほしくなったから、ここに来たんじゃないの？」

「約束しただろ」

顔をしかめてグラントを見つめた。その言葉が信頼できると考えたことに困惑させられた。どうしてかはわからないが、そう確信したのだ。それに目下、助力はありがたかった。

大きく息を吐いた。「ベルモント・コートでは早く寝るの。だからもうとっくにディナーはすんだわ。それに、ここではベルをひっぱってもディナーは出てこない」

「わかった」すばやくうなずいた。「つまり、今夜はきみが手を貸してくれるってことだね？」

「しぶしぶね。でも、必ずお返しはしてもらうわよ」

グラントの微笑に息が止まりそうになった。うぬぼれていて官能的で、武器のように強力な微笑。

無理やり視線をひきはがすと、台所に行き、グラントにシチューとパンを出した。どうやらとてもおいしいと思ったようだ。「明日はどんな仕事をする?」グラントがたずねた。

必要以上に相手の言いなりになっている気がして、口ごもった。だがそっけなく言った。

「朝いちばんで、北側の柵のところに来てちょうだい」


グラントは日の出からほどなくやって来たが、すでにヴィクトリア、ハッカビー、年配の村人は倒れた柵のそばで待っていた。ヴィクトリアは作業用ブーツに麦わら帽子といういでたちで愛らしかった。両手にごわごわの手袋をすっぽりはめている。

グラントは笑いかけた。ヴィクトリアはにらみ返してきた。

これからの作業を眺めて、グラントははるか先まで続いている壊れた柵を眺めた。ずっとずっと先まで続いている。作業員がいないかと四方を見回す。いらだちがわきあがった。ヴィクトリアが農場労働者のように働いているのも当然だ。そうする必要などないにもかかわらず。ヴィクトリアはこの数カ月でさんざん苦労してきたのだから、これ以上疲れ果てさせるつもりはなかった。

グラントはヴィクトリアの腕をつかむと、わきにひっぱっていった。「この修理を終わらせるには何日もかかるよ。どうしてもっと人を雇わなかったんだ?」

ヴィクトリアは腕をつかんでいる手をにらみつけた。

「どうして?」繰り返しながら、しぶしぶ手を離した。

「ごちゃごちゃ言ってないで、さっさと作業を始めない？」

「羊を失うよ。一文惜しみの百損だぞ」

ヴィクトリアは不機嫌な目つきでにらんだ。「ことわざ？　じゃ、石から血はしぼれない。それに、お金があっても、雇える人間がいないの。この一帯の若者はみんな、地所にお金が入ってこなくなると仕事を見つけに村を出ていったのよ」ヴィクトリアの声が低くなった。

「わたしの決定を疑うつもり？」

けっこうな初日だ、グラント。「わたしは——」言葉をのみこんだ。「すまない。きみがこういう作業を手伝いもなしにすることを心配しただけだ」

グラントの謝罪にヴィクトリアはびっくりさせられた。顔をそむけて、長い一日になるわ、とあわててつぶやいた。

それから数時間、グラントはとりつかれたように働いた。第一の理由は、他の連中を働かせまいとしたせいだ。老人のジェラルド・シェパードは、今にも倒れそうに見えた。すばやく立ちあがるとヴィクトリアはふらつき、ハッカビーの顔はぎくりとするほど赤くなっていた。

別の理由も、グラントの意欲を支えていた。ヴィクトリアはそばで彼の働きぶりを監督したがっているようだったのだ。シャツの裾をめくり上げ、額をふいたとき、胸から腹にかけて視線を注がれていることに気づいた。ヴィクトリアはあわてて目をそらしたが、その前に無意識に唇をなめたので、さらに労働意欲が激しくかきたてられた。おまけに、その日じゅうに作業を終えられるとわかると、ヴィクトリアがとても誇らしげな表情を浮かべ、瞳をきらめかせたので、グラントは死ぬ気で働こうという気にさせられた。

日没のすぐあとに、グラントは最後の杭を打ちこんだ。あまりにも疲れ果てて、ヴィクトリアとベッドをともにすることすら考えられなかった。まあ、多少は頭をよぎったが。もっとも、ヴィクトリアを抱きしめていっしょに眠りたいという気持ちは強烈だった。ただ、いっしょに眠りたかった。ただ、ヴィクトリアが眠りにつくまで髪をなでていたかった。額と首の汗をぬぐうと、ポニーの荷車の端にすわっているヴィクトリアのところに歩み寄った。

「いっしょによく働いたね」

「とてもご満悦のようね」

「たしかに」

「聞いたところによると、羊の毛の刈りとりをすると、柵の修理が子どもだましに思えるんですって。もちろん、それを確かめるまで、あなたはここにいないでしょうけど」

「わたしは羊にはとても詳しいんだ」グラントはヴィクトリアに思い出させた。「ホワイトストーンを四年間管理していたからね」

ヴィクトリアは肩をすくめたが、疲労がどっと押し寄せてきてあくびをこらえた。

「そろそろ帰らなくては」グラントは言うと、二人の男たちに別れの挨拶をした。ハッカビーとシェパードは、シェパードの女房が昼食に持ってきてくれたエール・ビールを楽しむつもりだろう、と思ってにやっとした。当然のご褒美だった。

過労になっているのは、ヴィクトリアだけではないと気づいた。ハッカビー夫妻は地所でいくつもの役目をこなしていた。ハッカビーは財産管理人であるばかりか、肉体労働者だった。ハッカビー夫人は酪農場と台所で働き、家政婦と洗濯婦も務めていた。

ヴィクトリアがまたあくびをしたので、グラントは抱き上げて、抗議されないうちに自分の馬に乗せた。

ヴィクトリアは目を見開いた。「す、すごく高いわ」口ごもりながら言った。「とっても大きい！」

「わたしが引いていくよ。きみは屋敷まで歩いていけないほど疲れているからね」

グラントが手綱を離すつもりはないと知って、ヴィクトリアは見るからにほっとしたようだったが、それでも、馬のたてがみをぎゅっと握りしめていた。「どうして気を遣うの？」

「きみがとても気になるからだ」

ヴィクトリアは困惑したようにグラントを見つめた。グラント自身も混乱していた。今ようやくヴィクトリアに対する自分の気持ちがわかり、これほど時間がかかったことに愕然としていた。それきり屋敷までずっと黙りこみ、馬からヴィクトリアを降ろしてやったときも、甘い言葉は一切口にしなかった。

ヴィクトリアが寝たあと、ホワイトストーンの有能な人間をこっちで働かせるために寄越してくれ、という手紙をニコルに書いた。自分のしたことを知ったらヴィクトリアは激怒するとわかっていた。しかし朝になると厩舎の少年を呼んで、ともあれ手紙を届けてもらうように手配した。

その後ふた晩のあいだに、耳障りな音を立てると、グラントが目を覚ますことをトリは確認した。数少ない家具を部屋の中で移動したり、ひっかかって閉まらない窓を修理したり、蝶番をキイキイ鳴らしたり。さらに早朝に起こしてやろうとしてドアを蹴ったが、結局、その作戦はたんに自分が疲れるだけに終わった。グラントは毎日トリのあとをついて歩いては、愛想よくふるまい、お世辞を言い、トリのやり方を学び、塀の一件のあとは決して忠告をしなかった。しかし、言葉をのみこむことで苦しい思いをしているのはわかった。けっこうなことだわ。

だが、どうしても回らない蓋を開けてもらったり、手の届かないものをとってもらったりする人がそばにいるのはうれしかった。困ったというそぶりを見せるだけで、グラントは助けに来てくれた。

「きみが追いつめられているのは知っている」ある午後、いっしょに移動式の羊の囲いを少しずつ運んでいるときにグラントは言いだした。「だけど、こんなに無我夢中で何かを追い求める人は初めてだよ」

あなたのことはそんなふうに求めたわ、とトリは思った。そして、どうなったか見ればいい。傷を負ったのよ。「あなたは何かを追い求めるとき、そうじゃないの？　だいたい、手に入れられないと思っているようなものは追いかけないんでしょ？」

「そうなのかな？」グラントはちがう意味にとったように見えた。わたしの心を読んだのか

しじゅうグラントのそばにいて、長身のたくましい体が一日じゅう働いているのを目の当たりにするのは、つらかった。しかし、いまや、もっともっと悪いことが起きかけていた。

グラントはユーモアセンスを見せるようになったのだ。

グラントが雄羊に頭突きを食らわされたとき、トリはげらげら笑った。すると、グ、ラ、ン、ト、までいっしょになって笑ったのだ。トリは仰天して、目を丸くした。グラントの笑い声は深みがありよく響き、その笑顔ときたら――トリはぼうっとグラントを見つめながら、官能的でありながら、安らぎを与えてくれるものに対してはとうてい抵抗できないと思い知らされ、内心で毒づいた。

さらにトリのドレスが釘にひっかかり、羊小屋であわや裸になりかけたときも、グラントは笑った。ただし、トリの顔をひと目見たとたん笑いをこらえようとし、涙をぬぐいながら、ドレスを釘からはずし、ちぎれたスカートの一部を渡してくれた。あとで、トリはグラントがそのいまいましい釘を抜いておいてくれたことに気づき、心の中で罵った。

その晩、真っ暗になる前に、トリは廐舎の猫たちに残り物を持っていってやった。途中でテラスにいるグラントとハッカビーのかたわらを通り過ぎた。二人はディナーを待ちながら、葉巻をくゆらし、エールを飲み、穀物や収穫高について話をしていた。足早に通り過ぎたのを見られたとさえ思わなかったが、「おいで、子猫ちゃん」と呼びかけたときには、背後に

グラントがいた。

皿を置いて振り向き、グラントの表情に顔をしかめた。グラント・サザーランドは酔っていた。トリは批判がましく言った。「あなたとハッカビーは、ジェラルドの自家製エールをふるまわれたみたいね」

「強烈なやつをね」グラントがあごをこすったので、トリは無精髭に気づいた。

「毎日髭を剃っていたんじゃないの？」

「あまりにも疲れて、そんなことを考えられなかったんだ。それに理由はわからないが」グラントは思わせぶりな笑みを浮かべた。「ここではよく眠れなくてね」

トリはすました笑みを返した。「動物でも、居心地の悪い場所から退散しようとするものよ」グラントは含み笑いをもらした。ろくでなし。いまやのんびりとくつろいでいて、かつて結婚をためらった陰気なグラントとは別人のようだ。

近づいてくると、トリの耳元でささやいた。「髭を剃るとしたら、きみとキスできるかもしれないと期待したときだけだよ」トリの頬をそっと指先でなでる。「顔のやわらかな肌を傷つけたくないからね。それに太ももの」

トリは息ができなくなった。知らん顔なさい、と心の中で自分をいましめる。あとじさりして、そろそろディナーだからと言い訳すると、逃げだした。

グラントはディナーに三十分遅れて現れた。髭はきれいに剃られていた。

トリにはグラントの意図がわかっていた。トリを愛することはできないが、誘惑しようとしているのだ。そして、腹立たしいことに、グラントの顔を見るたびに、その力強いあごと、きれいに髭を剃られたくっきりした頬骨のせいで、おなかの中で蝶が羽ばたいているように感じられた。今夜、わたしにキスをするつもりでいるのかしら？　全身にわななきが走った。顔を見ただけで、興奮するわけがないわ！　だが、ディナーは厳しい試練に感じられたので、食事を終える前に席を立ち、グラントのあからさまな失望の表情を無視して書斎にひきこもった。

椅子にもたれ、グラントの作戦を分析してみる。欲望以上のものがほしいと伝えると、グラントはそれ以上は与えられないと答えた。行き止まり。それ以外にも行き止まりだらけなのに、突き進もうとする人間がいるかしら？

グラントはいっしょに過ごすことで、二人の生活の区別がつかなくなるほど、わたしの生活に入りこもうとしている。それは仕事においてだけではない。トリが楽しみにしていた来週土曜日の村の結婚式にまで、グラントは出席するつもりでいた。トリは八十代で結婚する人とは会ったことがなかった。でも、もしかしたら出席をとりやめるかもしれない。

低く毒づいた。村人たちはすでに二人を共同所有者とみなしている。みんな、二人がひとつになって仕事をしていると考えているのだ。ひとつ、なんて存在しない。わたしは半分じゃない。わたしがこの地所を所有しているのよ。一週間以内に所有権が手に入るだろう。そうしたらグラントを追いだす。むなしい妥協につぐ妥協によって、愛のない人生を送ることはしないわ。愛が大切であることを忘れてしまうほど欲望が募る前に、グラントに出ていってほしかった。

トリの不安はそれだけが理由ではなかった。よりよい所有者が、資産という利点のある所有者が引き継ぎたがっているときに、あくまで地所を手放すまいとすることは正しくないとわかっていたせいだ。刈りとり作業者を雇うお金をどうにか捻出しなくてはならなかった。目がチカチカしてくるまで、帳簿を調べた。羊毛仲介人のマクルーアとの冗長で厖大な契約に目を通していったが、意味がつかめなかった。

何時間もたち、トリはハッカビーがまとめてくれた過去の羊毛の価格表、契約書、報告書の散らばった机に頭をのせて、うたた寝していた。そこには農場の資産一覧が記入されていた――どんなものが、いつ、どのように生産されたか。

トリは羊の夢を見た。もっとも最近はメーメー鳴く、この要求の多い動物を嫌悪するようになっていたが。はっと目が覚めた。目をこすり、首を回す。頭が働かなかった。トリは商売人ではない。その事実を毎日思い知らされていた。

だけど、それが何よ、やるしかないわ。眉根を寄せ、最初からすべてを検討し直していく。

真夜中に文字がかすみかけたとき、それに気づいた。

とんでもなくすばらしい過ちに。

厚い契約書をぱらぱらとめくり、その行だけを見ていった。どの契約書にも同じまちがいがあった。どうして見過ごしたのかしら? 何年も、マクルーアは祖父の農場にチェビオット羊毛の代金を支払ってきた。しかし、ここではチェビオットは生産していない。もっとずっと高価なものを生産していた。
ここで生産しているのは……アングロメリノ羊毛だった。

# 31

夜明けにハッカビー夫妻を呼んで、発見についてひそかに相談をした。ただ、グラントに声をかけないことに迷いと罪悪感すら覚えた。どうしてグラントにこの発見を伝えたがるの？　自分が抜け目なく、誰も気づかなかったことを発見したと知ってほしいから？

いや、そうではなかった。たんにグラントがその知らせに笑顔になるのを見たかったのだ。それに、絶対ににっこりするだろう。最近は、心臓が停まるようなあの微笑を頻繁に目にした。グラントはベルモント・コートには欠かせない存在になりつつあった。それに、トリにとっても。だが、ゆうべ酔っていても、グラントはやさしい気持ちを告白しなかった。トリが求めている愛はもちろんのこと。行き止まり。この発見は、完璧な所有権への切符だから、切り札としてまだ胸にしまっておきたかった。

詳細を夫婦に説明してから、トリは言った。「マクルーアに手紙を書いて、まちがいについて教えてやるわ。マクルーアは数千ポンドもの未払い金があるのよ」ハッカビー夫人に得意げににやりとした。「その言葉はこのあいだ勉強したの」

夫妻は拍手をして、その発見に喜んだ。それからハッカビーの表情が厳しくなった。「マクルーアが伯爵をだますつもりだったとしたら？　考えてみてください——農場の羊毛責任者はいなくなり、伯爵は病気で、もう商売をやれなかったし、わたしはそこまで目が配れなかった。この男が四年間も単純なミスをするとは思えないんです。しかも農場の経営が危ぶまれているときに」

トリは椅子に沈みこんだ。「そのとおりだわ。まったくあなたの言うとおりよ。じゃあ、どうしましょう？　警察に訴える？」

「裁判にしたら」とハッカビー夫人が口を開いた。「何年もお金が入ってきませんよ」

ハッカビーは片手で膝を打った。「そうだ。〝紳士の脅迫〟の手を使うんです」トリがわからないという表情をすると、説明した。「あらゆるものの写しをとり、その証拠をマクルーアに送りつけ、『しかるべく対応をお願いします』と書く」

「紳士の脅迫ね」トリは指先であごをたたいた。「試してみましょう。失うものはないわ」

そこで一日がかりで契約書を写し、それを届けさせる手配をした。ハックが郵便馬車に間にあえば、朝には書類がマクルーアのところに届けられるだろう。

翌日、その結果に不安と緊張に胸をしめつけられながら、トリは仕事に打ちこもうとしていたが、私道で騒ぎが起きたので席を立った。

ハッカビー夫妻もやって来て、三人は玄関に歩いていった。そこにはグラントがいて、ホワイトストーンの馬車で連れてこられた洗濯係、コック、メイド、それに納屋小屋の屋根を修理する大工を出迎えているところだった。ハッカビー夫妻は大喜びだった——ハッカビー夫人は安堵のあまり失神しそうになった――全員がグラントに笑顔を向けていた。

新しい手伝いの人々とハッカビー夫妻から見えないところまで、トリはずんずん歩いていった。しかしグラントが客間まで追ってきた。くるりと振り向くと、グラントはすぐ後ろにいて、そっとトリの腕に触れた。

「消耗しきっているように見えるよ」

トリはあとじさった。「あなたにそんなことを言われる筋あいはないわ」

「お風呂の用意をしてもらったらどうかな」グラントは提案した。その声は深く、トリの気持ちをやわらげた。トリの頭は混乱していた。だが、部屋で大きな大理石の浴槽に浸かると思うと、恍惚となりそうだった。湯気の立つ、香りのいいお湯にあごまで沈め……自分の弱さによけいに腹が立った。「お風呂なんてほしくない。使用人もほしくない。どの部屋を使わせたらいいのかもわからないわ」

「下のコートの三階を使わせたらいいよ」

トリはこめかみに指をあてがった。「暖炉がないわ」

「じきに暖かくなるだろう」

「だけど、お給金は――」

「余分な費用はすべてわたしが払う」

トリは肩を怒らせた。「そんなこと望んでないわ」グラントはとても理性的で、対応も論理的だったが、トリは怒りをぶつけたくなった。だが、こう言った。「利口ね、グラント、ベルモント・コートを手に入れる方法をまたもや見つけようとしているのね。あなたの手口がわからないとでも思っているの？」

グラントは打ちのめされた表情になった。「きみの負担を減らすためではなく、傷つけるために手伝いを呼んだと信じているんだね」その声は冷ややかだった。「そもそも、わたしという人間を知っているのか？」

「ほしいものを手に入れるためなら、どんなことだってするのは知っているわよ。それに今度はこういう行動に出たでしょ。みんな、あなたが決定を下す人間だと思うでしょうね」

「本気でわたしに去ってほしいんだね」そう言って、首を振った。「冗談だろ、ヴィクトリア、ちがうと言ってくれ」

トリは黙っていた。

「二人で協力してうまくやっていける、どうにか軌道に乗せることができる、と思ってくれているんじゃなかったのか？　てっきりそう思ってたよ」失望のにじんだ口調だった。「誤解してたようだ」

グラントは廏舎に歩いていき馬を用意した。窓辺にヴィクトリアの姿が見えた。唇を嚙み、そわそわと古びたカーテンの裾をいじっている。自分が永遠に去ると思っているのだろうか。さっき言ったことは本当だった――譲歩してくれていると考えていたのだ。大股に部屋を出てきた。憤慨し、後悔に苛まれて。だが、自分自身にいっそう腹を立てていた。これほどの恨みを抱かせ続けるほど、ヴィクトリアを傷つけてしまったにちがいない。彼女を傷つけたと思うと、居ても立ってもいられなくなった。

いや、ヴィクトリアのもとを去るつもりはない。今日も、明日も、永遠に。用具を積んだ荷馬車をつなぐと、別の柵の修理に出かけた。ここはまだ倒れていなかったが、いずれそうなるだろう。それにグラントは体を動かす必要があった。

ヴィクトリアが結婚してくれるまでに、この地所には国じゅうでいちばんりっぱな柵ができているだろう。

日没近くに材料がなくったので、小川に行って体を洗った。川面に石を投げ、底に沈んだあともずっと石の行方を見つめていた。

夜のとばりが下りると、土手の岩に寝ころがって星々を眺めた。英国にいるので、星の位置は見慣れたものだった。労働で疲弊しきった体で、田舎が眠りにつく物音に耳を澄す。喜ぶべきだったが、これまでに愛した唯一の女性の心を得られず、結婚できないなら、何もかもがむなしかった。

ちくしょう、ヴィクトリアが恋しい。

立ちあがって凝った背中を伸ばし、ヴィクトリアも自分を恋しく思ってくれてはいないだろうか、と考えた。強く自信にあふれた女性なのだから、二人のあいだの過去は水に流し、二度と思い出さないでいてくれないだろうか。

ベルモント・コートの方角に視線を向けた。ヴィクトリアを見ようとするかのように。だ信じられずに目が目の隅でとらえたものに、息をのんだ。その不気味な光の方へ向き直り、目をこすった。

炎が谷間を赤々と染めていた。

# 32

トリはめくれかけた壁紙を見つめながら、ベッドに横たわっていた。くたびれ、手入れもされていないこの古い部屋が好きだった。グラントが行ってしまってから、一時間ごとにますます空虚に感じるだろうと思っていたが、案の定そうだった。悲しみがどんどん募り、しまいにはどこまで行き着くのか怖くなった。

グラントはわたしの元を去ったの？　永遠に？　わたしはあの人にとどまる理由を一切与えなかった。なんて馬鹿なの！　いえ、グラントはあきらめるはずがない――だって、それなしではわたしが生きていけないものを教えてくれたのだから。

そう、あの人がいなくては生きていけない。

まったく、とんでもないろくでなし。

グラントのことを思わなかった日は一日もなかったと気づき、立ちあがると隣の部屋に入っていき、枕をとってきた。また横になると、枕を胸に抱きしめた。グラントの香りが、夜じゅう夢を運んできてくれると期待したわけではない。もうすでに、これ以上ないほどグラントの夢を見ていた。

階下で騒がしい音がしたので、またベッドから飛びだした。グラントが帰ってきたのかもしれない。しかし、窓枠を持ち上げて私道を見たとき、遠くの明かりに気づいた。

パニックがこみあげた。羊小屋が燃えている。

階段を駆け下りて助けを求めて叫びながら、トリは羊小屋めざして走った。あの小屋には治療中の病気の雌羊と、特別なえさと世話が必要な妊娠中の羊を入れてあった。

息せき切って谷間に下りていくと、すでに数人の村人たちが火事を消そうとしていた。しかし、火勢があまりにも強くて、ぐんぐん燃え広がっており、打つ手がないことは認めるしかなかった。膝から力が抜けそうになった。だが、何か手伝えることはないかと、自分を励ましながら火事に近づいていった。そして、驚きのあまりまばたきした。

炎の隙間からのぞきこんだとき、納屋の奥にグラントの姿が見えたのだ。名前を叫んだ――聞こえないようだった。走り寄ろうとしたが、熱に押し返された。グラントは外套を脱ぎ、残っていた雌羊の尻をたたいて、混乱した動物を外に出そうとしていた。殴られでもしたように、グラントがばったり倒れ、炎の壁の向こう側に消えるのが見えた。そのとき、また立ちあがった――だがまた姿が見えなくなった。

トリはガウンをつまみあげると、湿っている茂った草をかき分け、何度も足を滑らせながら納屋の裏へ回っていった。南側の入り口にたどり着いて中をのぞきこんだが、グラントの姿は見えなかった。不安で胸が苦しくなった。煙を吸いこみながら、グラントの名前を叫んだが、返事はない。だめよ、落ち着いて。グラントを見つけて、ひきずりだすのよ。

意を決して、燃える入り口を通り抜けた。

その瞬間、誰かの腕が鋼のように腰に巻きつき、外の方にひっぱられた。体が納屋とは逆の方に突き飛ばされ、地面に倒れこんだ。地面にぶつかった衝撃で、息ができなくなる。グラントがその上に覆いかぶさってきたとき、屋根がぞっとするような轟音を立ててくずれ、火花が空に噴き上がった。

我に返ると、トリはグラントの体をまたぐようにして体を起こし、まずどこを殴りつけてやろうかしらと考えた。どうしてこんな危険な真似をしたの！　わたしがあなたなしでは生きていけないことを知らなかったの？

「おっと、ヴィクトリア」グラントは両手をヴィクトリアのヒップにあてがいながら言った。

「こういうご褒美があるなら。自分で火をつけたかもしれない――」

「まったくもう馬鹿なんだから」トリはひっぱたきながら言った。「頑固者！　本当に石頭よ」手を振りあげる。「この手で殺してやりたいわ」ドラムのように胸をたたいた。

思い切りつねると、グラントはトリを体から振り落とし、両腕を上げさせて押さえつけた。

「やめて！」トリは腕を自由にしようともがいた。「まだたたき足りないわ！」

「もうぶたれるのはうんざりだ」

押さえつけられたトリが腰を突きだすと、グラントはうめいた。「ねえ、そんなことをしても、わたしを興奮させるだけだよ」

トリの目に涙があふれた。「どうしてあそこにいたの？　どうしてころんだときにすぐ逃げなかったの?」

　グラントは両手を離すと、トリのかたわらに寝そべった。「ころんではいない」

「二度、頭が低くなったわ」

　グラントは顔をしかめた。「ころんだように見えたのかもしれないな。でも、あるものを拾おうとしていたんだ」

「何を?」

　グラントは顔をこわばらせた。「ちょっとしたものだよ」

　そのとき、ミャー、という声が聞こえた。「子猫ね!」音の方に顔を向けると、ふわふわした毛玉が地面にころがったグラントの外套の下から這いだして、母猫に近づいていくのが見えた。「絶対に助からないと思ってたわ——屋根裏の干し草置き場にいたから」

「母猫は一匹ずつ地面に運んでいたんだ。だけど、炎が広がってきた。灰色のやつは——」

「今はみんな灰色よ」

「ちびのやつは、まだふうっとうなっているね……こいつは、助けようとしているのに全然協力してくれなかったんだ」

　トリは満面に笑みを浮かべていた。「だから二度もしゃがみこんだのね。最後の子猫を救おうとして?」

「やりかけたことはやり通せ、だよ」グラントはつぶやいた。

　子猫を口にくわえた母猫がこちらをまばたきしながら見ていた。すでに子猫を運ぶ仕事にとりかかっているのだ。「あなたはわたしの英雄よ。子猫の救出者」

「もうそれくらいにしておいてくれ」グラントはむっつりと言った。

トリはグラントの顔にキスした。「どうやったらあなたのところに行き着けるかわからなかった」

「あきれたな、ヴィクトリア。もう二度とわたしを救うために危険なことをしないと約束してくれ」

「できない」トリはつぶやいた。

グラントは片手をトリの顔にあてがい、頬の涙をぬぐってやった。「どうして？」

トリはグラントの目を見つめた。なぜならあなたを愛しているから。以前よりもずっと。あなたなしでは生きていけないことはわかっていた――たとえそれがどんな状況であろうとも。息を吸いこむとそれを伝えようとし――。

「お嬢さま！」ハッカビーが叫びながら駆けてきた。「大丈夫ですか？」

グラントはうめいて、仰向けになった。トリと密接に触れあっていたので、頭がぼうっとしていた。

「大丈夫よ」トリは言ったが、グラントから離れると、冷たい草の中でガタガタ震えはじめた。

グラントはさっと立ちあがって叫んだ。「ハッカビー、風呂を沸かしてくれ」

「新しく来た娘が大量のお湯を沸かしています」

「よかった」グラントはトリを立たせると。地面から自分の外套をつかみ、その肩にかけてやり、ぎゅっと引き寄せた。煙と煤が充満していても、トリはグラントの肌の香りを嗅げる気がした。

谷間を半分ほど登ったところでつまずくと、グラントに抱き上げられた。居心地よくしようと、少し身じろぎすると、グラントはそれを抗議の印だと誤解した。

「腕の中でおとなしくしていて」かすれた声で言った。

トリは体の力を抜いた。今夜、わたしが許すのはこれだけだと思っているのかしら？

グラントはトリを部屋に運んでいき、風呂場に通じるドアを足で蹴って開けた。燃えている火格子の前に巨大な大理石の浴槽がすえつけてあるのを見て、眉をつりあげた。

グラントはトリを浴槽のわきにおろした。「一人で大丈夫？」その声は低く荒々しかった。

いいえ、無理よ。グラントの姿が見えなくなるのはいや。グラントをここに引き留めるすばらしい方法ならわかっていた。トリは恥ずかしそうにうつむき、湯を指先でかき回した。

「わたしたち二人とも煙の臭いがするわ。それにこのお風呂は二人入れるぐらい大きいし、お湯がたっぷり……」

トリは不安になって唇を噛んだ。グラントはどうするかしら。だが、顔を上げないうちに、グラントはブーツを脱ぎ捨てていた。トリはシャツを脱ぐのに手を貸し、それから両腕を持ち上げて、だいなしになった寝間着を脱がせてもらった。

ズボンに手を伸ばし、ボタンをはずしながら肌をなでる。わずかに触れられただけで、グラントは鋭く息を吐きだした。

「お湯に入って、ヴィクトリア」その声はかすれていた。「温まらないと」

トリはそうしたくなかった。この場で奪ってほしかった。ためらっていると、グラントはトリの肩をつかみ、回れ右をさせると、お尻を軽くたたいて浴槽の方に進ませた。震える脚で、浴槽の縁に通じている二段を上った。すっぽり胸まで湯に沈むと満足そうな吐息をもらし、片手をグラントに差しのべた。

グラントも湯に滑りこんできて、両脚のあいだにトリを引き寄せた。キスをされると思ったが、後ろ向きに胸の前にすわらされた。グラントは石鹸をとり、やさしくトリの髪を洗い、頭のてっぺんに髪を上げると、背中と肩、さらに上半身を洗いはじめた。乳房にはほとんど触れなかった。これはあくまで仕事だった。湯を髪と背中にかけ、きれいにゆすいだ。

「あなたの番よ」トリは浴槽の中で移動して、グラントの隣にすわった。同じようにグラントを洗い、背中の硬い筋肉をもみ、石鹸をゆすいだ。グラントの胸に手を伸ばすときは、背中に体を押しつけ、乳房が肌をこするようにした。たちまちグラントは向きを変え、ひざまずき、トリの体の両側から手を伸ばして、浴槽の縁をつかんだ。トリはグラントの体にすっぽりと包みこまれた。

グラントは頭をかがめてキスをし、鎖骨から胸へと唇を移動させていく。トリが背中をそらすと、グラントは乳首を口に含んだ。舌を這わせながら、両腕でトリの体を抱きしめる。トリはその腕にぎゅっとしがみつき、体を持ち上げた。グラントは情け容赦なくなめたり、吸ったりした。ついにトリが乳房を口で愛撫されただけで上りつめそうになったとき、グラントが硬く尖った乳首に向かってうめいた。「もう我慢できない。ずっとほしくてたまらなかった」

「ベッドに連れていって」トリはささやいた。

グラントは息を吸って立ちあがった。だが、トリの動作はもっとゆっくりだった。顔の前に大きな彼のものがそそり立ち、目を奪われたせいで、よけいにゆっくりになった。抱き上げようとしてグラントは腕を伸ばしてきたが、その手を無視して、彼のものをつかんだ。グラントは痛みを覚えたかのようにうなったが、トリは手を離せなかった。とてもなめらかで硬い。硬いおなかの筋肉のくぼみや隆起を水が流れ、毛を伝って怒張したものへと滴り落ちている。

「これが恋しかった……」制止する間もなく、トリはいとしげに口づけ、その言葉を裏づけてみせた。唇に触れるグラントのそれは熱く、舌で触れるとドクドクと脈打ち、口にすっぽりと含みたくてたまらなくなった。何カ月も前の夜、グラントがお手本を示してくれたように。

獣じみたうなり声をあげて、グラントは両手をトリの髪に差し入れた。引き寄せられているのか、突き放そうとされているのかわからなかった。グラント自身にもわかっていないのだろう。「まさにわたしが夢見ていたことだよ。きみの唇がこれに押しあてられているのを目にし、口で喜ばせようとしてくれているのを眺める。幾晩となく、それを夢に見ていたんだ」

「他に夢に見たことはある？」トリは頂きに唇を触れさせたままたずねた。それから、すばやく舌を這わせる。

「ああ」グラントがのけぞったので、トリは胸と腕の張りつめた筋肉を眺めた。全身が力にあふれている。

グラントはその質問に答えなかったが、浴槽からトリをひきずりだすと、タオルをつかみ、全身をくまなくなめたりタオルでふいたりした。トリはお返しをしようとしたが、胸に抱きしめられ、顔をのぞきこまれた。「このあいだ愛を交わしたときは怖くなかった？　痛くした？」

「いいえ、全然」

「じゃあ、わたしが夢見ていたことを教えてあげよう」その言葉に背筋がぞくぞくした。

グラントはトリをベッドに連れていき、長い脚を広げてすわり、ヘッドボードに寄りかかると、トリを胸に抱き寄せた。グラントはトリを自分の体にまたがらせ、両脚を広げるようにしてすわらせた。いつかの夜にしたように。

こんなふうに愛を交わすの？　わたしがグラントの上で？　その疑問を口にしないうちに、グラントの大きな手でヒップをつかまれ、待ちかまえている口へと引き寄せられた。グラントに舌で秘所に触れられたとたん、うめき声がもれた。全身がわななき、ますます濡れていくのが感じられる。グラントもそれを感じたらしくうめいた。「蜜みたいに甘いよ」

恍惚となって、グラントの髪に指をからませ、さらにきつくしがみつく。すると、グラントはまたもうめき声をあげ、トリの腰を下に移動させると、自分の屹立したものの上へ導き、ゆっくりと沈めていった。その動作は緩慢で、トリにとって拷問のようだった。きつくつかんでいる手や、首と胸の筋肉が張りつめているところから察して、グラントにとっても同じらしかった。

トリは息を止めていたことにも気づかなかった。頭がくらくらしそう……前よりも深く入ってきて、奥を突いている。それでもまだトリの中にすべてがおさまりきれていなかった。

「もういきそう」トリはあえいだ。

たちまち、グラントは体を引き抜き、また腰を口に引き寄せるとトリをむさぼった。

「ああ、ああ」トリは叫びながら背中をそらし、中を探っている熱い舌に体を押しつけた。またもや絶頂が近づいてきたが、今度は怖くなるほどさらに強烈だった。

グラントの頭の上の壁に両手をつき、恍惚に身を任せようとした。そのとたん、グラントはまたもや口を離し、今度はトリの中に滑りこむと腰を突きあげた。

トリはグラントの視線をとらえた。行為に没頭し、苦しげで、自制心を失っている。その表情に刺激されて、トリも頂点に上りつめた。叫び声をあげ、グラントを包みこんだまま痙攣し、こすりつけ、ヒップをくねらす。グラントはさらに深く突き立て、耐えがたいまでに快感をあおる……トリの絶頂を見届けると、グラントの目は色が濃くなり、荒れ狂う欲望に燃えあがった。

トリにしめつけられたまま、グラントはトリを胸に引き寄せた。トリの手の下で、胸の筋肉が張りつめ、うねっている。そして、ついにグラントはトリの名前を叫びながら、熱い欲望を解き放った。

# 33

拡散した日の光がヴィクトリアの部屋のカーテンの隙間から入ってきて、グラントを起こした。胸を見下ろすと、ブロンドの髪に覆われていたのでぎくりとした。こんな幸運に恵まれたのか？　本当に朝の早い時間から愛を交わしていたのか？　また夢に見たのではないのか？　いや、ゆうべは現実だった——信じられないほど生々しい現実。

いまだにヴィクトリアへの尽きせぬ欲望に驚かされる。ときには、ひるむほどだ。しかし今、ヴィクトリアが胸に寄り添って眠り、その体に腕を回していると、ぎゅっと抱きしめ、自分の気持ちを知ってもらいたくなった。そして、その気持ちの強さに困惑していることも。このひとときが手に入れられるとは思っていなかった。しかも、もう少しで手放しかけたことを思うと、顔がゆがんだ。

ただトリを抱きしめているという贅沢を満喫したかったが、羊小屋の被害を確かめ、作業を開始しなくてはならない。そこで、残念そうにため息をつくと、立ちあがって服を着た。長い夜のあとなのでトリを起こさないように気をつけ、キスをして出かけた。

谷間に着くと、建物は跡形もなく焼け落ちていた。小屋のあった場所には、いぶっている灰があるだけだ。ハッカビーがいたので相談し、その場にいた数人に古い建物を片付けさせることにした。

グラントの最初の仕事はもっと作業員を見つけることだった。その次に、この火事を仕掛けた犯人を見つけるつもりだった。

ゆうべの成り行きに茫然としながら、トリは祖父の机の前にすわっていた。グラントと再び愛を交わした高揚感は薄れ、火事の衝撃を改めて噛みしめていた。グラントが部屋に入ってきたとき、どのぐらいの被害だったか聞くまでもなかった。グラントの厳しい目つきを見れば、一目瞭然だった。

グラントはため息をつき、首を振った。

「刈りとりと分娩の直前なのに」トリは感情のこもらない声で言った。「わたしたちにとって、これ以上のひどい打撃はないわ」

グラントが眉をつりあげたので、トリは自分が〝わたしたち〟と言ったことに気づいた。かまわなかった。遅かれ早かれ、グラントを去らせるつもりがないことを知られただろう。

グラントはトリと向かいあって椅子にすわると、ハッカビーと相談して、建て直すために決定した事項を説明した。「行きすぎたことをしたんじゃないといいんだが」

「いいえ、今あなたが言ったことに全面的に賛成よ。わたしも同じようにしたと思うわ」

グラントは前かがみになって、膝に肘をついた。「ヴィクトリア、あの火事について話しあうべきだと思う。あれは火をつけられたんだ」

「まさかそんな――」

「灯油の臭いがした。実際、燃えている水たまりがあった。びしょ濡れになっている地面もね。まるで誰かがそこらじゅうに灯油をまき散らしたみたいにね」

トリは額に手を当てた。「なぜ？」

「きみに警告するためだと思う。あるいは、きみをあきらめさせるため」

「誰が？　いったい誰が――」トリは疑惑が浮かんで、言葉を切った。「つい二日前に羊毛仲介人に手紙を書いたの。何年も支払いをごまかしていたのよ。わたしたちに多額のお金の借りがあるの」

「マクルーアか？」

トリがうなずくと、グラントは言った。「債権者全員のリストがほしい」

一時間後、契約書を調べたあとで、グラントはつぶやいた。「ろくでなしめ」

「何？」

「この金融業者だが――ウエスト・ロンドン金融。そいつは羊毛仲介人の会社なんだ。M・マクルーア」机の端にすわり、書類をトリの方に滑らせた。

「そんなことありえないわ。利益の対立があるんじゃないの？」

「ああ、だが、この会社はとびきりいかがわしいんだよ。金利で有利な提案をしているが、すべての契約において金利を上げる権利を保有している。借り手の支払いがとどこおると、マクルーアは圧力を加える」

「どうしてそういうことがわかるの？」

「数年前、イアンはここから数千ポンドを借りたんだ。それもマクルーアの手下のギャングたちに支払いをするために、借金しなくてはならなかったんだよ」

「まあ、なんてこと」

「この男は伯爵に、いわば伯爵自身のお金を貸し付けていたんだ。伯爵をだまし、支払い猶予期間を延ばした。マクルーアがこの地所を狙っていることはまちがいないな」

しばらくトリは黙りこんでいた。「あなたが自分の名誉をあんなに重視していた理由が、これでわかったわ」トリの目は悲しげだった。「だって、何も持っていない人間と取引したんだもの」

グラントは何も言わなかった。

「グラント、わたし、どうしたらいいのかしら？」トリはたずねた。「州長官のところに行く？ 法律を介入させる？」

「それでは次の攻撃を防げない」

トリは目を見開いた。「こういうことがまた起きると思っているの？」

グラントは陰鬱な表情でトリを見た。「まちがいなく」

トリはふいにどっと疲れを感じた。「どうしたらいいと思う？」

「わたしはマクルーアと対決する覚悟をしている。必要ならたたきのめしてやる」

トリは驚いた。グラントは危険な近寄りがたい男に見えた。

「いざとなればね。そして、あいつの計略を暴いてやる、守りたいものがあるから……」言葉をとぎらせた。

「そうね、あなたのものをね」トリは穏やかに言った。「ベルモント・コートを」

グラントはトリを引き寄せると、おでことおでこをくっつけた。「地所の話をしているんじゃない。きみのことを言ってるんだ」

「そんなこと思ってもみなかったわ」トリはつぶやいた。

「わたしがここに戻ってきて戦おうと思ったのは、きみのためなんだ」

トリは体を離して首を振った。「そんなふうに言ってくれなくてもいいのよ。地所のために戻ってきたんだし、その理由も理解している――」

「ベルモント・コートはきみの名義になっているんだよ」

「え、何ですって？」トリは啞然となった。

グラントはトリの頰をなでた。「ここに戻ってくる前にそうしたんだ」

「でもどうして？」

「きみのそばにいるために、それ以上いい方法を思いつかなかったんだよ」

「じゃあ、わたしのために戻ってきたのね！」心臓が早鐘を打ちはじめた。わたしのために？

グラントは重々しくうなずいた。

「それがあなたの計画だったの？」

「計画を立てておくのは常にいいことだからね」

トリはいたずらっぽい笑みを向けた。「で、首尾はいかが？」

グラントは唇の両端をつりあげた。「ゆうべのあとはかなり楽観的になっている」

「わたしのためにあきらめたなんて、信じられないわ」

グラントはトリから離れると、真剣な顔つきになった。「マクルーアがきみのいるときに家を焼こうとしたら、わたしの計画も水の泡になる。だから今日、出発して――」

「わたしもいっしょに行くわ」トリが言葉をはさんだ。

グラントは残念そうに微笑んだ。「そう言うだろうと思ってたよ。だから、すでにきみをホワイトストーンに預けていく計画を立ててあるんだ」

トリは問いかけるようにグラントを見た。

「ここは安全じゃないし、きみはロンドンには連れていけないからね」

「絶対にあなたといっしょに行くつもりよ。いいえ、あなたなしでも行くわ」脅すようにつけ加えた。

「危険だよ。傷つきかねない真似をさせるわけにはいかない。きみはホワイトストーンに行く。以上だ」

トリは頬を指先でたたきながら、考えこむ表情になった。「あなたのご家族は、誰かを縛りあげたり、寝室に鍵をかけて閉じこめたりするタイプじゃないわよね」

グラントはトリが何を言わんとしているのかわからない様子だった。

「そうでもしないと、わたしを引き留めておけないわよ」

「あきらめるんだな、ヴィクトリア。わたしは絶対に許さないからね」

「あきれた、まだぶつぶつ言っているのね」二日後、腕を組んでロンドンの横町を歩きながら、ヴィクトリアはからかうように言った。

グラントはヴィクトリアをにらみつけながら、ボンネットのリボンを薔薇色の頰でひらひらさせている彼女が、どんなに刺激的で愛らしいか考えまいとした。キスして、ぎゅっと抱きしめたかった。その代わり、こう文句を言った。「きみをいっしょに連れて来る羽目になったとは信じられないよ」

ヴィクトリアは愛情のこもったまなざしでこちらを見上げた。そんな目で見られると、どんなことも断れなくなる。悪いことに、そのことをヴィクトリアも承知しているのかもしれない。

「グラント、わたしはあなたの論法に訴えただけよ。ホワイトストーンに置いていかれても、わたしは追っていったでしょう。ただし、その場合、あなたの厳しい目で監視されることはない。想像してみて――」ヴィクトリアは片手を胸にあてがった。「ロンドンへの道で一人きりで、怖くて……」

グラントは口元をゆるめた。ヴィクトリアも微笑み返したが、その背後に視線を向けた。

「あら、ここだわ」

グラントはヴィクトリアを立ち止まらせ、自分の方に顔を向けさせた。「きみは何も言わないでほしい。わたしが話をするから」

ヴィクトリアは目をぐるっと回した。「もう二十回は言われているわ」

グラントは喉の奥で低い声をもらすと、ドアを開けた。「ミスター・マクルーアにお目にかかりに来ました」事務所の受付係に伝えた。

青年はとまどった様子だったが、上司に相談に行った。数分後、戻ってくると二人を事務所に案内した。

仲介人をひと目見るなり、グラントは眉をつりあげ、ヴィクトリアはあっと言いそうになった。

M・マクルーアは女性だったのだ。

# 34

その女性がグラントを賞賛の目で眺めているので、トリは内心でうめいた。相手は艶のある濃いブロンドの髪をなでつけると、手を差しのべながらグラントに近づいてきた。「ミランダ・マクルーアです」と名乗った。グラントはその手をとったが、ミランダは手のひらをあわせ、男性同士のように握手した。

「グラント・サザーランドです」まごついた声でグラントは応じた。若く魅力的なミランダは、おそらくグラントのまったく予期していない人物だったのだろう。

ミランダはトリに視線を移し、淡いブルーの瞳で値踏みするように観察した。「あなたはレディ・ヴィクトリアね。奇妙だこと、あなたがサザーランド家と関係があるとは知らなかったわ」

グラントがトリに近づいた。「わたしの婚約者です」

ルビー色の唇に苦々しい笑みが浮かぶ。「あらすてき」

「ミスター・マクルーアはどちらですか?」

「父は数カ月前に亡くなりました」とてもつらそうに、ため息をついて言った。「今はわたしが仕事を引き継いでいます」

トリはお悔やみを言おうとしたが、グラントが言った。「お互いの時間をむだにするのはやめましょう。お父上が伯爵からひと財産だましとり、それを法外な利率で貸し付けていたことはわかっています」

あきれたことに、最初から悲嘆などなかったかのように、ミランダの顔から表情がかき消えた。ミランダはかわいらしく肩をすくめた。「商売というのはそういうものじゃないかしら。それに、手形はすぐに支払い期日がくると思いますけど」

「それで羊小屋に火をつけたんですか？」

「わたしがそんな罠にひっかかるとは思ってないでしょうね？」ミランダは憤慨した表情をとりつくろった。「火事ですって？　なんてこと！」顔が無表情になった。「わたしに責任があっても、絶対に認めないわ」

「それはどうでもいいことです。率直に申し上げましょう。ロンドンでは、金が正義だということはご存じですね。わたしはそれについて、あなた以上によく知っている」

「ええ、そうでしょう、あの無尽蔵のサザーランドの財源がありますものね。あなたはサリー州で金儲けをしているという噂を聞きましたけど」ミランダはグラントにまばゆい微笑を向けた。「実を言うと、戻っていらしたら、あなたとの結婚を考えていたのよ」

トリは体をこわばらせた。グラントが嫌悪の表情を浮かべたので、どうにかミランダをひっぱたかなくてすんだ。

「いい加減にしてくれ」グラントはきつい口調で言った。「ある解決策を提案しに来たんだが、どうやらニューゲート刑務所に入りたいようだね」

初めて、ミランダの血色のいい肌が青ざめ、目が大きく見開かれた。「わたしのような女性があんな場所に入ったら、どうなると思っているの？」

トリが答えた。「堕落するでしょうね」それから、思い出したと言わんばかりに指をパチンと鳴らした。「ああ、とっくにそうなっていたわね」

ミランダはぎらつく目でトリをにらんだ。グラントは言った。「手続きをしてくるよ」そしてトリの腰に腕を回して外に出ようとした。

「待って！」ミランダがグラントのもう片方の腕をつかんだ。「お金を返すわ……借りている額の半分を」

グラントは冷笑するような目つきを向けた。「遅すぎるよ。それに、こちらは契約に基づいて全額を手に入れられるし、きみが牢獄で朽ち果てつつあると知って、満足感も味わえる」

「じゃあ、全額を返したら？」二人がまだ心を動かされていないのを見て、ミランダは甘ったるい声でつけ加えた。「ある情報があるって言ったら？」

「何についての？」

「いとしのいとこ、イアンの居場所。快適なところじゃないから、今頃、誰かが救いに来てくれるのを祈っているにちがいないわ」

グラントはミランダの肘をつかんだ。「話せ」

ミランダは強面をつくろい、つかんでいる手をにらみつけた。

「話すんだ！」

「取引成立かしら？」

グラントは手を離した。「そっちがまた汚い手を使わないと、どうしてわかる？」

「二度と、意図的に」ミランダは、ちらっとトリに目を向ける。「サザーランド家の人間は手を出さないわ」グラントのえりに手を触れたが、氷のような視線を向けられ、軽くえりをたたくと手をひっこめた。「ミランダ・マクルーアは、トラの尻尾をつかもうとするほど馬鹿じゃないのよ」

「今すぐ情報がほしい。それから、当然ながら、いっしょに銀行に行ってもらいたい」

ミランダは〝銀行〟という言葉でぎくりとしたようだった。「いいわ。だけど、今後もおたくの羊毛仲介人でいたいんだけど」

「頭がどうかしてるのか？　きみがまたごまかしていないか確認するために、何日も費やすことになる」

「どっちみち誰と取引しても、それはしなくちゃならないんじゃない？　わたしはもうあなたをごまかせないと知っているけど、他の人間はやろうとするかもしれない」

「断る」

トリがグラントの肩をたたいた。「グラント、まずその情報を聞きましょうよ。たしかに、ミランダの言うことはゆがんでいるけど、一理あると思うわ」

ミランダはトリに心からの笑みを向けた。ミランダはいずれわたしの好意に報いてくれるんじゃないかしら、と奇妙にもトリは感じた。さらに奇妙なことに、トリはそれを期待していた。

「リバプールを本拠地にしている〈ドミニオン〉という船に乗っているわ」

トリは寒気がした。支配《ドミニオン》、なんて、名前からして不吉な気がする。

グラントはミランダを疑わしげに見た。「フランスまで足跡をたどったんだぞ」

「船は最後にフランスのサンナゼールに寄港して、福州に向かったの」ミランダは説明した。

トリは首を振った。「福州って中国の？」

グラントはのろのろとうなずいた。ミランダに向かってたずねる。「どうしてそれを知っているんだ？」

「この町で起きている後ろ暗いことは、ほぼすべて把握しているだけの話」

「誰がイアンを連れていったんだ？」グラントは追及した。

「もう一度言うけど、これでほぼすべてよ……今話したこと以上のことは知らないわ」納得できないと言わんばかりのグラントの態度にミランダは舌打ちすると、帽子をつかんだ。

「さあ、訪問はうれしかったけど、ひと財産お支払いして、この件に決着をつけてもいいかしら？　今日のところは」そうつけ加えて、今後も取引をするという期待を強調した。

ミランダがカンリフ銀行に入っていくと、店長は平身低頭しながら出迎えた。しかし、ミランダに多額の金を引き出すように指示されて、がっかりしたようだった。ミランダが店長のあごをくすぐり、こうささやいたので、トリはあきれ返った。「すぐにまた戻ってきて、口座にたっぷりお金を入れてあげるわ、ダーリン」

トリはカンリフ銀行を出ながら、肩越しに振り返った。「もっと要求するべきだったと思う?」

グラントは首を振った。「これで充分だと思うよ。さらに強気に出たら嘘をついただろう。しかし、きみが清算をしているあいだに、わたしはメモを情報提供者に渡して、わかったことを伝えておいた。連中はミランダも見張ることになっている」

トリはどう言ったらいいのかわからず、うなずいた。イアンがおそらく傷つき、どこかに一人ぼっちでいると思うと胸が痛んだ。

グラントは足どりをゆるめてトリを見た。「ヴィクトリア、聞いてくれ。イアンはきっと見つけるよ」その口調は自信にあふれていた。

グラントがトリの家族を捜しに出発する前に口にした言葉をスタンホープ伯爵未亡人から聞かされたことを思い出した。「家族が向こうにいるなら、連れて帰るよ」その可能性は低いだろうけれど、息子の言葉を疑わなかった、と彼女は言っていた。今、トリはその意味がわかった。力とエネルギーにあふれたグラントの姿と、澄んだブルーの瞳を見ると、不安はきれいさっぱりなくなった。イアンは見つかるだろう。絶対に。

「信じているわ」トリはまた歩きはじめると言った。不安はなくなったが、微妙な状況にあることに気づいた。二人はひとつのチームとして大仕事をやり遂げたが、これから別々の道を歩むことになるのだろうか。

「とんでもない女だったな」グラントが沈黙を破った。

「たしかに」話題ができてうれしかった。たとえマクルーアのことでも。「だけど、変わっていて、野心家で、ゆがんでいるけど、何層もの氷の下に女性としての心を持っているんじゃないかと思うわ。実際、ミランダに会ったとき、あなたが気に入るんじゃないかと不安に感じたほどだもの」

グラントは足を止めて、侮辱されたかのような顔になった。「わたしの好みのタイプじゃない」

トリはグラントを見た。「あら、ごめんなさい」

「いや、いいさ」

会話はしだいにぎこちなくなった。これからどこに行くのかしら？　グラントはおとといいっしょに夜を過ごしたあと、何を考えているのかしら？　トリには自分の考えていることがわかっていた――この会話をうまく切り抜ければ、ああいう夜がこれから数え切れないほど待っているということが。トリはスカートをなでつけた。グラントは体を揺すった。

「あの金を少し使いたいだろうね？」

「ええ、そうね、ずっと節約してきたから――」トリは口をつぐんだ。この数週間のことはて読み上げた。

話題にしたくなかった。あれはもう過去のことだ。スカートのポケットからメモをとりだし

「カミーに新しいドレスの布地を買いたいわ。どれも着古してしまったから。ハッカビー夫人にはもっと薄手のボンネット」トリは首を振りため息をついた。「あのいつもかぶっているキルトの冬物を使っていたら、夏になったらのぼせて倒れてしまう。それからミスター・ハッカビーには散歩用の杖が必要ね。ハックはブーツ」トリは紙をめくった。「ああ、そうだわ。ここにサイズをメモしてある。それから、おもちゃも……」

グラントが妙な目つきで見つめているのに気づき、顔を上げた。トリはぐいとあごを上げた。「この経費は正当だと思うわ。あの子は誰にも負けないほど働いているから、ご褒美をあげるのは当然よ」

グラントはにやっとした。「それできみがうれしいなら、ハックに山ほどのおもちゃを持ち帰るべきだと思うよ。わたしが考えていたのはそのことじゃないんだ」

トリは首を傾げて待った。

「じゃあ、みんなが必要なものをメモしてきたんだね？」

「清算金をもらえる可能性があったから。それに誰かさんから、計画の重要性について教えてもらったでしょ」

グラントの微笑は大きくなった。「その誰かさんは驚くほど頭のいい男にちがいないな」

トリは思わずふきだしたが、グラントの表情はいかめしくなった。「ヴィクトリア、わたし

も計画を立てていたんだ。正午前に家族全員がタウンハウスに集まることになっている。間にあえば、カメリアと男爵もね」

トリは眉をひそめてグラントを……いや、その不安そうな様子を見た。

グラントは行ったり来たりしはじめた。「いっしょにいればすばらしい人生が送れると思うんだ。結婚してほしい。それから、安心してほしいんだが……」

「ええ、しましょう！」

「……イエスと言ってくれるまで……」グラントは言葉を切った。「今、何て言った？」

「イエスと言ったのよ」

グラントは眉をひそめた。「だけど、きみは愛のない結婚はしないのかと思っていた」

トリはグラントに近づいていき、その長い腕をなでた。「あら、あなたはわたしを愛しているわ」

「自分の気持ちがはっきりわかっているんだね？」

トリはいたずらっぽくにやりとした。「あの夜、あなたの心がはっきりわかったの」

「じゃあ、こんなことは言うまでもないけど……」

トリはグラントに飛びついて、周囲の通行人におかまいなく、両腕を首に回すとぴったり体を押しつけた。「いつでも聞かせてちょうだい」

グラントはやさしくトリの顔から巻き毛をかきあげた。「きみを愛している。全身全霊で愛している」その声は低く、おごそかだった。

その言葉にトリは心を揺さぶられた。愛に気づくのにこんなに時間がかかったのも許すことができた。グラントは新たな道に踏みだそうとしているのだ。

トリがグラントを見上げてため息をつくと、彼は言った。「そして、きみは？　教えてくれないつもりじゃ――」

「もちろん、愛しているわ――そして尊敬している。あなたを船縁から突き落としたいと思っていたときですら、ずっとそうだったのよ」それから、ある考えが胸をよぎった。「わたしたちベルモント・コートで暮らせるのよね？」

「きみの望むどこの場所でも暮らせるよ」

「わたしが言いたいのは、あそこで羊農場を経営していけるのかってこと」

「きみには羊の専門家が必要だ。わたしはうってつけの男だよ」グラントは息が止まるような笑みを見せた。

「ペレグリン海運はどうなるの？」

「デレクとニコルが順調に経営している。それに、二人がホワイトストーンの管理だけに集中したくなったら、イアンを見つけて任せればいい」

トリは驚嘆しながらグラントを見つめた。抜け目のない祖父はこのことを一年以上前に予想して、トリが戻ってきたときに、そう言っていたのだった。「わたしと、ほとんど八十代の老人だらけの村と、数え切れないほどの羊――それも厚かましい羊――と、走り回っている赤毛のハッカビー家の一団、そういう生活をする心構えがあるのね？」

「きみがいっしょにいてくれるなら」

「本当に？」トリは息をはずませてたずねた。

「心から」グラントはトリの髪にささやいた。

しかし、トリはグラントを押しやり、片手を差しのべた。「契約成立ね？」

グラントはその手をとった。

そして、トリはグラントを引き寄せると、つま先立ちになって、耳元でささやいた。「この結婚が決まったら、契約を締結し直さなくてはならないわね。何度も何度も……」

# 35

グラントの家族全員がタウンハウスにそろっていた。カメリアと男爵は牧師が到着する寸前に駆けつけてきた。カミーはトリをわきにひっぱっていき、グラントは家族と男爵におめでとうと背中をたたかれた。

カミーはたずねた。「本当に結婚したいのね?」

「わたしを見て」トリは笑いながら言った。「わたしは恋に落ちているの——笑わずにいられないのよ」

カミーはほっと肩の力を抜いた。「じゃあ、こう言っておくわ。あなたは結婚生活を心から楽しむわよ」カミーは片手を持ち上げて、ダイヤモンドがとりまく繊細な結婚指輪を見せた。

トリは息をのんだ。「結婚したの?」カミーはどう答えたらいいか迷っているらしく、唇を嚙んだ。だがトリはカミーを抱きしめた。「まあ、なんてすてきなのかしら! お隣になるのね!」

「こんなに突然結婚したから、あなたを怒らせるかもしれないと心配していたの」カミーは声をひそめた。「だけど、白状すると、結婚しなければ、もうベッドをともにしないと言われたのよ。ひどい人でしょ。それが冗談じゃないとわかったから、早ければ早いほどいいと思ったの」

「本当にうれしいわ！」

スタンホープ伯爵未亡人が遠慮がちに咳払いして二人の注意を引いた。「じゃあ、カミーにも幸せになってもらいましょうよ。牧師さんが待っているわ」

グラントはトリの手をやさしくとり、牧師の前に連れていった。

指輪を求められると、グラントは外套のポケットをあちこちたたいた。部屋の全員が心配そうな顔になった。後列でデレクがうめき、駆け落ちの美学についてニコルに語りかけた。ようやくグラントはベルベットで包まれた小さな箱をひっぱりだした。指輪をとりだすと、トリの指にはめようと構えた。トリはグラントの手元を見た。そうしないではいられなかった。花嫁は残りの生涯、自分がどんな指輪をつけるのか知りたいものだ——。

小さなすすり泣きをもらして、トリは片手で口を覆った。

その手をこっちに出してもらいたいんだが、とグラントは不安に駆られながら思った。せめてその薬指だけでも。震える声でグラントは言った。「ヴィクトリア、別の指輪を買ってあげてもいいよ」

「だけど、あ、あなた、母の指輪を見つけたのね」

予定だったんだ」グラントは目を丸くして、手元を見た。息をひそめて罵った。「これはあとにとっておく

涙がヴィクトリアの頰を伝った。グラントは自分ばかりかトリも安堵するのを感じた。親指で涙をぬぐってやる。

「それを見つけることができたなんて、信じられないわ」ヴィクトリアはようやく指輪から視線をはずし、グラントを見上げた。その目には深い愛情と混じりけのない感動が浮かんでいて、グラントは頭がくらくらしそうだった。

グラントは深呼吸した。そして、ヴィクトリアの目をのぞきこみながら、自分が何を言っているのかもよくわからないまま、しゃべりはじめていた。「これは他のものよりも見つけるのがむずかしかった。でも、きみにとって、どんなに大切なものか知っていたからね」

「他のもの？」ヴィクトリアはわけがわからない様子でたずねた。

グラントはにやりとした。「ああ、国じゅうを駆けずり回って、ベルモント・コートの錬鉄の鉄門、とても古い絵画、真鍮のノッカー、きみにあげた馬――」そう言ってヴィクトリアをにらむ。「――それはまちがって売られたんだと思うけどね。それに古い宝石のコレクションを買い戻していたんだ」

「おばあさまの宝石？」

まるで英雄だと言わんばかりに微笑みかけられ、グラントはえりをひっぱった。「二束三文でね」とつけ加える。

デレクが咳払いした。「おい、グラント、さっさと、もうひとつの指輪をはめてあげろよ」牧師に険しい目つきでにらまれたので、ニコルはデレクのおなかを小突けるように、眠そうなジェフを別の腕に移動した。

グラントはさらにポケットをあちこちたたき、もうひとつの宝石箱をとりだした。それを開いてみせ、ヴィクトリアの反応に満足した。母親の指輪は喜びの涙を流させた――エメラルドの指輪は息をのませた。

結婚式が終わると、全員がおめでとうと言い、さっさと散っていった。家族は新婚夫婦を二人だけにしてあげようとしたのだ。それに、カミーと男爵のもう一組の新婚夫婦も、二人だけになりたがっているようだった。

グラントは全員が出ていったあとでドアを閉めると、妻に向き直った。我が妻に。その響きが気に入った。ヴィクトリアはまたも自信にあふれ、大成功をおさめたかのように満面に笑みをたたえている。そしてつつましく結っていた髪をほどき、靴を脱ぎ捨てると、ストッキングだけで走り回り、うれしそうにしゃべった。このすばらしい女性が自分と結婚してくれたことが、グラントはまだ信じられず、ヴィクトリアがそのことで浮かれている様子なのを謙虚に受け止めた。

グラントの胸に、えもいわれぬ感動が広がった。グラントはヴィクトリアの話をさえぎり、胸に引き寄せると、片手で頭を支えながらきつく抱きしめた。かがんでキスをすると、ヴィクトリアは彼の手をとり、客間に連れていった。目の高さが同じになるように足台に上がると、両腕を首に回して夫となった人にキスをし、顔に鼻をこすりつけた。

「愛しているよ、ヴィクトリア」

「証拠を見せて」ヴィクトリアは唇を押しつけたままささやいた。

その晩から翌日にかけて、グラントとヴィクトリアは〝契約の締結〟を何度も何度も、さまざまな方法で繰り返した。グラントは思った、この契約は決して破れないだろうと。

# 36

三カ月後……。

新しい羊小屋は、刈りとり作業者たちがやって来る数週間前に完成した。高原に春がやって来ると、トリとグラントは羊毛が刈りとられるまで、息つく暇もなかった。ちょうどこの日、刈りとりが終わった。毎年この時期にしているように、村人たちはそれを祝った。村祭りに加え、今年はサザーランドの結婚と、ベルモント・コートの新たな共同経営について聞きつけて、村人たちの家族がようやく故郷に帰ってくることができた。トリとグラントは村人たちといっしょに祝いの席についたが、長い一日だったので、そろそろ家に帰ることにした。

家。なんてすてきな響きかしら。そしてベルモント・コートは美しい場所に変わりつつあった。とりわけグラントがお金を注ぎこもうと主張したあとでは。今では修復されたり、美しくなったり、新たに備えつけられたりしたものにトリが微笑むと、グラントはさらに二倍の努力をした。トリがそんなにお金を使わないでほしいと言うと、グラントは反論した。

「カメリアのために家を建てる必要がなかったから、多額のお金を節約できたんだよ」

そう、たしかに。カメリアは丘をいくつか越えた地所で、男爵と暮らしていた。二人は急いで家を子どもだらけにするつもりはなさそうで、毎日田舎を馬で走るのを楽しんでいた。ベルモント・コートの近くまで来て、トリとグラントは最後の丘の頂上に登り、美しい風景に見とれた。グラントはトリを背中から抱くようにして、いっしょに谷間を眺めた。遠くで明かりがまたたき、草原の向こうからはまだ飲めや歌えの大騒ぎと音楽が聞こえてくる。

トリの胸に満足感が広がった。刈りとりがすんだら、二人は海辺に行く予定だった。グラントが小さい頃に家族で滞在したあたりの海辺に、コテージを買ってくれたのだ。早く見たくてうずうずしていた。不思議なのは、トリがコテージという言葉を口にしたり、そこはかわいらしい家かしらと言うと、誰もがくすくす笑うことだった。トリはこの近辺では、コテージが手洗いを意味することを知らなかった。

トリはため息をついた。イアンの行方がわからないことだけが、幸福に影を落としていた。

心を読んだかのように、グラントが言った。「冒険はたぶんイアンのためになるよ」

トリは夫の胸にぴったり体を寄せた。

「イアンはいつも運がいいし、情報提供者がたしかな手がかりを持っているから、じきに見つかるよ」

「わかってるわ。あなたはわたしを見つけてくれたものね」

グラントはトリのうなじに鼻を押しつけて、微笑を浮かべた。トリは喜びに体が震えた。

「だから、気をもまないで、愛する人」グラントはトリの丸みを帯びはじめたおなかにやさしく手のひらをあてがった。「心配は赤ちゃんによくないよ」

# 訳者あとがき

ライムブックスで二〇一二年にご紹介したクレスリー・コールの処女作『嵐の海に乙女は捧げて』は、サザーランド兄弟の兄デレクの物語でした。本書『約束の海に舞う天使と』は、デレクの弟グラントを主人公にしています。

『嵐の海に乙女は捧げて』をお読みになった方はすでにご存じのように、野性的で奔放な兄デレクに比べ、グラントは地所管理人を務める、真面目で誠実な男性というイメージでした。前作は、南洋で難破したベルモント老伯爵の息子一家を捜すために、グラントが出航する場面で終わっていました。グラントは三男で自分自身の地所がないため、一家を発見したら、伯爵の地所を譲ってもらうという契約をしたのです。一年がかりの困難な航海の末、グラントはついに南の島で伯爵の孫娘、ヴィクトリア・ディアボーンを発見します。そしてヴィクトリアを目にした瞬間、これまで眠っていた男性としての血が騒ぎ始めるのです。

難破して八年、美しく成長したヴィクトリアは、孤島で生き延びるために強く、たくましく、おてんばな女性になっています。これまで何不自由なく育ってきて、大きな挫折を経験していない常識的なグラントにとって、それはある意味で衝撃でした。

水と油のようなグラントとヴィクトリアの恋は、最初は反発どころか戦いの様相を呈していますが、二人のあいだの磁力は強まるばかり。しかし、近づいたかと思うと、反発し、けんかをして、また引き寄せられて……と二転三転の恋の行方から最後まで目が離せません。

さらに舞台は、南洋に浮かぶ美しい未開の島、帰路に寄港する港町ケープタウン、雑踏のロンドン、そしてベルモント伯爵のひなびた地所と次々に変わり、ちょっとした旅行気分も味わえます。とりわけ、ケープタウンでヴィクトリアがドレスを試着する場面は、当時のパリ主流のファッションを彷彿とさせ印象的です。ヴィクトリア朝中期における英国をこんなふうに女性の視点で知ることができるのは、ヒストリカルロマンスの醍醐味でしょう。また、ロンドンの騒然とした様子ばかりか、伯爵の地所の小作人たちとその暮らしぶりが生き生きと描かれていて興趣が尽きません。

『嵐の海に乙女は捧げて』のヒロインであるニコルもそうでしたが、クレスリー・コールは、気が強くタフでまっすぐで行動力にあふれた女性の描写が得意です。ヴィクトリアが島で生き延びようとする工夫、さらに伯爵の地所を立て直そうとする奮闘ぶりは、グラントとの恋の進展とは別に非常に読み応えがあり、ページを繰る手が止まらないでしょう。猪突猛進で危なっかしいところはありますが、誇り高く自立心のあるヴィクトリアは、とても魅力的なヒロインです。

また、前作でもチャンシーというすてきな脇役がいましたが、本書で印象に残るのはなんといっても、グラントのいとこイアン・トレイウィックでしょう。お調子者でハンサムで情に厚いイアンは、不器用で口下手なグラントと対照的です。彼の存在のおかげで、作品全体に軽やかなユーモアがかもしだされており、それもまた本書の魅力のひとつになっています。

では、南洋の島から始まる恋と冒険の旅をどうぞお楽しみください。

ライムブックス

約《やく》束《そく》の海《うみ》に舞《ま》う天《てん》使《し》と

著　者　クレスリー・コール
訳　者　羽《は》田《た》詩《し》津《ず》子《こ》

2013年5月20日　初版第一刷発行

発行人　成瀬雅人
発行所　株式会社原書房
〒160-0022東京都新宿区新宿1-25-13
電話・代表03-3354-0685　http://www.harashobo.co.jp
振替・00150-6-151594
ブックデザイン　川島進(スタジオ・ギブ)
印刷所　中央精版印刷株式会社

落丁・乱丁本はお取り替えいたします。
定価は、カバーに表示してあります。
 ISBN978-4-562-04445-0　Printed in Japan